DE TODAS AS MANEIRAS DE Amar!

Editora Appris Ltda.
1.ª Edição - Copyright© 2022 da autora
Direitos de Edição Reservados à Editora Appris Ltda.

Nenhuma parte desta obra poderá ser utilizada indevidamente, sem estar de acordo com a Lei nº 9.610/98. Se incorreções forem encontradas, serão de exclusiva responsabilidade de seus organizadores. Foi realizado o Depósito Legal na Fundação Biblioteca Nacional, de acordo com as Leis n.os 10.994, de 14/12/2004, e 12.192, de 14/01/2010.

Catalogação na Fonte
Elaborado por: Josefina A. S. Guedes
Bibliotecária CRB 9/870

T914d
2022
	Tuffi, Anna
	    De todas as maneiras de amar! / Anna Tuffi. - 1. ed. - Curitiba : Appris, 2022.
	    333 p. ; 23 cm.
	
	    ISBN 978-65-250-3105-7
	
	    1. Ficção brasileira. 2. Amizade. 3. Amor. 4. Jornalismo. I. Título.
	
	                                                CDD – 869.3

Appris
editora

Editora e Livraria Appris Ltda.
Av. Manoel Ribas, 2265 – Mercês
Curitiba/PR – CEP: 80810-002
Tel. (41) 3156 - 4731
www.editoraappris.com.br

Printed in Brazil
Impresso no Brasil

Anna Tuffi

DE TODAS AS MANEIRAS DE *Amar!*

Appris
editora

FICHA TÉCNICA

EDITORIAL	Augusto V. de A. Coelho
	Marli Caetano
	Sara C. de Andrade Coelho
COMITÊ EDITORIAL	Andréa Barbosa Gouveia (UFPR)
	Jacques de Lima Ferreira (UP)
	Marilda Aparecida Behrens (PUCPR)
	Ana El Achkar (UNIVERSO/RJ)
	Conrado Moreira Mendes (PUC-MG)
	Eliete Correia dos Santos (UEPB)
	Fabiano Santos (UERJ/IESP)
	Francinete Fernandes de Sousa (UEPB)
	Francisco Carlos Duarte (PUCPR)
	Francisco de Assis (Fiam-Faam, SP, Brasil)
	Juliana Reichert Assunção Tonelli (UEL)
	Maria Aparecida Barbosa (USP)
	Maria Helena Zamora (PUC-Rio)
	Maria Margarida de Andrade (Umack)
	Roque Ismael da Costa Güllich (UFFS)
	Toni Reis (UFPR)
	Valdomiro de Oliveira (UFPR)
	Valério Brusamolin (IFPR)
ASSESSORIA EDITORIAL	Cibele Bastos
REVISÃO	Ana Lúcia Wehr
DIAGRAMAÇÃO	Yaidiris Torres
CAPA	Eneo Lage
COMUNICAÇÃO	Carlos Eduardo Pereira
	Karla Pipolo Olegário
LIVRARIAS E EVENTOS	Estevão Misael
GERÊNCIA DE FINANÇAS	Selma Maria Fernandes do Valle

*Àqueles que sabem que, mais que amor, é preciso sonhos, desejos e dedicação.
Àqueles que entendem que, mais que viver, é preciso entregar-se.
Àqueles que sorriem entre as lágrimas.*

AGRADECIMENTOS

Agradeço à vida por ter me ofertado um caminho, uma trilha cheia de subidas e descidas, às vezes, com o sol batendo no rosto, que me fez sorrir, outras com o frio congelante, que me deixou encolhida. O caminho sinuoso em alguns momentos e entediante em longas retas em outros. Agradeço à minha vida, que foi tão exuberante um dia e apenas triste em outro, mas nunca deixou de ser intensa e cheia de emoções.

À vida que me deu pais incríveis. Não eram super-heróis, mas fizeram o melhor que sabiam fazer e acertaram muito mais que erraram. Ensinaram que pedir desculpas não machuca e que amar incondicionalmente é muito mais que palavras, é um ato contínuo de todo dia. Que não estão ao meu lado, mas ficarão para sempre dentro de mim.

À vida que me deu a honra de ter um irmão. O irmão mais velho bem clichê: protetor, chato, divertido, implicante e meu melhor amigo. Tão perfeito que elogia quando mereço, aponta o dedo quando erro e que, não importa o que acontecer, entre lágrimas ou sorrisos, sempre estará ao meu lado, segurando minha mão e colocando as coisas no lugar. Porque é isso que somos, irmãos, de sangue, de alma e de vida.

À vida que trouxe as melhores pessoas: a melhor amiga desde a infância e aquelas que apenas passaram, deixando boas lembranças. A melhor família, que não é a de sangue, mas é de muito amor e que, há mais de 20 anos, está ocupando magnificamente os lugares "emprestados" e sempre presentes. Principalmente, ao melhor marido, cheio de defeitos que me conquistam. Companheiro e cúmplice, maravilhoso e irritantemente o meu melhor e grande amor.

Agradeço também à vida que me trouxe todas aquelas pessoas que foram as melhores em ser piores — por que não? Elas também me deram lições, aprendi a frustração, a decepção e a fazer caretas horríveis. Minha mãe dizia que só sabemos reconhecer o bom se conhecermos, muito bem, o ruim. Aprendi direitinho.

Mas o maior agradecimento que tenho à vida é pelo filho tão amado que me presenteou. Digo a ele que, se me mandassem fazer uma lista de tudo que gostaria de ter em um filho, não alcançaria a sua grandiosidade, a sua perfeição. Ele me ensinou o maior amor do mundo, o melhor sorriso e a dor mais doída. Ensinou-me a amar incansavelmente, incondicionalmente, infinitamente. Ensinou-me a amar profundamente a minha vida e ser agradecida, porque ele é a minha vida.

Obrigada, Vida, você é perfeita!

Eles se amam de qualquer maneira, à vera
Eles se amam é pra vida inteira, à vera...

... Qualquer maneira de amor vale à pena
Qualquer maneira de amor vale amar...

(Milton Nascimento)

PREFÁCIO

Conheço Anna Tuffi desde antes de o meu filho nascer, sempre foi uma excelente contadora de histórias. Também pudera, em seus pouco mais de 20 anos na época, já tinha dado várias voltas ao mundo e conhecia a Disney como a palma da mão, pois o "bico" que fazia nas férias em uma renomada operadora de viagens de São Paulo rendia-lhe experiências bastante inusitadas.

Durante a pandemia, Anna Tuffi renasceu escritora, colocando em palavras toda sua criatividade e seu talento, sua sensibilidade para nos oferecer romances deliciosos, divertidíssimos e bem brasileiros, publicados na plataforma Amazon.

De Todas as Maneiras de Amar lançado agora pelo selo Artêra da Editora Appris, é tudo que estamos precisando neste momento: história de amor, de amizade duradoura, de coragem e de luta, das realizações e tristezas de cada um e do trabalho em busca de uma sociedade com mais justiça.

A realidade nua e crua está ali, resultado das pesquisas e das histórias do dia a dia que vivem as mulheres no Brasil e no mundo.

Anna Tuffi é assim: busca a justiça e acompanha a realidade, fazendo o possível para contribuir na apuração e reparação de casos de injustiça social.

No relato das práticas profissionais comprometidas dos jornalistas, traz uma esperança de que o jornalismo reencontre a essência e que honre os profissionais do passado, que faziam da busca da verdade uma questão de vida e de ética profissional.

A leitura inspira e evoca nossas lembranças do passado, tempos em que a convivência e os encontros com os amigos faziam parte de nossas vidas cotidianas.

Vale resgatar nossas amizades de outrora, os amigos que tivemos e deixaram partes deles em nossa vida e, certamente, levaram partes de nós.

Aproveitem a leitura.

Neila Sperotto

Capítulo 1

1979

Formandos em uma das faculdades mais tradicionais de Jornalismo de São Paulo, os cinco amigos estavam começando a vida, cheios de sonhos e planos.

Enrico Greco, Téo Marques, Bruno Ribeiro, Mateus Rocha e Bernardo Dias nem imaginavam que se transformariam nos principais nomes do jornalismo brasileiro, cada um na sua área, e viveriam intensamente o trabalho, os amores e a família, mas tinham certeza de que, entre as dores e as alegrias, estariam sempre juntos.

Conheceram-se logo na primeira semana de aula, e a aproximação foi natural e rápida. Cinco personalidades totalmente diferentes que criaram laços de amizade para a vida toda. Estudavam juntos, saíam juntos e, todas as noites, após as aulas, encontravam-se no "Bar do Rubens", o bar na esquina da faculdade que era o ponto de encontro dos estudantes e estava sempre cheio e muito agitado. Na primeira semana, escolheram uma mesa no canto, ao lado do balcão, e elegeram como a mesa deles. Era onde dividiam sanduíches, cervejas, planos e conquistas e muitas derrotas, mas sempre se apoiavam e se divertiam muito.

— Consegui! Contratado na rádio! Bernardo anunciou sorridente, sentado na mesa do bar ao lado de Isabel, assim que Enrico entrou.

— Parabéns! Um mês antes da formatura, e você já tem emprego! Isso é para comemorar! Enrico abraçou o amigo, beijou Isabel, acariciando a barriga imensa. Fez sinal para Rubens, pedindo uma cerveja, e sentou-se alegre.

Isabel conheceu os amigos também na faculdade, e o namoro com Bernardo foi aprovado por todos desde o começo. Eles a adoravam. Ela era doce e sempre carinhosa com todos, a conselheira, a melhor amiga e, muitas vezes, quase uma irmã. A gravidez não tinha sido planejada, mas foi muito comemorada, e Bernardo a pediu em casamento assim que souberam, apaixonado e certo de que era a mulher que amaria por toda a sua vida. Casaram-se em uma cerimônia simples no cartório, com os amigos como testemunhas, e fizeram a festa no próprio bar.

— Serei apenas assistente de editor de notícias, mas já estou dentro da rádio e agora depende só de mim conquistar meu espaço. Ergueu o copo em um brinde, e Enrico acompanhou. — Meu filho vai nascer com o pai empregado, isso já é uma grande coisa!

— Estou muito orgulhosa de você, meu amor!

— Orgulhosa por quê? Quero saber tudo! Téo se aproximou da mesa esbaforido e beijou a barriga de Isabel, cheio de carinho. — Você vai explodir, minha amiga!

— Consegui! Contratado na rádio! Bernardo repetiu, erguendo o copo novamente. — Assistente de editor de notícias, assalariado e feliz!

— Uau! O primeiro a arrumar emprego! Que essa energia se espalhe sobre nós!

— E você, Teodoro? Alguma novidade? Enrico provocou, já esperando a resposta irritada.

— Teodoro é o teu cu, Enrico! Téo Marques ainda não explodiu no mercado, mas serei em breve o maior crítico musical deste país. Acredite, vou chegar lá! Hoje fiz entrevista em três jornais.

Enrico gargalhou, passando as mãos nos cabelos.

— Bom gosto e língua afiada você tem! Vai conseguir, meu amigo, nos três jornais! Trabalhar bastante, falar mal de todo mundo e ser feliz!

— E você? Alguma coisa? Procurou, pelo menos?

— Procurei, mas quero tentar o mestrado de Economia ano que vem. Para essa área preciso ter uma dedicação maior. Vocês sabem, sou um homem de números!

— E o casamento? Téo revirou os olhos. — Vai insistir na cagada mesmo? Ela não é mulher para você, Enrico! Você é bonito, inteligente, alegre! Vai se amarrar naquela sonsa que vai te infernizar com o mau-humor. Que mulher insuportável! A família inteira é horrorosa!

— Não usaria as palavras tão diretas de Téo, mas dou razão para ele. Bernardo falou com cautela, não queria ofender o amigo. — Vocês são muito diferentes, Enrico, e você não a ama.

— Já está decidido. Enrico suspirou. — Daqui um mês acaba a minha farra. Sei que ela tem um temperamento difícil, mas namoramos desde a escola, sei lidar. Quero ter filhos e ser feliz como vocês! Vocês vão, não vão? Contou sem muita animação. — A mãe dela está organizando uma festa enorme, coisa de alta sociedade, não é muito meu estilo, mas o pai faz questão.

— O pai dela vai tentar te controlar, isso sim. Já deixou claro que tem planos para você e vai acabar sendo um deles, devendo toda a sua carreira que nem começou para aquele homem arrogante!

— Já avisei que não quero e não preciso de ajuda, nem de indicação, não gosto de apadrinhamento. Sou bom, não preciso que ninguém me empurre, vou conquistar tudo sozinho.

— Se vai casar mesmo, Enrico, não deveria estar na farra ainda. Isabel o censurou com delicadeza. — Estar com ela deveria bastar, querido, mesmo antes do casamento. Estaremos lá, com certeza. Mas pense bem, você não pode se sentir obrigado a casar só porque namorou muito tempo.

— Eu sou direto mesmo. Ela não te ama, e você não a ama, Enrico! Téo declarou. — Vocês vão ser infelizes! Essa mulher vai destruir a sua vida, meu amigo. Escute o que estou dizendo.

Bernardo viu Mateus e Bruno entrando e gritou de novo, erguendo o copo.

— Consegui! Contratado na rádio!

— Eu sabia que conseguiria! Com essa voz, não iam recusar! Vai apresentar o "Love Songs"? Bruno brincou. — Conta! Como foi? Tenho uma entrevista amanhã, estou nervoso.

— Voz de porteiro de inferninho, isso sim! Mateus gargalhou. — Parabéns, Bernardo! Foi tranquilo? Eu ainda não fui chamado, para nada, mas não desisto.

— Agora com todos juntos reunidos, vamos brindar direito. Brinde se faz com tequila! Bernardo chamou o garçom. — Rubão, traz a tequila e um suco de laranja para a mamãe do ano. E traz seu copo que você vai brindar com a gente!

Brindaram novamente comemorando o primeiro emprego de Bernardo e os planos de cada um, animados, cheios de metas e sonhos.

— Consegui aqueles livros que você tinha me pedido, Mateus. Deixo na sua casa amanhã e já vou mimar o Alberto um pouquinho. Meu primeiro afilhado!

— Deixa na casa do Bruno, Téo. Estou me separando. Ela me pôs para fora no grito. Agora é oficial! Ele contou divertido. — Jogou minhas roupas pela janela, falou palavrões, baixaria completa!

— Sinto muito, querido. Isabel falou pesarosa, alisando o braço de Mateus com carinho.

— Não sinta, Bel, eu já estava de saco cheio mesmo! Mateus gargalhou. — Estou livre da gritaria daquela histérica. Sempre foi louca, mas, depois que larguei o Direito para fazer Jornalismo, ela desequilibrou de vez. Diz que queria marido advogado rico, e não jornalista morto de fome.

— Ela tem razão em certo ponto, Mateus. Faltava um ano para você se formar. Eu larguei a Engenharia, mas ainda estava no segundo ano. Mas temos que fazer o que amamos, isso que é a verdade. Téo filosofou. — Fico triste pelo Alberto, ele vai sentir a sua falta.

— Ele tem só três anos, Téo. Não vai nem perceber. Vou continuar sendo o pai dele e vou ter um tempo melhor, mais feliz para poder curtir.

— E você saiu de casa e foi para a casa do Bruno? Isso não vai prestar. Enrico riu. — Acho que vou ficar lá até o casamento, uma despedida de solteiro por dia!

— Pode vir! Vamos dar uma festa de separação na sexta, espero vocês! Bruno estava animado. — Eu sou do time dos solteiros e não quero saber nem de namorada! Livre, livre e livre!

— Falando em ser livre... E você, Téo, alguma novidade? Mateus falou sorrindo, com ar de ironia.

— Eu acho que tem, será que era segredo? Bernardo acompanhou o tom, e Enrico confirmou com a cabeça.

— O que está acontecendo com vocês? Cismaram comigo hoje? Não tenho nenhuma novidade. Estou me preparando para a formatura, fazendo entrevistas de emprego e esperando meu afilhado nascer. Alisou a barriga de Isabel, que sorriu para ele.

— Nós já sabemos, Téo. Não sei por que você esconde isso da gente! Somos seus melhores amigos! Isabel falava com doçura.

— Sabem o que? Téo ficou pálido.

— Que você está namorando... finalmente! Téo desencalhou! Enrico zombou com gesto de súplica.

— Não estou não, quem disse isso?

— A Alice estuda com o Pedro, Téo. Esqueceu? Enrico finalizou, indo direto ao assunto, e Téo colocou a mão na boca, espantado.

— Eu te odeio, Enrico! E odeio mais aquela mocréia! Além de arrogante, é fofoqueira! Ele ficou sério e olhou para todos. — Vocês já sabiam?

— Claro que sabíamos!

— E não se importam? Não se incomodam?

— Por que nos importaríamos? Bernardo ficou sério. — É por isso que nunca nos contou?

— É. Téo estava quase envergonhado. — As pessoas não aceitam bem...

— Não somos as pessoas, Téo. Somos seus melhores amigos! Aqui somos todos irmãos!

— Um brinde! Teodoro desencalhou! Enrico levantou o copo de novo, sorrindo.

— Teodoro é o teu cu, Enrico! Eu te odeio! Téo falou feliz e aliviado. — Um brinde a todos nós! Aos melhores amigos do mundo!

— Acho que não estou me sentindo bem. Isabel interrompeu o brinde e passou a mão na barriga.

— O que está sentindo? Bernardo se assustou.

— Uma pontada, uma dor, não sei.

— Gases? Téo levantou a sobrancelha. — Fica de pé, veja se melhora. Isabel se levantou e, em seguida, sentiu a água escorrendo pelas pernas.

— Você fez xixi? Bruno olhou curioso.

— Vocês não sabem nada. Mateus sorriu. — O bebê está nascendo! Direto para o hospital, rápido!

Todos se levantaram desesperados, sem saber ao certo o que fazer. Mateus buscou o carro, e levaram Isabel para o hospital.

— Parabéns, papai, a enfermeira sorriu para Bernardo na sala de espera. — É um menino lindo!

Renato veio ao mundo cheio de saúde, de parto normal, durante a madrugada. Os cinco amigos se abraçaram e choraram de emoção. Tinham muito a comemorar, e o nascimento de Renato marcava, literalmente, o início de uma nova vida para todos.

Capítulo 2

1986

Quase sete anos após a formatura, a vida de todos tinha começado a mudar. Com as carreiras iniciando, o que antes eram apenas sonhos agora se tornava realidade, e a amizade se mantinha cada vez mais forte. Continuavam sempre unidos e, mesmo dedicando todo o tempo para o trabalho, permaneciam com o contato e sempre arrumavam um tempo para se encontrar.

Renato correu para os braços de Téo quando Isabel abriu a porta, sorrindo.

— O afilhado mais lindo do mundo! Téo o ergueu no colo e girou, fazendo o menino gargalhar.

— E eu? Não ganho abraço? Enrico tentou pegar o menino dos braços de Téo, que fugiu rindo, entrando correndo na sala.

— Enrico, mal beijei meu afilhado, e você já vem com essa mão cheia de dedos. Estou com saudade dele, faz uma semana que não o vejo, e olha como você cresceu, Renato! Daqui a pouco estará da minha altura!

— Você é muito possessivo, Teodoro. Isabel e Enrico riram, já sabendo a resposta.

— Teodoro é o teu cu, Enrico. E aqui eu sou o dindo Téo! O dindo mais orgulhoso do mundo!

— Vocês vivem grudados e brigam mais que Mateus com as ex-mulheres! Isabel se sentou na poltrona, ajeitando as costas com uma almofada.

— Me ajuda, Téo? Hoje a dor está insistente.

— E ainda faltam dois meses para essa menina linda nascer! A barriga está linda. Vou ser dindo de novo! Terei uma princesa para vestir de cor de rosa e flores!

— Falando em Mateus, ele vai se casar de novo, souberam? Enrico aproveitou a distração de Téo com Isabel, pegou Renato no colo e se jogou no sofá, esparramando-se.

— Senta direito, Enrico! Isabel sempre reclamava de ele se esparramar no sofá.

— Com esse tamanho todo, ele não consegue sentar-se, Bel. Parece um troglodita magrelo! Devolve o Renato para mim.

— Você não pode falar muito, Téo. Enrico ergueu Renato, chacoalhando no ar, e fez uma careta, divertindo o menino. — Se sentar ao meu lado, não alcança o pé no chão! E a barriga não deixa nem amarrar o sapato mais.

— Que desaforo!

— Começaram! Isabel sorriu, balançando a cabeça. — Me conta do casamento do Mateus, antes que se atraquem no chão com o Renato no meio!

— Mateus é louco. Depois que fez sucesso na televisão, anda impossível. Já vai ser o terceiro casamento, um filho de cada ex. Téo balançou a cabeça. — Eu e Pedro nunca tivemos uma briga!

— O Pedro é santo, Téo. Enrico provocou. — Mateus é um repórter muito querido pelo público, tem futuro na TV. Ele rouba a cena do apresentador quando entra ao vivo. É cativante, simpático, e o jeito que fala com as câmeras! Daqui a pouco estará apresentando o jornal da noite, vocês vão ver.

— É verdade, mas só cobre crimes! Parece obcecado por sangue. Téo censurou.

— E ele se apaixona loucamente e casa, depois odeia loucamente e separa com baixaria. O que faz ele feliz mesmo são os filhos, é um pai tão dedicado! Conseguiu convencer as malucas de deixarem os filhos com ele. E como cuida bem dessas crianças!

— Só o Bruno que não arruma ninguém sério, só quer saber de futebol e farra, está mais do que na hora de criar juízo e arrumar uma namorada, casar...

— Agora que ele conseguiu ser repórter de campo? Duvido! Está adorando a vida de solteiro livre, assiste aos jogos do gramado e só namora celebridades, sem compromisso.

— E a Alice, Enrico, como está?

— Chifruda, né Bel? Téo falou em tom desaprovador. — Não que ela não mereça, arrogante até o último fio do cabelo louríssimo da cabeça, mas Enrico não toma jeito. E desfila por aí, jantares e almoços para quem quiser ver. Eu acho errado isso.

— São só amigas, Téo. Tenho muitas amigas! Enrico gargalhou, fingindo inocência. — Alice está bem, Bel. Pelo menos anda feliz, descobri que é até capaz de sorrir! Está empolgada com a mudança para Londres.

— Está deslumbrada, isso sim! Que mulher superficial! Você não é grande coisa, Enrico, mas merecia uma mulher melhor.

— E filhos? Ela não quer mesmo?

— Diz que não quer, Bel, mas ainda vou convencê-la. Ela sabe que meu sonho é ser pai e parece que não quer engravidar só para não fazer a minha vontade. Enrico sorriu. — Quero uma barriga dessa só para mim.

— Eu me preocupo com você, querido. Ficar em um casamento assim, você não está feliz, ela não está feliz. Filho não salva casamento, Enrico. Ao contrário, dão trabalho, precisam de dedicação, não pode forçar alguém a querer ser mãe. Mas estou feliz pelo seu sucesso no trabalho. Mesmo de longe, vamos te ver no horário nobre, contando tudo sobre o mundo!

— Quem diria que eu conseguiria ser correspondente internacional depois de anos como repórter no jornal! Estou empolgado. Além da emissora de TV, já agilizei um jornal lá para escrever também. Vou sentir muita falta de vocês, mas estarei por aqui sempre!

— Conquista merecida, depois do esforço para concluir os dois mestrados, nosso homem do dinheiro e da política vai para a terra da rainha! Calou a boca do sogro rico! Conseguiu tudo sozinho!

Enrico percebeu que Isabel estava diferente com a expressão carregada.

— Você está bem, Bel? Está com cara de dor.

— Estou bem. Hoje estou um pouco indisposta, mas é normal, tem dias que parece que a barriga pesa mais.

— Sentir essa pequenina se mexer aí dentro é a melhor sensação do mundo. Enrico falou emocionado quando pôs a mão com carinho na barriga. — Ela está agitada mesmo, isso é normal?

— Essa menina é muito agitada, se mexe o tempo inteiro, mas hoje está impossível, parece que está dando cambalhotas!

— Vamos embora, Téo, passamos só para dar um beijo e ver vocês, não queremos te cansar mais.

— Fiquem e esperem o Bernardo. Assim vocês me ajudam com o Renato, ele está terrível hoje, cheio de energia. Téo brinca com ele e eu fico aqui sentada, descansando, e conversamos mais.

— Ficamos, Enrico! E vamos dançar! Vou escolher uma música bem alegre aqui. Dançar gasta energia e faz a gente feliz! Téo olhou os discos e escolheu o de Wilson Simonal, colocou na vitrola e chamou Renato para dançar.

— Falando em Bernardo, ele conseguiu o programa diário! Ele é bom, sempre ouço durante a semana no carro. Parece que nasceu para isso, tem a voz perfeita.

— Ele está muito feliz. O ruim é ser aos sábados e domingos também. Ai... Isabel deu um grito de dor segurando a barriga, e Enrico se sentou no sofá, assustado.

— Tem certeza de que está bem? Não quer ir ao hospital? Eu te levo, e o Téo fica com o Renato, para você ver se melhoram essas dores.

— Não precisa, querido, estou bem. Querem beber alguma coisa? Tem uísque ali no bar para você. Bernardo fez questão de comprar uma garrafa para quando você vem.

— Ficou chique, com o sogro quatrocentão. Que família horrorosa você arrumou, Enrico! Não tem nada a ver com você!

— O uísque tem tudo a ver comigo, Téo. Fica aí que eu mesmo me sirvo, Bel. Enrico se levantou até o bar, e Téo aumentou o som, pegando nas mãos de Renato e girando o menino para todos os lados, com o ritmo alegre de Simonal no último volume.

Seguiram na conversa, e Isabel continuava incomodada. Enrico já estava na segunda dose quando ela gritou.

— Ai, meu Deus, meu Deus... Enrico, me ajuda!

— O que é isso? Téo se assustou, olhando para Isabel.

— É o bebê, Teodoro! Ajuda, corre. Enrico a levantou rápido e a colocou deitada no chão, acomodando a cabeça com almofadas.

— Teodoro é o teu cu, Enrico. Não me deixa mais nervoso! Por que deitou ela no chão? Pega no colo, leva para o carro!

— Não dá tempo, o bebê está saindo! Liga na ambulância! Pega uma toalha, algum pano limpo. Vai Téo, rápido, se mexe! Tira o Renato daqui!

— Puta merda Enrico, não consigo fazer tudo ao mesmo tempo! Téo corria de um lado para o outro, apavorado com Renato no colo. — Serve pano de prato?

A menina nasceu prematura, pelas mãos carinhosas de Enrico e aos gritos desesperados de Téo, com Simonal cantando no último volume a música "Sá Marina" no toca discos. Assim que a pegou no colo, gritando, Enrico a enrolou nos panos de prato que Téo trouxe, e todos choraram de emoção. Aconchegou com ternura ao seu peito, cantarolando junto com Simonal, e sorrindo. *"Naquela tarde de domingo fez o povo inteiro chorar... lálálá"*, embalando a menina mais perfeita que ele tinha visto na vida.

— Você é a menina mais linda do mundo. Estou apaixonado por você, pequenina.

Enrico não segurava as lágrimas, muito comovido. Sonhava em ter filhos e, de repente, tinha acabado de fazer um parto. A filha do melhor amigo veio ao mundo pelas suas mãos. Mesmo com toda a tensão e o pavor do momento, ela agora estava segura em seus braços. Era como se ele fosse responsável por aquela vida, tão pequena, tão frágil. Sentiu o maior amor do mundo dentro do peito, um amor que ele nunca conseguiria descrever, e soube, olhando em seus olhos, que a amaria para sempre.

Ouviram a sirene da ambulância, aliviados, e Bernardo entrou logo em seguida, apressado. Parou na porta, assustado, e olhou emocionado para a filha no colo de Enrico.

— Ela chegou, meu amor. Isabel falou quase sem forças. — Vai se chamar Marina. É a nossa Sá Marina. Desmaiou na hora que os socorristas entraram.

Capítulo 3

1990

Mais de 10 anos depois da formatura e com a participação importante dos amigos nos dois nascimentos dos filhos de Bernardo e Isabel, a casa deles se tornou o ponto de encontro. Isabel organizava almoços e jantares para reuni-los, e a proximidade com as crianças, que eram muito apegadas aos "tios", os mantinha mais ligados ainda.

Téo era padrinho dos dois e muito presente, dedicando todo seu tempo livre para ajudar na criação e nos cuidados com eles, sempre aliviando uma noite na semana para que Isabel e Bernardo pudessem manter a chama do casamento sempre acesa. E eles aproveitavam as noites livres com muito amor e carinho, com programas românticos, e eram tão apaixonados como na primeira vez em que se beijaram.

Renato era muito apegado a Bruno, que o levava para todos os eventos que participava no mundo dos esportes, como jogos de futebol, corridas de Fórmula 1 e qualquer acontecimento que permitisse a presença do menino, agora com 10 anos. Marina era a princesinha de Mateus e Bruno e possuía uma ligação extrema com Enrico. Isabel sempre achou que o laço que criaram durante o parto era o que fortalecia aquele amor incondicional entre eles. Eram muito apegados um com o outro e, mesmo morando fora do Brasil, ele nunca deixou de estar presente em aniversários e noites de Natal, vindo da Inglaterra especialmente para vê-la, ignorando os protestos e o ciúme da esposa.

Depois que retornou ao Brasil, o contato ficou maior. Não era raro Enrico aparecer depois do trabalho, dizendo que teve um dia difícil e precisava ficar com ela para se alegrar, ou que tinha tido um dia ótimo e queria apenas brincar. Isabel sabia que essa ligação dele com a menina estava trazendo mais problemas ainda para o casamento que vivia sempre em crise. Alice nunca tinha visitado os amigos depois do nascimento dela e sempre dizia a conhecidos em comum que Enrico amava mais Marina que o próprio filho, recém-nascido, mas ele ignorava as acusações e parecia envolver-se mais ainda com ela.

Marina, que todos chamavam carinhosamente de Sassá, por causa da música, com seu jeitinho doce e sapeca, era mimada até por Renato, que tinha paixão pela irmã.

— Cada vez que venho aqui, você está mais linda! Enrico ergueu Marina no colo e ela pediu.

— Faz eu de ponta cabeça? Ele a virou, e ela gargalhou.

— Vai matar a menina, Enrico! Ela é a princesa do dindo!

— Dindooo, eu tô te vendo de ponta cabeça! Marina gritou, enquanto Enrico a segurava pelas pernas e balançava devagar.

Mateus e Bernardo gargalharam.

— Enrico, vou te contratar para ver se você consegue gastar essa energia da Sassá! Ela está me deixando louca! Isabel riu quando ele a colocou no chão, e ela pulou em seu pescoço de novo, e ele a ergueu mais uma vez, girando para os lados.

— Largo todos os empregos para ficar com ela o dia inteiro, Bel! É a menina mais linda do mundo!

— Cavalinho, tio! Põe eu no cavalinho!

— Essa criança tem problema, não pode ser normal ser tão elétrica assim! Téo riu, jogando-se exausto no sofá. — Só o Enrico para aguentar essa energia!

— Ela é mesmo, Bernardo. O Alberto e o Roberto são ativos, mas não chegam aos pés da Sassá.

— E como está o Tiago? Bernardo perguntou. — Enrico, você vai machucar a Sassá!

— Não vai, papai! Eu gosto! É o monstro e vai me pegar! Olha, eu sou mais forte!

— O Tiago é um bebê muito calmo. Está forte e grande!

— Chegamos! Bruno anunciou da porta, entrando com Renato. — Como foi o jogo?

— Muito legal, pai! Ganhamos! Abraçou Bruno, que sorriu. — Obrigado, tio.

— Nada como ter um tio que manda no campo de futebol! Mateus deu dois tapas nas costas de Bruno.

— Quando estreia o programa?

— Mês que vem. Estou ansioso.

— Mais um apresentador! Téo sorriu. — Um de rádio e dois de televisão. Famosos! — Como vai ser?

— Debate sobre os jogos da rodada com convidados. Fim de noite no domingo, com uma hora de duração e se der certo disseram que aumentam o tempo no ar.

— E o seu livro, Téo? Quando sai?

— Mês que vem, estou ansioso! Será a minha primeira biografia, nem acredito!

— Para quem começou como estagiário, você chegou longe, Téo. Editor na área de cultura do maior jornal do país e agora é escritor.

— E estou de olho para me tornar editor chefe. Me aguardem que chego lá!

— Bernardo, eles vão matar o Enrico! Isabel riu ao ver os dois filhos rolando no chão com Enrico. — Está servido, podem vir para a mesa.

— Ele provoca os dois, agora aguenta! Bernardo deu de ombros. — Vão lavar as mãos, crianças.

Enrico se levantou do chão, sorrindo, com Renato pendurado em suas costas e segurando Marina no colo.

— Eu sou um monstro! E sou bonitão, não sou Sassá?

— É lindo! O monstro mais lindo do mundo! Ela beijou a bochecha dele e seguiu o irmão para o banheiro, e todos se acomodaram à mesa.

— Se adaptou ao Brasil de novo, Enrico? — Me adaptei muito fácil, Bel. Não aguentava mais morar em Londres. A Alice que odeia ter voltado. Não que fosse muito sorridente lá, mas, desde que chegamos, parece que todo dia está em um velório.

— Aquela mulher é um nojo. Téo contou indignado. — Não me deixa encostar no bebê, justo eu que adoro criança! Vou lá, e ela manda a babá esconder o menino.

— Nem você nem eu. Enrico balançou a cabeça. — Vive na casa dos pais com ele, e, quando está em casa, eu chego perto, e ela já chama a babá. Sonhei tanto em ser pai e agora mal conheço meu filho. Na verdade, nem na barriga nunca me deixou tocar, dizia que eu ia machucar. Ainda bem que tenho trabalho de sobra.

— Você assumiu a editoria das revistas também?

— Assumi. Estou no jornal e nas duas revistas.

— Vem no colo do dindo, Sassá.

— Mas tem que comer do seu prato, Sassá. Bernardo a repreendeu, quando colocou a colher no prato de Téo. — É a mesma comida para todos, filha. Coma do seu prato.

— E o programa, Mateus? Está gostando? — Adorando! Me sinto realizado! Jornal de crimes diário, 5 da tarde. Vão aumentar em uma hora mês que vem.

— A Sassá está comendo do prato do tio Enrico. Não pode Sassá, o papai já falou.

— Eu gosto mais da comida dele, mamãe.

— Pode deixar, a gente divide! Enrico riu. — O prato do Téo é ruim, minha comida é melhor mesmo.

— Olha a minha. Ela encheu a colher no prato dela e enfiou na boca de Enrico, que sorriu. — É gostoso?

— O Téo ensina que pode, ela faz em todos os pratos. Bruno sorriu. — Quero ver quando ficar maior!

— Téo é péssima influência para a Sassá. Mateus provocou, fingindo ar de desaprovação. — Eu teria cuidado com ele, vai deseducar a menina.

— Que desaforo! Vocês não têm vergonha? A Sassá me ama, e o Renato também! E os seus três filhos também! Todas as crianças me amam! Sou ótimo com crianças.

— Eu proibiria a presença dele nessa casa! Enrico emendou, aproveitando a distração de Téo, pegando a menina do colo dele e acomodando em seu colo.

— Enrico, eu te odeio. Vai arrumar o cabelo grisalho no espelho e devolve a Sassá!

— Pode falar do meu grisalho charmoso, Teodoro. Sei que você é louco por mim! Enrico provocou.

— Teodoro é o teu cu, Enrico! E se não fosse por Pedro, porque sou muito fiel, te mostrava o que é bom! Téo gargalhou. — A Barbie idosa deve ser uma merda na cama!

— Por isso que ele sai com metade das mulheres do jornalismo! Mateus riu.

— Já passei da metade! Enrico deu um sorriso malicioso. — Todas me amam!

— Eu também amo! É o monstro lindo! Marina levantou os braços, derrubando comida por todo o lado, com a colher cheia, e ganhando um beijo carinhoso de Enrico.

Todos gargalharam, e Isabel falou sorrindo.

— Eu, como primeira-dama dessa quadrilha, posso falar que Enrico está lindo mesmo. De alto e magrelo, ficou corpulento, forte, e os grisalhos dão um toque a mais. Sempre foi o mais bonito com esses olhos verdes sedutores e brilhantes. Ela piscou.

— Bel, se eu não amasse tanto o Bernardo, roubava você, a Sassá e o Renato para mim! Ele brincou e olhou para Téo. — E seduzo você só com meu olhar, Téo!

— Agora eu fiquei com ciúme! Bernardo alisou a mão dela. — O mais bonito?

— Mas não tem essa voz deliciosa e esse charme todo seu, meu querido. Não fique com ciúme, te compenso mais tarde! Ela riu maliciosa, e todos riram.

— Falando em compensar no casamento, estou me separando. Mateus declarou. — Não compensou!

— De novo? Não é possível! Tiago não tem nem 2 anos!

— Ela me pôs para fora, vou fazer o quê?

— Morar lá em casa! Bruno gargalhou. — Adivinhem onde ele está morando com os três filhos!

— Na casa do solteiro! Enrico riu, balançando a perna e fazendo Marina pular.

— A menina vai vomitar, Enrico. Me devolve! Téo estava nervoso.

— Eu gosto que "chacalha", dindo! Eu gosto muito! Ela gargalhava, tentando colocar a colher de comida na boca e derrubando mais.

— Meu Deus, essa menina não sossega nunca! Isabel sorria.

— É a menina mais linda desse mundo todo! Enrico sacudia mais e se divertia dando beijos.

Capítulo 4

1993

Os laços de amizade fortaleceram-se com os anos, e, mesmo os encontros sendo menos frequentes por causa do intenso ritmo de trabalho e as carreiras despontando para o sucesso, os amigos se reuniam, pelo menos, uma vez por mês, com todos juntos. A casa de Bernardo e Isabel era sempre muito movimentada com visitas individuais, mas se divertiam mais quando estavam todos juntos. Aproveitavam para colocar as novidades de trabalho e a vida pessoal em dia e curtir as crianças que estavam cada vez maiores.

Renato, aos 14 anos, era sério e responsável, se dedicava aos estudos e sempre tirava as melhores notas. Calmo, conversador, adorava participar dos encontros e acompanhava com orgulho as conquistas dos tios e do pai. Alto e bonito, muito parecido com o pai, era o companheiro de todos, que sempre o levavam para o trabalho ou eventos, principalmente Bruno, que era seu confidente e conselheiro para os namoros que começavam a fazer parte da vida escolar.

Marina, com 7 anos, parecia uma boneca. De pele bem clara, grandes olhos castanhos cor de mel e com os cabelos bem lisos emoldurando o rosto angelical, era travessa, divertida e muito carinhosa com todos eles. Sempre agitada, adorava brincadeiras de luta, principalmente com Enrico, que sempre acabava rolando no chão, de terno e gravata, com a menina.

— Não me pegaaaaaaa! Marina corria pela sala, com os braços abertos, fugindo de Enrico, que gargalhava.

— Está ficando rápida, Sassá! Mas eu vou te pegar! Eu sou o monstro!

— Foge, vem com o dindo! Téo chamava a menina, que se escondia atrás dele.

— Ela não para um minuto! Está com 7 anos e parece que é ligada na tomada! Mateus riu, sentado no sofá ao lado de Bernardo. — Coitada da Isabel!

— Ela liga quando abre os olhos e não desliga até dormir. Bernardo concordou, sorrindo. — E parece um rádio, corre e fala o dia todo.

— Tio, seu programa é muito legal! Assisto com meu pai todo domingo! Renato se acomodou entre Bruno e Mateus.

— Está muito bom mesmo. Nós adoramos! Bernardo concordou.

— E pelo que sei, é um sucesso já consolidado! Mateus completou.

— Você viu? Estamos há mais de um ano na liderança de audiência. Bruno balançou a cabeça. — Não é fácil, quatro horas de mesa redonda no domingo à noite. Mas eu amo fazer, e os patrocínios estão engordando minha conta bancária!

— Semana que vem estreia o nosso! Téo se sentou ofegante no sofá. — O piloto ficou sensacional! Mateus sabe contar histórias.

— Como vai ser, afinal? Vocês fizeram tanto mistério!

— Vou contar os crimes mais famosos do mundo todo. Uma vez por semana. Téo roteirizou, e eu apresento e faço a narração. — É uma dramatização criminal.

— Mas você vai continuar com o seu programa diário, Mateus?

— Continuo, claro.

— Sassá, você vai matar o Enrico! Todos gargalharam com Enrico rolando no chão e Marina pulando em cima dele, puxando pela gravata.

— Deixe matar! Téo gargalhou. — Ele é grande, aguenta. Se fosse comigo, já estaria desacordado!

— O Renato faz "retussitação", tio! Ele disse que vai ser médico!

— Ressuscitação, Sassá! Todos riram.

— Sou um monstro! Grande e forte! Enrico se levantou com Marina pendurada em seu pescoço. — E bonitão, não é Sassá?

— É! Um monstro lindo! A menina agarrou o pescoço dele e deu um beijo demorado na bochecha.

— Escolheu ser médico mesmo, Renato? Que orgulho! Bruno o abraçou. — Sabe que precisa se dedicar muito, medicina não é fácil.

— Mais dois anos e ele se forma no colegial! Estaremos todos lá!

— Trouxe os convites da minha peça. Estreia mês que vem, quero todos lá.

— Eu também? Marina interrompeu, jogando-se no colo de Téo. — Posso ir, dindo?

— Sassá, você pode ir para o banho, agora! Renato, olha sua irmã e depois se lava também. Bernardo ordenou, e os filhos saíram correndo e rindo. — E direto para a cama, amanhã tem escola.

— Venham sentar. Isabel colocou a travessa na mesa. — Jantar está pronto.

— Bel, que saudade do seu macarrão!

— Como estão Alice e as crianças, Enrico?

— Loucos. Todos loucos. Ele contou triste. — Amanda é uma menina que chora dia e noite, Alice odeia ser mãe, odeia o Brasil e me odeia. Fernando é quieto e isolado, vocês sabem. Mas estão bem.

— Vocês voltaram há três anos, e a deslumbrada ainda reclama? Ela jura que é uma inglesa! Odeio essa mulher! Téo sempre criticava Alice.

— Eu também odeio, Téo. Estou me separando, não aguento mais. Depois que a mãe dela morreu, Alice se enfia na casa do pai e fica por semanas lá, e agora fui proibido de ir lá! Mal vejo os meus filhos, não consigo me relacionar com eles, sou um desconhecido para eles, é um pesadelo. Trabalho dia e noite, só para fugir daquele inferno.

— Você trocou para o jornal de economia?

— Troquei, sou diretor agora. Ele afirmou. — E continuo com editorial das revistas.

— Por isso eu não caso. Só dá merda. Bruno sacudiu a cabeça.

— Ei, eu e a Isabel somos casados e felizes há mais de 15 anos. Casamento é maravilhoso! Bernardo sorriu para a esposa.

— E eu estou há 14 anos com Pedro, e nunca tivemos uma briga! Téo olhou para Enrico com censura. — É só saber escolher! Sempre te falei que estava cometendo o maior erro casando com essa mocréia horrorosa!

— O Pedro é santo, Teodoro, não conta.

— Teodoro é o teu cu, Enrico. Estamos na mesa, confraternizando, e você não respeita!

— Pronto! Começaram! Já estava demorando! Mateus gargalhou. — Eu também acho que casar é maravilhoso. E aproveito para avisar que estou me casando de novo.

— De novo? Isabel riu. — Quinta ou sexta esposa?

— Eu só conto as que tem filho, senão preciso de calculadora. Téo declarou. — Três até agora, ou essa já está grávida?

— Ainda não, Téo, mas estou me dedicando ao máximo! Todos riram.

— Quem diria que aqueles cinco amigos que chegaram a dividir sanduíches no bar do Rubens estão ficando ricos e famosos!

— Verdade! Comemoramos meu emprego como assistente de editor, e hoje sou o âncora do jornal de notícias mais famoso do rádio brasileiro! Bernardo declarou orgulhoso.

— Falando em bar, passei lá semana passada, e estava vazio. Deu tristeza. Rubão disse que acha que vai fechar.

— Ah, não vai mesmo! Não vamos deixar.

— É o nosso bar, não pode fechar.

— Vocês podem ajudar. Rubens pendurou fiado tantas vezes! Isabel falou.

— Alguma ideia?

— Ajudem com uma boa reforma primeiro, porque passei para comer um lanche com as crianças, e estava bem abandonado.

— Quando você foi? Eu não vou lá faz tempo. — Semana passada. Ela olhou para Bernardo. — Aliás, a Sassá destruiu a mesa de vocês, cantando Sá Marina e dançando em cima! Com a mão na cintura, mexendo de um lado para o outro. *"Descendo a rua da ladeira..."*. Todos cantaram junto e gargalharam.

— Essa menina deixa a marca dela por onde passa! Enrico balançou a cabeça.

— Faz um evento de futebol lá, Bruno. Leva algum jogador conhecido, não sei.

— É uma ideia.

— Téo pode fazer uma noite de autógrafos do próximo livro, Enrico ajuda na organização das finanças dele, e Mateus e Bernardo fazem uma propaganda na rádio e televisão! Todos vocês são ótimos e podem ajudar de um jeito ou de outro.

— E você é a mulher mais espetacular do mundo, Bel. Vamos agitar algumas coisas lá, sim.

— Vejam o que podem programar, e eu organizo tudo. Ela piscou. — O Rubens adora quando levo a Sassá para correr lá dentro! Todos gargalharam, imaginando a menina cheia de energia correndo por todo o bar.

E eles fizeram. Ajudaram financeiramente em uma reforma, e Isabel cuidou de tudo pessoalmente. Bruno contou no ar, durante o programa "sem querer" em que assistia a jogos lá, e Enrico presenteou com uma televisão enorme, fazendo o bar lotar nos finais de semanas com o público de jogos. Téo criou uma noite para intelectuais fazerem leituras durante a semana, e Bernardo divulgava no programa do rádio, sempre que podia, sobre os eventos de Téo. Virou um ponto famoso de encontro de escritores e leitores.

Rubens fez questão de manter a mesa original deles, que Isabel mandou reformar e mantiveram no canto de sempre, de maneira especial.

Capítulo 5

1997

Os amigos se encontraram no bar do Rubens, para comemorar os 18 anos de Renato na mesa deles, cumprindo a mesma tradição de tantos anos. As carreiras já estavam estabelecidas, com sucesso para todos e, apesar de terem pouco tempo para as vidas pessoais, estavam confortáveis em suas posições de destaque no jornalismo nacional e mais ainda financeiramente. Continuavam juntos e faziam questão de se encontrar em momentos especiais, compartilhando agora não só as próprias conquistas como também as das crianças, que cresciam com muito amor e atenção de todos eles. Depois de tantos anos, eram mais que amigos, já tinham formado uma grande família.

Bernardo e Isabel já estavam sentados à mesa, acompanhados alegres de Marina, com 11 anos, e Renato, o feliz aniversariante que também comemorava o ingresso na faculdade de Medicina, que ele se esforçou tanto para conseguir.

— Dezoito anos, Renato! Bruno o abraçou. — Agora vai morar comigo!

— Nem pensar! Isabel fingiu censura. — Quero casado e com muitos filhos! Nada de vida de eterno solteiro!

— Isso mesmo. Bernardo concordou. — Quero ser avô! Nada de só namorar!

— Que pena que não posso contar para vocês que já tem uma forte candidata! Marina falou com ar travesso sem se preocupar que Renato a fuzilava com o olhar. — É segredo, não posso contar, mas se eu pudesse contar, vocês iam saber que tem uma moça muito loira que conquistou o coração dele!

— O que mais não pode nos contar, Sassá? Não me conte, vamos, continue! Bernardo brincou, e ela pegou a última garfada do prato do irmão.

— Não posso! Vou na cozinha, quero ver se tem mais torta ainda! Saiu correndo, pulando nas costas de Rubens, que gargalhou com o susto e a levou para dentro da cozinha, reclamando divertido que ela já estava grande para andar de cavalinho.

— Uau! Assim que eu gosto! Começando a namorar cedo, puxou a mim! Bruno se divertiu com a timidez de Renato. — Ela já tem 18?

— A Sassá fala demais. É mais uma das histórias inventadas dela. Renato estava envergonhado vendo o interesse dos pais e do tio. — Mas se fosse verdade, ela seria muito bonita e ainda teria 17.

— Que pena, então ela não poderá ir à boate que vou te levar amanhã. Na verdade, isso é muito bom, porque será uma noite especial, estaremos comemorando a sua maioridade! Bebidas por minha conta, e as mocinhas você vai ter que se virar sozinho!

— Boate? Você vai me levar mesmo com você amanhã? Renato se animou, olhando para os pais, como se pedisse autorização, e Bernardo concordou com a cabeça.

— Claro! Agora você tem 18, pode cair na farra com seu tio!

— E nós vamos junto! Mateus emendou, entrando no bar acompanhado de Alberto, e abraçaram Renato. — Posso deixar o Tiago com vocês? O Roberto está com a mãe este mês, e estou solteiro de novo.

— De novo? Isabel balançou a cabeça. — Mateus não toma jeito! Claro que pode! O Tiago e a Sassá se adoram, brincam juntos o tempo todo, pode deixá-lo lá em casa e ir para essa farra. Mas tomem conta do meu filho! Não quero ver chegar bêbado, Bruno. É a primeira vez dele, estou confiando em vocês!

— Não vai chegar, fica sossegada. Bruno piscou. — Vai dormir lá em casa, só levo de volta depois que a bebedeira passar!

— Se prepara, Renato. Noitada com o tio Bruno termina só de manhã, com café na padaria! Alberto beijou Bernardo e Isabel. — São sempre as melhores, tia!

— Chegamos! Téo se aproximou e abraçou Renato. — E já sabem quem atrasou, o traste! Não tem homem pior que esse, sempre atrapalhado na vida!

— Oi dindoooo! Marina voltou correndo, beijando Téo e jogando-se em cima de Alberto e Mateus.

— Sassá! Pelo amor de Deus, filha! Sempre correndo!

— Amor da minha vida! Estava com saudade! Alberto a abraçou e beijou.

— Minha menina mais linda!! Só tenho menino em casa, venho apertar você! Mateus riu, fazendo cócegas.

— Cheguei! E quero beijos, muitos beijos! Enrico abriu os braços para Marina, que pulou em seu colo, enroscando as pernas em volta da sua cintura, e a segurou.

— Vocês sabem que essa menina nunca vai poder usar uma saia, né? Ainda mais quando se junta com esse troglodita! Téo gargalhou, acomodando-se na cadeira.

— Parabéns, Renato! Enrico se curvou para beijá-lo, com Marina em seu colo.

— Amanhã vou a uma boate, com o tio Bruno, o tio Mateus e o Alberto. Renato contou animado. — Vem com a gente também?

— Batismo de noitada com o Bruno? Claro! Contem comigo! Não perco!

— Eu também vou! Marina gritou.

— Não vai não. Isabel avisou, e todos riram da expressão decepcionada dela. — Tem que ter 18 anos, filha. Você e o Tiago vão ficar em casa, com o dindo. Amanhã eu e o papai vamos namorar.

— E vamos fazer uma noite divertida! Téo completou.

— Quando você fizer 18, eu vou te levar, Sassá, e vamos dançar a noite inteira! Bruno avisou.

— Vão confundir a menina com as suas namoradas, Bruno. Téo provocou. — Filha, solta o Enrico, deixa ele se sentar. Bernardo implicou com doçura. — E no seu batismo, eu vou também!

— Não precisa. Enrico se sentou na cadeira, ajeitando Marina em seu colo, e Rubens se aproximou com a taça de vinho de Téo, a garrafa de uísque de Enrico e mais cervejas para os outros.

— Agora só o Enrico consegue segurar a Sassá no colo! Rubens brincou, servindo os copos. — Já me tornei um cavalo velho! Fiquei descadeirado só de levá-la até a cozinha.

— Sassá está cada vez mais linda. Estou esperando ela completar 18 para namorar com ela. Alberto brincou. — Quer casar comigo, Sassá?

— Nem vem, Alberto! Não deixo a Sassá namorar com ninguém, sou um tio muito ciumento. Enrico fingiu expressão brava.

— Isso mesmo, Enrico. Para alguma coisa tem que servir esse tamanho todo! Espantar todos os namorados! Téo alisou o braço de Marina. — Também sou ciumento.

— Então vocês vão ter muito trabalho, porque já tem pretendentes que eu sei! Isabel a provocou. — Anda fazendo sucesso na escola. Fui chamada duas vezes essa semana! Ela e o Marcelinho na diretoria.

— Vai namorar sim! E vai namorar bastante, nada de se casar. Bruno sorriu. — Tem que curtir a vida.

— E eu vou ser solteirona? Não vou mesmo! Vou namorar, casar e ser feliz para sempre com um Príncipe Encantado lindo, igual a você, tio Enrico. Ela deu um beijo estalado na bochecha, e ele a abraçou mais forte.

— Então está resolvido, você casa comigo. Enrico gargalhou. — Se o Bernardo deixar, já assumimos esse compromisso hoje.

— Casamento aprovado! Bernardo declarou, e todos gargalharam. — Vamos seguir os moldes dos antigos, casamento arranjado com homem rico que tem o dobro da sua idade, Filha. Assim não me dá dor de cabeça com namorados até lá e depois o Enrico se vira para tomar conta. Com esse tamanho todo, espantará todos! Resolvido.

— Eu tenho pai rico, não serve? Alberto brincou.

— Às vezes, acho que vocês são malucos. Isabel fez uma careta. — Ela tem 11 anos, e vocês estão decidindo o casamento dela!

— Não sei se gosto dessa ideia, Bernardo. Esse traste de marido para minha menina? Não, não. O dindo vai arrumar um marido ótimo para você, Sassá. Rico, bonito, jovem e que consegue chegar nos lugares no horário.

— Por mim, tudo bem. Você espera eu crescer, tio? Ela sorriu para Enrico e fez um carinho nele, piscando para Bruno e Mateus. — Mas vou na boate com o tio Bruno e o tio Mateus antes de casar, quero um batismo também.

— Combinado! Depois do batismo, um grande casamento. Ganhei Alberto! Enrico a abraçou forte. — Vou casar com a menina mais linda do mundo!

— Mudando de assunto e continuando nas comemorações. Estou muito orgulhoso. Além do Renato ter passado na faculdade e completar 18 anos, temos outra notícia boa. Outra conquista maravilhosa para celebrarmos nesta mesa.

— Notícia? Adoro notícias boas! Mateus ficou curioso.

— A Sassá ganhou o primeiro lugar no concurso nacional de redação! Bernardo falou orgulhoso, e todos a parabenizaram quando ela se levantou e fez pose de vencedora.

— Serei uma escritora igual a você, dindo. Vou escrever romances e contar histórias fantásticas, cheias de amor, e vai ter crimes também! Ela falou para Téo e apontou para Mateus.

— Que orgulho, Sassá! Mateus a abraçou. — Vou ser seu leitor número 1!

— Mas o mais interessante da redação é sobre quem ela escreveu. Isabel piscou para Enrico. — O tema era sobre um herói, e ela escolheu um especial.

— O tio Enrico! Renato contou animado. — O monstro herói! Ficou muito legal!

— É! Ela falou quase tímida.

— Sobre mim? Sou o seu herói? Que honra! Enrico abriu os braços, e ela se jogou sobre ele, que a encheu de beijos. — O que escreveu? Vai ter que contar.

— Ela trouxe o rascunho para mostrar a vocês. Pega lá no carro, filha. Bernardo estava muito empolgado, quando entregou a chave do carro, e Marina, como sempre, saiu correndo.

— Continua correndo o tempo todo. Bruno riu. — Devia ir para as olimpíadas!

— Enrico herói? Só me faltava essa! Téo estava com ciúmes.

— Sou o tio preferido, Teodoro.

— Teodoro é o teu cu, Enrico! Eu sou dindo, é mais que tio! Tinha que ser para mim! Já estou no meu quarto livro, sou editor chefe no jornal e tenho duas peças de sucesso! Ela quer ser escritora como eu! Todos gargalharam.

— Pronto, agora que ele pira de ciúmes. Bruno emendou. — Vai começar o duelo, quem é o mais bem-sucedido dessa mesa?

— Tio Bernardo faz um programa sensacional todas as manhãs na rádio. Sempre ouço no caminho da faculdade. Criou esse jeito de dar as notícias de maneira divertida, eu adoro! Alberto declarou, e Bernardo sorriu para ele.

— E o Bruno continua líder na audiência! Vi a matéria sobre a sua vida, um dos solteiros mais cobiçados do país! Fiquei honrado de ter nossos nomes ali!

— Líder na audiência e nos patrocínios da TV aberta e agora estou negociando outro na TV fechada! Bruno contou animado. — E continuo colecionando namoradas!

— Até descobrirem o time que você torce. Téo zombou com ironia. — Posso fazer uma chantagem com essa informação!

— Nem brinca com isso! Bruno apontou o dedo, e deu um gole na cerveja.

— Mateus também está bem no programa diário e semanal. Enrico sorriu. — Se tornou o rei do "mundo cão".

— Cansativo pra caramba, e vejo muita coisa ruim, mas sinto que presto um serviço para a sociedade.

— Eu não te assisto, sinceramente. Téo falou com ar desaprovador. — Muita notícia triste, só tem violência.

— E o nosso homem do dinheiro agora é diretor geral. Fiquei sabendo que tem gringo te sondando. É verdade?

— Fui convidado para um almoço na semana que vem. Enrico piscou malicioso. — Estou bem onde estou, mas alimenta o ego ouvir propostas. Quem sabe?

— E abandonou a cobertura política mesmo, Enrico?

— Meu negócio é economia, cansei de política.

— Voltei! Marina voltou ofegante, deu um beijo em Téo e entregou o papel rabiscado para Enrico. — Era sobre um herói, dindo, não fica triste. Eu falei sobre o herói que me fez nascer!

— Eu também fiz! Então pode ser para mim também. — Acho que não, Téo. Isabel contou feliz. — É sobre um monstro lindo, grande e forte que a salvou no nascimento e depois a criou com amor. Tem lutas, guerras, e ele vence todos os vilões.

— E sou uma linda princesa, filha do rei e da rainha! Apontou para os pais.

— Enrico se emocionou! Nunca vi chorar assim! Mateus zombou. — Deixa eu ler!

— Acabou de tocar o coração do monstro! Bruno completou. — A princesa mais linda desse mundo!

— Você não gostou? Marina se assustou com as lágrimas dele.

— Eu amei, Sassá! Posso tirar cópia desse rascunho? Quero fazer um quadro e colocar no meu escritório, junto com a sua foto.

— Por que ele tem uma foto dela no escritório, e eu não? Bel, você anda fazendo isso pelas minhas costas?

— Ele tem faz tempo, Téo! É aquela do aniversário de 3 anos, eles dois juntos. Tem uma com você. Se quiser, te mando. Bernardo se divertia com a disputa dos dois pela atenção de Marina. — Pode ficar com esse rascunho, Enrico, eles vão devolver a redação original no dia de buscar o prêmio.

— Posso ir junto no dia da entrega?

— Claro!

— Enrico, eu te odeio! A redação está linda! Téo estava emocionado também. — Minha menina vai ser escritora como o dindo! E quero duas fotos, Bernardo!

— Eu também vou na premiação! Mateus declarou, e Téo e Bruno concordaram.

— E lá vamos nós, Sassá e seus protetores! Isabel brincou.

— Essa menina é muito mimada! Renato fingiu reclamar, e ela se sentou no colo dele, com um sorriso carinhoso, e beijou seu rosto.

— Olha quem fala! É o que mais mima! Bernardo beijou o filho. — E ano que vem, faculdade de Medicina!

— Teremos uma escritora e um médico na família! Bruno estava radiante.

— E um advogado! Isabel fez um carinho em Alberto. — Tenho um grande orgulho de você.

— Traz a tequila, Rubão! Há 18 anos brindamos o nosso início, hoje o brinde vai ser para nossos filhos! Você brinda com a gente! Bernardo anunciou. — Aprendam, crianças, quando a felicidade é enorme, a gente sempre brinda com tequila! Rubens se aproximou sorrindo, com a garrafa e os copos pequenos. Arrumou na mesa, serviu cada copo e colocou suco para Marina, que reclamou.

— Tequila só com 18, filha. Isabel sorriu.

— Por enquanto, aproveite bastante a sua adolescência, que nós queremos te ver crescer e conquistar esse mundo, todos os dias! Bernardo abraçou a filha. Todos ergueram os copos, e ele declarou. — A uma vida inteira de amizade, cheia de amor, felicidade e conquistas. Para nós, que chegamos tão longe, e a esses três que estão começando agora! Todos viraram em um gole.

— Que palavras lindas! Téo se comoveu. — Saúde!

— O melhor brinde de todos os tempos, aos nossos filhos, não existe amor maior nessa vida. Mateus beijou Alberto.

— Eu pego emprestado. Não vou casar nem ter filhos, adoto todos vocês. Bruno puxou Marina para seu colo.

— Parece que a minha vida só vai ficar divertida quando eu fizer 18. Quero crescer logo! Não posso nada!

— Pode comer torta, quer mais um pedaço? Rubens ofereceu, brincando, e ela concordou alegre. — Vou buscar para você, Sassá.

— Não tenha pressa de crescer, filha. Temos a vida toda pela frente, quero curtir cada momento, assistir a cada conquista e brindar orgulhoso até ficarmos bem velhinhos.

— Melhor não ter pressa mesmo. Com esse casamento arranjado com o homem do dinheiro, seu futuro será nebuloso! Ele é um traste, eu voto no Alberto! Téo implicou com Enrico.

— Até que enfim, estou na concorrência de novo, tio! Papai apoia também? Mateus concordou, gargalhando. — Já são três. Só preciso convencer o Renato e o tio Bruno, e seremos maioria.

— Sou um herói, Téo. Um monstro, tomem cuidado, posso engolir vocês dois se me deixarem bravo! Sou eu quem vou casar com essa princesa e seremos felizes para sempre! Marina se sentou em seu colo de novo e deu um beijo carinhoso no tio.

— O monstro mais lindo do mundo.

Capítulo 6

1998

Enrico acordou assustado às 3 horas da madrugada, com o telefone tocando insistentemente. Téo chorava desesperado, quando ele atendeu.

— O Bernardo sofreu um acidente de carro, Enrico! Foi um acidente grave!

— Como ele está? Enrico se sentou na cama, esfregando os olhos.

— Ele está morto. Ele está morto, Enrico! Uma tragédia!

— Meu Deus, Téo. Ele estava sozinho?

— Estava com a Isabel! A Isabel está sendo levada para o hospital, em estado grave. Eu estou com as crianças, aqui em casa, Mateus está indo para lá, e vou avisar o Bruno.

— Calma, Téo. Fica com as crianças, cuida delas e não se desespera assim, elas precisam que você esteja forte. Estou indo para lá também.

Isabel chegou já sem vida no hospital, e nada pôde ser feito pelos médicos. O casal tinha ido a Campos de Jordão, para um evento social importante da rádio, e estavam voltando no fim da noite. O relatório da perícia sobre a investigação concluiu depois que foi um problema mecânico no carro que causou a perda de direção e o acidente fatal.

Eram o eixo central daquela amizade, e todos ficaram muito abalados. Isabel era a irmã de todos, a que consolava, aconselhava e cuidava daqueles "meninos grandes" desde a faculdade. Bernardo era também um equilíbrio entre eles, e sentiram que, naquele momento, estavam perdendo mais do que amigos. Despediam-se de um pedaço da história da vida deles e estavam ganhando uma grande responsabilidade: cuidar das crianças, que eles viram nascer, crescer e que amavam demais.

Já era início da tarde quando Enrico chegou do hospital na casa de Téo. Marina, que parecia um animal amedrontado de tão encolhida, chorava copiosamente ao lado do irmão no sofá. Renato estava sentado arrasado e segurava a cabeça entre as mãos, com os olhos inchados. Eles estavam desnorteados.

— Vem cá, Sassá. Enrico a pegou no colo, ela encaixou as pernas na sua cintura e deitou a cabeça em seu ombro. Além da perda pelos amigos que o corroía por dentro, estava destruído de assistir ao desespero da menina. — Fica aqui comigo, vem meu amor. Senta aqui do meu lado, Renato, vem aqui comigo também. Ele se acomodou no outro sofá, com ela em seu colo, e alisou seus cabelos, ouvindo o pranto se acalmar. Renato se sentou ao seu lado, e Enrico passou um braço por cima dos ombros dele e o trouxe para perto, fazendo um cafuné.

— Tio, o policial que foi lá em casa avisar do acidente disse que iam levar a Sassá para um abrigo de menores. Eu fiquei com muito medo, liguei para o tio Mateus, e ele nos mandou vir para cá. Não peguei nossas roupas, nada, viemos escondidos. Por favor, tio, não deixa eles levarem ela!

— Eu não quero ir, tio, por favor. Quero ficar com você, com o dindo e com meu irmão. Por favor, não quero ficar sozinha!

— Fiquem calmos, ninguém vai te levar, Sassá, eu não vou deixar. Você vai ficar com a gente. Fica tranquilo, Renato. Nós vamos resolver tudo isso. Nós vamos cuidar de vocês. Ele apontou duas mochilas no chão, ao lado da porta. — Já passei lá e peguei algumas roupas, escova de dente, para os primeiros dias, depois buscamos mais.

— Eu avisei que tenho 19 anos, mas o policial disse que não posso ficar com ela. Preciso de ajuda, não deixem levar a minha irmã.

— Não vou deixar, eu prometo. O Mateus vai resolver tudo isso. Téo entrou na sala, carregando uma bandeja com xícaras com chocolate quente e café com leite e alguns sanduíches, e Enrico percebeu que ele também estava despedaçado e pensou que os quatro amigos teriam que se apoiar muito para superar aquela dor e poderem cuidar das crianças.

— Trouxe uma mochila para cada um, Téo. Depois é melhor você ir escolher o que mais precisa. Téo assentiu com a cabeça.

— Cadê o Bruno e o Mateus? Perguntou, enquanto apoiava a bandeja na mesa de centro, tirava um sanduíche com a xícara de café com leite e entregava para Renato.

— Estão cuidando dos velórios. Eu vim antes para ver as crianças.

— Sassá, minha menina, come esse sanduíche e toma seu leite. Pegou outro sanduíche e a xícara com chocolate e fez um sinal com os olhos para Enrico. — Você precisa se alimentar.

— Não quero. Ela respondeu, sem tirar o rosto do ombro de Enrico. — Depois eu como, dindo, não estou com fome.

— Você tem que comer, Sassá. Renato reforçou o pedido, também olhando para Enrico. Ele percebeu que não era a primeira tentativa dos dois. — Não pode ficar sem comer nada.

— Olha para mim, Sassá. Enrico a virou e acomodou apoiada em seus braços, junto ao seu peito, como um bebê. — Você precisa comer, mesmo que não esteja com fome. Toma, pelo menos, o seu leite? Por mim? Deu um beijo na testa dela e secou as lágrimas, quando ela confirmou com a cabeça.

— Posso ficar aqui no seu colo mais um pouco? Ela perguntou choramingando ainda e bebendo o leite. — Quero ficar com você.

— Claro que pode, vou ficar com você. Mas quero te ver comer, pelo menos, metade desse sanduíche. Téo entregou o sanduíche rápido na mão dela, aliviado por Enrico ter convencido a menina.

Renato pegou a mochila, avisou que ia tomar um banho, e Téo seguiu com ele para o quarto. Enrico esperou que ela comesse e se recostou no sofá, ajeitando Marina em seu colo, e ficaram em silêncio, até que ela adormeceu com o carinho que ele fazia em seus cabelos.

— Que bom que ela dormiu. Chorou a madrugada inteira, coitada. Téo falou cochichando, quando voltou para a sala. — Renato se deitou um pouco no quarto também. Já deixei o quarto para ela pronto. Quer levá-la?

— Melhor não, não quero que ela acorde. Ela está bem acomodada aqui no meu colo. Pode deixar.

— Meu Deus, que tragédia tudo isso. Essas crianças não vão aguentar. Desabafou ainda em tom baixo e sentou-se, suspirando no sofá.

— Vão ter que aguentar, Téo, e nós vamos estar aqui, cuidando deles.

Mateus e Bruno entraram em silêncio, viram os dois amigos no sofá com Marina adormecida, e Téo logo avisou para falarem baixo. Acomodaram-se com tristeza e avisaram que já estava tudo resolvido, explicando como seriam as cerimônias, e serviram-se de café.

— Cadê o Renato? Bruno perguntou, e Téo avisou que tinha ido deitar no quarto. — Vou lá ver como ele está.

— Mateus, preciso falar com você. Téo falava nervoso, sussurrando. — O policial disse para o Renato que vão levar a Sassá para o conselho tutelar. Precisamos de um advogado, urgente. Estou apavorado, não deixa levarem minha menina, por favor, Mateus!

— O Renato me avisou, por isso mandei virem para cá, já liguei para um promotor amigo meu, vai resolver isso e não vão levar, Téo, pode ficar tranquilo. Olhou para Enrico. — Você está por dentro das finanças do Bernardo?

— Estou, ajudei mês passado com uns investimentos. As crianças vão ficar bem.

— Ótimo, pode ficar calmo, Téo, vamos mantê-la aqui, ninguém tem esse endereço. Vamos pedir a guarda em seu nome. Deixa que essa parte jurídica eu tomo conta. Mateus suspirou. — Você fica com as crianças, e o Enrico desenrola as finanças.

Bruno voltou para sala, avisando que Renato também estava dormindo.

— Vou ficar por aqui com você, Téo, não vou deixá-los agora. Declarou. — Eles precisam da gente. Mateus e Enrico confirmaram que ficariam também.

Foi um final de semana muito triste. Os quatro amigos decidiram ficar junto de Marina e Renato e permaneceram o tempo todo na casa de Téo, fazendo o possível para consolá-los. Marina não desgrudou nem um minuto de Enrico, e até para dormir era no seu colo que se acomodava, e depois ele a levava para a cama, mas ela sempre voltava durante a madrugada, choramingando e com medo de ficar sozinha. E ele a acolhia em seus braços novamente, adormecendo com ela no sofá.

Durante a semana, resolveram toda a burocracia necessária em tempo recorde, usando os contatos que a posição deles permitia, para que Téo pudesse assumir a criação de Marina, com 12 anos, e dar suporte a Renato, já com 19 anos e cursando o primeiro ano da faculdade de Medicina. E mesmo com a correria do trabalho e a ajuda ao inventário de Bernardo, Enrico aparecia sempre durante o dia, atendendo os chamados desesperados de Téo sobre as crises de choro e a falta de apetite da menina. E passou todas as noites no sofá da sala dele, sabendo que ela voltaria no meio da noite para o seu colo, amedrontada e aos prantos.

Na volta da missa de sétimo dia, reuniram-se na mesa do almoço com Marina e Renato. Mateus quebrou o silêncio.

— Vocês vão precisar reagir. É tudo muito triste o que aconteceu, mas eles iriam querer que vocês continuassem a vida.

— Nós vamos ter que voltar para casa? Vamos ficar sozinhos? Marina perguntou, triste.

— Não, vocês vão morar aqui comigo, e eu vou cuidar de vocês. Téo serviu o prato dela e, como tinha acontecido durante toda a semana, olhou para Enrico, pedindo ajuda. — Come Sassá, você precisa se alimentar.

— Não estou com fome, dindo.

— Nós todos vamos cuidar de vocês, Sassá. Estaremos sempre com vocês. Enrico a puxou para seu colo, e ela se aninhou. — Mas você precisa comer. Só um pouquinho? Por mim? E mais uma vez, ficaram aliviados quando ela concordou.

Passaram a tarde conversando, e o clima de pesar estava mais leve. Enrico detalhou todas as informações das finanças de Bernardo para Renato e Téo. Ele havia organizado um plano de investimentos para os filhos um mês antes de sua morte, e o inventário seria distribuído. Téo teria total acesso para as necessidades dos dois, mas insistiu que não precisaria.

— Estou muito bem de vida, não preciso. Téo declarou. — Dou conta das despesas dos dois, tranquilamente. Usarão o fundo somente quando saírem para a vida adulta.

— Se precisar, eu ajudo também. Bruno ofereceu. — Se quiser mandar o Renato lá para casa, posso ficar com ele e não te sobrecarrega.

— Não. Não vamos separar os dois. Mateus declarou. — Se precisar de grana, eu ajudo também. Preservamos esse dinheiro para a vida adulta.

— Estamos todos bem, e o Bernardo também estava. Eles terão dinheiro para viver por um bom tempo, se formarem e seguirem com a vida.

— Você está indo embora para Nova York mesmo? Mateus perguntou para Enrico.

— Vou. Embarco na semana que vem. Suspirou. — É um novo desafio, mas confesso que vai ser bom começar algo novo, estava muito acomodado.

— O maior jornal de economia do mundo. Bruno sorriu. — Você agora será mundial, Enrico.

— E teus filhos? Como vai fazer?

— Eles me odeiam, Téo. Alice conseguiu envenenar os dois. Devem estar felizes com a distância.

— Devem estar? Você não falou com eles?

— Faz mais de um ano que se recusam a vir nos dias marcados e, quando eu ligo, atendem só para dizer que não querem falar comigo.

— Como te odeiam, Enrico? Mateus falou bravo. — Eu não permito isso. As mães podem me odiar, mas meus quatro filhos me amam e moram todos comigo.

— Não tive essa sorte. Enrico falava triste. — Chamam o marido da Alice de pai e eu sou o "jornalista", nem meu nome falam.

— O Alberto está firme na faculdade? E os outros?

— Estou orgulhoso, um homem do Direito! Roberto vai fazer oceanografia, conseguiu uma bolsa na Austrália! Tiago está na mesma escola que a Sassá, isso vai ser bom para eu poder acompanhar ela mais de perto. Quase toda semana sou chamado mesmo, ele apronta todas! E o Lucas é aquele bebê maravilhoso, sempre calmo e tranquilo. Mas eu amo ser pai, ainda quero mais.

— Deve ser uma alegria mesmo. Para mim foi só tristeza, quis tanto ser pai e não consigo chegar perto deles. Somos estranhos, não sei nada da vida deles, e eles me odeiam.

— Sinto muito. Mateus balançou a cabeça, olhando para Marina e Renato, que estavam deitados no sofá, quietos. — Mas aqui você tem dois que te amam loucamente.

— E eu os amo muito também. Enrico sorriu, levantando-se. — Eu trouxe essa mocinha linda ao mundo, lembra? Pegou na mão dela e girou-a no lugar, fazendo-a sorrir pela primeira vez em uma semana.

— Nós trouxemos, Enrico! Téo se apressou e aumentou o som, com a música João e Maria, de Chico Buarque.

— Põe no começo Teodoro, que vou valsar com a noiva do caubói!

— Teodoro é o teu cu, Enrico! Dança de boca fechada que hoje não estou bom! Enrico segurou a mão dela e apoiou a outra na cintura e dançou com ela, cantarolando e rodopiando, aliviado por ver o sorriso, mesmo que ainda triste, aparecer no rosto da menina.

— Você tem o sorriso mais lindo do mundo, Sassá. Enrico a prendeu em um abraço forte. — Eu te amo, vamos passar por tudo isso juntos. Vou sempre estar aqui com você.

— Você vai mesmo se mudar para os Estados Unidos?

— Vou, eu preciso ir. Mas sempre que der, venho te ver. E vou pedir para o Téo sempre me mandar notícia. Beijou a sua cabeça e alisou os cabelos com carinho. — Não quero que ele conte que você não comeu. Vai dormir no seu quarto, comer nas horas certas e estudar bastante.

— Eu não quero voltar para a escola. Não posso ir com você?

— Se eu pudesse, eu te levava. Mas se tirar notas boas vai poder passar as férias comigo, todo ano.

— Não quero que você vá embora.

— Vou estar sempre aqui, meu amor, não vou te abandonar. A viagem é rápida, consigo vir sempre.

— Promete?

— Prometo. Venho sempre e vou cuidar de você.

Capítulo 7

Marina teve muita dificuldade para se recuperar da tristeza pela morte dos pais. Ficou meses em depressão, trancada no quarto quieta, escrevendo compulsivamente em um caderno que escondia e não deixava que ninguém visse. Renato tentava estar presente, era o único que ela permitia aproximar-se um pouco mais. Porém, com as aulas na faculdade de Medicina, não conseguia ter muito tempo livre, e ela sempre aparecia para dormir em seu quarto, enquanto ele estudava durante as madrugadas, depois de acordar de pesadelos. Acomodava-se na cama dele e dormia encolhida, com o carinho protetor do irmão.

Téo, Mateus e Bruno se desdobravam para animá-la, mas sem muito sucesso. Ela se isolou do mundo, dos amigos de escola e dos tios, criando um mundo dela quase à parte. Com a tristeza e o desânimo total, as notas que sempre foram boas despencaram, e ela acabou reprovada na escola. O que parecia ser mais um problema tornou-se a solução. No ano seguinte, ficou na mesma turma que Tiago, filho do meio de Mateus, e a proximidade com o "primo", como eles se tratavam, acabou se tornando uma amizade forte e de muita confiança. Tiago, com seu jeito alegre e sempre extrovertido, devolveu a alegria para Marina, que voltou a sorrir e conseguiu superar aquela perda enorme.

Sentia muita falta de Enrico, esperava ansiosa pelas suas visitas e perguntava frequentemente quando ele viria vê-la, mas ele nunca mais apareceu nem ligou para ela. Téo sempre dizia que ele mandava recados e beijos em mensagens de e-mail, mas ela descobriu, dois anos depois da sua partida, bisbilhotando o computador do padrinho, que, em nenhuma das mensagens trocadas entre eles durante todo aquele tempo, Enrico nem sequer havia perguntado por ela.

Foi quando decidiu que ele havia morrido junto com o pai e falou isso para Bruno certa vez, cheia de mágoa e ressentimentos. Sempre foi muito apegada a Enrico e sentir-se esquecida foi um golpe muito forte – só tinha 14 anos na época. Nunca mais perguntou e sempre fugia de assuntos que o envolvessem. Não queria saber nem se lembrar dele. Não escreveu mais em seu caderno e jogou fora a foto que guardava sempre com ela. Se ele a esqueceu, ela também o esqueceria. Para sempre.

Téo se tornou o pai amoroso, que a mimava e fazia todas as suas vontades. Sempre exagerado nos cuidados e quase histérico com as travessuras. Tinham uma relação carinhosa e de muito afeto. Era quem cuidava dos estudos, da alimentação, se preocupava com as roupas sempre na moda, levava ao salão de beleza desde adolescente, incentivava a leitura e iam juntos para teatros, museus e eventos culturais de alto padrão. Sempre a tratava como a sua menina, delicada e indefesa que precisava ser cuidada e protegida. Uma simples gripe era tratada como se fosse uma pneumonia, com chás, sopas e noites acordado na cabeceira de sua cama.

Mateus assumiu a postura do pai mais rígido, mesmo sendo também muito carinhoso. Estava sempre presente na escola, acompanhando as notas e o desempenho escolar e insistia em conversar sobre futuro, carreira, faculdade e cursos. Foi pelo incentivo e pelas exigências de Mateus que ela cursou Jornalismo e depois concluiu dois mestrados, em Filosofia e Literatura, falava fluentemente cinco idiomas e fez cursos diversos para se preparar para ser escritora. Além da forte amizade com Tiago, Marina se apegou muito a Alberto, o filho mais velho de Mateus, quando Renato foi para Itália fazer especialização na área médica. Alberto, que sempre teve o temperamento muito parecido com o do pai, ocupou esse espaço de irmão mais velho e, como todos os homens daquela família, era sempre protetor e amoroso com ela.

Mas era com Bruno que Marina mais se identificava e se divertia. Descontraído, calmo e despreocupado, ele se tornou, assim como era para Renato, seu confidente e melhor amigo. Ele via os cuidados exagerados de Téo e as rígidas exigências de Mateus como sufocantes e fazia questão de ser, mesmo mantendo a proteção e o carinho, um pai moderno, que se divertia com as travessuras dela e entendia que fazia parte da idade e do comportamento de adolescente normal. Com seu estilo jovem e liberal, era ao "tio permissivo", como Téo o chamava, a quem ela recorria toda vez que precisava de ajuda. Foi para ele que contou sobre seu primeiro namorado, que se tornou um pesadelo para Mateus e Téo aceitarem, e foi ele quem a levou a um ginecologista quando ela disse que, após dois anos de namoro, aos 17 anos, tinha decidido perder a virgindade.

Bruno e Marina conversavam sobre tudo e faziam programas noturnos em boates e bares, sempre juntos, adoravam dançar, festas e eventos mais agitados. Com a falta de romances compromissados e a rotatividade acelerada de seus namoros, Marina se tornou a sua acompanhante em todos os eventos e jantares sociais e profissionais.

Marina nunca usou a influência dos tios nem o nome do pai para conseguir empregos. Trabalhou como estagiária em um jornal de grande circulação e depois como colunista, escrevendo críticas de livros. Foi trabalhando no jornal, aos 26 anos, que conheceu um jovem jornalista da área de economia e, com três meses de namoro de uma paixão louca, decidiram casar-se.

Os tios foram radicalmente contra o casamento. Além de acharem muito cedo para uma decisão como essa, também não gostavam do rapaz. Porém, sem se sentirem no direito de proibir, impuseram condições para que, se o casamento não durasse, ela não fosse prejudicada. Como se tivessem adivinhado, o casamento não durou seis meses e terminou de forma trágica e violenta.

Na mesma época da separação, ela conseguiu um emprego em uma editora pequena, como tradutora, e passou a acumular também o cargo de revisora. Em menos de um ano, conquistou a editora e tornou-se responsável pelas avaliações de originais, contratos de publicação e contatos de escritores, tornando-se um nome conhecido depois de algumas indicações secretas dos tios a amigos que adoraram o trabalho impecável dela e sugeriram seu nome a outros conhecidos.

Com o trauma sofrido pela separação, Marina deixou de lado sua vida pessoal e passou a se dedicar integralmente ao seu trabalho. Somente depois de três anos na editora é que ela decidiu tirar férias, pela primeira vez. Apesar de querer muito ir visitar o irmão, na Itália, acabou decidindo aventurar-se em Nova York, que ela sempre sonhou conhecer.

— Você vai viajar sozinha, Sassá? Isso é perigoso! Você é uma menina! Para onde você vai? Téo declarou já preocupado quando ela comunicou aos tios, durante o jantar que tinha comprado as passagens e sairia de férias.

— Nova York! Consegui 10 dias de férias. Já comprei as passagens e reservei o hotel. Vou sozinha, vou me divertir e conhecer pessoas do mundo todo, vai ser uma aventura! Eu sei me cuidar, dindo, não se preocupe!

— Acho que está certa! Conhece bem a língua, e Nova York é a melhor cidade do mundo. Mateus se animou. — Eu tenho todos os mapas de quando fui para lá. Vou traçar os roteiros para você aproveitar bem e conhecer tudo que é importante.

— Eu adorei a notícia, Sassá! Vou te dar dicas de boates sensacionais. Você vai amar! Mas essas passagens são classe econômica, meu amor. Vou trocar para você para primeira classe. Você vai chegar moída lá.

— Não precisa nada de mapa e boate. Téo falou decidido. — Vou avisar o Enrico, e ele te levará aos passeios e aos teatros. Só faltava ir à Nova York para se enfiar em boates, Bruno! É perigoso! Vai ver os shows da Broadway, caminhar na quinta avenida... Enrico conhece tudo, vai te levar aos melhores restaurantes, você vai ver!

— Não é perigoso, é só levar bastante camisinha, Sassá. Os banheiros nas boates são ótimos para trepar! Ele provocou Téo, e Marina gargalhou.

— Só faltava a menina trepando em banheiro de boate! Você inventa cada uma, Bruno, que desaforo! Nada disso, vou ligar pro Enrico e avisar que não é para levar em boate. Olha se isso é coisa de dizer para a menina! Enrico vai tomar conta de você, Sassá.

— Não precisa avisar o tio Enrico, dindo, quero me aventurar. Vou fazer o roteiro do tio Mateus e vou na Broadway, prometo. Eu sei me virar sozinha.

— Eu vou te dar os mapas, mas acho bom avisar, sim, o Enrico, Sassá. É um contato lá. Se você precisar de alguma coisa, ele pode te ajudar, minha filha. Mateus concordou com Téo. — É sua primeira viagem internacional sozinha, e ele é seu tio, te ama e vai ficar feliz em te ver! Avisa, sim, Téo. Anote o nome do hotel e a data do voo e diz para ele já esperá-la no saguão do hotel, no dia que ela chegará. Téo anotou os dados e confirmou que ligaria no dia seguinte, por causa do horário.

Terminaram de jantar, e Bruno percebeu o olhar desesperado de Marina.

— O que foi, Sassá? Você não parece mais tão empolgada com a viagem. Perguntou quando a levou para casa. — Sabe que pode me falar tudo. O que te incomoda?

— Não quero ver o Enrico, tio. Não quero ver nem por um minuto. Falou aflita.

— Você ainda está magoada com ele? Tanto tempo depois?

— Eu não o conheço, é um estranho para mim. O tio Enrico que eu conhecia morreu junto com meu pai, tio. Ele me esqueceu! Não quero ver esse homem, me ajuda, convence o dindo de não ligar?

Bruno suspirou e pensou. Ficava triste por ela ter essa mágoa. A última vez que falou disso tinha só 14 anos. Achou que já teria esquecido.

— Se você não quer ver, não vai ver, Sassá. É a sua viagem, o seu sonho, você tem o direito de não ver se não quiser. Vou tentar convencer o Téo, pode deixar, mas você sabe que ele é teimoso, e, com o Mateus apoiando, fica mais difícil. Vamos fazer o seguinte, troca a reserva de hotel. Cancela essa reserva e pega outro que vou te dar o nome. É melhor que esse, em localização, e se for mais caro eu pago para você.

— Não precisa pagar, tio, eu posso pagar a mais.

— Eu gostaria de te dar de presente, Sassá! Tudo bem, mas você fica nesse hotel. Ele anotou o nome em um papel. — E não avisa para o Téo e o Mateus. Se eles continuarem insistindo em falar para o Enrico, e ele for lá, vai no hotel errado e não vai te achar.

— Obrigada, tio. Eu te amo.

— Mas fica nesse hotel que estou te falando, me promete? Só falta acontecer alguma coisa, e eu não te achar lá! Aqueles dois me matam!

— Prometo. Fico nesse hotel.

— Se diverte, trepa bastante, usa camisinha e avisa se precisar de alguma coisa!

— Deixa o dindo te ouvir! Ela riu, balançando a cabeça.

— Sassá, você é uma mulher linda, independente e livre, dona desse nariz lindo e perfeito. Faça sempre o que te fizer feliz! Eu te amo.

Capítulo 8

2015

Enrico estava distraído, quase entediado, sentado em uma cadeira desconfortável e pequena demais para seu tamanho, ouvindo a sonolenta leitura do escritor, em começo de carreira, lançando seu segundo livro. Era seu vizinho há alguns anos, e ele não pôde recusar o convite. O livro parecia ser interessante à primeira vista, uma história de romance de época, mas a voz da narração era quase mórbida. Os pensamentos estavam longe, pensando na mudança e na volta ao Brasil. Mais de 17 anos haviam passado, e ele nunca mais tinha voltado nem sequer para uma visita.

A ida para Nova York, logo depois do acidente fatal de Isabel e Bernardo, tinha sido quase providencial. A distância fria dos filhos, a dor da perda dos amigos, o novo trabalho. Ele estava despedaçado e sentiu a solidão logo nas primeiras semanas, mas encarou como a chance de uma nova vida, de reescrever sua própria história.

E assim ele fez. Consolidou sua carreira, assumindo a direção geral de toda a América Latina no maior jornal de economia do mundo, com correspondentes sob suas ordens em vários países. Escreveu seis livros sobre economia, que foram traduzidos para várias línguas, e o último havia sido acabado de lançar. Novos amigos e novos romances, sem muita intimidade ou sentimento, quase como precaução contra decepções e perdas. Da vida antiga, somente o contato com os amigos Téo, Mateus e Bruno ficaram preservados com telefonemas, mensagens eletrônicas e visitas divertidas ao longo dos anos. Eles eram a única parte verdadeira de sua vida, a amizade de uma vida inteira.

O sininho da porta da pequena livraria tocou, despertando-o dos pensamentos, e ele viu uma moça que entrava, quase tímida, procurando com os olhos por atendimento. Enrico sentiu o coração aquecer quando ela abriu um sorriso para Giuseppe, um senhor italiano muito simpático, que não tinha mais de um 1,5 metro, barrigudo e já beirando os 70 anos, que se apressou em recebê-la. Era o sorriso mais lindo que ele já tinha visto. Um sorriso quase puro que seduziria qualquer homem. Tinha algo de acolhedor e era delicioso de admirar. Ajeitou-se na cadeira para observá-la, não conseguia parar de olhá-la. Ela falou algumas palavras e entregou um papel para Giuseppe, que leu curioso e concordou com a cabeça, afastando-se com olhar pensativo, procurando pelas prateleiras, enquanto ela o seguia.

Giuseppe foi retirando alguns livros e entregando para ela, que os equilibrava em uma pilha organizada nos braços. Tentou alcançar um livro, que estava em uma das prateleiras mais altas, e riu de si mesmo quando não conseguiu, procurando em volta com os olhos por sua velha escadinha quando se lembrou que ela estava sendo ocupada para expor os livros do escritor, que continuava a narrar sem muita emoção. A moça, bem mais alta que ele, tentou alcançar também, ficando nas pontas dos pés e com as pontas dos dedos quase conseguiu, mas também desistiu. Enrico se divertiu com a cena e se levantou rapidamente. Alcançou o livro com facilidade e entregou para ela com um sorriso.

— Grazie, Enrico!

Giuseppe falou baixo para não atrapalhar a leitura e seguiu para a busca de outro livro. A moça o olhou assustada, e ele viu aqueles olhos castanhos claros, quase cor de mel, arregalados, olhando fixamente para ele.

— Obrigada. Ela falou baixo, acomodando o livro no braço e balançando a cabeça para tentar tirar a franja da frente dos olhos com o movimento.

— Brasileira? Ele perguntou sorrindo, mantendo o olhar, e ela apenas assentiu com a cabeça, concordando, e sorriu para ele. Mais uma vez aquele sorriso. E, dessa vez, tão perto e mais perfeito. Sentiu um calor subir pela espinha e uma vontade quase irresistível de beijá-la. — Esses livros devem estar pesados. Posso te ajudar? Falou com cuidado, já retirando a pilha dos braços dela para levar até o balcão, e ela o seguiu. Olhou os livros, eram de arte moderna, sacra e um de fotografias. — Bom gosto você tem. Sou Enrico.

— Marina. Apertou a mão que ele estendeu e estava gelada. Marina não podia acreditar que estava vendo Enrico à sua frente. O "tio" Enrico que ela tanto esperou e que agora, depois de até trocar de hotel para evitar vê-lo, acabava de encontrar tão casualmente em uma livraria de Nova York. Ele parecia não a ter reconhecido, e cumprimentou-o, sentindo o ar lhe faltar e com o coração disparado.

— Brasileiros não costumam vir aqui. Gostam mais das *bookstores* gigantes perto da Times. Sorriu sedutor, tentando iniciar um assunto.

— Vim por uma indicação, os livros não são meus, são encomendas.

— Encomendas? Vai pesar na mala, amigos adoram judiar da gente! Está aqui a turismo ou a trabalho? Ele puxava papo, e ela parecia à vontade com ele, mas mantinha o olhar diretamente em seus olhos, como se entre eles houvesse uma história. Enrico não conseguia desviar desse olhar, era como se estivesse hipnotizado.

— Turismo. Os livros são para o meu padrinho. Ele merece que eu carregue um excesso de peso.

— Posso te convidar para um café, Marina? Ou será que parecerei muito ousado? Sentia-se atrevido e quase envergonhado, mas estava fascinado por aquele sorriso tão lindo e tentava conseguir alguns minutos a mais com ela. — Estou aqui há tempo demais, sinto falta da boa conversa dos brasileiros.

Marina nunca esqueceu aquele olhar iluminado e o brilho dos olhos verdes, mesmo que tivesse tentado apagar de suas lembranças e não poderia resistir. O problema maior é que, naquele momento, ela não estava vendo o tio, e sim um homem desconhecido e muito atraente, que estava interessado em conhecê-la, quase paquerando, e sentia uma vontade incontrolável de conhecê-lo também, saber quem ele se tornou. Pensou alguns segundos e falou como se arriscasse.

— Claro, vou adorar. Só preciso de outro livro. É de um jornalista brasileiro, Enrico Greco, seu xará. Olhou em volta. — Não sei se terá aqui, é um lançamento, ainda não saiu no Brasil.

— Enrico Greco? Sorriu convencido. — Aqui não tem, mas não precisa procurar para comprar. Posso te presentear com uma edição especial. Incluirá até dedicatória. Ela balançou a cabeça, concordando.

— É você mesmo, não é? Eu estava desconfiada, mas não tinha certeza.

— Falar do livro foi uma boa maneira de arriscar.

— Na verdade, está na lista. Mostrou o papel com todos os nomes de livros encomendados, e o dele realmente estava listado.

— Uau. Então te darei dois. Um para a lista do seu padrinho e um para você. Ele esperou Giuseppe entregar os valores para ela finalizar o pagamento. — E o café fica por minha conta.

— Vou adorar.

Foram a uma cafeteria a uma quadra da livraria, charmosa e tranquila, arrumada com mesas na rua, e iniciaram uma conversa muito interessante. Começou sobre livros, o trabalho dela, o dele, sobre o mundo, passaram por cinema e música, esportes, economia e chegaram até a política. Enrico estava encantado com a moça. Tão jovem e parecia ser tão madura. Ela era simpática, extrovertida, inteligente e linda demais. Tinham gargalhado, concordado e debatido contrapontos e ideologias com entusiasmo. Ela contou que trabalhava em uma pequena editora de livros, assumindo um pouco de cada função e que queria ser escritora. Tinha alguns artigos publicados, mas queria escrever um livro.

— Primeira vez em Nova York? Gostou daqui?

— Primeira vez. Cheguei ontem, passeei um pouco na Times e hoje vim para garantir as encomendas. Ainda não conheci muita coisa, mas estou adorando. Ela mostrou um mapa todo rabiscado. — Amanhã começo o passeio turístico.

— Você fica até quando? Ele pegou o mapa e olhou curioso. — Você consegue entender esses rabiscos?

— Fico até sábado que vem. Ela gargalhou. — Os rabiscos são do meu tio. Me deu mapas com o roteiro para cada dia e recomendações expressas, não quer que eu perca nada importante. Olha, amanhã tenho que começar no Empire State exatamente às 9 horas e só posso ficar lá por uma hora! Aí sigo aqui e vou visitando. Tudo com caminhos e tempos calculados. No outro dia é o museu de história natural, depois o Metropolitan.

— Estou vendo! Ele se divertia com o mapa todo rabiscado que começou a fazer sentido. — Não vai perder nada mesmo.

— Ele é meio obsessivo com mapas. Ela sorriu e guardou na mochila pesada, levantando de repente quando avistou um táxi e fez sinal. — Preciso ir! Muito obrigada, Enrico, pela tarde, pelos cafés e pela ótima companhia. Você é um cara muito especial.

— Espera, eu te levo. Assustou ao vê-la se despedir tão rápido. — Poderíamos....

— Não precisa. Sorriu entrando no táxi e fechando a porta. — Adorei te ver.

Enrico ficou parado na calçada, olhando desesperado o taxi que se afastava. Queria vê-la novamente, precisava estar com ela de novo. Há anos não sentia aquele calor, uma necessidade da presença de alguém. Entrou em seu apartamento e esparramou-se no sofá pensando nela. Era uma mulher muito bonita e interessante, mas tinha algo mais em seu olhar que não conseguia definir e o encantava absurdamente. Era como se aquele olhar e aquele sorriso despertassem um sentimento intenso com uma sensação aconchegante. Sentia-se atraído demais e, ao mesmo tempo, sentia uma calmaria relaxante, não conseguia entender esse turbilhão de sentimentos que ela despertou apenas com uma conversa. Nunca se interessou por moças tão jovens, pelo contrário, sempre gostou de se relacionar com mulheres maduras, mais seguras e decididas, que sabiam lidar com uma relação aberta, sem compromisso. Essa era a sua vida, com relações prazerosas, sem cobranças e sem muita intimidade. E naquela tarde estava se sentindo profundamente ligado a uma moça que tinha metade de sua idade. E estava obcecado. Serviu um uísque, fechando os olhos, relembrando o seu rosto e imaginando como seria beijá-la. Sentiu o corpo reagir a uma excitação sem controle. Muito mais que beijar, ele a queria em sua cama.

Marina entrou no táxi e respirou fundo, jogou a cabeça para trás, pensando em tudo que tinha acabado de acontecer. Dezessete anos depois, ela o encontrou sem querer, e ele estava mais bonito do que ela lembrava. Apesar de mais grisalho, não aparentava ter envelhecido quase nada nos últimos anos. Sempre o achou muito bonito e, dessa vez, podia incluir palavras como excitante e interessante para descrevê-lo. Não sabia o que tinha sido mais insano, se ter tido a tarde mais deliciosa dos últimos anos, apenas conversando com ele, ou se ter fugido tão de repente, quando seus pensamentos saíram da política para as mãos e a boca dele. Sentiu-se tão envolvida que esqueceu que ele foi o tio que a fez nascer e só pensava no homem atraente e capaz de despertar o desejo tentador de ir para a cama com ele.

Chegou no quarto do hotel imaginando como seria sentir a boca, as mãos e o corpo dele contra o seu e suspirou, jogando-se na cama. Tinha sido uma tentação enorme, e sabia que, se ficasse naquele café mais um pouco, terminariam em beijos e provavelmente em uma noite deliciosa de sexo. Mas ela conseguiu resistir e fugiu; foi melhor assim. Mais uma vez, eles apenas passaram pela vida um do outro, e a lembrança era doce novamente.

Sorriu pensando que, talvez, nesse mesmo momento, ele estivesse pensando nela também e ficou satisfeita que, depois de 17 anos, conseguiria estar na memória dele de novo, não como a menina que viu crescer, mas como uma mulher. Sabia que tinha mexido com ele, que ele tinha se interessado por ela também e que, naquele café, o clima carregava muito mais que uma boa conversa – havia paquera, havia sedução nas palavras, olhares e sorrisos trocados. Estava perdida nos pensamentos e assustou-se com o celular tocando. Era uma ligação de Téo.

— Oi, dindo! O dia foi ótimo. Comprei seus livros!

Capítulo 9

Passava das 9:30 da manhã quando Enrico chegou ao observatório do *Empire State* que estava lotado de turistas como sempre, todos se espremendo para as melhores fotos e maravilhados com a vista daquela cidade incrível com o céu azul e o sol brilhando, apesar do vento frio da manhã de abril.

O coração batia acelerado procurando por Marina. Tinha demorado mais do que previra no escritório e, se a perdesse dali, teria que esperar o dia seguinte e tentar os museus, mas seria mais difícil. Encontros assim não eram fáceis em uma cidade como Nova York, ainda mais em pontos turísticos.

Sorriu aliviado quando a viu em um canto mais afastado, olhando curiosa para os binóculos de observação, com uma moeda na mão, enquanto um casal alemão tentava explicar como ela devia fazer para usar. Parou por uns segundos para admirá-la. Parecia ainda mais linda, com o vento fazendo os longos cabelos voarem bagunçados e sorrindo em uma conversa descontraída. Respirou fundo e aproximou-se.

— Oi, Cinderela, quer ajuda? Ela se virou rapidamente e não conteve o ar de surpresa quando o viu e sentiu um calor invadir seu corpo. Enrico estava na sua frente, com o sorriso largo e sedutor e o olhar mais brilhante. Parecia mais jovem, sem o terno e a gravata que eram quase seu uniforme. Usava uma camisa polo, calça jeans e tênis e parecia o homem mais atraente do mundo. O casal o olhou desconfiado, perguntando se estava tudo bem, e ela respondeu que era um amigo em um alemão perfeito que o deixou impressionado. Enrico falou que a ajudaria, e eles se despediram alegres, avisando que iriam para o museu. — Uma Cinderela que fala alemão fluente. O que mais vou descobrir sobre você?

— O que você está fazendo aqui? Ela perguntou, confusa com a presença dele.

— Vim te procurar. Aceita companhia? Suspirou e passou os dedos no cabelo dela. — Não parei de pensar em você, acho que me apaixonei à primeira vista pelo seu sorriso. É o sorriso mais lindo que já vi. Ela não disse nada, apenas o olhava, dentro dos olhos, como havia feito um dia antes. Um olhar que parecia dizer tanta coisa, mas que não conseguia decifrar nem desviar, e de repente se sentiu inseguro. — Você deve estar achando que sou um maníaco te perseguindo, mas você foi embora ontem tão de repente, não deixou nem o sapatinho de cristal, e lembrei do roteiro do mapa do tio obcecado. Vim tentar a sorte de te encontrar, eu precisava te ver de novo. Ela continuava em silêncio, e ele balançou a cabeça, desapontado por ter sido tão impulsivo. — Acho que exagerei, melhor eu ir embora. Desculpe... eu não queria te assustar.

Ele se virou para se afastar, e ela segurou seu braço. Estava surpresa com a presença dele ali, buscando por ela e não sabia bem como reagir, mas sabia que não queria que fosse embora, queria a sua companhia.

— Você não me assusta.

— Não?

— Tenho certeza de que meu pai confiaria cegamente em você. Fica. Ela sorriu. — Não vou recusar um príncipe encantado que sabe mexer nesse negócio. Meu mapa tem exclamações recomendando que é muito importante que eu use isso.

— Não podemos ignorar uma recomendação com exclamações. Aumenta o nível de importância, com certeza. Usou um tom de brincadeira e passou os dedos em seu rosto, não resistindo tocá-la. — Vou te mostrar, Cinderela. Põe a moeda aqui e regula... Pronto, olha. Ele a puxou para frente do binóculo e, quando ela encaixou os olhos, se aproximou por trás, apontando cada ponto interessante, cada prédio, contando curiosidades. Sentiu o aroma dela e desejou-se mais. A voz em seu ouvido fez Marina prender a respiração para se controlar. Ela se virou, e os olhares se encontraram novamente. Enrico não resistiu e aproximou-se para beijá-la. Encostou os lábios de leve e colocou a língua devagar, buscando pela dela, e a beijou longamente. — Você é linda, Cinderela. Falou sem descolar os lábios, fechou os braços em volta de sua cintura, fazendo com que os corpos colassem mais, e aprofundou o beijo, sentindo os carinhos dela em seus cabelos. — Eu ia enlouquecer se não beijasse você.

— Você é meio maluco, Príncipe Encantado. Ela brincou, afastando-se. — Você veio até aqui só para me beijar?

— Também. Vim passear com você, ter certeza de que seguirá o mapa direitinho e garantir os atrativos importantes que contenham exclamações. Olhou no relógio. — E pelo que me lembro, estamos no prazo final para o próximo ponto.

— Você vai passear comigo?

— Se você aceitar a minha companhia, eu gostaria muito de passar esse dia lindo e ensolarado com você.

— Não vai trabalhar?

— Já fui, já organizei o meu dia e eu tenho um celular. Ele mostrou o aparelho. — Tenho o dia livre para ficar com você. E novamente ele sentiu aquele olhar em um longo silêncio dela. Percebeu que, ao contrário dele, que estava dominado pelo impulso, ela parecia analisar e ponderar tudo.

Marina decidiu que não fugiria e deixaria a atração acontecer. O beijo tinha sido delicioso e queria mais, muito mais com ele, que demonstrava querer também. Pensou em dizer a verdade, mas mudou de ideia e resolveu que aproveitaria bons momentos e se tornaria de novo uma lembrança quando fosse embora. Eles nunca mais se veriam mesmo, e ele nunca saberia quem ela realmente era. Seria apenas uma lembrança deliciosa de uma aventura de um dia, ou talvez de uma semana.

— Me sinto honrada. Nem sei o que dizer.

— Diz que sim. Que aceita minha companhia.

— Aceito. Mas teremos que seguir os rabiscos do mapa, tudo bem?

— Vamos fazer tudo certinho! Deixa eu ver para onde vamos. Deu um beijo rápido nela e pegou o mapa. — Vamos? Ela concordou com a cabeça, e ele a pegou pela mão, seguindo para a fila dos elevadores.

Passearam o dia todo pelos pontos que o tio indicou no mapa e divertiram-se muito. Almoçaram cachorro-quente na rua, tomaram vários cafés por onde passaram e fizeram uma parada especial na loja gigante de chocolates, marcada no mapa com uma carinha sorridente com a língua para fora. Ela parecia uma criança no meio de tantas opções, fazendo Enrico se encantar mais ainda.

A conversa entre eles fluía leve e sempre animada, recheada de beijos e carinhos, e os assuntos nunca acabavam. Descobriu que poderia falar com ela sobre tudo e que, apesar de jovem, dominava vários assuntos muito interessantes. No fim da tarde, Marina sentia como se nunca tivessem se separado, que a distância de 17 anos tivesse desaparecido e estava muito à vontade com ele.

Enrico estava cada vez mais arrebatado por aquela mulher que, em certos momentos, parecia uma menina o fazendo sorrir quando se jogava em seus braços de repente, ou corria agitada olhando tudo com empolgação. O sorriso, os beijos, os toques faziam crescer uma ânsia alucinada de possuí-la.

Marina estava feliz de poder ser ela mesma e desfrutar um dia tão divertido com ele. Exatamente como ela pensou um dia antes, ao aceitar o convite para o café, estava conhecendo um homem, e não reencontrando um tio.

— Roteiro do dia cumprido, mas ele não incluiu o jantar. Posso sugerir? Gosta de comida italiana?

— Adoro!

— Te pego daqui a duas horas. Mas antes, Cinderela, salva seu número aqui. Ele entregou o celular, sorrindo. — Você fugiu ontem, e quase te perdi hoje, não quero correr mais riscos.

— Mas agora você já sabe o meu hotel... e tem meu número. Ela devolveu o celular, e ele apertou em ligar. Esperou ouvir o toque no dela e finalizou a ligação.

— E você tem o meu. Te vejo em duas horas.

— A massa aqui é deliciosa! Adorei esse molho! Posso? Enrico sorriu e concordou com a cabeça quando ela apontou o prato dele com o garfo e experimentou a comida. — É bom também. Olha o meu. Ela serviu com o garfo na boca dele e sorriu. Um gesto tão simples, mas causou uma sensação tão gostosa, novamente aquele aconchego e uma vontade de pegá-la no colo e beijá-la loucamente.

— E amanhã? Qual o roteiro do tio obsessivo para amanhã?

— Museu de História Natural.

— Muito bom. Dia inteiro? Tem muita coisa para ver, e tudo é muito interessante.

— Dia inteiro. E tem o mapa! Ela gargalhou. — Com rabisco marcando o que não posso deixar de ver. E recomendação para tênis confortável. Enrico gargalhou, balançando a cabeça.

— Veremos tudo!

— Veremos?

— Eu e você. Ou serei dispensado?

— Adoro a sua companhia, só não quero te atrapalhar. Vai desperdiçar o seu sábado em um passeio que já deve ter feito milhares de vezes?

— Não diria milhares, mas já fiz algumas dezenas de vezes. Toda vez que tem uma exposição nova, gosto de conferir. Ele a beijou. — Mas amanhã será a melhor de todas. Vou poder ver esse sorriso por mais tempo. Acho que viciei nele. Aceita minha companhia, Cinderela?

Na hora da sobremesa, ela já nem pediu mais autorização quando experimentou a dele e lhe serviu na boca um pouco da dela.

— Bom, né? Adorei esse restaurante. É bem calmo, e a comida é deliciosa. Você parece conhecer todo mundo. Vem sempre aqui?

— Eu moro ali. Ele apontou o prédio do outro lado da rua. — Quer conhecer meu castelo, Cinderela? Prendeu a respiração para conter a ansiedade, esperando a reação que ela teria. Sabia que estava arriscando ser rejeitado. Por mais que estivessem tão envolvidos, ele ainda era um desconhecido, um homem que ela conhecia há dois dias apenas, com beijos em lugares públicos e cheios de pessoas. Não sabia se concordaria, mas queria tê-la em sua cama desesperadamente.

— Conhecer a sua casa? Agora?

— Eu poderia te dar uma desculpa e dizer que era para buscarmos os livros que te prometi, mas não vou mentir. Estou louco por você, Cinderela. Ele passou o rosto no rosto dela com delicadeza e fez um carinho nos lábios que a fez arrepiar. — Nunca desejei tanto uma mulher, como eu desejo você. Quero te levar para a minha casa e ter você na minha cama.

— Tem café na sua casa?

— Tem, e é café brasileiro, o melhor do mundo, posso garantir. Ele a beijou delicadamente. — Vem comigo? Faço panquecas para o café da manhã, e você vai comprovar que são deliciosas.

— Eu adoro panquecas.

Ela estava decidida, queria estar com ele. E ele estava alucinado, precisava estar com ela. Foi a combinação perfeita.

Capítulo 10

Se demorar mais um minuto para eu ter você em meus braços, vou enlouquecer.

— Vamos manter a sua sanidade. Ela sorriu, abrindo os botões da camisa dele. — A economia do mundo depende disso.

Enrico sentia o corpo vibrar intensamente quando a deitou na cama e explorou seu corpo com desejo, sem pressa. Queria conhecer cada pedaço, sentir cada pedaço. Não conseguia saber de onde vinham toda aquela excitação e as sensações que dominavam seu corpo quando a tocou com suas mãos e seus dedos, e o corpo dela enrijeceu contra o seu. Ela estremeceu e se entregou completamente, arqueando e sussurrando o seu nome, passando os dedos pelos seus cabelos. Descobriu um prazer incontrolável quando ela retribuiu com as mãos e a boca macia, tomando-o com uma mistura de carícias e toques, que pareciam fazê-lo flutuar entre as estrelas. E eles esqueceram do mundo.

— Sua boca é deliciosa, Cinderela.

— Quero sentir você dentro de mim, Príncipe Encantado. Ela sussurrou quando se virou sobre ele e se encaixou, iniciando movimentos lentos, olhando em seus olhos. — Vem comigo, vou te levar para o meu reino mágico.

Deixaram-se levar entre gemidos, sussurros e carícias, por horas. Ele nunca tinha sentido tanto prazer e tantas vezes seguidas. Ela despertava uma ânsia insaciável que nem quando mais jovem tinha tido. Quando achava que não conseguiria de novo, ela o provocava, excitando, e começavam novamente, sentindo o corpo incendiar e alcançando o auge juntos, até o dia clarear.

— O que você fez comigo? Estou fascinado por você. Ele perguntou, sorrindo, enquanto fazia as panquecas e servia a xícara de café no balcão da cozinha, com abertura para a sala.

— Fiz magia. Ela sorriu.

— Acho que você errou na dose. Nunca senti isso por ninguém. Você mexeu demais comigo, Cinderela.

Começou a olhar a enorme estante que cobria a parede inteira da sala, cheia de livros em diversos idiomas e de todos os temas, e percebeu no canto dois porta-retratos. Um deles tinha uma foto de Enrico com os amigos na mesa do bar de Rubens. Marina se emocionou e respirou fundo para segurar as lágrimas. Aquele era o retrato de sua infância. Todos aqueles que ela amava em sua vida estavam ali, e lembrou-se de Enrico quando ainda era seu tio querido, com saudade. Em um impulso de emoção, passou o dedo como um carinho em todos eles.

— São meus grandes amigos. São como se fossem meus irmãos, a minha família. Nos conhecemos na faculdade, começamos juntos no Jornalismo e temos amizade até hoje. As únicas pessoas que nunca saíram da minha vida, nem quando me mudei para cá. Ela se assustou, não tinha percebido quando ele se aproximou por trás e apoiou o queixo em seu ombro, esticou o braço, pegando o porta retrato, e foi apontando cada um. — Esses são Bruno Ribeiro e Mateus Rocha. Você os conhece, com certeza, são apresentadores de televisão muito famosos no Brasil. Ele é do esporte, e ele é do jornalismo criminal. Ela concordou com a cabeça. — Esse aqui é o Téo Marques, escritor de várias biografias, dramaturgo, jornalista cultural, conhece? Ela assentiu novamente, segurando a emoção. — Esse é o Bernardo Dias e a mulher dele, Isabel. Ele respirou fundo. — Ele era um radialista muito famoso também, morreram num acidente de carro, há 17 anos, uma semana antes de eu me mudar para cá. Você devia ser muito nova, não deve ter conhecido.

— Conheci, sim.

— Conheceu?

— Ele era famoso, eu me lembro da repercussão. Ela respondeu rápido. — Foi muito divulgado pela mídia.

— É verdade. Ele era um cara incrível, e a mulher dele era a mulher mais maravilhosa do mundo, uma irmã para mim. Sofri muito a perda deles. Acho que a dor que senti foi um dos motivos que nunca mais voltei ao Brasil. Era como se, estando aqui, nada daquilo existia. Achei que nunca superaria essa perda.

— Esses são seus filhos? Ela desviou a atenção, pegando o outro porta-retrato, com a foto de duas crianças pequenas sorrindo.

— São, mas já são adultos agora. Essa foto é muita antiga.

— Eles veem sempre aqui?

— Não. Ele a soltou e se sentou à mesa, e ela percebeu que pareceu triste ao falar. — Não tenho contato com eles há mais de 17 anos. Na verdade, já não tinha antes de vir para cá.

— Sinto muito. Ela falou baixo. — Foi por isso que você nunca mais voltou?

— Também. A rejeição dos meus filhos, a perda de Bernardo e Isabel tão repentina e o convite para vir para cá, tudo junto. Nem era um grande cargo na época, mas me agarrei a isso como uma forma de recomeçar a minha vida. Quis esquecer tudo e todos e esqueci. Só mantive as pessoas realmente importantes, que fazem parte de mim, da minha vida. O Bruno, o Mateus e o Téo. Mantive contato só com eles, e sempre vieram para cá, me visitar. O resto todo eu simplesmente apaguei, não valia a pena trazer na bagagem.

"Eu faço parte do resto". — Marina pensou, entristecida. *"Sou apenas uma lembrança esquecida."*. Disfarçou a vontade de chorar, olhando para os livros, e respirou fundo. Quando sentiu a mão dele puxando-a para o seu colo.

— Experimenta as minhas panquecas. Veja se não são deliciosas. Apontou para o prato na mesa. Ela mordeu e sorriu.

— Muito boas mesmo! Que delícia! Você não vai comer?

— Adorei compartilhar o prato com você. Posso? Ele piscou sorrindo, imitando o gesto e o pedido que ela tinha feito e pegou um garfo. — Fiz um prato para nós dois.

— Tenho essa mania mesmo, nem percebo quando faço. Ela riu tímida. — Que bom que não se importa, tem gente que não gosta...

— Não quero que vá embora. Falou de repente e alisou as costas dela por baixo da camisa.

— Não vou embora, ainda tenho essa semana toda. Hoje vamos ao museu, e você também já sabe o meu hotel. Se conseguir uma folga durante a semana, podemos nos ver de novo, se quiser.

— Quero que fique aqui comigo nesta semana. Prometo que divido o prato e faço panquecas para você todas as manhãs.

— Aqui, no seu apartamento?

— É, aqui no meu apartamento, comigo. Cancela o hotel e fica aqui comigo. Quero ter você todas as noites em meus braços e ver o dia clarear. Sabe há quanto tempo não via o dia clarear tão deliciosamente?

— Acho que errei mesmo na dose da magia! Você me conheceu ontem e está me convidando para ficar uma semana no seu apartamento?

— Conheci anteontem. Ele a corrigiu, sorrindo, como se o dia a mais fizesse diferença. — Estou apaixonado por você, Marina.

— Você mal me conhece, Enrico. Não deu tempo para se apaixonar.

— Não sei explicar essa paixão, mas sinto como se te conhecesse por toda a vida.

— Talvez conheça. Ela não olhava para ele, estava juntando a coragem para dizer a verdade para ele, mas desistiu com a reação dele.

— Conheço? Ele perguntou, assustado, segurando o queixo dela e fazendo com que seus olhares se encontrassem. — Nós já nos conhecemos antes?

— Falam tanto sobre reencarnação, encontro de almas... A teoria sobre as vidas passadas.

— Teoria sobre vidas passadas? Pode ser, nunca acreditei muito nisso, mas pode ser uma explicação para o que estou sentindo por você. Faria sentido eu ter te amado muito em outra vida e ter te reencontrado agora. E já que nos reencontramos de uma maneira tão especial, e você usou a sua magia, fica aqui comigo?

— A magia pode acabar, Enrico. Ela piscou. — E não quero ser colocada na rua com as minhas malas em uma cidade estranha. Dizem que tem alienígenas aqui.

— Tenho dois quartos. Se a magia acabar, te cobro a diária. Ele brincou e se levantou com ela no colo. — Vamos pegar suas malas no hotel hoje. Está decidido, você fica aqui comigo, Cinderela.

— Tem certeza? Perguntou quando ele a deitou na cama.

— Absoluta, quero você comigo. Desceu as mãos entre as pernas, e ela jogou a cabeça para trás. — Quero enlouquecer com você, te dar prazer é algo alucinante. Se entrega para mim, quero sentir seu gosto de novo.

A semana foi especial para os dois. Passearam por toda a cidade, por tudo que ela tinha programado em seus roteiros, mapas rabiscados, museus, pontos turísticos, e em restaurantes que ele sempre frequentava, peças da

Broadway, bares, tudo com muita conversa, muito carinho, muita intimidade. Ele não a deixou por um minuto. Passou no jornal todas as manhãs com ela e avisou que trabalharia remoto. Aproveitaram intensamente a companhia um do outro. Enrico tinha descoberto a sensação maravilhosa de dormir e acordar com ela em seus braços e em algumas noites, amá-la pela noite inteira até o dia amanhecer. Aquela atração que ele sentiu no primeiro olhar dela tornou-se uma paixão incontrolável. Ele não queria estar longe dela nunca mais.

Na última noite juntos, depois de um banho demorado, quando ela, mais uma vez, o fez sentir prazeres indescritíveis, debaixo da água morna na ducha forte, deitaram-se na cama e assistiram ao dia clarear abraçados. Estava em silêncio, tinha se dado conta de que a semana tinha acabado e que ela partiria naquela noite. Não tinham falado ainda sobre a despedida, nem feito planos para novos encontros. Ela ainda não sabia que ele voltaria ao Brasil.

— Estou apaixonado por você, Cinderela. Declarou enquanto acariciava as suas costas. — Você é a mulher mais fantástica que já conheci.

— Você também é especial para mim, Enrico. Ela passou a mão em seu rosto. — A lembrança de conhecer Nova York com você será inesquecível. Me apaixonei por essa cidade e por você. Obrigada por essa semana tão deliciosa.

— Não quero ser só uma lembrança para você. Quero ser uma história de amor.

— Você já é uma linda história de amor. A maior e a mais sincera que senti.

— Quero ser mais que a história de uma semana maravilhosa, Marina. Quero ser muito mais.

— Você é. É a história de uma vida inteira de amor, Enrico.

— Uma vida inteira? Ele olhou nos olhos dela. — Por que diz isso?

— As histórias duram o tempo que são lembradas. Vou ter a vida inteira para me lembrar dessa semana, dessa cidade e de você.

— Estou indo embora daqui a três semanas. Vou voltar definitivamente para o Brasil. Ele declarou diretamente, estava sério e suspirou. — Quero continuar essa história com você.

— Vai voltar? Por quê? Ela levantou a cabeça assustada, olhando para ele, confusa.

— Para te perseguir. Sorriu com a reação nervosa dela.

— É sério?

— Que vou te perseguir?

— Não. Ela insistiu, um pouco tensa. — Que vai voltar para o Brasil, é definitivo? Você está indo morar lá de novo?

— É sério, estou voltando definitivamente. Ele estranhou a expressão dela. — Parece que não gostou da notícia.

— Não... gostei, claro. Quer dizer, só fiquei surpresa. Nunca achei que você fosse voltar, você disse que tinha deixado tudo para trás, esquecido a vida e as pessoas...

— Você é casada, Marina? Ele olhou em seus olhos. — É por isso que está nervosa?

— Não sou casada.

— Noivo? Namorado?

— Se eu tivesse qualquer uma das opções, não estaria na cama com você.

— Que bom. Quero você só para mim.

— Você não costuma ser de uma só.

— Como você sabe? Dessa vez, foi ele quem ficou espantado.

— Imaginei. Ela baixou os olhos.

— Imaginou certo, nunca fui. Sempre tive relações abertas, sem compromisso, mas também nunca senti por alguém o que sinto por você. Beijou o pescoço dela. — Pretendo ser um bom namorado e serei só para você. Ou seus tios vão nos proibir?

— O que sabe sobre meus tios? Ela ficou tensa mais uma vez e se afastou dele.

— Não muito, você não falou quase nada da sua vida particular, mas sou um bom observador. Ele sorriu e a puxou de volta. — Acho que consegui saber um pouco sobre você. Quer ouvir minha teoria?

— Quero. Ela relaxou um pouco quando ele mencionou ser apenas uma teoria de observação.

— Você ficou órfã muito cedo e foi criada por um padrinho, que deve ser exageradamente preocupado, já de idade e *gay*. Um intelectual que te passou a paixão pelos livros. Acertei?

— Por que acha isso?

— Você não mencionou nenhuma vez seus pais. Estava comprando livros de arte, super-raros, pesados e caros para ele e disse que merecia o excesso de bagagem. Os presentes dele, tanto o souvenir quanto o outro têm a bandeira do arco-íris, e você ligou todas as noites para avisar que estava bem e tomou cuidado para que ele não me ouvisse, nem contou que estava aqui. Ele sorriu. — Estou indo bem?

— Muito bem. Ela gargalhou. — Você é um ótimo observador.

— Depois tem o tio obcecado dos mapas. Ele é policial, acho que delegado. Superprotetor e rígido, tipo controlador e mais velho, não tanto como o seu padrinho, mas arrisco dizer que é irmão do seu pai. Ele explicou. — Por fazer os mapas para ter certeza de que você não ia perder as coisas principais, mandar mensagens várias vezes ao dia para saber se estava tudo bem, e você sabia a hora exata das duas ligações dele na semana. Nas duas vezes, ele deve ter perguntado sobre o hotel, e você também não disse que estava aqui. Confirmou que o hotel era ótimo e comprou toda a coleção de presentes da NYPD, camisetas, boné e caneca.

— Você não é observador. Acho que você é um espião! Ela gargalhou. — E o outro?

— O outro estou em dúvida se é teu tio muito novo, talvez o irmão mais novo do seu pai ou da sua mãe, ou se é o seu irmão mais velho. Mas acho que tem pouca diferença de idade entre vocês. Esportista ou gosta muito de esportes, principalmente de futebol. É mais despreocupado, incentiva que você curta a vida, também cuida de você, mas sem te sufocar. Ele se deitou sobre ela. — Você mandou mensagens só com fotos, sempre com caretas e sorrisos, comprou metade da loja de esportes que te levei e a única vez que ele ligou foi para insistir em trocar a sua passagem para primeira classe, que ele fez por conta própria ontem e avisou por mensagem, recebendo uma foto linda sua mandando um beijo.

Ela respondeu com outra gargalhada e arranhou o peito dele com delicadeza.

— Já que é tão observador, consegue saber o que eu quero agora? Tem uma teoria ou preciso te contar, com detalhes, onde quero a sua mão, a sua boca...

— Saber eu sei, mas adoro ouvir você falar. Você me excita demais, Marina, me leva para o seu reino mágico? Quero amar você o dia inteiro. Começou beijando a barriga e desceu até as pernas. — Adoro ouvir você gemer.

Marina estava terminando de arrumar a mala para o voo da noite e pensando na notícia da volta dele ao Brasil. Não esperava por isso, e o plano de se tornar apenas a lembrança de uma semana tinha ido por água abaixo. Ele a odiaria quando soubesse que escondeu a verdade. Não teria como evitar um encontro em São Paulo, pois ele era ligado aos seus tios e acabaria descobrindo. Precisava encontrar as palavras certas, para ele não pirar e conseguir explicar que não era mais aquela menina e que ele não era mais o tio que a abandonou e odiou por tantos anos. Ele precisava entender que eram estranhos que tinham acabado de se conhecer e se apaixonado. Estava quase decidida a dizer, mas desistiu quando ele encostou na porta do quarto, lindo, dizendo palavras doces. Ele poderia odiá-la depois, não hoje.

— Eu poderia passar o resto da vida com você. Foi a semana mais incrível e intensa que já vivi.

— Resto da vida é exagero. Ela piscou para ele. — Estamos em uma realidade virtual. Essa semana foi incrível, mas não é a vida de verdade. Não é a nossa vida real. Ele sentiu um arrepio com o tom da voz e as palavras dela.

— Daqui a três semanas, estarei em São Paulo, Marina. Eu vou te ver quando te procurar? Eu gostaria que você me respondesse e que fosse sincera. Você fugiu dessa pergunta várias vezes hoje. A impressão que tenho é que você não me conta alguma coisa que eu deveria saber. Ela se virou para ele e suspirou.

— Provavelmente, você não vai querer me ver quando chegar a São Paulo, Enrico.

— Por que diz isso?

— Porque será a vida real. Ela não é tão colorida quanto o que vivemos aqui. Ela tem tons de cinza, é meio nublada, tem pessoas demais. Ele se aproximou, passando o rosto pelo rosto dela, um carinho que sempre fazia quando sussurrava palavras de amor.

— Estou perdidamente apaixonado por você, Marina. Você fez a minha vida real ficar mais colorida. Eu vou te procurar, vou querer te ver, vou querer amar você de novo. Não tenha dúvidas disso. Preciso saber, você vai querer me ver?

— Vou querer te ver. Muito. Também me apaixonei e vou esperar por você. Ele a beijou, apaixonado, e percebeu que ela tinha os olhos marejados, mas que não derrubou nenhuma lágrima. — Mas quero que saiba, quero que você tenha certeza de que, se mudar de ideia e não quiser me ver, eu vou entender. Vou respeitar a sua escolha e vou te deixar decidir o que quer realmente.

— Por que acha que eu posso mudar de ideia? Às vezes, parece que você sabe algo que eu não sei. Esse seu olhar, algumas coisas que você diz, me confunde.

— A vida real não costuma ser gentil comigo, Enrico. É isso que eu sei. Ele sentiu a dor que vinha de seus olhos e a abraçou com carinho. Tinha dor e tristeza. Tinha solidão.

— Eu vou estar com você e vou colorir um pouco a sua vida real. Eu prometo.

— Eu não gosto de quem faz promessas, Enrico. Geralmente não cumprem e magoam a gente.

— Quem te machucou assim?

— Um monstro. Ela sorriu. — Um monstro bom e lindo, que chamamos de destino, sabe? Ele me magoou um pouco no passado, mas também me deu essa semana maravilhosa. Não posso reclamar.

Ele sentiu algo emocioná-lo profundamente com a frase dela. A definição de destino, de mágoas e de alegrias.

— Não sei o que dizer.

— Não precisamos de palavras, Enrico, temos lembranças lindas, acredite. Ela sorriu e beijou seus lábios. — Me ajuda a carregar as malas? O táxi deve estar chegando.

Despediram-se na calçada, quando ele colocou as malas dela no táxi para o aeroporto. Ela não permitiu que fosse uma despedida emocional, não deixou que ele fizesse promessas, nem fez declarações de amor. Tudo que precisavam dizer já tinha sido dito, e o que importava é que havia sido a semana mais sensacional na vida dos dois.

— Te vejo em três semanas, Cinderela. Ela beijou o lábio dele e sorriu sem dizer nada. Entrou no táxi e foi embora.

Capítulo 11

Enrico sabia que estava apaixonado por Marina, mas não imaginava que se sentiria tão sozinho quando se deitou na cama naquela noite. Olhou para a janela e abraçou o travesseiro, ainda sentindo o seu aroma, relembrando a semana incrível que tinham passado juntos. Pegou o celular e enviou uma mensagem. Ela estava voando, mas, assim que pousasse, saberia que ele pensou nela, que deixou saudade.

Tudo havia sido muito intenso e rápido, o despertar da paixão, a ânsia desesperada de possuí-la e o convite para a semana em sua casa. Foi uma semana perfeita. Se antes estava receoso em voltar ao Brasil, agora estava tomado pela ansiedade de reencontrá-la e iniciar essa nova fase de sua vida. Tinha razão quando disse que viveram uma realidade paralela, mas ele não tinha dúvidas de que a vida real seria tão deliciosa quanto aquela pequena amostra que tiveram. A vida seria mais colorida, para os dois. Queria estar com ela, tê-la em seus braços novamente e viver pela primeira vez uma grande paixão. Ela seria a sua história de amor, ele tinha certeza.

Acordou de manhã ainda abraçado ao travesseiro, e seu primeiro pensamento foi a lembrança do sorriso dando bom dia. Abriu o laptop para consultar o voo dela na internet e encontrou um cartão postal do Empire State. *"A vista mais incrível do mundo. Se tudo der errado depois, te peço que não apague essa lembrança. Ela sempre será só nossa. Obrigada pela hospedagem, pelas panquecas e pela linda semana. Com amor, Marina."*. Suspirou e fechou os olhos, lembrando de quando a beijou pela primeira vez. Viu a atualização que estava pousando e mandou outra mensagem.

Marina desembarcou em São Paulo logo cedo e sorriu quando ligou o celular enquanto esperava pelas malas e tinha duas mensagens de Enrico. *"Serão três longas semanas, essa cama ficou grande demais sem você."*. Ele escreveu na primeira, ainda na noite anterior, e emendou na segunda mensagem, alguns minutos atrás. *"Só para não perder o costume: Bom dia, Cinderela. Nada vai dar errado, nunca esquecerei o beijo nas alturas, nem a melhor semana da minha vida. Foi tudo bem com seu voo?".* Ela suspirou pensando e respondeu. *"Bom dia, Príncipe Encantado. Não gostei do voo, não sabem fazer panquecas como você, vou registrar uma reclamação na Cia Aérea, com certeza.".* Estava recolhendo as malas da esteira quando ouviu o alerta de nova mensagem do celular. *"Você esqueceu de cancelar a magia, sinto falta do seu sorriso. Posso te ligar a noite?".* Não resistiu, respondendo em seguida. *"Vou adorar. Vídeo e voz seria perfeito, quero te ver. Te chamo as nove, horário daqui. Um beijo".*

Seguiu para a área de desembarque e avistou Bruno, sorrindo ao tirar uma foto com um casal e acenando para ela quando a viu, abrindo os braços. Marina correu com saudade para o abraço dele.

— Ai que saudade de você! Só vou autorizar viagem de três dias a partir de agora, Sassá! Ele a abraçou forte. — Como foi a viagem? Gostou?

— Amei! Foi tudo muito maravilhoso!

— Que bom, quero saber de tudo. Téo está esperando com um super café da manhã. Ele foi em direção à porta de saída, empurrando o carrinho de malas e, em seguida, foi parado por dois rapazes que também pediram uma foto.

— Esse é o meu tio, gato e famoso! Que saudade eu senti de você! Ela deu um beijo estalado na bochecha dele e seguiram para o carro, conversando sobre a viagem.

Enrico estava tomando café e sentiu uma alegria imensa em saber que a veria, pelo menos pelo vídeo, à noite. Decidiu começar a empacotar o que levaria para o Brasil. Seria uma maneira de passar o tempo no domingo até a hora de falar com ela e de diminuir um pouco toda a ansiedade da mudança. Queria que as três semanas passassem logo. Manteria o apartamento fechado, aos cuidados de um amigo, também brasileiro que trabalhava no jornal com ele. Assim poderia passar alguns dias quando quisesse ou emprestar a amigos que visitassem a cidade. Tinha feito o mesmo com o apartamento de São Paulo, deixando aos cuidados de Mateus, quando ainda planejava voltar em férias ou para visitas rápidas.

Mesmo não tendo voltado nunca mais, o apartamento tinha sido muito bem usado por ele e pelos filhos. Alberto morou lá por alguns anos, assim que se formou, e depois foi Tiago, antes de se afundar nas drogas e ir para a reabilitação. Mateus também tinha passado tempos por lá, em todas as vezes que separou das esposas, que ele já tinha perdido as contas de quantas foram. Até Bruno precisou ficar um período quando fez algumas reformas em casa e aproveitou o apartamento vago para não ficar vivendo no meio da obra nem ter que ir a um hotel.

Agora ele estava voltando, cheio de esperança de poder viver uma vida nova. O plano era simples: abandonaria a solidão, voltaria para a convivência com os amigos e amaria Marina todas as noites.

— Você conseguiu todos os livros, Sassá! Que alegria! Téo vibrou quando ela abriu a mala no meio da sala e tirou a pilha de livros. — Edição especial do livro do Enrico? Como conseguiu isso? É difícil, geralmente ficam com os editores e autores!

— Um amigo da editora me passou o contato de uma livraria lá e tinha esse exemplar disponível. Achei que ia gostar da edição especial. Ela sorriu, disfarçando. Não tinha pensado nesse detalhe.

— Falando em Enrico, tenho novidades, e são ótimas! Mateus falou empolgado. — Ele está voltando!

— Voltando? De visita ou de vez? Bruno se interessou.

— De vez! Mateus completou, e Bruno olhou para Marina, esperando a sua reação. — Até que enfim. Essa semana já vou começar a arrumar o apartamento. Mandar arrumar tudo, levar as caixas dele de volta. No fim do mês ele está aí, definitivamente.

— Até que enfim! Nunca gostei desse exílio maluco que ele fez, não pode viver assim, sozinho, longe de todos. Téo desabafou. — Nosso amigo sofreu muito, coitado, foi tudo tão difícil para ele. Mas agora será bem recebido e acolhido. Que saudade eu tenho dele.

— Foi bem esquisito mesmo, deixou muita lembrança para trás. Bruno abriu os braços quando Marina se sentou em seu colo. — Mas a volta dele vai consertar tudo, tenho certeza. Sempre fomos uma família, a distância foi por sofrimento, nunca foi desamor.

Marina sabia que Bruno estava falando para ela e sorriu, concordando com a cabeça. Para ele, ela estava disposta a esquecer a mágoa, não imaginava que agora ela apenas entendia melhor tudo que havia acontecido, tinha conseguido ouvir dele uma explicação, mesmo que triste, de todo o abandono que sentiu. Por mais que Enrico tivesse a decepcionado, não cumprindo a promessa que fez de estar sempre com ela, Marina sabia que ele também tinha sofrido muito. E depois daquela semana incrível, não queria mais pensar no passado e esperava que ele conseguisse não pensar também.

Enrico já estava com o celular na mão, olhando inquieto para a tela, esperando que ela o chamasse. Atendeu imediatamente o alerta de chamada e esparramou-se no sofá, sorrindo feliz ao ver o rosto dela preencher a tela.

— Oi, Cinderela. Como é bom poder te ver! Estou com saudade de você, aqui nos meus braços. Fiquei mal-acostumado.

— Você é sempre exagerado, Príncipe Encantado! Ela gargalhou. — Nos vimos ontem! Só deve ter sentido saudade da minha bagunça no seu apartamento!

— Para mim, parece que faz anos. Você bagunçou minha vida toda, Marina. Me fez dormir abraçado a um travesseiro só para sentir seu cheiro. Estou parecendo menino bobo que se apaixona pela primeira vez. Como foi a chegada aí?

— Foi ótima! Mas agora tenho três malas enormes para arrumar! A bagunça daí está aqui, no meio da minha sala.

— Os tios gostaram dos presentes? Tenho certeza de que te esperaram no aeroporto com uma faixa de boas-vindas enorme e uma banda tocando.

— Quase isso. Ela sorriu. — Adoraram os presentes, e meu padrinho amou a edição especial do seu livro.

— Você tem três semanas para prepará-los para minha chegada, explicar que estou louco por você e que eles terão de me aceitar. Para qual deles terei que pedir você em namoro?

— Como foi seu dia? Aproveitou para descansar? Ela mudou o assunto, e ele decidiu que não insistiria, pelo menos, por enquanto.

— Depois de chorar inconsolável por algumas horas por não te ter em meus braços para dizer bom dia, foi bom. Ele piscou quando ela gargalhou. — Comecei a empacotar minhas coisas aqui, separar o que vou levar e o que vou deixar.

— Mudança é sempre complicada, vai passar três semanas com caixas espalhadas. Vai deixar fechado aí também, quem vai cuidar para você?

— Também? Ele estranhou o comentário, e ela percebeu que tinha falado demais, mais uma vez.

— Você me disse que deixou o apartamento daqui fechado e que um amigo ficou cuidando para você.

— Não lembrava de ter dito. Ele riu. — Vou deixar fechado aqui também, sim. Assim poderemos vir passear quando você quiser. Sorriu malicioso. Sabia que ela se recusava a fazer planos.

— Não conte com isso, vou ter que trabalhar dobrado por um ano para pagar o que gastei nessa viagem e conseguir viajar de novo. Sou assalariada no Brasil, lembra? Passagem parcelada em 10 vezes, e tudo que gastei você multiplica pelo câmbio, ou seja, por três.

— Namorar comigo será uma vantagem, meu salário é em dólar. Vou te trazer para passear comigo e te beijar de novo com a melhor vista do mundo. Quero te trazer aqui no ano novo. Você vai adorar... frio, neve e uma festa linda na Times.

— Você está planejando o ano novo, Enrico? Não estamos nem no meio do ano! Ela gargalhou. — Minha vida é muito atrapalhada, o máximo que consigo é planejar a semana que vem, e nem sempre dá certo, às vezes, aparecem imprevistos.

— Estou apaixonado por você, Marina, sinto muito a sua falta aqui. Ele falou sério e suspirou. — Quero estar com você, todos os dias e todas as noites.

— Você já marcou seu voo?

— Ainda não, estou esperando algumas confirmações aqui do trabalho, mas te aviso assim que confirmar. Vai me esperar, Cinderela?

— Vou te esperar, Enrico.

Enrico estava certo, foram as três semanas mais longas da vida dele, empacotando tudo e ansioso para reencontrá-la pessoalmente. Mantiveram o contato com várias mensagens diárias e algumas chamadas de vídeo, que não foram o suficiente para matar a saudade, mas aliviaram um pouco a ânsia de estar com ela.

Marina também estava ansiosa, cada vez mais apaixonada com as palavras doces e todas as mensagens carinhosas. As conversas por vídeo, quando o sentia tão perto, aumentavam a expectativa da reação que ele teria ao saber quem era. Em vários momentos, pensou em contar, mas desistiu, sem coragem. Decidiu que era algo que deveria ser dito pessoalmente. Esperava que, no dia que ele chegasse, pudessem encontrar-se, e contaria tudo antes que ele descobrisse por intermédio dos tios.

Mas mais uma vez, os planos dela foram por água abaixo, quando recebeu a sua mensagem, ao desembarcar no Brasil. *"Acabei de desembarcar, louco para te ver, mas com uma bagagem de 17 anos para organizar e alguns compromissos hoje que não pude adiar. Te vejo amanhã?"*. Sabia que o compromisso era com os tios. Estavam todos eufóricos com a chegada, e Téo já havia surtado quando ele tentou adiar o encontro. Sabia bem que não havia ninguém, no mundo inteiro, que conseguisse contrariar Téo quando ele cismava com algo. *"Seja bem-vindo de volta. Se organize tranquilo e marcamos para o dia que você quiser. Que todas as novidades sejam boas."*.

Agora ela só podia torcer para que não falassem dela no encontro, e, mesmo que conversassem, Enrico não descobrisse a verdade. Tinha se envolvido demais, estava muito apaixonada e quase arrependida de não ter dito tudo nas inúmeras oportunidades que teve. Não queria que ele descobrisse assim. Queria poder contar e explicar tudo. As chances de perdê-lo eram bem maiores agora.

Capítulo 12

Marina viu Bruno sorrindo, encostado no carro no estacionamento da editora, e correu em sua direção, pulando em seu colo. Ele continuava lindo, sempre jovem e atlético, com os fartos cabelos louros, os brilhantes olhos azuis turquesa e o sorriso sempre travesso.

— Meu sonho é ver você andar um dia, Sassá! Gargalhou, girando-a no ar e colocando no chão. — Tem 30 anos e parece a garotinha elétrica de quando tinha três!

— Você reclama, mas me ama! Ela abraçou o pescoço dele e beijou a bochecha com carinho. — Conseguiu achar meu carro?

— Amo demais! Ele concordou com a cabeça. — Achei, reboquei e já vou avisando que vou trocar.

— Por quê?

— Porque dessa vez ele quebrou na avenida, de manhã, não quero pensar no risco de quebrar de madrugada e você correr perigo. Mania de comprar carro velho.

— Sou assalariada, tio.

— Mas eu não sou. Vamos direto para a concessionária. Vai ser presente!

— Você é tão bom para mim, tio. Ela se emocionou. — Eu te amo muito. Obrigada. Por tudo. Ele a olhou, sorrindo, e a conhecia muito bem. Conhecia aquele olhar, aquela expressão emocionada. Ela precisava de ajuda.

— Quero saber, Sassá, precisa que eu assine uma suspensão da escola ou te busque bêbada no bar do Rubens? Falou diretamente, pegando-a de surpresa. Conheço esse olhar desde os seus 12 anos. Era com ele que você me pedia ajuda quando aprontava algo que faria o Téo surtar. Abriu a porta do carro, e ela entrou. — Do que precisa que eu te salve dessa vez? Gosto de ser o tio permissivo! Ela gargalhou, lembrando das ofensas furiosas de Téo, cada vez que Bruno a acobertava em uma travessura.

— Você é o meu melhor amigo. Nunca houve nada no mundo que eu não tenha contado para você. Fez uma pausa, e ele assentiu com a cabeça. — Agora tem. Tem uma coisa que eu não contei para você, nem para ninguém.

— O que você aprontou, Sassá? Bruno estava despreocupado.

— Eu saí com um cara, mas ele não sabe que eu sou eu. O tio gargalhou.

— E ele pensa que você é quem? A Madonna?

— Da próxima vez, diga Anita. Ela brincou. — As suas namoradas podem não saber quem é a Madonna.

— Quando você começa a enrolar para contar uma história, já sei que o Téo vai surtar. E me preocupa pensar que ele vai surtar por você ter saído com um cara. Isso quer dizer que não é um cara qualquer.

— Não é um cara qualquer, tio, e estou apaixonada por ele. Só que ele não sabe que sou sua sobrinha, do Mateus e do Téo.

— E por que isso pode ser um problema? Não é bom que você fale sobre a gente mesmo, ainda mais no início de um namoro. Se aproximam por causa da nossa fama, imaginam que somos criaturas extraterrestres, ou como o Felipe que se aproximou por causa da gente, e deu merda.

— É que ele conhece vocês pessoalmente e conheceu meus pais também. Não me reconheceu, me paquerou e eu fiquei interessada, mas não quis que ele soubesse quem eu era porque achei que ficaria estranho estar com ele. Me conheceu quando eu era criança.

— Se você me falar quem é, fica mais fácil de entender o que está acontecendo, Sassá. Bruno estava cada vez mais confuso.

— Não quero falar, prefiro arriscar que, no fim, ninguém saiba de nada e eu consiga contar para ele antes que descubra tudo.

— Tudo bem, você tem direito à privacidade, mas, pelo jeito, saber que você é minha sobrinha é mais do que estranho para vocês, pode ser até um problema, é isso?

— Eu arriscaria dizer que pode ser um grande e enorme problema. Ela suspirou. — Eu ia contar, mas sabe quando você vai adiando, procurando a oportunidade certa para contar algo, e ela não aparece? Me enrolei, tio, me enrolei muito.

— Entendi, acontece, mas não acho certo você enganar alguém, Sassá. Se você está apaixonada, quer namorar legal, tem que ser com a verdade. Você vai ter que contar e esperar que ele não reaja mal. Ele pensou um pouco. — Mas até agora, pelo que você disse, o problema será entre você e ele. Não posso te ajudar muito nisso. Onde entra o Téo nessa história?

— O Téo também não vai gostar nada. Acho que o tio Mateus e você também não. Que besteira eu fiz, tio! Bruno gargalhou alto e alisou o seu braço.

— Quero ver a bomba que vai vir! Comigo não precisa se preocupar, acho que nem o Mateus. Sabe que não temos problemas com seus namoros, desde que não invente de casar. Está pensando em se casar?

— Nada de casar, prometo. Por enquanto não sei nem se o namoro vai acontecer.

— Se você engrenar nesse namoro e o Téo surtar, eu vou segurar, prometo. Até porque, pelo que você falou, ele deve ser da minha idade, e isso já vai ser um problema para o Téo. Balançou a cabeça e estacionou na concessionária. — Vamos escolher um carro para você. Ela segurou na mão dele e olhou séria.

— Um dia você me disse que qualquer coisa que acontecesse, antes de tudo, era para eu falar com você, lembra?

— Lembro e continuo dizendo. Sempre vou estar ao seu lado. Posso até te passar um sermão ou dizer que você está errada, mas vou te ajudar e te apoiar sempre.

— Tio, qualquer coisa que aconteça, antes de me odiar ou ficar bravo, você vem conversar comigo? Promete que não vai deixar de me amar? Ele se assustou com a declaração dela. Nunca tinha ficado bravo com ela, nem discutido, a não ser alguns sermões, mas nada que desse motivo para ela ter esse receio. Ficou preocupado e abraçou-a forte, com os olhos cheios de lágrimas.

— Sassá, você é minha filha, eu nunca vou deixar de te amar! Nunca! Sempre vou estar aqui para você, meu amor. Ele secou as lágrimas. — Você tem 30 anos, pode sair com quem você quiser!

— Obrigada, tio. Eu te amo muito.

— Você é uma mulher livre e linda. Use camisinha e faça o que quiser. Ele a beijou na testa. — Vamos lá. Vamos escolher um carro grande e com vidro escuro para você poder trepar no banco de trás com seu novo namorado!

Enrico entrou no bar, e Rubens comemorou a sua chegada com muita alegria e abraços. Sentou-se à mesa, no canto do bar, que Isabel tinha arrumado há tantos anos, e permanecia a única mesa original e com as seis cadeiras. Tudo continuava igual, do mesmo jeito que ele lembrava quando esteve ali pela última vez, em uma noite especial com todos os amigos, pouco mais de um mês antes do acidente de Bernardo e Isabel. Lembrou-se das conversas, das risadas, de tantos planos que fizeram sem imaginar que seria a última vez em que estariam todos juntos. Sentiu o coração apertar com a emoção da saudade. O lugar continuava o mesmo, a mesa, a música, mas a sua vida tinha mudado completamente. Pensou em Marina e que gostaria de levá-la lá, apresentar aos amigos e contar sobre o seu lugar especial. Queria que ela fizesse parte de sua vida.

Rubens colocou o copo e a garrafa de uísque na mesa, e ele continuou olhando o movimento intenso das mesas, sem prestar atenção ao que via, apenas relembrando tudo que já tinha vivido ali. Mesmo os momentos mais difíceis pareciam bons agora. *"Porque estávamos todos juntos"* — ele pensou, saudoso.

— Planeta Terra chamando. Bruno sorriu, dando um abraço apertado e sentando-se ao lado dele na mesa.

— Estava longe mesmo, perdido nas memórias. Quanta coisa já vivemos aqui, meu amigo. Foi o começo de tudo que conquistamos. Como fomos felizes!

— Põe memória nisso! Quarenta anos da nossa história. Pediu uma cerveja para Rubens. — Mesmo quando você não estava nos últimos 17 anos, você estava. Ele sorriu. — As cadeiras permaneceram aqui. Rubens nunca as tirou.

— Rubens é parte de nossa história também. Sempre esteve com a gente, nos bons e maus momentos.

— Olha o homem do dinheiro aí! Téo entrou provocando, e Enrico o abraçou com força. — Cansou de brincar de exílio, cantando debaixo dos caracóis dos seus cabelos?

— Você sabe que está careca, Teodoro?

— Teodoro é o teu cu, Enrico. Vou embora, a saudade já passou! Eles gargalharam, abraçando-se de novo. — Nem ligo. Careca, baixinho e gordinho, e Pedro ainda me ama! Nunca tivemos uma briga em quase 40 anos!

— Sempre te falei que o Pedro é santo! O Mateus vem? Ele não respondeu a mensagem que enviei. Enrico estava ansioso por revê-los.

— Claro que vem! Estava estacionando quando entrei. Por isso não uso mensagem, gosto de ligar, falo e escuto e pronto. Olha ele ali.

— Direto de Nova York, para a mesa do Rubão! Isso sim é chegada triunfante! Mateus abriu os braços e abraçou. — Que saudade! Você fez falta aqui!

— Como você está, meu amigo? Como é bom ver vocês! Não sabem a falta que senti também. Téo está certo, chega de exílio! Voltei para ficar. Rubens trouxe a tequila na mesa e seis copos. Os amigos olharam, emocionados Téo serviu os copos.

— Se acomodem, meus amigos. Hoje é dia de festa. Estamos todos juntos de novo. Ele falou quase em tom solene. — Vamos brindar. Rubão vai brindar com a gente! Mateus ergueu o copo e declarou.

— A uma vida inteira de amizade! Todos ergueram também e viraram em um gole. Rubens organizou os copos em volta da garrafa, junto dos copos de Bernardo e Isabel cheios.

— E hoje a noite é especial, Enrico! A Sassá vem! Téo falou animado.

— A Sassá! Enrico abriu um sorriso largo, lembrando da menina doce e elétrica. — E como está a nossa Sassá?

— Nossa não, minha! Está maravilhosa! Linda! Lindíssima! Inteligente, simpática e tudo de melhor! Paixão da minha vida! Téo abria o sorriso toda vez que falava de Marina.

— Linda, doce e terrível, como sempre! Mateus piscou. — Eu, que só tive filhos homens, adotei como filha do coração, mas ela sozinha é mais elétrica que meus cinco juntos!

— Está linda mesmo. Bruno confirmou com a cabeça. — E é doce, sabe? Sempre carinhosa. Ela foi um presente que Bernardo nos deu. Alegrou nossas vidas nesses últimos 17 anos. Um orgulho vê-la crescer e se tornar uma mulher tão especial. E continua correndo e pulando na gente, sempre elétrica! Bruno gargalhou, e todos concordaram. — Mas sinto te informar, Téo, ela não vem.

— Não?

— Não, o Tiago a levou para casa.

— O seu Tiago? Enrico perguntou para Mateus.

— Ele mesmo, trabalha com o Bruno desde que saiu da última reabilitação, há seis meses. Parece que agora tomou juízo. Mateus falou esperançoso.

— Toma conta de toda a parte de publicidade, anunciantes, patrocínios. Bruno falou sorrindo, orgulhoso. — Ele é muito bom.

— Por que o Tiago que a levou? Problemas com o carro de novo?

— Adivinha? Aquela carroça quebrou no meio da avenida dessa vez. Reboquei, não teve jeito. Bruno sorriu e piscou para Enrico, quando provocou Téo. — Mas já comprei um novo. E dessa vez, Téo, comprei um grande e com vidro escuro, para ela trepar bastante no banco de trás.

— Bruno, já te proibi de falar assim! Ela é uma menina! Os três gargalharam.

— Ela é uma mulher, Téo. Mateus concordou. — Acostume-se, ela cresceu, está linda e solteira de novo.

— Para mim é uma menina. A última vez que a vi foi na morte do Bernardo. Ela tinha o que? Onze, 12 anos? Téo concordou, e Enrico ficou com os olhos marejados. — Dançando com ela a valsinha do João e Maria, que ela adorava. Lembro do sorriso triste.

— Nem me lembra. Tempos muito tristes. Aquela foi a semana mais triste da minha vida. E os meses que vieram depois foram muito difíceis. Que loucura foi conseguir viver de novo.

— Não lembrava mais disso. Fizemos quase um acampamento com eles por um fim de semana inteiro. Sassá e Renato arrasados, e a gente tentando aliviar de alguma maneira. Triste mesmo. Mateus relembrou.

— Ela só dormia e comia no seu colo. Lembra, Enrico? E o Renato agarrado no Bruno, não dava um passo sem você. Mas ainda bem que superamos tudo aquilo. Foi muito difícil, mas sobrevivemos, e eles também.

— Mas temos mais lembranças alegres do que tristes. Tirando aquela fase de luto, tudo que lembramos de antes e depois são lembranças alegres. Estávamos sempre felizes.

— Lembro de vocês dois discutindo qual versão de Sá Marina era melhor, se a de Ivete ou de Simonal.

— E vai ficar feliz de saber que hoje ela concorda com você, Enrico. Téo piscou, e Enrico gargalhou. — E é fã de Simonal! Levou todos os meus discos.

— Verdade? Ganhei? Depois de 17 anos, ela vai ter que me dizer pessoalmente! Simonal é o melhor!

— Ia contar hoje se o Bruno não tivesse mandado para casa. Era só me avisar que estava sem carro que eu buscava. Ele tem essa mania, Enrico, quer ela sempre só para ele! Vive agarrado na menina, quer ser o tio legal!

— Estava demorando para o Téo ter um ataque de ciúme! Mateus gargalhou.

— Ela que desistiu na última hora. Ia vir comigo, estava tudo combinado, mas depois desmarcou. Queria que eu trouxesse amarrada? Bruno explicou, concordando com Mateus. — Téo tem muito ciúmes!

— Estou vendo que você não mudou nada! Enrico se divertiu com a implicância de Téo com Bruno.

— Não mudou nada mesmo, só o alvo. Depois que você foi embora, eu virei o foco de ofensas preferido. Ainda bem que você voltou. Vou ter um pouco de paz.

— Você que é um permissivo e libertino! Fica falando essas coisas da menina. O Enrico vai pensar mal dela! Vai achar que ela trepa no carro! E antes que Bruno respondesse, ergueu a mão. — Se você tocar no assunto do banheiro da boate, acabo com essa confraternização agora! Todos gargalharam.

— Não vou pensar nada, Téo, ainda mais da Sassá! Mas fiquei interessado, depois de tanto tempo fora, quero saber o que aconteceu no banheiro da boate.

— Está vendo, Bruno? A culpa é sua! Ele nem chegou e já pensa horrores da menina!

— Você que falou do banheiro da boate, Téo! Bruno riu impaciente. — Mateus, me salva, por favor!

— Chega, Téo, deixa o Bruno em paz e vamos saber as novidades do homem do dinheiro. Conta aí, Enrico, já veio com tudo? Finalizou Nova York mesmo?

— Já, voei essa noite. Encerrei a etapa.

— Você largou o jornal? Pretende fazer o que agora?

— Não, continuo no jornal, diretor geral e responsável pela América Latina. É uma transferência. Tudo continua igual, só que agora terei meu escritório aqui, e não lá.

— A decisão foi deles ou sua? Você queria voltar ou eles que obrigaram?

— Foi minha. Pedi para sair, expliquei que queria voltar, e eles ofereceram a opção de transferência. Eu queria voltar, estava muito sozinho. Ele falou triste. — Dezessete anos é muito tempo para se isolar dos amigos. Não queria mais ficar lá.

— Até que enfim! Nunca entendi esse seu exílio voluntário. Terá muito calor humano entre os amigos! E as crianças?

— Não tenho ideia. Nunca mais os vi, nem tive notícias. Ele sorriu triste. — Quando a Amanda completou 18 anos, fizeram uma notificação extrajudicial para que não os procurasse nunca mais, encerrando qualquer vínculo. Nem dinheiro, nem visitas, nem contatos. Deixaram claro que não querem me ver, nem saber de mim.

— Sinto muito, meu amigo.

— O sonho de ser pai se tornou um pesadelo desde a gravidez, vocês lembram. Enrico falou como se estivesse conformado. — E os meninos, como estão?

— Ótimos! O Alberto se especializou em direito empresarial, trabalha em uma firma grande de advocacia. O Roberto continua na Austrália, nunca quis voltar, mas sempre aparece para visitar. O Tiago está com o Bruno, o Lucas vai prestar vestibular esse ano, quer fazer educação física, e o Romeo, que está com 8 anos, é o menino mais lindo do mundo.

— E você, Bruno? Nenhum filho perdido por aí? Enrico sorriu.

— Tenho dois! Ele gargalhou quando Enrico arregalou os olhos. — A Sassá e o Renato! São tudo para mim!

— Tenho uma notícia para vocês! Mateus declarou, mudando o assunto. — Vou casar! E dessa vez, é para sempre.

— De novo? Você é louco! Quantas até agora? Enrico não se conformava.

— Você quer saber com papel passado ou morar junto também conta? Mateus contava nos dedos, atrapalhado.

— Eu só conto os casamentos que teve filhos. Então são cinco. Téo deu um gole no vinho. — Ou essa já está grávida?

— Ainda não está. Mas quero mais, pode apostar!

— Estou com você, Téo. Enrico concordou. — Só decorei cinco nomes.

— Por isso eu nunca casei. Bruno zombou.

— Você não casa com nenhuma, mas cria todas. Téo sempre implicava com as namoradas mais novas de Bruno. — As suas namoradas parecem menor de idade.

— Nessa não posso te apoiar, Téo. Conheci uma moça mês passado. Estou loucamente apaixonado.

— Moça? Justo você que sempre gostou de mulheres maduras? Bruno gargalhou. — Entrou para o meu time!

— É verdade, sempre gostei de mulheres maduras, decididas e independentes, sem muito conflito e nunca me apaixonei. Tinha relações seguras. Agora estou que nem menino bobo, apaixonado e sentindo saudade.

— Deixou em Nova York ou vai trazer?

— Conheci lá, mas ela mora aqui.

— Você está apaixonado mesmo? Não acredito! Nunca te vi falar isso! Conta tudo, Enrico!

— É verdade, acho que envolvimento como esse não tive nem com a Alice. Passamos uma semana juntos, ela estava de férias e foi sensacional. Nunca senti nada igual. É uma paixão tão alucinante que parece ser de outras vidas, se é que isso existe.

— Detalhes, Enrico, desembucha toda a história. Queremos saber sobre essa mulher tão especial! Você conheceu como?

— Conheci em uma livraria. Serviu uma dose de uísque, sorrindo com a lembrança.

— Livraria? É culta pelo menos ou ela estava comprando gibis de super-heróis? Téo aproveitou para provocar, e Enrico gargalhou, balançando a cabeça.

— Muito culta e inteligente. Fomos tomar um café e passamos uma tarde inteira só conversando. Uma moça linda! Me deixou louco! Linda, sexy, divertida. Acho que com ela eu até caso de novo!

— Só conversou e se apaixonou assim?

— Não, ela ficou a semana inteira. Ele riu. — A semana mais incrível da minha vida. Ela é maravilhosa! Na minha idade, fui descobrir prazeres que nunca imaginei nem que existiam.

— Parece apaixonado mesmo, meu amigo. Nunca te ouvi falar em paixão e casamento, nem com a namorada russa.

— Mas você fala "moça". É nova?

— É. De idade é, ainda mais para mim, que nunca gostei de moça nova, pelo contrário, mas tem algo nela, uma maturidade... Não sei explicar, meus amigos! Me apaixonei por completo, como nunca tinha sentido em toda minha vida.

— Quantos anos? Quando tem muita explicação é porque tem coisa aí! É menor de idade? Téo provocou rindo.

— Vinte e nove anos.

— Vinte e nove anos? Só faltava essa! Da idade da Sassá! É uma menina!

— A nossa Sassá está com 29 anos? Enrico lembrou. — Parece que foi ontem que ela corria pela sala que nem um furacão!

— Minha Sassá! Sou padrinho possessivo e ciumento! Téo gargalhou. — Já consegui me livrar até do traste do marido!

— Você precisava ver, Enrico, ameaçou de morte, tentou bater nele, uma loucura. Bruno contou balançando a cabeça. — Nunca vi ele gritar tanto! Não entendi até hoje porque ficou tão transtornado!

— Ameaçou de morte, Téo? Você não fez isso! Enrico gargalhou.

— Fez! E fez a gente ir buscar as coisas dela quando separaram. Pagou três seguranças da emissora para ir junto. Mateus contava, apontando e se contorcendo de rir quando imitou a voz de Téo. — "Se chegar perto da minha Sassá de novo, vai se ver com eles, mando te matar!".

— Contratou seguranças? Enrico estava incrédulo.

— Fiz e faço de novo! Aquele filho da puta traiu a minha menina e ainda expulsou de casa! Fui buscá-la, no meio da madrugada, aos prantos, coitada! Fiquei louco! Tenho ódio só de lembrar. Téo falou sério.

— Expulsou de casa? Filho da puta mesmo! Enrico sentiu o coração apertar, pensando na menina de 12 anos. — Quero vê-la, quero ver os dois! Que saudade! Como está o Renato?

— O Renato está na Itália, foi fazer especialização, logo depois de se formar, e não voltou mais. Está casado com uma mocréia, mas essa eu sei lidar, coloco ela no lugar dela! Téo fez um ar de desprezo, e todos riram. — Tem dois filhos lindos! Me chamam de vovô, Enrico!

— Téo como sempre fazendo sucesso entre as crianças! Enrico brincou.

— E quando vamos conhecer a nova senhora Greco? Fiquei curioso para saber quem conseguiu te conquistar dessa maneira.

— Vamos marcar! Vou vê-la amanhã e combino. Quero que vocês a conheçam.

— E voltamos ao sorriso bobo e olhar apaixonado. Mateus zombou. — Leva ela no meu casamento! Assim já apresenta para a família inteira. Se está apaixonado assim, é melhor ela já saber onde vai conviver!

— Vim ver vocês hoje, mas estou louco para vê-la, Mateus. Três semanas que não a vejo e não penso em outra coisa. Desespero mesmo. De sentir o cheiro dela, abraçar, beijar. Ele balançou a cabeça. — É surreal, não sei explicar o que essa mulher fez comigo. É o sentimento mais obsessivo que já senti até hoje por uma mulher, algo quase incontrolável. Rubens se aproximou, servindo todos os copos.

— E a Sassá? Não vem? Guardei um pedaço da torta que ela gosta.

— Até o Rubens é babão? Enrico riu.

— Ela fez a mesma faculdade que nós, vivia aqui também. Aprontando, claro.

— E vou te dizer, Enrico, ela sozinha era pior que vocês cinco juntos! Rubens gargalhou. — Na noite de trote, ficou bêbada, subiu na mesa cantando Sá Marina e queria tirar a roupa! Quase me matou do coração!

— Na nossa mesa? Enrico gargalhou. — E o que você fez?

— Chamei o Bruno, claro!

— O tio permissivo! Téo falou bravo. — Sempre acobertou tudo de errado dela. É um libertino!

— A Sassá é muito especial em nossas vidas, Enrico. Mateus falou com sorriso meigo e os olhos marejados. — Cresceu cercada por homens, mimada por todos. Nós, Rubão, Alberto e Tiago, e mesmo assim se tornou doce, meiga e carinhosa. Como disse o Bruno, foi o presente que Bernardo e Isabel nos deram. Ela é muito especial.

— Que pena que ela não veio. Gostaria muito de vê-la. Ficou parecida com a Isabel?

— Não! Ficou uma mistura de Bernardo e Isabel, mais linda que a mãe! Vou te mostrar uma foto. Téo abriu a foto no celular e entregou para Enrico, que sorria curioso.

Enrico sentiu o corpo paralisar. Era ela! Aquela mulher que o enlouqueceu em Nova York era a menina que ele viu nascer. Um desespero tomou conta dele, estava apaixonado loucamente pela filha do melhor amigo. Foi como um filme passando pela mente, cada momento com a menina linda e elétrica que rolava no chão da sala de Bernardo, brincando com ele até o prazer infinito que sentiu ao possuí-la em sua cama. Como ele pôde se apaixonar tão desesperadamente por ela?

— Preciso ir. Ele se levantou rápido, largando o celular em cima da mesa.

— Ei, espera, aonde você vai? Senta aí.

— Não posso, Bruno, preciso ir.

— Enrico, você não está bem, não pode sair assim. Mateus segurou no braço dele, preocupado, quando viu que ele estava pálido.

— Você está chorando? Téo o olhou assustado. — O que está acontecendo, criatura, enlouqueceu? Ele olhou para o celular e encarou Téo.

— Eu não sabia... É ela... Deixou as lágrimas escorrerem. A mulher que me apaixonei em Nova York... É a Sassá!

— Como é que é? Téo perguntou confuso. — A minha Sassá?

— É ela... Na foto, é ela. A mulher que eu amei loucamente, Bruno, é a Sassá!

— Puta merda! Bruno colocou a mão na testa.

— Calma, Enrico, senta aqui e vamos conversar. Mateus tentou segurá-lo.

— Você enlouqueceu, Enrico? Você trepou com a minha Sassá? Ela é só uma menina! Pervertido! Eu vou te matar!

— Eu não sabia que era ela, Téo, eu não sabia! Ela não falou que era ela...

— E precisa falar, Enrico? Não viu que era uma menina? Não reconheceu? Você fez o parto dela, é um pervertido igual ao Bruno!

— Calma os dois! Sentem, vamos conversar. Ela é uma mulher, Téo! Enrico, senta aqui, você está nervoso. Bruno tentava acalmar a todos, entendendo sobre o que Marina tinha falado de tarde.

— Eu preciso ir, eu preciso pensar. Meu Deus, o que eu fiz? A Sassá... Enrico saiu apressado, desnorteado, deixando todos boquiabertos.

— Fudeu. Bruno sussurrou para Mateus. — Ela avisou que uma bomba ia explodir.

— Sassá, Sassá... Manda mensagem para ela, avisa que estamos indo lá agora! Mateus respondeu em tom baixo, abanando Téo, que berrava que ia ter um infarto com a mão no peito. — Pega um copo de água com açúcar, Rubão!

Capítulo 13

Enrico acordou com o barulho da campainha disparada insistente. Olhou no relógio e viu que já era quase meio-dia. Tinha bebido tanto na noite passada que adormeceu no sofá, ainda de roupa. Levantou tonto e abriu a porta.

— Só vim porque eles me forçaram! Já aviso que estou puto! Muito puto, Enrico! Téo foi o primeiro a entrar, já resmungando sobre a bagunça do apartamento e começou a recolher copos e garrafas vazias espalhadas.

— O que vocês estão fazendo aqui? Enrico ainda estava atordoado.

— Viemos ver como você está, se tinha sobrevivido a essa noite. Do jeito que você saiu ontem, tínhamos certeza de que estava afogado no uísque.

— Três garrafas!! Você não vai mudar nunca, Enrico? Olha essa bagunça! Téo continuava a organizar a sala. — Pronto, agora dá para sentar. Téo terminou de ajeitar o sofá. — Abre a janela, Mateus, faz ventilar essa pocilga! Como consegue viver aqui, Enrico? Parece uma caverna!

— Hoje não, Téo. Por favor.

— Ressaca, meu amigo? Bruno se sentou no sofá. — Vai tomar um banho e trocar essa roupa. A gente te espera.

— Temos muito que conversar. Enrico concordou com a cabeça e obedeceu.

— Vou fazer um café para esse traste. Téo entrou na cozinha, irritado. — Olha a bagunça dessa cozinha! Já chegou de Nova York me dando trabalho! Dezessete anos de saudade e já passou. Pode voltar de novo para o exílio e voltar só em 2030!

Enrico voltou para a sala com o rosto lavado, cabelos molhados e bermuda. Pegou a xícara de café da mão de Téo e se esparramou no sofá.

— Sobre o que querem conversar?

— Enrico, não começa a me irritar. Sobre a Sassá, claro!

— Não tenho nada para conversar. Não vejo a Sassá desde os 12 anos e não vou vê-la mais. Resolvido, assunto encerrado.

— Ótimo, acho que essa é a melhor solução. Passou, esquecemos esse episódio nojento e pronto. Seguimos nossas vidas.

— Então vamos falar sobre a mulher que você se apaixonou loucamente em Nova York? Bruno falou calmo e viu que Enrico ficou com os olhos marejados.

— Também não tenho nada para falar sobre ela. Acabou, passou, vai ser uma doce lembrança da semana mais incrível de toda a minha vida. Ele repetiu as palavras dela, relembrando seu rosto na cama, ao lado dele, e sentiu o coração ficar destroçado.

— Que pena. Mateus balançou a cabeça. — Essa mulher vai sofrer quando souber que mais uma vez ela se tornou apenas uma doce lembrança para você. Isso está se tornando uma tradição entre vocês.

— Porque ela também se apaixonou, para ela também foi uma semana incrível e ela esperava que pudesse ao menos conversar com você, sem ser simplesmente esquecida de novo. Bruno declarou firme.

— Como você sabe? Enrico pareceu confuso.

— Também quero saber, como você sabe que ela se apaixonou? Téo desconfiou.

— Conversei com ela ontem, e ela me falou.

— Claro que conversou! O tio permissivo não ia ficar de fora! Mandou eu e o Mateus para casa e correu lá! Adora ter ela só para você!

— Eu também fui, Téo. Mateus levantou a sobrancelha. — Nós dois conversamos com ela, fomos vê-la para esclarecer tudo isso e entender o que aconteceu.

— E por que não me falaram que iam? Eu queria ir também! Também quero entender o que aconteceu!

— Porque você estava nervoso, Téo! Ia só gritar com ela e não ia deixar ela falar.

Enrico estava em silêncio, com a cabeça apoiada no encosto do sofá, e parecia distante da discussão. Os três se olharam, e Bruno perguntou com a voz calma novamente.

— Você está mesmo apaixonado, Enrico? Loucamente, desesperadamente, absurdamente, como você nos disse ontem?

— Muito. Quer dizer, estava, não sei mais. Ele não conseguia pensar direito. Curvou o corpo para frente e olhou para Bruno. — Você sabe por que ela fez isso comigo? Por que ela não me contou?

— Você não acha que devia perguntar isso para ela? Mateus ponderou.

— Concordo. Bruno emendou. — Conversar, entender. Ouvir dela tudo que quer saber. Ela é a melhor pessoa para te explicar por que tudo isso aconteceu, meu amigo.

— Eu não sei se consigo, só de pensar em olhar para ela e não poder tocá-la. Passei uma semana dormindo e acordando com ela, estupidamente apaixonado. Tê-la em meus braços foi a melhor sensação da minha vida, de novo. Ele respirou fundo. — Só senti algo assim quando ela nasceu. Meu Deus, o que eu fiz... O Bernardo... Meu Deus... Uma semana, conversando, passeando, beijando...

— E trepando! Que loucura essa história. Téo não sabia o que pensar. — É o Bruno que incentiva a menina a trepar com qualquer um, dá nisso! Até camisinha deu para ela! Ensinou ela a ser livre, fazer o que quisesse, e ela trepou com o próprio tio! Culpa sua, Bruno! A menina trepou com o próprio tio!

— Téo, ela tem 30 anos! Pare de dizer que é uma menina! E ele não é tio dela!

— Alguém tem que trepar, Téo, que seja o Enrico, pelo menos ele foi carinhoso, tornou tudo especial para ela. Mateus sorriu, dando de ombros e parecendo despreocupado. — Prefiro que a Sassá esteja com ele do que com o palhaço do ex-marido.

— Do que você está falando? Enrico estava quase dormente.

— Que você não é pai, não é tio dela. Você é um homem que se apaixonou por uma mulher, a tratou com amor, com carinho, a fez se sentir especial. Não vai fazer nada de mal para ela.

— Claro que não. Enrico balançou a cabeça. — Ela é uma menina, como eu iria fazer mal para ela?

— Ela não é mais uma menina, Enrico. É uma mulher linda, sexy, inteligente e livre. Nada impede que vocês namorem. Eu tenho namoradas da mesma idade dela ou até mais novas.

— É diferente, Bruno. Você não viu as suas namoradas nascerem, não foi o melhor amigo do pai delas. Não posso ter nada com ela, não podia ter tido! Vocês não entendem?

— Ela sabia que você iria se sentir assim. Disse que te falou em Nova York que você não a procuraria aqui. Mateus se sentou ao lado dele. — Ela está certa?

— Eu não sei. Eu preciso pensar, entender tudo isso que estou sentindo. É um carinho enorme, uma paixão surreal e uma culpa tremenda. Preciso entender por que ela fez isso, não me contou quem ela era, deixou simplesmente acontecer.

— Só vai entender se perguntar para ela o porquê, Enrico. Só ela pode te dar a resposta.

— O destino... O monstro bom e lindo! Ela falava de mim, Téo. Ele pôs a cabeça entre as mãos. — Eu senti algo aqui dentro quando ela falou, mas não entendi.

— O que ela te falou, Enrico? Que monstro é esse? Téo percebeu o conflito que Enrico estava sofrendo e sentiu pena pela confusão toda.

— Eu disse que poderia passar o resto da minha vida com ela, e ela disse que eu não ia querer. Ele começou a chorar de novo. — E eu prometi que estaríamos juntos de novo.

— Ah, Enrico, você prometeu? De novo! Porque você prometeu que cuidaria dela quando tinha 12 anos e nem uma porra de cartão postal mandou!

— Eu sei, Téo, ontem me dei conta disso. Eu simplesmente a esqueci. Ele suspirou. — Ela me falou sobre a mágoa que teve com pessoas que prometeram e não cumpriram.

— Ela estava falando de você. Bruno foi direto.

— Agora eu sei disso. Ela falou que tinha sido um monstro bom e lindo. Lembram da redação? Ele se levantou, foi até a parede e pegou o quadro, entregando a Téo. — Um monstro bom e lindo a magoou e depois deu a ela uma semana incrível. Ela estava falando de mim, eu era o monstro!

— A redação do monstro herói. Mateus sorriu, lembrando e olhando para o quadro. — Te fez chorar de emoção. — Eu era o herói e depois a magoei. Alguma vez ela falou sobre isso para vocês? Que ela me odiava?

— Perguntou de você várias vezes, Enrico, logo no começo. Depois, nunca mais.

— Para mim também. Téo pensou. — Achei que tinha esquecido, não falou nada.

— Falou para mim. Bruno declarou, surpreendendo a todos. — A primeira vez foi quando o Téo foi te visitar e o Mateus foi junto, eles queriam levá-la e ela não queria ir. Ficou em casa, lembram? Ele suspirou quando os dois concordaram. — Disse que não queria te ver, que você tinha morrido junto com Bernardo.

— Você disse que foi a primeira. Teve outras?

— Ela nunca mais tocou no seu nome, e eu também nunca mais perguntei. Achei que ela esqueceria, que isso ia passar. Mas agora, quando ela decidiu ir a Nova York e o Téo infernizou que ia te avisar para você ir ao hotel...

— Você insistiu para eu não avisar, que o Enrico ia estar ocupado, ia se sentir obrigado e que seria estranho um encontro entre eles depois de tanto tempo. Téo lembrou.

— E falei para ela trocar a reserva do hotel. Caso você ligasse para ele e avisasse, estaria com o hotel errado, e ele não iria encontrá-la. Foi a segunda vez que ela me disse que não queria te ver e que você morreu junto com o Bernardo. Sinto muito, Enrico.

— Mas sem saber, eu a encontrei, por acaso, no meio da tarde, e me apaixonei loucamente. Insisti para um café, e depois ela tentou fugir de mim, entrou num taxi de repente e foi embora. Eu fiquei louco. Precisava vê-la! Ele olhou para Mateus. — Eu fui atrás dela no Empire, ela tinha me mostrado o mapa que o tio fez para ela. Ela estava comprando os livros para o padrinho! Estava tudo ali, na minha frente, e eu não percebi.

— Eu sei, ela nos contou. Mateus deu dois tapas no ombro dele. — E agora, depois disso tudo, você vai apenas desistir e esquecê-la mais uma vez. Vai magoá-la de novo.

O silêncio tomou conta da sala. Enrico sentia as lágrimas queimarem seus olhos e o peso das palavras dos amigos. Os três se olhavam sem saber mais o que dizer a ele.

— Enrico, olha só. Bruno finalizou. — Eu não ligo para essa história de romance, se transam ou não transam. Mas quero que você a procure e conversem. A Sassá merece isso. Se quiser desistir, esquecer, tudo bem, mas diga isso para ela, pessoalmente. Você não pode simplesmente ignorá-la de novo.

— Também acho. Mateus concordou. — Se não por você ou por ela, por respeito ao Bernardo e à Isabel.

— Vá hoje, amanhã, ou daqui um mês, mas vá. Bruno tirou um papel do bolso e entregou a ele. Era o endereço de Marina. — E pense que, a cada dia que passar, vocês dois estarão sofrendo mais. Mateus suspirou.

— Eu vou, só preciso de um tempo para entender essa tempestade dentro de mim. Enrico se levantou, foi até a janela e olhou para o céu, como se visse o amigo. — Me perdoa, Bernardo. Me perdoa, meu amigo, eu não sabia. Téo ficou emocionado com o gesto e respirou fundo. Percebeu a dor nas palavras e no olhar de Enrico e entendeu que ele era o que estava mais sofrendo com tudo aquilo.

— Enrico, você só vai precisar do perdão dele se ignorar a Sassá ou fizer ela sofrer. Téo o abraçou. — Estamos juntos, meu amigo. Conversem, resolvam e coloquem o ponto final nessa loucura toda.

— Obrigado, Téo. Ele olhou medroso para Bruno. — Você acha que ela fez isso para se vingar porque a magoei quando a abandonei?

— Não! Você está louco? Ela teve os motivos dela para não contar, mas ela também se apaixonou, Enrico. Ela não é mais aquela menina, ela é uma mulher, doce e linda. Ela não tinha a intenção, não fez por mal.

— Procure dentro de você, Enrico. Você viveu esse amor por uma semana. Acha possível que ela estivesse mentindo? Enrico pensou um pouco e negou com a cabeça. — Você sabe que o que viveram foi real, meu amigo. E só depende de você para continuarem a viver.

— Não exagera, Mateus. Téo protestou. — Eles precisam conversar para acabar com tudo isso, esquecer. Nada de continuar.

— Ele disse que era a mulher da vida dele, Téo. Mateus falou triste. — Eu acredito no amor e acho que os dois têm o direito de viver esse amor. Não vamos nos intrometer, nem julgar. Não há certo ou errado, Enrico. Pense e procure por ela quando estiver pronto.

— Vamos indo. Qualquer coisa, conta com a gente, meu amigo. Bem-vindo de volta ao hospício. Bruno sorriu e o abraçou.

Enrico se despediu de todos e se sentou no sofá, de cabeça baixa, totalmente perdido. O mundo real tinha ficado em preto e branco, exatamente como ela disse que seria, porque ela sabia quem ele era. Precisava ficar sozinho, pensar e entender. Mais do que saber por que ela não tinha contado, precisava entender os próprios sentimentos e decidir o que faria com eles, aquele turbilhão de amor, desejo e culpa que o dominava de maneira quase insana.

Estava tudo misturado dentro dele. A tristeza de pensar que aquelas lágrimas que ele viu em Nova York foram causadas por ele mesmo. Foi ele quem a abandonou, sem uma palavra em 17 anos depois de prometer, no seu maior momento de dor, que estaria sempre com ela. Ele foi cruel quando era apenas uma menina e depois a amou profundamente quando se tornou uma mulher. Não podia simplesmente ignorá-la de novo. Por ela, que não merecia ser magoada de novo, e por ele, que não conseguiria ficar longe dela.

Capítulo 14

Era uma hora da madrugada, e Enrico estava estacionado na frente do prédio de Marina há mais de duas horas. Tinha estado ali várias noites durante aquela semana, desde que soube a verdade, mas, em todas as vezes, não teve coragem de entrar. Apenas a viu chegando e foi embora, não sabia exatamente o que dizer e não tinha conseguido acalmar aquela paixão dentro do peito.

Repassou as lembranças daquela semana em Nova York, todas as vezes em que ela deu os sinais e que ele nem percebeu, as frases ditas que pareciam sem sentido, coisas que ela sabia sobre ele. Recordou as sensações maravilhosas que transbordavam em seu coração, quando ela pulava em seu pescoço, ou até mesmo a mania, que ele achou tão divertida, de comer a comida do seu prato. Entendeu que aqueles pequenos gestos que aqueceram seu coração eram lembranças que ele tinha apagado da menina mais linda da vida dele. Releu mil vezes as mensagens trocadas nas últimas semanas, quando ele sentia saudade, sozinho no apartamento que pareceu tão vazio depois que ela foi embora. As últimas mensagens, quando desembarcou em São Paulo e avisou que veria os amigos, mas que iria vê-la no dia seguinte. E ela apenas respondeu que estaria esperando por ele.

Não tinha mandado mais nada depois, e ela manteve a promessa, dita entre lágrimas, de que entenderia se ele não a procurasse, deixaria ele decidir. Ela não mandou mensagem, não tentou explicar, não pediu para vê-lo. Ela respeitou o silêncio dele e o deixaria ir embora de novo, se ele decidisse apenas esquecê-la. Fazia uma semana que estava totalmente desnorteado, não mais pela descoberta, mas pela vontade de estar com ela.

Respirou fundo, juntando toda a coragem que tinha e digitou no celular: *"Está acordada? Queria conversar com você. Estou na porta do seu prédio. Posso subir?".* Esperou alguns minutos e estava desistindo, quando a resposta chegou. *"Pode".*

Ela estava encostada ao batente da porta, de camisola e com o olhar muito triste, quando ele saiu do elevador. Parou por alguns segundos, sentindo o coração acelerar. Estava perdidamente apaixonado por ela.

— Entra. Ela abriu a porta para ele passar. Ele assentiu com a cabeça e a seguiu. Não conteve o impulso de puxá-la contra o peito e prendê-la em seus braços. Não era um abraço de desejo, era de amor, o mesmo que ele deu quando ela chorava pela morte dos pais. Ficaram por alguns minutos quietos, com ela agarrada em sua cintura, enquanto ele alisava os longos cabelos castanhos dela.

— Me perdoa? Ele falou calmo.

— Do que?

— De 17 anos de distância. Beijou a cabeça dela. — Me perdoa, Sassá? Eu sinto muito por ter te magoado tanto. Eu esqueci de mim, de quem eu era. Suspirou. — Perder meus melhores amigos, deixar vocês, meus filhos, uma vida inteira para trás. Precisei esquecer de mim para continuar vivendo.

— Isso foi há muito tempo. Cada um de nós precisou esquecer um pouco de tudo para sobreviver. Ele a abraçou de novo e cantarolou a música que todos cantavam desde que ela era pequena. A mesma que ele cantarolou quando ela nasceu.

— Vem sentar. Quer um uísque?

— Você tem uísque?

— Lembrei que meu pai dizia que tinha que ter a garrafa de uísque para você.

— Seu pai confiaria cegamente em mim? Ele a olhou sério. Foi a primeira frase que ela disse a ele que dava alguma pista, na primeira vez que ele a beijou. — Não acho que seu pai continuaria confiando em mim depois do que aconteceu. Talvez ele até jogasse fora a minha garrafa.

— Você me odeia por não ter dito quem eu era?

— Não, nem se eu quisesse poderia te odiar. Eu te amo demais. Senta aqui, vem perto de mim. Ela se acomodou no sofá, e ele emendou. — Mas preciso saber por que não me disse.

— Porque eu não achei que era importante. Ele pensou e tomou o resto do copo.

— Eu te amei desde a primeira vez que te vi. Quando você resolveu pular da barriga da sua mãe dois meses antes, nos meus braços, naquele domingo à tarde. Eu te amei, de verdade. Como filha, como sobrinha, uma mistura de tudo. Pequenina, berrando no meu braço enquanto o Téo surtava e sua mãe quase desmaiava. Ele a apertou mais para perto e sorriu. — Porque o Téo diz que fez o parto, mas não fez nada. Ela gargalhou. — Andava de um lado pro outro, gritando "vai nascer", e jogava pano de prato em cima de mim, porque não achava as toalhas. Os dois gargalharam, ele colocou o copo no chão e se esparramou mais, trazendo-a para o seu colo e fazendo cócegas. — E te amava mais, cada vez que te via crescendo. Cada vez que te virava de ponta-cabeça, que te carregava de cavalinho. Quando você fez uma redação para mim e ganhou o concurso, tenho até hoje aquele rascunho.

— Você tem? Não acredito! Ela ficou surpresa.

— Tenho. Emoldurei e está no meu apartamento aqui em São Paulo. Você vai ver quando for lá. Uma das maiores emoções que tive na vida foi quando você disse que escreveu sobre mim. Eu era o herói da sua história. Ele parou uns segundos. — Eu era o seu herói. O seu monstro lindo e bom. Ele a encarou de novo, suspirou e enroscou os dedos em seu cabelo, segurando pela nuca e passando suavemente o rosto pelo rosto dela, respirando seu aroma. — E eu também amei aquela mulher que me fez sentir prazer como nunca tinha sentido antes. Eu me apaixonei pelo seu sorriso e amei o seu corpo, amei a Marina, amei tocar você e ouvir o seu gemido. Eu fiquei louco por você desde que te vi entrando naquela livraria.

— Enrico... Marina sentiu o corpo reagir, excitada com a voz sussurrada e a respiração dele tão perto. Ele emendou, mantendo o olhar fixo e os lábios próximos.

— Duas pessoas especiais na minha vida, dois sentimentos importantes e únicos, tão fortes e tão intensos, que nunca senti por mais ninguém. E eu descobri agora que essas duas pessoas são uma só. Todo aquele amor puro e fraternal se misturou a uma paixão intensa e sensual, cheia de desejo. Ele beijou a testa dela. — Aquele bebê, aquela menina, se transformaram em uma mulher deliciosa que me fez gemer e explodir de prazer. Ele beijou o queixo dela. — E não é uma teoria de vidas passadas, é dessa vida, a sua e a minha, entrelaçadas, tudo muito forte dentro de mim.

— Por que está dizendo tudo isso?

— Porque você sabia que era importante para mim. Por isso vou perguntar de novo. Por que você não me disse que era você?

— Porque eu não era a Sassá, e você não era o meu tio. Éramos dois estranhos em uma livraria. Você se aproximou e eu quis te conhecer de novo, ter uma nova história.

— Você nunca pensou em me contar?

— Na livraria, no primeiro momento, pensei. Você me convidou para o café, a conversa fluiu, foi interessante, eu tive certeza de que você não era aquele homem mais. Decidi ir embora quando me senti atraída por você e fui. Achei que não tinha por que dizer, seria só uma conversa divertida entre dois estranhos e nunca mais nos veríamos.

— E quando te procurei no dia seguinte?

— Você apareceu no Empire no dia seguinte, e tudo aconteceu muito rápido, nos beijamos, passamos o dia juntos e fomos para a cama. Tivemos a noite mais deliciosa da minha vida, e de manhã eu pensei novamente em te contar a verdade. Ela fechou os olhos e respirou fundo. — E você me contou sobre a sua ida para lá, sobre a bagagem que não valia a pena, e descobri que fui apagada da sua lembrança. Fui infantil, eu acho, querendo fazer novamente parte da sua vida, porque você nunca deixou de fazer da minha. Quis ter uma nova história com você, te deixar uma nova lembrança minha. O plano era bom, teríamos uma semana maravilhosa, e tudo acabaria ali, como algo mágico, e continuaríamos seguindo nossas vidas. Eu voltaria a fazer parte das suas boas lembranças, mesmo que de outra forma.

— Mas eu tinha decidido voltar. Ele suspirou.

— Já tínhamos passado a semana inteira, tudo já tinha acontecido, quando você me contou que voltaria. Mais uma vez, ensaiei para te falar, mas eu sabia que o reino mágico se tornaria o inferno para você. Não tive coragem de contar.

— Você sabia que eu reagiria mal.

— Imaginei que sim. Você estava voltando para a vida que deixou, que se lembraria de novo da menina. E tudo que vivemos naquela semana seria apagado, você me rejeitaria. Escolhi deixar que você me odiasse quando chegasse aqui, e não na nossa despedida. Eu, já estava apaixonada, queria ter a última tarde antes de ser esquecida de novo.

— Nunca, nada que vivi com você será apagado. Nem com a menina, nem com a mulher.

— Você sabe que isso não é verdade, Enrico. Você me esqueceu por 17 anos. Ela segurou o olhar dele, cheio de lágrimas, sorrindo quando ele a beijou com delicadeza.

— Eu te amo, Cinderela. De todas as maneiras possíveis que há de amar alguém, eu te amo. Eu te amo demais. O beijo delicado se transformou em um vulcão, trazendo à tona todo o sentimento que os dois sentiram por toda a vida. O desejo tomou conta, mas ele não a acariciou com malícia, não a tocou intimamente. E quando ela abriu o primeiro botão da camisa dele, ele segurou a mão dela e sussurrou.

— Não posso fazer isso.

— Desculpa. Ela baixou o olhar.

— Eu quero, eu te desejo muito, mas eu não posso, você é uma menina! Eu preciso lidar com esses sentimentos todos.

— Eu entendo. Ela tentou sair do colo dele, e ele a puxou de novo.

— Ainda é tudo muito confuso para mim. E tenho medo de que, por mais desejo que eu esteja agora de te tomar nos braços e enlouquecer na sua cama, eu me sinta mais culpado por tudo isso amanhã. Você é a menina que eu amei, vi crescer.

— Eu não sou mais essa menina.

— Eu sei que não, porque eu tive você na minha cama. Mas eu também te tive em meus braços quando embalei seu sono. Para poder estar com você, Marina, eu preciso aprender que você não tem mais 12 anos. Ela se afastou e pegou o copo, servindo mais uma dose. Entregou o copo para ele e se sentou no outro sofá, encolhendo as pernas junto ao corpo e cobrindo com a camisola.

— Entendi. Você veio aqui para me dizer que vai se afastar, que precisa de um tempo... Ele se ajeitou no sofá, tomou um gole e negou com a cabeça.

— Não. Eu também não consigo ficar longe de você. Eu vim aqui para saber se fui uma brincadeira para você, ou se você me quer de verdade. Eu quero saber se você está disposta a ter uma relação de verdade comigo. Ele a pegou de surpresa.

— Relação de verdade? O que você está querendo dizer com isso?

— Eu não quero ter um caso com você, ser uma transa e curtir apenas. Tem que ser uma relação séria, tem que ser de verdade. Estar perto de você, cuidar, fazer parte da sua vida.

— Isso tem a ver com meu pai? Ela estava irritada.

— Tem, claro. Eu devo esse respeito a seu pai.

— Vai embora, Enrico. Não preciso disso. Obrigada pela visita, mas já está tarde. Ela se levantou de repente, e ele a alcançou antes que ela chegasse à porta.

— Ei, espera. O que aconteceu? O que eu disse de errado?

— Eu não era uma virgenzinha estúpida que você levou para cama na lábia e agora precisa consertar minha honra, Enrico!

— Não foi isso que eu disse!

— Mas é isso que você está sentindo! Quer saber? Eu quis ir para cama, eu sabia exatamente quem você era e eu quis trepar com você! Porque sou uma mulher, não sou uma criança, não preciso que conserte nada, Enrico.

— Marina, me ouve! Eu te vi nascer! Sempre me vi como um tio, um pai, sei lá... É difícil agora simplesmente esquecer...

— Me ouve você, Enrico! Você já esqueceu! Você viu um bebê, uma menina travessa e esqueceu dela há muito tempo! Meus tios, meus pais que me amaram de verdade são o Bruno, o Mateus e o Téo! Você não é nada, você esqueceu essa menina, abandonou sem uma palavra. Eu fiz parte de todo um resto que não valia pena você levar na bagagem, lembra? Fui apagada, esquecida! Aquela menina linda que não valia a pena ser levada na sua bagagem, Enrico!

Ela enfatizou as palavras que ele usou naquela manhã, e ele se emocionou, sentindo a dor de ter dito e imaginando como ela tinha se sentido naquele momento, ouvindo dele essas palavras tão duras. Estava certa, ele a tratou como alguém a ser esquecido e disse exatamente isso a ela, que escolheu esquecê-la.

— Marina, não fala assim, por favor... Quando eu falei isso...

— Muita coisa aconteceu enquanto você estava fora, Enrico. Eu cresci, fiz a minha vida, tive paixões, trepei só por tesão, casei com um merda que me traiu e me jogou na rua depois de me espancar! Eu sobrevivi a tudo isso, fiquei mais forte, porque eu tinha o Téo para me dar colo, o Mateus para me proteger e o Bruno para me ensinar a ser livre! Eu nunca tive você, porque você me abandonou! Você morreu junto com meu pai! As palavras começaram a sair como se vomitadas em cima dele. Ela agora falava com aquele tio que a magoou, o tio que ela odiou por anos. Tudo que estava guardado, que ela nem sabia que era tão forte, transbordou pelas palavras cheias de ressentimentos, aos gritos.

— Marina...

— Você não estava aqui para ver nada disso. Eu não sou aquela menina há muito tempo, Enrico. Você não sabe quem sou, quem me tornei. Você não sabe nada sobre mim. Você não me conhece!

— É isso que eu quero, quero conhecer você, quero saber quem é a Marina por quem me apaixonei!

— Comece sabendo que eu não preciso de uma relação fraternal estável, porque você se sente culpado de ter trepado com a filha do seu amigo morto!

— Eu quero uma relação com você porque eu te amo, porra! Porque eu sou louco por você!

— Vai embora, Enrico. Você já teve as respostas que queria. Vai embora e me esquece. Você sabe fazer isso bem. Ela chorava, e ele a abraçou com força. Não a soltaria, não iria embora.

— Eu não parei de pensar em você desde que te vi naquela livraria, Marina. Eu não estou aqui pela menina que você foi, estou pela mulher que você é. Quase enlouqueci em Nova York depois que você foi embora. Eu não consigo ficar longe de você, eu não quero ficar longe de você.

— O que você quer de mim, Enrico?

— Eu quero conhecer essa mulher que você acabou de me contar, saber o que aconteceu enquanto eu não estava. Eu quero você na minha vida, Marina, de verdade. Eu te amo, sou alucinado por você, mas nós temos um passado, e eu preciso conseguir separar a mulher da menina! Eu preciso aprender a lidar com tudo isso, com essa avalanche de sentimentos.

— Tudo bem. Vamos dar tempo ao tempo. Ela balançou a cabeça e se afastou. — O tempo sempre coloca as coisas no lugar. É melhor você ir embora agora.

Ele não queria ir embora, queria pedir para ficar, precisava estar com ela, abraçá-la, beijá-la. Mas era tudo muito confuso, e ela estava certa, precisavam de um tempo.

— Eu posso te ver de novo?

— Claro, vamos combinar. Estaremos sempre nos vendo, você é o melhor amigo dos meus tios. Ela sorriu triste. — Não tem sentido ficarmos nos evitando.

— Quer jantar comigo amanhã?

— Não posso, tenho um compromisso, marcamos outro dia.

— Tudo bem. Ele beijou a testa dela. — Eu só preciso de um tempo, organizar...

— Eu entendi, Enrico. Por favor, vá embora.

Ele assentiu com o coração apertado e segurando as lágrimas. Desabou em prantos quando fechou a porta atrás de si. Não conseguia se mexer, mal conseguia dar um passo até o elevador. Não queria ir embora.

Entrou no carro e chorou, entregando-se à dor de estar se despedindo dela, mais uma vez.

Capítulo 15

Deixa eu ver se entendi bem, Enrico. Você está me contando que conheceu uma mulher, passou uma semana com ela em Nova York, se apaixonou por ela, e ela também se apaixonou por você, ambos solteiros, livres, e a tudo isso podemos acrescentar vários adjetivos como maravilhoso, sensacional e incrível. E você está sofrendo por esse amor todo? E que não podem ficar juntos? Sílvia perguntou confusa e divertida, quando Enrico estacionou o carro na frente da grande livraria.

Enrico entregou a chave para o manobrista e deu a volta para abrir a porta.

— Falando em voz alta, pareceu um tanto absurdo até para mim. Ele passou o braço em seu ombro e seguiram para dentro da livraria, fechada ao público para o grande evento privado e cheio de personalidades da mídia e do jornalismo para prestigiar o lançamento do primeiro livro de um jornalista muito famoso. — Mas é exatamente isso. E para os adjetivos que você usou, pode acrescentar vários advérbios de intensidade também, como muito, demais, excessivamente, tanto.

— Vou te ensinar uma coisa, meu grande amigo, porque sei que é a primeira vez que você se apaixona em sua vida. Quando tudo isso acontece, você apenas se entrega aos seus sentimentos e vive uma linda história de amor, não pensa nem pondera. Ela balançou a cabeça. — E nem perde tempo acompanhando velhas amigas a um lançamento de livro.

— Acompanhar você a qualquer lugar é sempre divertido, Sílvia, e confesso que não me falta vontade de correr para ela e amá-la pela noite toda. Mas existem detalhes dessa linda história de amor que me impedem. Ele viu Bruno, Mateus e Téo em uma conversa distraída e finalizou. — Mas te conto em outro momento. Viemos para nos divertir e não falar de meus problemas. Vou te apresentar meus amigos. Com eles, a conversa boa é sempre garantida.

— Adoraria ter um problema desse! Ela gargalhou. — Vamos aos amigos. Adoro uma boa conversa!

Silvia Pires era a apresentadora do jornal da tarde do canal de notícias, na TV a cabo. Alegre e sempre intensa, chamava a atenção por sua beleza e simpatia. Já estava chegando na casa dos 50 anos, madura e inteligente, muito atraente, alta e com o corpo escultural, o sorriso perfeito e o olhar sedutor. Ela e Enrico eram muito amigos, há quase 30 anos. Assim que se formou em Jornalismo, iniciou como estagiária em um jornal onde Enrico era editor. Ele havia acabado de voltar da Inglaterra, e os dois se deram bem desde o começo, tornando-se grandes amigos com o passar do tempo. Nunca tiveram um caso, o que para ele era raro na época, que costumava trair Alice com todas as mulheres bonitas que conhecia no jornalismo.

Foi Enrico que a incentivou a ir para a televisão, pelo perfil descontraído e simpático, convencendo-a para se candidatar a uma vaga como repórter em uma emissora importante. Dedicou-se e estabeleceu-se como figura importante, tornando-se apresentadora do jornal da tarde e mantendo o cargo, com muito sucesso, há 10 anos.

Enrico se aproximou, e todos o cumprimentaram com alegria. Até mesmo Téo, de quem ele estava receoso de encontrar pela primeira vez depois de toda a descoberta sobre Marina ser Sassá, estava sorridente. Bruno observou Sílvia com admiração, a via pela televisão, mas por serem de emissoras diferentes, nunca tinham se encontrado pessoalmente.

— Chegou o homem do dinheiro! E muito bem-acompanhado! Bruno brincou, tentando descobrir se ela era mais uma conquista dele ou apenas uma amiga. Além da confusão tão recente com Marina, que, para ele seria, muito esquisito que aparecesse ali com alguém, ficou interessado em conhecer melhor aquela linda mulher.

— Muito bem-acompanhado, Bruno, você está certíssimo. Sílvia é uma grande amiga, com quem trabalhei junto há muito tempo, e conseguiu me arrastar para esse evento. Ele sorriu, entendendo os olhares curiosos do amigo. — Sílvia, esses são Bruno Ribeiro e Mateus Rocha, e o Téo Marques você já conhece. São meus grandes amigos.

— Claro que me conhece! Faço participações no programa dela, e ela me ama! Téo a abraçou e ganhou dois beijos na bochecha. — Linda como sempre, minha querida!

Silvia sorriu e beijou os dois com simpatia.

— Conheço os dois das histórias que você contava e já nos encontramos em alguns eventos, não é Mateus?

— Como vai, Sílvia? Mateus era sempre muito respeitoso. — Isso mesmo, nos encontramos sempre, mas não conversamos nunca! Ele brincou. — E já seremos cumplices. Adorei que tenha conseguido arrastar nosso amigo para cá. Ele anda meio trancado desde que voltou de Nova York.

— Fiquei sabendo! Não foi fácil, mas parece que consegui. Vamos ver se ele não foge quando a gente distrair! Todos riram, e Enrico sacudiu a cabeça.

— Se tiver um bom uísque, consigo ficar por algum tempo.

— Vamos providenciar um copo enorme, agora mesmo! Urgente! Ela sorriu para Bruno. — O Bruno, eu só conheço pela televisão mesmo, nunca nos encontramos. Muito prazer em te conhecer. Amigos do Enrico são eternamente meus amigos.

— É um prazer conhecê-la! Bruno estava encantado com a beleza dela. — Te assisto sempre, mas preciso dizer que você é muito mais linda pessoalmente! Eles trocaram sorrisos, e ela agradeceu o elogio, quase tímida, e iniciaram uma conversa descontraída, relembrando os tempos passados de amizade.

— Lá vem o meu furacão! Bruno abriu os braços e o sorriso quando Marina se aproximou correndo e se jogou em seu abraço. — Como eu te amo! Você está linda!

— Eu também te amo muito! Ela beijou a bochecha dele. — Você está muito gato!

Enrico sentiu as mãos tremerem, não esperava ver Marina naquela noite. Depois da difícil conversa no reencontro, uma semana após a sua volta, ele não tinha contido o impulso de tentar encontrá-la algumas vezes, mas ela tinha recusado todos os seus convites, dizendo que estava muito ocupada e trabalhando até tarde. Ele entendeu que ela estava evitando vê-lo, e acabou se convencendo que seria melhor manter a distância também.

Não conseguia lidar com a culpa de estar amando tão intensamente a menina que ele viu nascer e crescer, filha de seu melhor amigo, e decidiu que não a tocaria de novo, não daquela maneira tão intensa, tão prazerosa. Guardaria esse amor e voltaria a ser seu tio, se ela quisesse, amando-a com respeito. Por mais que a desejasse, como naquele momento em que seu corpo reagiu só de olhar para ela, precisava respeitar o seu amigo e toda a história que tinham vivido antes de ele ir embora para Nova York. Controlou a excitação enquanto ela cumprimentava calorosamente os amigos e respirou fundo para sentir seu perfume quando ela o beijou suavemente no rosto, com um abraço carinhoso.

Estava linda, com um terninho preto e os cabelos presos em um rabo de cavalo, parecendo mais madura e séria que a menina de tênis e camiseta de Nova York. Ela era a Marina ali, não a Sassá, e era essa a confusão que o deixava louco.

— Que lindo casal! Sílvia elogiou o carinho entre Bruno e Marina quando ele a apresentou.

— Que honra te conhecer! Marina a cumprimentou sorridente. — Mas não somos um casal, sou sobrinha dele. Ela piscou. — Amo seu trabalho. Sou sua fã!

— Sobrinha? Sílvia ficou sem graça. — Que sobrinha linda! Desculpa, Bruno, mas você é conhecido por ser namorador... Ela pensou na idade de Marina e quase disse que ele era conhecido por namoradas novas, mas achou que seria uma brincadeira ofensiva.

— Sobrinha emprestada. Ela é filha de Bernardo Dias, o radialista. Bruno explicou, e Sílvia se espantou, abraçando Marina num impulso de carinho, quase emocionada.

— Conheci seu pai, minha querida! E sua mãe também! Que alegria te conhecer, fiquei até emocionada!

— Então vai chorar agora. Téo sorriu e falou orgulhoso. — É minha afilhada e sobrinha emprestada também do Mateus e do Enrico. Somos uma grande e esquisita família! Sílvia gargalhou, abraçando Marina de novo, e perguntou curiosa para Enrico.

— Era ela a menina naquela foto linda que você tinha na mesa do escritório? Ele assentiu com a cabeça, sorrindo e lembrando da foto que fazia questão de ter em todos os seus escritórios e que foi guardada em uma gaveta esquecida quando ele mudou para Nova York.

— Ela mesma. Ele sorriu, olhando para Marina com carinho.

— Marina, minha linda! Venha cá! Quero te dar mais beijocas! Já sou apaixonada por você, me lembro tanto do Enrico e de seus pais contando as suas travessuras! Ela abraçou Marina. — Sempre quis te conhecer!

— Ainda é travessa e sempre acelerada! Mateus brincou.

— Por isso que eu digo que ela ainda é uma menina! E elétrica, como aos 3 anos! Téo ganhou um abraço carinhoso, e todos riram.

— Pronto, vai começar! Bruno balançou a cabeça e olhou para Enrico. — Téo não consegue entender que ela cresceu e é uma mulher.

— Você é jornalista também? Sílvia estava curiosa por aquela moça tão amada e tão simpática. Via o carinho de todos com ela e sentia o coração se encher de ternura. Pensou que eles deviam ter sido muito importantes após a morte dos pais. — Porque não tenho dúvidas que o jornalismo está no seu sangue! Pai e tios!

— Não, sou editora, revisora, tradutora... Ela riu. — Trabalho para a editora que está lançando o livro hoje.

— E será escritora! Mateus emendou.

— Você é a editora desse lançamento? Enrico perguntou curioso.

— Ela é a editora responsável deste livro que está sendo lançado hoje, sim. Um ótimo livro, por sinal, Sassá. E tem vários outros!

— E pelo que estou sabendo agora, uma ótima profissional. Você me surpreende todo dia. Enrico olhou para ela orgulhoso. — Ela nunca falou que era editora, apenas um pouco sobre os livros que revisou ou traduziu. Percebeu que ainda tinha muito para saber sobre a mulher que tanto amava.

— Você não sabia que ela trabalhava em uma editora?

— Sabia, mas não que era editora. Ela me disse apenas que era revisora em uma editora pequena.

— Sassá é um nome forte no mercado, Enrico. Editora, revisora e tradutora. Mateus declarou, valorizando as competências dela. — Fala cinco idiomas e tem várias traduções publicadas. Fez dois mestrados! A editora é pequena mesmo, mas logo estará em uma grande, tenho certeza.

— Ela me falou algumas traduções, e não sabia sobre as línguas. Sabia apenas que falava alemão e inglês. Ele respondeu, lembrando do casal do Empire State. — Acho que sei muito pouco ainda da vida dela depois que fui para Nova York.

— Então saiba que a Marina é a editora dos sonhos de qualquer um! Cândido se aproximou e piscou para ela. — Trouxe um vinho para você. Entregou a taça, com um sorriso e se apresentou para Enrico, enquanto cumprimentava os outros. — Sou Cândido. Já sei que você é Enrico Greco, o último tio que faltava e um dos jornalistas mais bem-sucedidos na área de economia. Fico feliz em conhecê-lo. Bem-vindo de volta ao Brasil.

— O Cândido é um amigo muito querido e um ótimo parceiro de trabalho, trabalhamos juntos na editora. Marina contou alegre. — Você conhece a Sílvia, Cândido?

— Conheço da televisão. Sou seu fã! Ele se mostrava muito simpático. Enrico olhava para Marina, estava com ciúme e não sabia como reagir a isso. Sentiu o olhar divertido de Bruno, que tinha percebido o incômodo com a gentileza do rapaz também. Cândido era um homem bonito, loiro e alto, quase da altura de Enrico, e ele pensou que estaria por volta dos 40 anos.

— Cândido é muito amigo da Sassá, Enrico. Mais um que gosta de cuidar dela. Vivem grudados! Ele provocou.

— Fico feliz em te conhecer, Cândido. Ele falou meio seco, mas tentando ser simpático.

— A Sassá foi responsável pelas minhas biografias também, Enrico. Téo falou animado, sem perceber o clima. — Quem sabe você não a indica para traduzir seu último livro?

— Seria uma honra. Ele sorriu para ela.

— Nossa editora é muito pequena, não temos esse cacife todo. Ela sorriu tímida.

— Verdade. Cândido alisou as costas dela. — Mas tenho uma notícia que você vai gostar, Mateus! Tem editora grande procurando por ela, e tenho certeza de que será um grande passo na carreira dela! Você tem muito talento, Marina.

— Que notícia boa! Por que não nos contou, Sassá? Mateus se empolgou. — Eu posso te ajudar, tenho contatos, qual a editora? Às vezes, conheço até o dono. Você merece voar, minha filha!

— Ainda não está nada certo, tio, só fui convidada para um almoço. Nem sei se é para isso. Ela piscou. — Mas se for, tenho certeza de que você já ajudou escondido. É a editora que publicou teu livro.

— Que bom! Falei mesmo, indiquei, recomendei e faço de novo. Não gosto dessa mania de esconder quem você é! Você tem raízes fortes, minha filha! Mateus a abraçou.

— Mas enquanto não consigo esse grande emprego, tenho que trabalhar no que tenho agora. Ela sorriu. — Fiquem à vontade, espero que gostem de tudo. Vamos, Cândido?

— Você veio de carro, minha filha? Quer que eu te leve embora? Bruno era sempre preocupado.

— Vim com meu carro novo e lindo, que ganhei do homem mais gato do mundo! Ela deu um beijo no rosto dele. — Pode ficar tranquilo. Você vem almoçar comigo amanhã?

— Vou, sem falta. Eu te amo. — Eu vou também. Vamos no japonês ali do lado da editora, gostei de lá. Mateus piscou para ela. — Quero saber sobre esse almoço da editora.

— E vai jantar em casa, não esquece! Téo se adiantou, abraçando a cintura dela e ganhou um beijo também.

— Vou sim, dindo. Pode me esperar. Eu amo vocês. Ela beijou todos e se afastou, com Cândido a levando pela cintura.

— Que coisa mais linda ver vocês com ela! Todos derretidos! Sílvia brincou, e Bruno concordou.

— É amor de pai, Sílvia. Ela tem três! Téo sorriu. — A menina da minha vida! Mateus, você vai ligar na editora, hein? Reforça que ela merece esse emprego!

— Claro que vou! Essa editora nova tem porte para teu livro, Enrico. Põe na mão da Sassá, e tenho certeza de que será sucesso.

— Você lançou outro livro? Silvia perguntou curiosa.

— Lancei, mas só nos EUA e na Europa. Não saiu no Brasil, não negociei ainda.

— Eu tenho uma edição especial! Téo ergueu a sobrancelha. — Achei muito chato, nem li. Mas coloquei na prateleira. Fica bonito quando enche de pó, parece uma antiguidade. Sílvia gargalhou com o comentário.

— Teodoro só gosta de romances apimentados, Sílvia. *Cinquenta tons de cinza* é o livro de cabeceira. Enrico o provocou.

— Teodoro é o teu cu, Enrico. Gosto de livros interessantes.

— Ignore o Téo, ele me ama desde a faculdade e adora me tratar com carinho. Enrico brincou.

— Pronto, começou o duelo. Bruno gargalhou. — Silvia, quer uma bebida? Vou até o bar.

— Vou com você. Ela sorriu. — Esperem com esse duelo, que quero saber de tudo! Todos riram.

— Não se preocupa, faz 40 anos que eles se tratam com esse carinho todo! Mateus balançou a cabeça. Seguiram na conversa animada, e Enrico estava distraído, observando Marina dedicada ao trabalho, com Cândido o tempo todo ao seu lado. Percebeu que ele a tocava e abraçava e sentiu mais ciúme.

— Se vocês não se resolverem e assumirem esse amor logo, você vai ficar com essa cara emburrada em todos os eventos que for. Mateus falou baixo para Enrico. — A Sassá é uma mulher linda, simpática e sempre chama a atenção dos homens.

— Estou percebendo. Esse rapaz tem chances com ela?

— Cândido? Nenhuma. Faz anos que ele tenta, mas são só amigos, ela nunca permitiu que passasse disso.

— Ela mudou a minha vida, e eu a amo demais, mas não posso tocá-la novamente, Mateus. Antes eu não sabia, mas, agora, sabendo quem ela é... Eu a vi nascer! Não posso fazer isso.

— Você precisa superar essa culpa absurda, meu amigo, senão acabará se tornando mais um tio, e ela já tem três. É só pensar que o que ela sente por nós é bem diferente do que ela sente por você.

— Eu sei, vejo ela como agora, uma mulher linda, profissional e me apaixono mais, mas a imagem dela, brincando e correndo, também não sai da minha mente.

— Toda mulher já foi uma criança, Enrico, não faz sentido algum o que você está dizendo.

— E penso muito no Bernardo e na Isabel também, acho que eles me odiariam.

— Acho que não, mas nunca saberemos, porque eles não estão mais aqui, infelizmente, para você perguntar. Mas acredito que, como eu, eles queriam para ela um homem decente, que a amasse de verdade, a tratasse com muito carinho e a fizesse feliz. Você se encaixa perfeitamente em todos os requisitos. Então esqueça essa culpa, meu amigo, seja feliz e faça minha sobrinha feliz.

— Tudo que eu quero é fazê-la feliz, você sabe disso. Não é uma brincadeira para mim, mas não é tão fácil assim. Na verdade, nenhuma opção está sendo fácil, nem estar com ela por causa dessa culpa, nem estar longe dela, por causa do amor que sinto. Esses dois sentimentos têm a mesma força dentro de mim.

— Já falou com ele sobre sexta que vem? Bruno se aproximou sorrindo.

— O que tem sexta que vem? Enrico perguntou, disfarçando a vontade de chorar que a conversa com Mateus tinha causado nele.

— Lucas completa 18 anos! Iremos todos à boate! Téo também se reuniu a eles. — Até eu e Pedro vamos!

— Dezoito anos, já? Enrico se espantou. — E ainda tem a tradição do batismo do Bruno nas boates?

— Claro que tem! Você perdeu a do Tiago e da Sassá, fomos a boates incríveis! E para o Lucas já reservei o camarote para a boate ao vivo! Vai ser sensacional! Bruno falava empolgado.

— Boate ao vivo? O que é isso?

— É maravilhoso, Enrico! Um artista superanimado que criou isso. É um show ao vivo o tempo todo. Ele canta, dança. Músicas ótimas, para dançar mesmo! Eu adoro!

— Para o Téo se empolgar em sair à noite assim é porque é boa mesmo. Contem comigo! Batizar mais um sobrinho na maioridade!

— E vai reencontrar o Alberto e o Tiago. Não vai acreditar nos homens lindos que se tornaram. Mateus brincou. — Puxaram o pai!

— Sílvia, o que vai fazer na próxima sexta-feira? Bruno aproveitou a oportunidade para convidá-la e trazê-la de novo para a conversa, depois que ela cumprimentou um casal de amigos.

— Nessa sexta? Vou viajar. Por quê?

— Que pena. Ele ficou desapontado. — Ia te convidar para conhecer um ritual de uma tribo esquisita!

— Tribo indígena? Ela parecia confusa.

— Aborígenes carnívoros! Téo entrou na brincadeira.

— Bruno, o nosso solteiro cobiçado da família, batiza todos os sobrinhos que completam 18 anos, levando pela primeira vez na boate. E sempre vamos todos juntos. Mateus explicou sorrindo. — Dessa vez é o meu filho número 4!

— Os meninos não esquecem nunca! Enrico emendou. — Os mais novos esperam ansiosos pela maioridade.

— Vocês são maravilhosos! Quero entrar para essa família, tem vaga? Vi que só tem homens, mas, se abriram exceção para Marina, podiam abrir para mim também!

— Vamos ter que fazer uma reunião de conselho, e já te adianto que tem meu voto garantido! Bruno falou com olhar sedutor novamente. — Mas já vou avisando, se tiver filhos ou sobrinhos, vamos batizar também!

— E se for menina também ganha noitada de batismo! Mateus riu, olhando para Téo. — Bruno ensina a usar caminha e trepar em banheiro de boate!

— Não comecem com esse assunto desagradável que acabo agora com esse batismo. Que desaforo, Sílvia! Ele fala isso para a menina, acredita? Sempre foi o tio permissivo, nunca educou a menina. É um libertino!

— Um tio maravilhoso! Quem me dera tivesse tido um tio assim! E ela, Téo? Sílvia percebeu que eles provocavam e entrou na brincadeira. — Frequenta muito esses banheiros?

— Sílvia, se comporte! Claro que não! Ela é uma menina! Está vendo, Bruno, você inventa essas coisas, e a menina vai ficar mal falada!

— Eu não falei nada! Você que está dizendo! Todos gargalharam e seguiram conversando e contando histórias sobre os batismos que Bruno adorava organizar para todos os sobrinhos.

— Enrico, amei todos! Que noite divertida! E fiquei feliz de te ver sorrindo, sua expressão está até mais leve! Sílvia se despediu quando ele parou na frente da casa dela. — Fico mais feliz de saber que te arrastei e consegui fazer você parar de pensar um pouco nesse amor sofrido.

— Realmente foi uma noite ótima, e só posso agradecer de ter me convencido. Mas não esqueci dela nem por um minuto, pelo contrário, minha querida. Ela estava lá o tempo todo.

— Ela estava lá? A mulher que você está apaixonado? E você não me mostrou? Ela alisou o braço dele. — Pelo menos eu conseguiria entender o porquê desse drama todo!

— Mostrei, apresentei, e você realmente vai entender o que aconteceu comigo com uma explicação simples. Enrico suspirou. — A mulher que conheci e amei por uma semana em Nova York é a Marina.

— A Marina? A filha do Bernardo? Sílvia arregalou os olhos, assustada. — A sua sobrinha? A Marina da editora?

— Ela mesma, todas essas juntas em uma só. Ele riu do espanto dela. — Entende agora qual é o problema em amar a mulher que conheci, com todos os adjetivos e advérbios que te mencionei, e ela ser a filha do meu melhor amigo que embalei em meus braços?

— Que loucura isso, Enrico! É realmente uma linda história de amor! Ela pensou um pouco e gargalhou. — Já sabe que comigo as histórias precisam ser inteiras e com detalhes. Estacione o carro e vamos tomar mais um uísque! Quero saber tudo!

Ficaram até a madrugada conversando, e Enrico contou para Silvia toda a história deles, sobre a infância, a morte dos pais, o abandono por 17 anos, o reencontro inesperado em Nova York e toda aquela loucura de sentimentos que estava vivendo. Abriu o coração com uma amiga, que era a única que não tinha uma ligação direta com Marina, mas que o conhecia há quase 30 anos. Ficou aliviado em poder desabafar com alguém em quem confiava tanto tudo que se passava em seu coração e sua mente. Todo o sentimento, bom e ruim, a culpa e o desejo intenso. Aquele terremoto que começou em sua vida assim que chegou ao Brasil e parecia que nunca teria fim.

Capítulo 16

A "Boate ao Vivo" que eles haviam dito era realmente ótima e muito agitada. Tinha dois andares, e o andar de baixo estava lotado de pessoas dançando e cantando junto de um artista conhecido, que embalava todos com músicas bem alegres, cuja maioria mais antiga, de ritmos de discoteca. No meio ficava um palco, com a banda e as coristas que dançavam as mesmas coreografias que ele fazia no meio do público. O palco era no nível do piso, e ele se misturava com a plateia, animando mais ainda.

O segundo andar era como um mezanino que formava um corredor extenso com espaços quase definidos que eles chamavam de camarotes, por causa da visão da pista de dança e dos artistas, com mesas para bebidas e copos e sofás para se sentar, com um espaço pequeno para circular.

— Agora sim, o batismo está completo! Que saudade de você, tio! Alberto saudou Enrico com um abraço apertado, quando ele chegou ao camarote.

— Como é bom te ver! Senti saudade também, mas agora estou de volta, e pode voltar a me incluir em tudo! Esse lugar é sensacional!

— Gostou? O cara canta muito!

— Canta muito, e só ouvi música empolgante enquanto estava perdido, procurando vocês. Balada para dançar a noite inteira mesmo.

— Vem conhecer a Clarice! E já incluímos também o uísque do homem do dinheiro! Mateus riu, apontando a garrafa na mesa e apresentando a nova namorada. — Lucas está te esperando para experimentar. Os meninos disseram que o mais rico de todos bebe uísque, e ele se empolgou!

— Opa! Vou ter um companheiro de copo! O Bruno só ensina a tomar cerveja.

— Eu sou da cerveja mesmo!

— E onde está o Lucas? Na última vez que eu o vi, tinha um ano!

— Está na pista, lá embaixo, vem ver, vou te mostrar. Alberto o levou até a grade do mezanino, onde conseguiam avistar a pista toda. — Ali, olha, perto do artista, abraçado com o dindo e o tio Pedro. Enrico seguiu a direção que os dedos de Alberto apontavam e assentiu sorrindo.

— O Téo está esparramado! Ele brincou. — Quando ele disse que viria, eu tive certeza de que o lugar era muito bom.

— Você não viu nada! Daqui a pouco, ele se empolga e rouba o microfone! Alberto gargalhou. — Da última vez, foi o tio Bruno que teve que resgatar, quase expulsaram ele daqui!

Então Enrico viu Marina se juntar a eles, abraçada a outro rapaz. Diferente do terninho preto no trabalho e a calça jeans e camiseta de Nova York, ela estava com um vestido de couro, curto e muito decotado, colado ao corpo, que a deixava extremamente sensual. Os longos cabelos estavam presos em um coque alto, e usava botas longas. Enrico sentiu o arrepio novamente subir pela espinha e o corpo se excitar com a vontade louca de beijá-la e possuí-la de novo. Foi como se tudo tivesse ficado silencioso e vazio, e apenas ela dançava ali. Estava novamente enfeitiçado por ela e não prestou atenção no que Alberto disse ao se afastar. E nem se interessou em perguntar. Ele poderia passar a noite ali, apenas olhando para ela.

— Ela é linda mesmo, mas você vai afogar todos na pista com a baba que está escorrendo. Bruno brincou, apoiando-se na grade ao lado dele. — E o pior é que poderia estar lá, dançando com ela, e escolheu estar aqui, apenas olhando.

— Estar ali com ela era tudo que eu mais queria, Bruno, mas não posso. Tenho o dobro da idade dela, não é certo, e você sabe disso.

— Não sei de nada disso, Enrico. O que sei é que ela se apaixonou por você, e você, por ela, mas você cismou em pensar besteira, e estão os dois sofrendo. Apoio o namoro, mas isso que está rolando, sou contra, não quero vê-la sofrer. Já falei para ela colocar a fila para andar. É bonita, tem quem ela quiser. Ele suspirou, quando Enrico olhou para ele assustado. — Eu sei que você começou a sair de novo, te vi na terça saindo do restaurante com uma bela morena. Não estou julgando nem cobrando. Você tem o direito, mas não vou permitir que ela se feche para te esperar, ainda mais que você já seguiu em frente.

— Nem me lembra de terça, meu amigo. Enrico se virou para ele e se aproximou para falar um pouco mais baixo. — Falhei, você acredita? Nunca tinha me acontecido. Não consegui.

— Como é que é? Bruno gargalhou. — Você falhou? Deixou aquele mulherão na mão?

— Enrico falhou? Mateus se aproximou, rindo também por ter ouvido Bruno falar muito alto.

— Vocês podem falar baixo? Ou querem anunciar no microfone? Enrico estava incomodado. — Não deixei na mão porque não consegui nem passar de uns beijos. Levei a mulher para casa e recusei o convite para ficar. Depois de alguns beijos, fui embora.

— Mas o que aconteceu?

— Não consegui, não tive tesão. Fechei os olhos para beijá-la e veio a imagem da Marina na minha cabeça e todo esse vendaval que ela me causou. Senti na hora tudo amolecer, e fui embora antes de piorar as coisas. Não acendeu, não tinha vontade. Saí tão rápido que ela deve ter achado que eu estava fugindo dela. E estava.

— Caramba, por essa eu não esperava. Bruno falou pensativo, e os três a olharam dançando, feliz nos braços do rapaz. — É, meu amigo, essa culpa sem sentido vai acabar com você. E com ela também. Sei que ela também gostaria que você estivesse ali, dançando com ela.

— Ela tem companhia melhor, está se divertindo, dançando e feliz. Isso é o que importa. Enrico comentou com ciúme, olhando para o casal na pista. — Eles fazem um casal bonito.

— Fazem mesmo. Mateus sorriu. — É bonito de vê-los juntos.

— Parece que tem muita intimidade entre eles.

— Tem bastante, vivem juntos. É uma relação que faz bem aos dois, sempre companheiros, se apoiando.

— Se amam? Ele perguntou, sentindo tristeza.

— Muito. Mateus respondeu sorrindo. — Um é louco pelo outro.

— Mais um motivo para eu me afastar e esquecer, deixar que ela siga a vida com alguém legal. Como diz o Bruno, fazer a fila andar. Faz tempo que eles namoram?

— Namoram? Do que você está falando, Enrico? Aquele dançando com ela é o Tiago! Bruno gargalhou.

— O Tiago? Enrico abriu um sorriso.

— Estou falando que você precisa superar essa culpa, está ficando doente por causa dela! Mateus ria também. — Vai lá, Enrico. Não quer namorar, não namora, mas aproveita para dançar e se divertir com eles, pelo menos. Ela vai gostar de estar com você.

— Vem, homem do dinheiro, larga esse copo e vamos dançar! Bruno chamou e seguiram pelo corredor.

Eles se juntaram a todos na pista de dança, e Enrico abraçou Tiago com muita alegria e gargalhou quando sentiu o pulo de Marina em suas costas.

— Com esse vestido não posso caprichar no pulo. Ela sorriu e deu um beijo estalado em seu rosto, quando ele se virou para ela. — Fico feliz que tenha vindo.

— Vim dançar com você. Ele a puxou pela cintura. — E esse vestido é uma tentação. Você está muito excitante hoje.

— Que bom. Gosto de pensar que a minha magia ainda causa algum efeito em você. Ela passou a mão em seu rosto, mas ele segurou e beijou a palma.

— Não faça isso, Sassá. Ela concordou com a cabeça e sussurrou um "desculpe", baixando a cabeça. — A magia não acabou, nunca vai acabar, eu sou louco por você, Marina. Ele falou no ouvido, segurando a mão dela contra o peito. — E te ver assim, tão linda, me dá mais vontade de te beijar, tocar você..., mas você sabe que não podemos. Você é uma menina, a menina mais linda do mundo.

— Eu entendo, desculpe. Mas fica com a gente, prometo que não vou te provocar.

— Vim para dançar com você. Ele sorriu, beijou a testa dela e a puxou de volta para a pista. — Quero estar perto de você.

Ela entendeu que ele não seria mais dela. Era novamente a Sassá, a menina travessa, e não mais Marina, a mulher que o conquistou. Respirou fundo, convencendo-se de que, pelo menos, o teria por perto e torcendo para que conseguissem voltar a serem tio e sobrinha, com o carinho que sempre tiveram um pelo outro. Sorriu e o seguiu para a pista, pulando nas costas de Tiago, e se juntaram a todos de novo.

Foi uma noite muito divertida, dançaram o tempo todo, conversaram e beberam. E riram muito quando assistiram a Lucas e Enrico, que se sentaram para tomar o uísque pela primeira vez, e o menino fazia caretas.

Sempre rodeado dos amigos e dos sobrinhos, Enrico estava feliz de estar com ela, de estar próximo, sentir o abraço e poder tocá-la, sem culpa. Decidiu que era só uma dança, não havia malícia, e aproveitaram cada minuto. Ele nem era muito de dançar, mas aquela noite estava sendo especial, e não queria que acabasse nunca.

Logo depois que Mateus se despediu, Téo avisou que também estava indo embora, e ela se aproximou do ouvido dele se despedindo, quase triste, e beijou seu rosto.

— Vou ter que ir também. Obrigada por estar comigo, tornou tudo mais delicioso.

Enrico segurou sua mão, não queria que ela fosse embora, queria que aquela noite não acabasse nunca.

— É cedo. Você não pode ficar? Ela sorriu sem graça e apontou com os olhos para Bruno, Tiago e Alberto, que se divertiam acompanhados, entre beijos e amassos na pista.

— Conviver com homens solteiros, bonitos e animados tem seus problemas. Eles terminam a noite acompanhados, e eu fico sem carona. Vou aproveitar a carona com o Pedro e com o Téo.

— Fica, a noite está tão sensacional com você aqui. Ele a olhou nos olhos e entrelaçou os dedos com os dela. — Eu te levo.

— Não quero te atrapalhar também. Olhou para uma mulher que tinha estado por perto a noite toda, paquerando e insinuando-se. Ele tinha percebido, mas não estava interessado e não achou que ela tinha notado. — Você também estará muito bem-acompanhado daqui a pouco.

Pedro e Téo se aproximaram para se despedir, e ela seguiu com eles. Enrico ficou parado, olhando Marina se afastar, e sentiu a mesma sensação de quando ela se despediu e fugiu no taxi. Queria muito mais com ela, não queria que a noite acabasse assim e foi num impulso que se apressou e a segurou pelo braço, puxando para perto de seu rosto.

— Fica comigo, Cinderela, não foge de novo. Você é a única companhia que quero ter. Fica aqui comigo? Vamos curtir juntos esta noite?

— Você quer a companhia da Sassá ou da Marina?

— Da Marina, aquela mulher incrível que me faz ficar alucinado só de estar ao meu lado. Ela alcançou Pedro, avisando que ia ficar mais. Despediu dele e de Téo e virou-se para olhar para Enrico de novo. Deu um sorriso malicioso e aproximou-se para falar, colocando a boca bem perto da dele, provocando.

— Se você mudar de ideia, vai ter que levar a sua sobrinha para casa antes de sair com a loira. Essa carona pode ficar estranha. Ele gargalhou e balançou a cabeça, inclinando-se para beijar os lábios dela de leve.

— De tantas coisas que podem acontecer esta noite, a sobrinha e a loira são as únicas impossíveis. Eu te amo demais, Marina, quero ter você de novo, nos meus braços.

Bruno viu quando se beijaram apaixonados, no meio da pista de dança, e segurou o braço de Alberto que viu também, se assustou e ia se aproximar. Balançou a cabeça, sorrindo, fazendo sinal que depois explicava.

— Finge que não viu e se afasta. Eles só precisam de privacidade para se entender. Ele falou para Alberto e viu que Tiago, que estava aos beijos com uma moça, nem tinha percebido.

A noite de Enrico e Marina ficou perfeita. Dançaram mais, beijaram-se, abraçaram-se e curtiram-se muito. Como Bruno tinha pensado no início, ao vê-los se beijando, eles se mantiveram discretos e só se soltaram totalmente quando Alberto e Tiago foram embora.

— Você quer subir? Marina perguntou receosa, quando ele estacionou na porta do prédio dela. Ele tinha ficado calado desde que saíram da boate, e ela pressentiu que teriam problemas de novo. — Pode guardar o carro na garagem, se quiser.

— Melhor não. Ele suspirou e ia continuar a falar, mas ela colocou o polegar em seus lábios, sabia que não ia gostar do que ia ouvir. Preferia interromper a conversa e terminar a noite como uma lembrança boa.

— Obrigada pela noite, foi muito especial. Gostei de dançar com você.

Ele assentiu sem responder. Ela tinha entendido que eles não passariam daquilo, e ficou aliviado por não ter que falar. Não conseguiria resistir, se ela insistisse. Na verdade, tudo que ele queria naquele momento era subir com ela e amá-la mais uma vez. Queria tê-la novamente em seus braços, sentir seu gosto, sentir suas mãos, ouvir os seus gemidos.

Marina abriu a porta do carro, desceu triste sem beijá-lo ou se despedir e não olhou para trás quando entrou no prédio. Jogou-se na cama e chorou. Tinha sentido os beijos dele de novo, teve esperança de que finalmente se entenderiam, mas descobriu que, ao invés de uma linda lembrança, ela se tornou um arrependimento para ele.

A infância maravilhosa com ele, a semana incrível em Nova York, a noite deliciosa na boate, tudo se tornou motivo para ele se arrepender, se culpar e se torturar. Estava cansada desse sofrimento todo: o drama que ele vivia e a solidão que agora ela experimentava, cercada por todos, mas sem tê-lo ao seu lado, na sua cama. Tinha sonhado tanto com o romance, e terminaram em um labirinto que parecia sufocar os dois. Não podia culpá-lo, foi ela quem fez o estrago nele quando não disse a verdade. Precisava desfazer tudo isso e devolver a paz para ele. Decidiu que desistiria dessa relação insana. Estava fazendo mal para ele e ela estava sofrendo também. Tinha sido tudo um erro, e agora ela não o tinha mais nem como tio, nem como homem. Era melhor encerrar toda essa história de vez e esquecer qualquer lembrança.

Capítulo 17

Mateus comemorou seu casamento com Clarice com um almoço especial em sua casa. Mesmo sendo apenas para os mais íntimos, fizeram questão de caprichar em todos os detalhes. O jardim da mansão foi decorado com muitas flores e uma grande mesa montada para todos se sentarem juntos. Depois da cerimônia simples no civil, feita um dia antes no cartório, queriam uma festa alegre com a presença dos filhos, dos grandes amigos e de algumas pessoas mais próximas.

Enrico estava feliz pelo amigo e por estar com todos eles novamente. Depois de tantos anos sozinho em Nova York, era bom ter a vida movimentada com os inúmeros encontros que eles promoviam e perceber que ainda fazia parte da vida deles. Eram realmente uma grande família, com os amigos como irmãos e os filhos de Mateus como sobrinhos. Desde que os reencontrou, não houve nenhum estranhamento ou qualquer sinal da distância dos últimos 17 anos. Foi recebido por todos com abraços, beijos e muita empolgação nas conversas para colocar todas as novidades em dia e matar a saudade.

Quase se arrependia dos longos anos de relacionamentos superficiais em Nova York, longe da intimidade afetuosa daqueles que deixou para trás. Eles permaneceram juntos, enfrentaram a tristeza e comemoram as vitórias de cada um, unidos. Ele finalmente se sentia à vontade em um lugar e percebeu o quanto o amor era presente.

— Tenho uma notícia! Vou casar! Alberto anunciou sorrindo, sentando-se à mesa com Bruno e Enrico.

— De novo? O Alberto está seguindo os passos do Mateus. Bruno brincou, provocando. — Vai para o terceiro casamento, acumulando filhos!

— Terceiro? Enrico riu. — Todos com filhos? — Terceiro, tio. Mas dessa vez estou igual ao papai, será para sempre. Alberto sorriu. — Tenho dois filhos, um de cada casamento, e mais o Romeu, que mora comigo.

— Adorei conhecer o Romeu, era o único que eu não conhecia, ele é muito esperto! Deve ser interessante ter filhos na mesma idade que o irmão.

— É diferente, virou meu filho do meio. Mas eu gosto muito. O Lucas também mora comigo. A minha casa está sempre cheia! E só homens, como reza a tradição da família!

— Lá vem o meu furacão! Bruno interrompeu a conversa e levantou da cadeira, abrindo os braços, quando viu Marina correndo em sua direção. — Você está linda!

— Demorei? Vim correndo! Ela sorriu, dando um beijo no rosto dele.

— Como você veio? Eu podia ter te buscado. Tiago se aproximou e a ergueu pela cintura, beijando a bochecha dela. — Você está gorda! Já tinha te avisado quando usou aquele vestido tão indecente na boate! Ele zombou, e ela gargalhou.

— Provocação de primo não vale! Ela beijou carinhosa o rosto dele. — Eu vim com o Téo, não gosto de dirigir de salto, você sabe. Ele está entrando, mas anda devagar e vai parando para falar com todo mundo.

— Você não gosta é de usar salto, isso sim, continua a moleca de 12 anos, sempre correndo. Alberto levantou e a abraçou, erguendo também. — Está gorda mesmo, muito pesada! E Tiago está certo, pode jogar aquele vestido fora, marca muito os pneus da sua barriga! Todos gargalharam com a brincadeira.

— Você sumiu essa semana, Sassá. O que houve? Bruno perguntou.

— Essa semana foi o caos, estava toda atrapalhada, tio. Trabalhei até tarde todos os dias, estava fechando dois contratos e finalizei uma revisão. Acredita que só nesse mês fizemos quase 200 avaliações de originais? Ela falou sorrindo, enquanto beijava todos na mesa, inclusive Enrico, cumprimentando com carinho.

Depois da noite na boate, em que se despediram sem conversar, Enrico tentou vê-la novamente, queria se explicar, já de cabeça fria, mas ela recusou todos os convites, dizendo que estava com muito trabalho. Ele achou que ela estava evitando se encontrar com ele e ficou aliviado quando ela o cumprimentou normalmente. Quando foi se sentar ao lado de Alberto, ele segurou a cadeira.

— Aqui não, já sabe. Todos gargalharam. — Senta lá com o tio Enrico, bem longe de mim. Ela balançou a cabeça e mostrou a língua, indo na direção de Enrico, que não entendeu nada, mas adorou a oportunidade de tê-la ao seu lado.

— Você é muito chato, Alberto! Ela brincou.

— Estava com saudade desse sorriso lindo. Ele passou os dedos no rosto dela, falando em tom baixo. — Queria muito te ver, conversar com você. Te devo uma explicação.

— Não me deve nada. Não preciso de explicações, nem quero mais falar sobre aquilo. A semana foi puxada, tem épocas assim, trabalho até tarde, depois acalma de novo. Ela segurou na mão dele. — Não estava te evitando, se foi isso que você pensou. A gente pode marcar quando você quiser. Se eu não estiver trabalhando, vou ficar feliz em te ver, gosto de conversar com você.

— Bom saber disso, também gosto de conversar com você. Abre a sua agenda então e anota. Ele piscou. — Jantar hoje, almoço e jantar amanhã...

— Anotado! Mas hoje tenho jantar no Téo, e ele me mata se eu não for. Quer ir comigo?

— É uma situação difícil, ele me mata se eu for. Ainda não aceitou bem tudo que aconteceu, não irá gostar de me ver com você sem a família inteira junto.

Téo chegou sorrindo, cumprimentando todos e se acomodou na mesa ao lado de Pedro.

— Não chorem mais, o dindo chegou! Ele falou para todos.

— Téo ainda coleciona afilhados? Enrico provocou.

— Ainda! Tiago respondeu, dando um beijo em Pedro e Téo e se sentando ao lado de Marina. — De alguns ele nem é padrinho de verdade, mas todos o chamam de dindo.

— Sou amado, Enrico, o que posso fazer? Eu não me exilei por 17 anos, cuidei de cada um com muito amor enquanto cresciam.

— Deve ter sido muito difícil para eles, Téo. Enrico devolveu a provocação, sorrindo. — Oba! Começou o duelo! Alberto comemorou. — Não podia ter ficado tanto tempo longe, tio. O dindo sentiu sua falta!

A comida foi servida, e eles seguiram conversando animados, rindo das provocações entre Téo e Enrico, que todos sempre chamavam de duelo.

— Sassá, encontrei o Felipe essa semana lá na emissora. Perguntou de você, e eu falei que você mudou para a China. Tiago riu. — Ele ainda te incomoda? Não desiste nunca?

— Estou de saco cheio dele. Alberto declarou, irritado. — Já foi avisado mil vezes e continua insistindo.

— Vamos mudar de assunto? Marina olhou séria para Tiago. — Por favor?

— Alguém tem que fazer alguma coisa! Téo bufou. — Vou contratar os seguranças de novo e vou lá! Faz três anos que você não tem paz, Sassá!

— Não precisa contratar ninguém, dindo. Vou eu mesmo resolver com ele, no braço, quero ver se ele me encara. E levo o tio Enrico, que é grande e põe medo. Ele sorriu. — Vamos comigo, tio? Ainda tem aquela força de monstro? Não precisa nem usar, mas tem que fazer cara feia.

— Não se mete na vida dela, Alberto. A Sassá sabe se cuidar. Bruno apaziguou. — Se ela precisar, ela pede. É um assunto dela, ela resolve como achar melhor.

— Se precisar de mim, eu até rosno. Enrico brincou, e todos riram. — Mas quem é Felipe?

— Ninguém. Marina interrompeu de novo. — Vamos mudar de assunto?

— Vamos, melhor mudar o assunto que essa conversa me tira o bom humor, e hoje é dia de festa. Téo declarou. — A comida está deliciosa!

— Posso? Marina apontou para o prato de Enrico.

— Sempre. Ele sorriu, e ela pegou uma garfada do prato dele. Esticou o braço e pegou outra garfada no prato de Tiago, que começou a implicar, rindo da mania dela.

— Por isso que você está gorda, come demais. Tiago apontou o garfo para o prato dela. — Vou comer as suas batatas! Ela sorriu e colocou uma garfada com batatas na boca dele.

— Alberto não deixa ela sentar do lado dele por causa dessa mania de experimentar os pratos dos outros. Bruno explicou para Enrico. — Ele se irrita, e sempre brigam por causa disso.

— Brigo mesmo! Amo demais e compartilho tudo, menos a minha comida. Alberto falou sério, fazendo Enrico gargalhar. — É muito feio isso, Sassá. Já falei que só vai sentar ao meu lado quando parar com essa mania.

— O Alberto faz alimentação balanceada, tio. Tiago explicou, zombando para Enrico e pegando mais uma garfada do prato de Marina. — Depois que começou a treinar na academia, conta até as ervilhas do prato e diz que a Sassá atrapalha!

— Não é isso, é porque é feio comer no prato dos outros! Dindo que ensinou ela assim, e agora o Romeu está com essa mania também. Já falei que não vou mais deixar ele ficar com você, se você continuar com isso.

— Só me faltava essa, que desaforo! Eu sou o dindo dele, Alberto! Não ouse não levar mais em casa! Levo ele para morar comigo!

— Téo sempre foi uma péssima influência para as crianças! Bruno provocou.

— Teodoro deseduca, Alberto. Tem que proibir mesmo! Enrico aproveitou. — Ele não tem jeito com criança.

— Teodoro é o teu cu, Enrico! Não se junte com o chato do Alberto! E você também não começa, Bruno, que acabo com o clima de alegria desse casamento, agora! Todos gargalharam e seguiram conversando.

— Sabe o que lembrei depois de ver vocês dois juntos na boate? Alberto falou sorrindo, distraído, e sentiu o olhar de Bruno fuzilando quando Téo perguntou.

— Vocês dois quem? Quem ficou junto na boate?

— O Tiago e a Sassá, dindo. Ele consertou rápido, e todos respiraram aliviados, inclusive Marina e Enrico, que achavam que ele não tinha visto. — Eles ficam grudados, dançando juntos, formam um lindo casal.

— É verdade, ficam lindos juntos! Mas você abusa, Tiago, sei que não tem malícia, mas vocês não têm mais 15 anos para se agarrarem daquele jeito. A Sassá é uma menina, tem que respeitar.

— Está louco, dindo? Sassá é minha irmã, claro que respeito! Tiago gargalhou. — E ela não faz meu tipo, dindo, é muito gorda.

— Não fala assim da menina! Ela é linda! Vai ficar com complexo, coitada. Você não está gorda, Sassá, está linda.

— Não vou ficar com complexo, dindo, eles me chamam de gorda desde criança, já acostumei.

— E o que você lembrou, Alberto? Tiago ficou curioso. — Lá vem história da gente na escola, Sassá.

— Não, na verdade é de antes da escola. Lembrei do aniversário do Renato, de 18 anos, no bar do Rubens. Alberto começou a rir. — Eu disse que ia esperar a Sassá fazer 18 para namorar com ela! E o tio Enrico disse que ela não ia poder namorar e acabou marcando o casamento dela aos 18 anos com ele, só para ela não namorar mais ninguém! Todos ficaram alguns segundos pensativos, e Téo foi o primeiro a gargalhar.

— O casamento arranjado! Lembra, Enrico? Você sempre falando bobagem! Mas ainda sou a favor do Alberto, vamos deixar claro.

— Eu lembro! Bruno riu junto. — Enrico disse que não ia deixar ela namorar! Mas ela só ia casar depois do batismo!

— E o tio Bernardo aceitou que ela casasse com você, tio! Não tive chance na disputa! Enrico se emocionou com a lembrança da brincadeira, tão descontraída que hoje significaria muito para ele poder ter com Bernardo de novo, seriamente. Pegou na mão de Marina por baixo da mesa, e ela entrelaçou os dedos com ele, apertando um pouco. Os dois se lembraram daquele momento e, muito mais que a brincadeira sobre o casamento, relembraram, ao mesmo instante, o amor e o carinho que sempre compartilharam.

— Que história de casamento é essa? Tiago estava confuso, e eles contaram a brincadeira que fizeram.

— Como você foi lembrar disso, Alberto? Quanta lembrança boa, éramos tão felizes! Téo balançou a cabeça.

— Ainda somos, dindo. Marina falou com doçura e olhou para Enrico. — Sentimos saudade deles, mas ainda estamos juntos e felizes.

— É verdade, Sassá. Somos uma grande família esquisita, mas muito feliz. Téo suspirou saudoso. — E por que lembrou disso vendo o Tiago e Sassá juntos na boate?

— Porque eu e o Enrico estávamos disputando quem ficava com a Sassá e quem ganhou foi o Tiago. Alberto disfarçou e piscou para Marina.

— Mas o Enrico continua tendo vantagem, ele teve a permissão do Bernardo. Bruno o provocou, sorrindo. — Se ainda quiser casar com ela, tem a benção dele, meu amigo.

— Que desaforo, Bruno! Ninguém vai casar com a Sassá, aqui. Nem Tiago, nem Alberto e muito menos Enrico! Aquilo foi uma brincadeira, não ouse dizer isso! Quem tem que dar permissão sou eu! E não dou, para nenhum de vocês, entendeu Enrico?

— Mas se o tio Bruno permitir, eu caso com você, Sassá. Tiago, que não sabia de nada que estava acontecendo, continuou provocando Téo. — Vamos combinar assim, se até os 35 anos você não desencalhar, eu caso com você!

— Casamento permitido! Bruno gargalhou. — Sou tão pai quanto Téo, também posso dar a permissão.

— Tiago, você não se junta com o Bruno. Téo se irritou. — Ninguém vai casar e pronto. Vamos mudar de assunto, antes que dê briga aqui.

— Vamos falar do carro novo da Sassá, então. Alberto gargalhou. — Fiquei sabendo que dá para trepar no banco de trás, é verdade Sassá? Já testou?

— Está vendo o que você apronta, Bruno? Daqui a pouco vão estar falando mal da menina na cidade inteira, achando que ela faz essas coisas! Libertino e permissivo, isso é o que você é! Todos gargalharam com o ciúme de Téo.

Enrico olhou para Marina e não queria soltar a mão dela, a lembrança dela em seu colo e Bernardo sorrindo tinham causado algum efeito nele que ele não entendia bem, mas o fez se sentir mais leve. Ao se despedirem, insistiu em levar Marina, queria conversar com ela, falar sobre a boate, queria estar um pouco mais com ela, mas Téo foi irredutível, contando empolgado que fariam o jantar juntos. Pedro lamentou, vendo o desapontamento de Enrico. Sabia da história e, como Bruno e Mateus, acreditava no amor entre eles. Esperou Téo se distrair e avisou para ele discretamente.

— Os hábitos de Téo não mudaram, ela volta a pé, depois do jantar. Te garanto que estará sozinha.

Marina estava voltando da casa de Téo e ficou surpresa de ver Enrico, parado na frente de seu prédio, encostado no carro.

— O que você está fazendo aqui?

— Te perseguindo, sabe que tenho essa mania. Queria ver se, quando não tem ninguém olhando, você também corre. Ela gargalhou.

— Descobriu meu segredo. Ela mostrou o salto alto. — Por isso detesto usar salto.

— Mas fica muito bem com eles. E com esse vestido também. Cada vez que te encontro, você parece estar mais linda. Mas ainda prefiro os cabelos soltos.

— Bonitos são, mas só corro e pulo quando estou de tênis ou descalça. Ela tirou um prendedor do cabelo e balançou a cabeça, deixando se acomodarem nas costas.

— Assim?

— Assim. Ele passou os dedos entre os cabelos, ajeitando a franja. — Que pena que não corre de salto, eu gostaria muito de ganhar aquele abraço especial de novo. Ainda sou o único que consegue te segurar no colo. Não quer tentar? Ele abriu os braços, e ela não resistiu de se encaixar em seu peito, feliz, sentindo os braços dele a segurarem em um abraço apertado quando a beijou na cabeça.

— Aceito o abraço, mas para o pulo gosto de pegar desprevenido. Assim tenho chance de derrubar no chão. Olhou para ele, curiosa. — Como sabia que eu estaria voltando agora?

— Teodoro é previsível. Jantar pontualmente às 7:30 e às 9 horas já está de pijamas. Ele piscou para ela. — É um hábito que ele tem há 40 anos.

— É verdade. Ela sorriu. — Quer subir? Ainda tem o seu uísque lá em casa.

— Adoraria. Ele a seguiu e se esparramou no sofá. Conversaram sobre o casamento, o reencontro de todos e riram das brincadeiras. Nenhum dos dois tocou no assunto da boate ou da brincadeira sobre casamento com Bernardo há tantos anos.

— Você é bem próxima do Alberto e do Tiago. Por que te chamam de gorda?

— Somos muito unidos, sim. Eles sempre foram presentes para mim também. Chamamos de primos, mas eles são como meus irmãos na verdade. Eles me chamam de gorda porque eu era muito magra quando era adolescente, pernas finas e alta, tinha muito complexo, então eles começaram a me chamar de gorda, para provocar.

— Provocação de primo e irmão. Ele sorriu. — Eu me lembro de você e do Tiago brincarem juntos quando crianças, mas o Alberto era mais velho.

— O Alberto e o Renato sempre foram muito amigos, e acabamos convivendo também. Quando o Renato se mudou para Itália, ele se tornou meu irmão mais velho.

— O Alberto de irmão mais velho? Devia ser daqueles que pega no pé da caçula. Ele tem o mesmo temperamento que o Mateus.

— É pior! Ela gargalhou. — Ele deu muito trabalho para todos os meus namorados. Tem mania de dizer que vai resolver tudo no braço.

— E o Tiago? Ele teve aquela fase difícil das drogas. Disseram que ele está limpo agora.

— Foi difícil mesmo, para todos nós. Ela suspirou lembrando. — Ele sempre foi alegre, brincalhão e se transformou. Não sorria mais, não conversava, sempre tenso. Foi muito triste, mas superou, ainda bem.

— Deve ter sido diferente para você, uma menina, crescer cercada só por homens, e todos tão protetores.

— Foi diferente, mas foi maravilhoso, porque eu tive tudo. Três pais que se completam: um carinhoso, um exigente e um divertido. E foi igual com os irmãos, o Renato e o Alberto, protetores, e o Tiago sempre parceiro em tudo. Éramos grudados!

— Parceiros? — Eu e o Tiago estudávamos na mesma escola e, quando repeti de ano, ficamos na mesma classe. Coitado do tio Mateus! Ela gargalhou e contou algumas travessuras que aprontavam na escola juntos. — Tive muita sorte de ter todos eles, são muito importantes para tudo que me tornei. Falou com tom agradecido.

Enrico estava adorando ouvir as histórias, tudo que ele queria era conhecer um pouco mais da sua vida, o que aconteceu nos últimos anos. Ele colocou o copo no chão e a chamou para se sentar ao lado dele.

— Vem aqui, senta perto de mim?

— Melhor não, Enrico. As coisas ficaram muito confusas, não quero misturar mais. Pensei muito durante essa semana e te devo desculpas.

— Desculpas? Ele perguntou desconfiado. — Não entendi. Por quê?

— Por ter feito essa bagunça toda na sua vida. Eu deveria ter te falado a verdade na livraria, assim que você se aproximou. Fui infantil, eu acho, não tive coragem ou senti vergonha, não sei. Mas não ter dito e deixado tudo acontecer acabou criando tanta confusão! Esse conflito entre você e o Téo, por exemplo, eu não tinha o direito de interferir na amizade de vocês dessa maneira. Eu e você, que ficamos nessa situação estranha... Você estava certo, eu sabia que tinha que contar. Eu errei, não posso voltar no tempo e desfazer, mas posso pelo menos pedir desculpas.

— Você gostaria de voltar no tempo para desfazer tudo aquilo que vivemos?

— Eu gostaria de voltar no tempo para dizer para você, quando alcançou o livro para mim, quem eu era.

— O que você acha que teria acontecido se tivesse me dito?

— Você ia ficar feliz de me ver, eu acho, surpreso, pelo menos. Teríamos ido ao café, conversado, relembraríamos algumas histórias, eu te contaria sobre a minha vida, sobre como estavam todos, daríamos risada. E depois nos despediríamos, teríamos ido embora. Você seguiria sua semana trabalhando, e eu, passeando.

— Então não teria mudado em nada. Eu estaria apaixonado por você da mesma maneira.

— Por que diz isso? Você não teria me beijado, não teríamos ido para o seu apartamento... Ele se levantou e se aproximou, segurando o queixo dela, e beijou os lábios.

— Eu teria te beijado, Cinderela. Ele colocou a língua e a sentiu se entregar em seus braços quando abraçou mais forte e beijou com paixão. — Te desejaria tanto como desejo agora. Eu me apaixonei pelo seu sorriso à primeira vista. Quando você entrou na livraria, aquele outro monstro lindo e bom, que chamamos de destino, já tinha decidido o que aconteceria com a gente. Acho que ele tomou essa decisão quando te segurei nos braços pela primeira vez, há 30 anos. Ele decidiu que era você quem iria me ensinar a amar, de todas as maneiras, incondicionalmente e para sempre. Ele a beijou longamente, segurando forte em seu abraço. — Eu te amo demais, Marina.

— Enrico, por favor, não vamos fazer isso. Aquela noite na boate foi ótima, mas você se arrependeu, e eu...

— Foi uma noite maravilhosa, Marina. Eu não me arrependi e, se você me der a chance, queria poder repetir sempre.

— Não adianta a noite ser ótima e terminar daquele jeito estranho, com você sentindo culpa.

— Eu sei, eu devia ter conversado com você sobre tudo, e não apenas rejeitado o convite de subir. Eu deveria ter te explicado.

— Não preciso de explicações para entender que, depois de me beijar, você vai pirar e ir embora. Eu já entendi que tudo está caótico dentro de você. É melhor ir embora antes de me beijar. Prefiro passar vontade a chorar triste depois.

— Eu te fiz chorar?

— Não foi você, Enrico. Foi a situação toda. Eu acredito no seu amor, no seu desejo, e sinto tudo isso. Adoro quando você não resiste e se torna de novo aquele Príncipe Encantado que me conquistou. Suspirou triste. — Mas depois te vejo sair correndo, quase fugindo, pirando, e isso me deixa muito triste. Sei que você estará sofrendo, e sofro também.

— Eu não sofro por estar com você, por te beijar. É delicioso, poderia passar o resto da minha vida. Eu só não consigo, ainda, passar disso. Era sobre isso que eu tentei te falar aquele dia, sobre querer construir uma relação, eu e você, só nós dois.

— Por culpa?

— Não, por amor. Quero estar perto de você, conhecer a mulher incrível que você é.

— Eu não sei, Enrico. Tudo isso saiu de controle. Eu me apaixonei por você de verdade, não quero me machucar mais. Nunca sei se você está falando com a menina ou com a mulher.

— Eu quero te beijar agora, Marina. Quero te abraçar, ter você junto a mim, e vou tentar de novo. Porque agora só vejo a mulher deliciosa na minha frente. Ele se aproximou de novo e parou antes de beijá-la. — Quer que eu vá embora?

— Acho que é melhor, não vai dar certo... Ele se afastou imediatamente, seguindo para a porta, e parou antes de abrir quando Marina perguntou.

— Vamos almoçar amanhã?

— É melhor não, Sassá. Eu posso misturar as coisas e não quero mais te incomodar com tudo isso. Foi bom te ver de novo. Desculpe pela bagunça, ela vem de dentro de mim. Obrigado pelo uísque. Boa noite.

— Enrico, espera. Ela pediu, quando ele abriu a porta. — Por que está agindo assim? Você mudou de repente, de novo, o que aconteceu?

— Eu? Você acabou de dizer que se arrependeu de tudo que aconteceu em Nova York e me mandou ir embora! Estou tentando te encontrar há uma semana, e se antes você não tinha tempo, agora você não tem vontade. Estou tentando lidar com esse terremoto de sentimentos na minha vida, mas tudo se tornou mais simples agora, sabendo que você não me quer. Não preciso entender ou lidar com nada, só preciso deixar passar. Só preciso esquecer tudo isso. Como você mesmo me disse, sou bom em esquecer.

— Não é isso, eu não disse que não te quero! Eu quis dizer que...

— Eu estou tentando te conhecer, Marina, como você fez comigo em Nova York! Não foi isso? Você não decidiu que queria me conhecer como homem? Eu não tive essa chance! Me envolvi em uma paixão, sem ter ideia de nada, e você fez questão de mentir e esconder tudo!

— Não fiz por mal, você sabe! Aconteceu!

— Sei que não fez por mal, mas você teve a chance de me ver diferente. Eu estou tentando fazer isso, tentando saber quem é a mulher que você se tornou, mas você me afasta! Eu estou lutando demais contra essa culpa, porque meu amor é maior que tudo. Mas eu não vou mais implorar, nem te pedir que tenha paciência, ou que esteja comigo. Você decidiu por nós, mais uma vez, decidiu sozinha que não vale a pena. E se você não quer, eu vou respeitar. Vai ser bem mais fácil para mim.

Ela suspirou e balançou a cabeça. Andou até ele e ficou na ponta do pé, segurou o seu rosto com as duas mãos e beijou os lábios de leve. Ele a ergueu pela cintura e aprofundou o beijo, cheio de amor.

— Eu te amo, Enrico. Ela falou entre os lábios. — Eu não quero que você vá embora e nunca vou me arrepender de Nova York. Mas sei que tudo está confuso para você, só não queria piorar mais, sei que fui eu que causei esse terremoto. Você está certo, eu tive a chance de te conhecer de novo e não estou facilitando para você. Vamos tentar, não sei, nos ver sozinhos? Conviver um pouco? Você precisa de um tempo para pensar? Eu vou te esperar, até que saiba o que quer de mim.

— Eu sinto a sua falta, Marina. Por mais que eu tente, eu não consigo parar de pensar em você, de querer estar perto de você. Mesmo com essa culpa imensa pesando dentro de mim, ela não é maior do que a necessidade que eu tenho de ter você em meus braços. Me deixa ficar com você, só um pouco, conversar, conhecer você. Ele se sentou no sofá, com ela em seu colo, e a prendeu em seus braços.

— O que quer saber de mim?

— Me conta do seu casamento?

— Foi uma merda e um grande erro. Ela sorriu. — Pronto, contei tudo em detalhes!

— Você disse que ele te espancou. Ele falou com todo cuidado. — É verdade?

— Não queria falar disso agora. Podemos falar de outra coisa?

— Podemos. Mas sabe que vou querer saber sobre isso.

— Sei. Mas conversaremos sobre isso um outro dia, não hoje.

— Me conte sobre você, qualquer coisa, quero saber tudo, qualquer besteira. Já sei que a sua comida preferida é a que está no prato ao lado. Ele sorriu. — Qual a sua cor preferida? Ela concordou com a cabeça e pensou.

— Azul, da cor do céu. Pensou um pouco. — Já sei, vou te mostrar uma coisa sobre mim que você não sabe e vai te surpreender. Esticou o braço, pegou o controle remoto do som e ligou. Observou o olhar de espanto dele quando começou a tocar a valsa de João e Maria. — Essa é a minha música preferida. Ouço até hoje, toda vez que quero pensar em você.

Enrico deixou a emoção inundar seus olhos, não esperava ouvir aquela música e sentir tanta ternura. Levantou-se e puxou-a pela mão, sem pensar.

— Dança comigo?

— Dançar?

— Quero ter você nos meus braços, seu corpo bem junto ao meu.

— Mas você disse que não quer...

— Eu só quero ir devagar, Cinderela. Mas quero te beijar, sentir seu cheiro, preciso sentir você perto de mim. Quero namorar com você. Namora comigo? Pegou na mão dela e beijou suavemente. — Tem botão de repetir nesse som? Vou dançar com você a noite inteira.

Ergueu a mão e fê-la girar, puxando para perto, enlaçando sua cintura, e a valsa que, há 17 anos tinha sido uma brincadeira para consolar a dor daquela menina, se tornou uma valsa apaixonada, cheia de beijos, carinhos sensuais, em silêncio e entre sorrisos.

— Namora comigo? Me deixa estar perto, sentir você, todos os dias, todas as noites?

— Namorar? Você tem certeza?

— De nada, não tenho certeza de nada, Marina. Você acabou com todas as certezas que eu tinha sobre qualquer coisa na minha vida. Ele suspirou, jogando-se no sofá e puxando-a para seu colo de novo. — A única certeza que eu tenho é que vou enlouquecer se ficar longe de você. Podemos namorar enquanto nos conhecemos, não podemos? Não seria assim se fossemos estranhos?

— Se fossemos normais, acho que seria. Mas você me beijou na primeira manhã, dormimos juntos na primeira noite, e você me convidou para uma semana inteira na sua casa. Ela gargalhou. — Isso não foi um começo de namoro normal.

— Porque já nos conhecíamos há 30 anos.

— Eu te conhecia, mas você fez tudo isso com uma estranha! Enrico pensou e concordou com a cabeça.

— É, fui um pouco impulsivo. Eles gargalharam. — Mas podemos consertar isso, começar de novo. Estamos nos conhecendo, podemos namorar e ir com calma.

— Tudo bem, um início de namoro. Saímos para jantar, dançar e conversar. Vamos nos conhecer.

— Posso dormir aqui?

— No sofá?

— Se não tiver cama nesse apartamento, pode ser o sofá. Mas se tiver uma cama, quero deitar com você, te encaixar em mim e adormecer fazendo um cafuné. Como fiz com a mulher maravilhosa que conheci em Nova York.

— Aqui tem cama. Ela deu um beijo nele. — Mas no início de namoro não se dorme junto.

— Mas somos um início de namoro normal bastante diferente. Ele sorriu tímido. — E você arrumou um namorado que é um pouco impulsivo, você sabe! Posso ficar?

— Pode, com uma condição. Tem que fazer panqueca para mim no café da manhã.

— Sempre. E deixo comer do meu prato e te carrego no colo quando quiser. Eles se beijaram longamente. — Eu te amo, Marina. Quero passar o resto da minha vida com você.

— Namorados não dizem isso, eles planejam só o resto da semana.

— Tudo bem, coloca na agenda, quero passar o resto da semana com você. Renovável para todas as semanas das nossas vidas.

Dormiram juntos, abraçados e, por mais que o corpo dele pedisse desesperadamente o prazer inesquecível que teve com ela, eles apenas se encaixaram e adormeceram.

Capítulo 18

Como está a adaptação à nova vida? Estranhando muito? Bruno perguntou a Enrico, sentados na mesa do bar.

— É tudo muito diferente, rotina, alimentação, até o clima interfere, mas aos poucos tudo está entrando nos eixos. Dezessete anos é muito tempo para colocar em dia em dois meses.

— Muito tempo mesmo, não sei como conseguiu se isolar dessa maneira. Imagino que deve ter sido muito difícil ficar lá sozinho, e agora vai ser esquisito estar aqui, sempre rodeado de pessoas. Já está trabalhando?

— Estou, mas por enquanto estou de casa. Acabei de escolher o escritório e estou começando a mobiliar.

— Já está com o quadro completo? Um monte de gente me perguntou se posso dar uma força. Bruno riu. — Já avisei que não adianta, você é do tipo que joga no lixo os currículos com apadrinhamentos.

— Exatamente. Quem precisa de indicação não tem capacidade. Ele balançou a cabeça. — Nós cinco não tivemos ninguém que nos indicasse, conseguimos tudo na dedicação e raça e chegamos aonde chegamos.

— Isso é verdade! Conseguimos tudo por mérito e capacidade. Você está certíssimo.

— Mas ainda não completei o quadro, quero gente nova, jovem, olhares diferentes para contrapor com os que já trabalho há anos. Se te perguntarem, diz para ir direto falar comigo. Estou entrevistando todos, não precisam de pistolão, quero os melhores.

— Isso é bom, vou dizer sim. Você sabe que é um nome de prestígio, todo mundo quer trabalhar com você, o nosso homem do dinheiro. Bruno deu dois tapas de leve no ombro de Enrico. — E a vida pessoal, como está?

— Organizando ainda. Ele sorriu. — É a parte mais difícil. Organizar os pensamentos e os sentimentos depois do terremoto que vivi. Estou indo devagar, mas posso te dizer que estou no caminho certo e estou bem. Preciso de um pouco de tempo ainda.

— Está certo, não foi fácil para ninguém. O nosso "terremoto" chacoalhou até a mim, que não costumo me estressar com nada. Com o tempo, tudo volta ao lugar, organize e analise, você tem problemas que precisam disso.

— Quem tem problema? Mateus se sentou sorridente. — Porque eu não tenho!

— Até que enfim! Demorou, já estamos ficando bêbados! Bruno o cumprimentou com alegria. — Téo não chegou ainda? Mateus estranhou, olhando em volta.

— Ainda não, ele nunca atrasou... Será que ele vem? Bruno olhou sério para Enrico. — Vocês conversaram depois daquele dia? Além do encontro no casamento?

— Não. Conversamos no casamento apenas socialmente. Sobre a Marina, não falamos mais, mas não acho que ele deixaria de vir por causa disso.

— Isso é verdade. É mais fácil ele vir para te xingar, do que não vir.

— Deve estar chegando, ele confirmou que vinha. Mateus sorriu, olhando para a porta do bar. — Olha ele aí! Chegou quem faltava! Téo cumprimentou sem muita alegria e se acomodou na cadeira.

— Então, Mateus, por que nos chamou aqui? Estou com pressa, tenho afazeres, fale rápido. Declarou em tom seco e frio. Puderam perceber que ainda existia certo receio dele com Enrico, que pareceu não se importar nem um pouco e respondeu aos olhares de Bruno e Mateus com um sorriso quase travesso.

— Afazeres é o caralho, Téo. Pode relaxar que você não vai embora tão cedo. Mateus procurou Rubens com o olhar e fez um sinal.

— Vou embora a hora que eu quiser, Mateus. Não me provoca, que não ando de bom humor.

— Vou te fazer sorrir, meu amigo. Pega seu vinho e vamos brindar! Mateus ergueu o copo de cerveja.

— A que brindamos? Bruno estava desconfiado. — O tremendo sucesso do meu livro! E a decisão que vou escrever outros livros. Quero mudar minha vida. Estou pensando em uma série seguindo o estilo do primeiro livro. Cada livro, um crime!

— Aquele livro horroroso? Téo provocou, já sorrindo. — Se torcer, sai sangue!

— Parabéns, Mateus! Uma série de livros... Uau!

— Agora só falta você escrever livro, Bruno. Téo incentivou animado. — Eu com as biografias maravilhosas que fiz, o Enrico escreveu seis chatíssimos brincando de exílio em Nova York, e agora o Mateus vai fazer uma enciclopédia de crimes.

— Vou escrever... "Como conquistar as mulheres só com um olhar" ou "Como aguentar o amigo mal-humorado"? Bruno gargalhou. — Qual vende mais, Téo?

— Escreve a história do seu time! Téo devolveu, provocando. — Sabe tudo sobre o seu time de coração!

— Não começa com esse assunto, Téo. Eu estou ótimo assim. Rico e bonitão, beirando os 60 e entrei para a lista dos cinco solteiros mais cobiçados do Brasil! Sou um apresentador de televisão perfeito!

— E eu não serei mais. Mateus sorriu, quando olharam assustados.

— Vai largar o programa?

— Vou. Larguei hoje. Fico até o fim de dezembro e só aos sábados. Ele estava muito feliz. — Vou escolher um substituto para assumir durante a semana. Depois encerro a etapa de televisão na minha vida.

— Que loucura! O que aconteceu?

— Cansei. Quero mais tempo com a minha mulher e com meus filhos. Vou me aposentar da televisão e escrever livros no escritório confortável da minha casa, de pijama, de preferência.

— Mas já fechou com alguma editora?

— Ainda não. Primeiro quero escrever e depois vou negociar. Por enquanto é só um projeto. Não preciso de dinheiro, preciso só de sossego.

Eles começaram a conversar empolgados sobre a perspectiva de uma aposentadoria que Téo também já tinha e a total negação de Bruno quanto a isso, e Enrico só os observava, sem falar nada.

— Enrico, você está muito calado e com aquela cara estranha. Mateus observou. — Vai soltar uma bomba? Enrico sorriu quando todos olharam para ele. Téo parecia nervoso, e ele adorava ver Téo nervoso.

— Estou saindo com uma mulher e vou casar com ela. Ele falou em tom muito calmo, sorridente, encarando Téo nos olhos.

— Está saindo com uma mulher? Há quanto tempo? Mateus se assustou.

— Três semanas. Estamos nos conhecendo. Ele mantinha o olhar calmo em Téo, que começou a ficar irritado. — Mas tenho certeza de que é a mulher da minha vida.

— Três semanas e já está falando que vai casar? Bruno protestou. — Vocês estão ficando velhos gagás. Um vai aposentar e passar o dia de pijama, e o outro nem conhece direito a mulher e diz que vai casar.

— É isso que acontece com quem não sabe guardar o pinto dentro da calça, Bruno. Téo estava afiado. — Trepa com qualquer uma e quer casar. Velho quando fica carente é assim.

— Engano seu, guardei o pinto dessa vez. Estamos nos conhecendo, e estou apaixonado. Por mais que tenha muito desejo, ainda não há sexo entre nós, mas temos muito amor. E ela não é qualquer uma, posso te garantir que é uma mulher incrível, linda e especial.

— Agora eu vou ter que pedir sua interdição, Enrico. Nem transou e está falando que vai casar?

— Parece estranho, eu sei. Ele riu. — Mas pensei no conselho do Teodoro de guardar o pinto até conhecê-la melhor. É uma longa história, uma longa e linda história de amor.

— Teodoro é o teu cu, Enrico. Você não cansa de me chamar assim? Quarenta anos me enchendo o saco! Já perdeu a graça!

— Você está certo, desculpe. Não te chamo mais de Teodoro. Tenho um nome melhor para você. Enrico não brincava, mas também não desafiava. Ele falava calmo. — Um nome que te define bem melhor.

— Que nome? Téo se ofendeu.

— Vocês precisam esquecer a história da Sassá. Aconteceu, passou. Bruno tentava apaziguar. — Parem com esse clima!

— Qual é o nome, Enrico? Téo estava pronto para brigar. — Fala!

— Chega, parem os dois! Mateus interrompeu. — Quarenta anos de amizade, caralho! Não provoca mais, Enrico!

— Fala o nome melhor que você tem para mim, Enrico! Fala! Téo ficou de pé. — O que me define melhor, Enrico?

— Sogro. Enrico falou sorrindo, e viu Téo desabar na cadeira, espantado.

— Sogro? Bruno gargalhou. — Então você e a Sassá se entenderam?

— Não. Eu e a Marina, a mulher mais incrível que conheci em toda a minha vida, estamos nos entendendo. A Sassá é a menina do Téo, a Marina é a minha mulher.

— Vocês estão saindo? Tipo namorando?

— Tipo namorando. Temos sido discretos, porque queria falar para vocês antes. Pelo respeito que tenho por vocês serem os pais dela e pela nossa amizade, escolhi a nossa mesa, com todos juntos, como há 40 anos. Ele fez um aceno para Rubens, que já estava com a bandeja pronta com a tequila e os copos, e se aproximou apressado servindo. Enrico já tinha contado tudo para ele, que estranhou no início, mas depois percebeu que ele estava realmente apaixonado e gostou da notícia. — Podemos brindar?

— Enrico, pare de brincadeiras, não tem graça. Respeita a tequila! Rubens, você está apoiando essa loucura também? Téo estava sério. — Que desaforo é esse? Está passando de todos os limites!

— Não estou brincando, Téo, nunca falei tão sério em toda a minha vida. E com muito respeito à tequila e a vocês, principalmente a você.

— O que você está querendo dizer?

— Estou te pedindo permissão para namorar a sua afilhada, meu amigo. Estou perdidamente apaixonado, tenho as melhores intenções e quero saber se você aprova, representando o Bernardo, nosso melhor amigo.

Rubens, Mateus e Bruno ficaram quietos. Enrico usava um tom calmo e sorria, e Téo estava sério. Poderia sair uma briga a qualquer momento, ou um abraço. Entre os dois, era difícil saber.

— Você está reconhecendo que ela é a minha Sassá, que eu criei como filha e que eu represento o pai dela?

— Estou.

— E se eu não aprovar?

— Será muito difícil para você engolir um genro que não aprova. Ele sorriu e ergueu o copo de tequila. — Eu não vou desistir dela, é a mulher da minha vida. Eu a amo demais, Téo, como nunca amei alguém em toda a minha vida. Não vou abrir mão de viver esse amor.

Todos acompanharam o movimento com os copos e ficaram olhando para Téo.

— Amor de verdade? Enrico concordou com a cabeça. — Sem chifre, sem galinhagem com metade do jornalismo? Enrico concordou de novo. — Namorar, casar, tudo direitinho? Enrico abriu o sorriso sedutor e concordou mais uma vez. — Se você fizer ela derramar uma lágrima, Enrico, eu mando matar você! Téo ergueu o copo e sorriu. Brindaram, comemorando, e Enrico sabia exatamente como quebrar o resto do gelo que havia ficado.

— Ao meu sogro, Teodoro! Enrico provocou.

— Teodoro é o teu cu, Enrico. Genro dos infernos!

Capítulo 19

"Te pego às 8 horas, Cinderela. Vou te levar para jantar, a noite será especial."

Marina recostou na cadeira e sorriu, fechando os olhos e pensando em Enrico. Depois de todo aquele sofrimento, tinham se entendido, e estava sendo maravilhoso estar com ele. Estavam saindo há quase dois meses, sempre juntos, beijos, carinhos, dormiam na casa dela ou na dele, mas ainda não tinham transado. Algumas noites, eles chegaram a se tocar com mais intimidade, mas ele não passou disso, com o receio de sentir toda aquela culpa de novo, não sabia se estava pronto para tocá-la daquela maneira.

O namoro quase casto era uma forma, meio maluca, que ele encontrou de lidar com a culpa e fortalecer a relação, sentindo que assim estaria respeitando Bernardo enquanto se conheciam melhor. Ela entendia que ele precisava desse tempo, não pelo pai, mas para que ele pudesse vê-la como uma mulher, como ela o via como homem. E estavam indo bem. Nas primeiras semanas, tinham ficado mais reservados, porque Enrico queria falar com os tios primeiro e, mesmo ela achando exagerado ter que pedir permissão para um namoro, percebeu que, para ele, foi muito importante saber que Téo concordava.

Depois de assumirem para os tios, voltaram a se encontrar em jantares e boates com eles, e era sempre muito animado. Estavam cada vez mais sendo um casal de verdade. E mais apaixonados. Estava perdida nos pensamentos quando entrou outra mensagem.

"Vou levar a mulher mais incrível do mundo em um restaurante sensacional para um jantar especial. Ela tem que usar salto alto. Eu te amo".

"É um convite irrecusável, preciso ficar da sua altura, literalmente. Saltos incluídos".

Enrico cumpriu à risca o que tinha prometido. Foram a um restaurante super badalado e chique, daqueles que exigem reserva e garantem um ótimo ambiente e tratamento exclusivo. O maitre os recebeu na porta e os acompanhou até a mesa. Marina se sentou, e Enrico se acomodou ao seu lado, já pedindo um uísque para ele e o vinho branco que ela sempre pedia. Olhou para o cardápio e ficou envergonhada, não tinha ideia do que pedir.

Apesar de ter crescido frequentando ótimos restaurantes com os tios, principalmente com Bruno, que adorava a companhia dela, nunca tinha ido a um lugar tão chique assim. Dos quatro amigos, Enrico sempre foi o mais sofisticado e, por ter viajado o mundo, estava acostumado com ambientes mais refinados. Os tios diziam que ele tinha adquirido esse gosto mais requintado quando se casou com Alice e conviveu com seus pais, que eram de uma das famílias mais ricas e tradicionais de São Paulo.

— Você quer que eu peça para você?

— Dá para perceber que estou perdida nesse cardápio?

— Não, você está disfarçando bem, parece estar concentrada. Ele sorriu. — Mas sei que o prato que você quer está na outra página, e antes que você peça só uma salada porque não viu nada que goste...

— Qual é o prato que quero?

— O salmão com molho de maracujá. Sei que você adora, e o daqui é delicioso.

— Uau! Esse mesmo! Ela fechou o cardápio. — O que você vai pedir? É uma pena que aqui não posso comer do seu prato.

— Por que não?

— Porque aqui é muito chique, preciso me comportar direito. O Alberto me daria um tapa na mão se eu colocasse meu garfo no seu prato.

— Então vamos embora.

— Vamos embora? Por quê?

— Porque eu te amo exatamente do jeito que você é. Se não se sentir bem aqui, vamos em outro lugar. Podemos ir comer torta no Rubão. Quer?

— Você é maluco, Enrico. Ela balançou a cabeça, sorrindo. — Não vamos embora, coloquei salto alto e fiquei com vontade do salmão. E vou comer do seu prato também, escolhe algo bem gostoso!

— É uma noite especial com você, meu amor, hoje é você quem escolhe e pode fazer o que quiser.

— É um jantar especial mesmo! O que estamos comemorando?

— Não preciso estar comemorando alguma coisa para te levar para jantar. Ele passou os dedos no rosto dela. — Comemoro todos os dias ter você na minha vida, Cinderela. Não canso de dizer que te amo demais, sempre te amei, sempre vou amar.

Seguiram conversando sobre o dia de cada um. Marina falou sobre um novo livro que tinha aprovado e fechado o contrato, que ela achou muito interessante e que ele ia gostar. Enrico contou empolgado sobre o escritório que estava montando, as mobílias que tinha comprado e que tinha colocado de volta a foto dela de criança, no mesmo porta-retrato antigo, e que tinha mandado fazer uma foto deles atual, brincando que teria o antes e o depois em seu escritório.

Enquanto conversavam, ela percebeu uma mulher olhando fixamente para eles da mesa ao lado, e sabia que Enrico também tinha notado, mas parecia não se importar. Ela estava acompanhava de mais duas mulheres, todas muito bem-arrumadas e mais velhas que Marina, deviam passar dos 50 anos. Duas tinham o cumprimentado educadamente com acenos de cabeça frios quando entraram, mas a observação tão atenta da mulher loira começou a incomodá-la.

— Eu preciso perguntar. Quem são aquelas mulheres que te cumprimentaram?

— Você quer saber quem é uma delas só, não é? Ele riu. — É a Alice, minha ex-mulher.

— Ela não te cumprimentou. Vocês não se falam?

— Não. Ela me odeia, e posso te dizer que a odeio também. Ele deu de ombros. — Deve estar curiosa para saber quem é você, por isso está olhando tanto. Parece que a minha vida ainda é interessante para ela. Ignore apenas, provavelmente ela não vai parar, mas não merece a sua atenção.

— Vocês foram casados por muito tempo?

— Quinze anos. E namoramos por seis.

— Há quanto tempo estão separados?

— Vinte e dois anos.

— E ainda se odeiam tanto assim?

— Acho que por representarmos um ao outro o maior erro de nossas vidas. Esperamos muito um do outro, e tudo foi uma grande decepção. Fui um péssimo marido, e ela uma esposa horrível. E no meio disso tudo tinha o pai dela, que achou que ganharia um filho para controlar, mas nunca me perguntou se eu queria os planos que fez para mim. Ele deu um gole no uísque e recostou na cadeira. — Acho que a maior decepção é que venci e me tornei tudo que ele queria, sem aceitar a sua ajuda ou me sujeitar aos caprichos dela. Ela ficou calada, e ele percebeu que estava com o olhar diferente. — O que foi? Está incomodada com ela? Se estiver, posso pedir delicadamente que pare de te encarar, não vou permitir que ela te provoque.

— Não, nem pense nisso! Não me importo, se ela quiser saber mais sobre mim, posso até contar alguns detalhes.

— Mas tem algo incomodando. Foi algo que eu disse sobre o meu casamento?

— Eu só estava pensando. Eu sei muito pouco sobre você, mesmo te conhecendo minha vida toda. Sei sobre a sua carreira, sobre seus amigos, mas não sei nada sobre a sua vida pessoal.

— Como assim?

— Não lembrava de você ser casado, nem me lembro de nenhuma namorada, de você levar em casa ou alguém comentar. Me lembro de você em todos os meus aniversários e festas em casa, mas nunca acompanhado.

— A Alice nunca conviveu com a gente, mesmo quando éramos casados. Ela era muito arrogante, achava ruim conviver com pessoas que não frequentassem a alta sociedade dela. Quando eu me separei, você era muito pequena, e eu também nunca tive namorada. Tinha casos, não misturava com sua mãe, e muito menos com você.

— Por quê? Não entendi.

— Eu não tinha intenção de uma relação séria, não queria que elas se aproximassem de vocês, por respeito, eu acho. Ele sorriu envergonhado. — Eu não era como o Bruno, que namorava sem compromisso. Eu nem chegava a namorar, saía algumas vezes e só.

— Entendi. Mas também não sei muito sobre a sua vida em Nova York.

— Eu também não sei muito sobre você. Fui embora, você tinha 12 anos. Sei da sua vida até essa idade. Ele pegou na mão dela. — Não é por isso que estamos namorando? Para se conhecer de novo?

— É verdade. Ela passou os dedos nos cabelos dele. — É estranha a sensação de que te conheço tanto e, quando parei para pensar, não sei nada de você.

— Sabe sim, sabe mais que qualquer um. Você me conhece por dentro, Marina, como eu te conheço. Podemos não saber o que cada um viveu exatamente, mas sabemos quem somos. Ele deu um beijo de leve nos lábios dela. — Mas pode perguntar, o que quiser.

— Você não se casou mais depois dela?

— Não. Nunca mais tive relacionamentos sérios. Acho que foi trauma do casamento.

— Nunca mais? Nem namoradas?

— Tive uma namorada, em Nova York. Era uma russa. Foi o namoro mais longo que tive, quase um ano. Tínhamos uma relação aberta.

— Me lembro de o Téo falar da sua namorada russa. Ela sorriu um pouco tímida. — Ele dizia que ela era lindíssima. Como assim, relação aberta?

— Não tínhamos o compromisso da fidelidade. Namorávamos, mas ela tinha outros, e eu também. É uma saída para quando as pessoas não querem se sentir presas. Ela era muito bonita mesmo, era modelo internacional, e o Téo falava que ela parecia uma das mulheres do 007! Teodoro sempre foi criativo! Agora é a minha vez. E você?

— Nunca tive uma relação aberta, desculpe, acho esquisito isso.

— Eu não suportaria ter uma relação assim com você. Gosto de me sentir preso com você. Ele sorriu envergonhado. — E morreria de ciúme se soubesse que outro homem te beijou. Descobri que sentir ciúme é muito ruim. E sobre seus namorados?

— Tive um namorado sério, namoramos por quatro anos, mas eu era muito nova. Durou mais que meu casamento. E tive alguns mais divertidos, daqueles que você sabe que vai durar um pouco e, quando percebe, já terminou. Ela sorriu. — Eu de novo. O que você fazia em Nova York, no tempo livre, com os amigos?

— Aquele bar de jazz que te levei, outros bares, restaurantes. Não ia muito em boate. Mas ia muito em festas. Tenho um vizinho, Jean Pierre, um francês maluco, você o conheceu quando esteve lá, o pintor, lembra? Ela concordou com um sorriso, e ele se recostou na cadeira, contando empolgado. — Não pinta nada, mas vive sujo de tinta. Ele dava festas gigantescas quase toda semana no apartamento. E como você pode imaginar, com aquele apartamento tão pequeno, a festa acontecia pelo prédio todo, escadarias, entrada, tudo ficava ocupado. Era como estar na torre de babel moderna, gente de todo o mundo, que ele nem conhecia direito, mas convidava. Como era impossível dormir com o barulho e o movimento, participava de todas. Agora quero saber do seu batismo com o Bruno, é verdade a história do banheiro da boate?

— É verdade! Marina gargalhou, e Enrico arregalou os olhos. — Mas não tive essa experiência. Meu batismo foi sensacional. Primeiro fomos jantar em um restaurante e depois fomos a uma boate que era muito badalada na época, mas já fechou. E foi a única noite em que todos combinaram que não sairiam acompanhados. Saímos de lá com o dia amanhecendo e fomos tomar café da manhã na padaria. Tive todos eles, a noite inteira, só para mim. Foi a única vez que o Mateus entrou na pista de dança! Pena que o Tiago não foi. Mas na dele terminamos em um motel!

— Você e o Tiago em um motel?

— Eu, o Tiago, o tio Bruno e o Alberto. Tomamos café da manhã no motel, uma super suíte! Ele era louco para conhecer, e eu também não conhecia, fomos os quatro! Antes de sair de casa, ele mandou levar biquíni, disse que íamos ao clube de manhã, mas nadamos na piscina do motel.

— O Bruno é totalmente louco, realmente leva a sério o batismo. Enrico gargalhava. — O Téo não teve um ataque do coração?

— Ele não sabia, mas, quando contamos, ele ficou gritando "libertino e permissivo" por uma semana! E que eu iria ficar malfalada na cidade inteira, se descobrissem que fui ao motel com três homens!

— Esse é o Téo. Ele enroscou os dedos no cabelo dela. — Perdi muita coisa boa enquanto estive fora. Mas não me arrependo, não estaríamos juntos se eu estivesse por perto, teríamos outra relação.

— É verdade. Você acha que a gente se apaixonaria se tivesse me visto crescer?

— Acho que sim, mas com certeza não teríamos ficado juntos, seria impossível. Eu seria aquele tio que implicava com seus namorados, com suas roupas e viveria atormentado. Ele sorriu. — Seria o meu desejo proibido.

— E se eu tivesse te contado quando nos encontramos na livraria?

— Eu não teria resistido, eu já estava louco para te beijar quando você entrou. Mas teria uma culpa maior, eu acho. Não teria acontecido tudo tão incrível como aconteceu.

— Tudo tem um lado bom então. Mesmo com a confusão toda, estamos namorando.

— Quer casar comigo? Ele se aproximou e mordiscou o lábio dela. — Agora que já nos conhecemos mais, podemos dar esse passo.

— Não, ainda temos outras coisas para resolver. Você ainda tem alguns conflitos aqui. Ela apontou para o peito dele e depois para a testa. — E aqui. Ainda não estamos juntos, de verdade, você sabe disso.

— Aqui não tenho conflito nenhum, nunca tive. Ele apontou para o peito. — Sempre tive certeza do amor que tenho por você. Ele suspirou e apontou para a testa. — E os daqui estão sendo resolvidos. Sei que estou em falta com você, e que você está sendo paciente até demais.

— Eu não tenho pressa, Enrico, não pense que estou te pressionando para nada. Só falei porque você falou sobre casar. Estamos tendo um bom namoro.

— Eu quero casar com você, Marina, quero que seja a minha mulher. Eu te desejo demais, você sabe disso, não sabe?

— Sei, eu também desejo você. Ela se afastou assustada, quando ele colocou a mão no bolso do paletó.

— Calma. Ele sorriu e a trouxe de volta. — Não vou tirar uma aliança nem me ajoelhar. É só um presente, é uma noite especial, lembra? Ele tirou uma caixinha com um anel de esmeraldas, delicado e discreto. — Faltou te contar uma coisa sobre mim. Nunca amei alguém na minha vida. Você é o meu primeiro amor, há 30 anos. Ela ficou com os olhos marejados e colocou o anel, olhando fascinada para a beleza da joia.

— Pode beijar em lugar chique assim, com a chata da ex-mulher encarando?

— Pode. Ele passou o rosto devagar pelo rosto dela e procurou pela boca, beijando suavemente e aprofundando o beijo com delicadeza. — Eu te amo demais, Marina.

— Eu também te amo. Amei o presente, obrigada.

— Pensei em colocar na sobremesa, mas fiquei com medo de você engolir. Ele brincou. — Quem sabe no dia que for uma aliança?

— O que tem de sobremesa? Será que eu consigo escolher, ou você escolhe para mim?

— Tem mousse de chocolate branco, quer? É muito bom, e sei que você gosta.

— Quero. Ela sorriu com ar travessa. — E vou comer da sua também! A ex superchique vai ter um aneurisma quando ver. Enrico gargalhou e balançou a cabeça.

Depois do jantar, Enrico e Marina foram para o apartamento dele, e ela tirou os sapatos, assim que entraram.

— Definitivamente não gosto de usar salto alto. Ela riu. — Prefiro tênis e camiseta. Não sou uma mulher chique. Da próxima vez, teremos um jantar especial em um rodízio.

Ele a puxou pela cintura e beijou apaixonado. Abriu o zíper do vestido, soltou o cabelo, enroscando os dedos com delicadeza e alisou o rosto dela com o seu.

— Você queria saber por que eu quis fazer essa noite especial.

— Ainda quero. Ela fechou os olhos, sentindo o carinho que ele fazia, sussurrando em seu ouvido.

— Eu quero amar você, Marina, queria que lembrasse dessa noite para sempre. Nossa vida juntos começa hoje, de verdade.

— Enrico, eu sei que você precisa de um tempo, não quis te pressionar, não quero que se obrigue a algo que pode se arrepender depois.

— Eu não preciso de mais tempo, eu só preciso de você. Eu te desejo como nunca desejei uma mulher na minha vida. Ele sussurrava e passava as mãos pelo corpo dela.

— Você tem certeza? Ela pensava sobre o que ele tinha dito sobre sentir culpa no dia seguinte.

— Tenho toda a certeza do mundo, eu te amo demais.

— Eu te quero muito também, mas e depois?

— Depois eu vou te amar de novo, cada dia mais. Você é a mulher da minha vida, Marina, só você. Ela se entregou aos seus carinhos, e depois de mais de três meses da despedida em Nova York, ele a possuiu novamente, dessa vez, com mais intensidade. Enrico deixou a excitação que ele tanto controlou nas últimas semanas tomar conta de todo seu corpo e a acariciou com a mão, descendo lentamente e afastando a calcinha. Sentiu quando o corpo dela amoleceu em seus braços e a levou para a cama. — Quero ouvir você gemer para mim de novo, Cinderela. Ela fechou os olhos, entregando-se à onda de prazer das mãos fortes dele.

— Eu quero você inteiro, só para mim. As palavras sussurradas com o prazer que ela sentiu em suas mãos aumentaram o desejo, incendiando-o mais ainda, e, quando ela o tocou e o acariciou com a boca, fê-lo delirar, tomando-a pela cintura, dominado pela urgência, e gemeu alto quando sentiu que estava dentro dela.

— Me leva para o seu reino mágico. Quero sentir o seu movimento, Marina. Ela se movia devagar, enquanto ele acariciava todo seu corpo, e aumentou o ritmo quando percebeu que não aguentaria mais controlar.

— Vem comigo, Príncipe Encantado, quero sentir o seu prazer dentro de mim. Eles se entregaram um ao outro, com os corpos colados, ofegantes, presos dentro do abraço deliciosamente suado.

— Fica aqui, quero sentir você comigo. Ele pediu quando ela desabou em cima dele, sem forças. — Quero sentir que você é minha. Ela se acomodou sobre o corpo dele, ainda ofegante e sentindo o corpo estremecer com os últimos espasmos.

Ficaram em silêncio, abraçados, sentindo aquela vibração alucinada diminuir até que se acomodaram relaxados, com beijos e carinhos.

— Você esqueceu de usar camisinha. Ela falou de repente, deitada no peito dele, enquanto ele alisava os seus cabelos.

— Nem lembrei mesmo. Ele respondeu calmo.

— Em Nova York, você era tão cuidadoso com isso. Ela riu. — Como esqueceu?

— Estava tão alucinado de desejo por você, não pensei em nada, só em ter você.

— Não tem medo de que eu engravide? Ele pensou um pouco. Os dois pareciam que estavam estranhamente calmos.

— Não. Não fiz de propósito, teria te perguntado antes. Mas a ideia não me assusta. Você está brava comigo?

— Eu tomo pílula. Ela gargalhou com a expressão dele.

— Estava me testando?

— Estava! Ela zombou. — Achei que você ficaria mais apavorado com a ideia de uma gravidez.

— Não tenho mais idade para me apavorar com isso. Mas também não tenho idade para começar tudo de novo.

— Não pensa em ter mais filhos?

— Sempre sonhei em ser pai, e foi tudo um pesadelo. Ele recostou nos travesseiros. — Eu não tenho ideia de quem eles são, e eles me odeiam sem nem me conhecer. Enrico contou para ela sobre o casamento péssimo que teve, com as traições, a frieza da ex-mulher, a separação cheia de brigas e a relação distante e fria com os filhos. Era algo que o machucava, mas ele assumiu que eram estranhos, nunca teve realmente convivido com eles e tinha mais contato com ela e Renato e os filhos de Mateus quando pequenos, que com os próprios filhos. — Você a viu hoje, fuzilando a gente com o olhar. A Alice sempre foi uma pessoa horrível, e eu era um péssimo marido. Ela não queria engravidar, e eu insisti, mas não fiquei ao lado dela quando consegui convencê-la. O casamento já estava condenado antes de começar, e assumo grande parte nisso tudo. Sempre saí com várias outras mulheres, nunca a respeitei e não consegui separar o fracasso do casamento da relação com meus filhos. Queria estar longe dela e fiquei longe deles também. Não sei explicar onde errei, só sei que errei muito. Fui péssimo como pai, não consegui conquistar o amor deles, eu acho.

— Sinto muito. Deve ser difícil.

— Filhos é um assunto delicado para mim.

— Você não quer mais filhos.

— Nunca pensei sobre isso, mas acho que já estou velho para isso também. Você quer? Você tem vontade de ter filhos?

— Não sei. Ela ficou pensativa. — Eu queria quando me casei, depois percebi que teria sido um grande erro. E como não tive mais nenhuma relação séria, não pensei mais.

— A nossa relação é séria, eu quero casar com você. Mas não gostaria de te desapontar, não saberia ser um bom pai, acho que não tenho vocação.

— Ainda é cedo para sabermos se nossa relação vai ser séria. Já passei por isso, as coisas mudam de repente, e tudo que é maravilhoso pode se tornar um buraco sem fim.

— O que aconteceu no seu casamento, Marina?

— Tudo extremo. Paixão louca, sonhos delirantes e um fim trágico.

— Gostaria que me contasse.

— Pode ser outro dia? Está tão gostoso aqui, não queria falar disso agora.

— Não sei o que aconteceu, mas posso te garantir que entre nós vai ser diferente. Nada vai mudar, sempre vou te amar, quero te fazer muito feliz.

— Prefiro pensar no que temos agora. Já fiz planos demais, sonhei muito e vi tudo dar errado. Acredito no seu amor hoje, e está sendo delicioso, adoro beijar você, gemer no seu ouvido, dormir encaixada nos seus braços e comer panquecas de manhã. Está perfeito assim, não precisamos de sonhos, prefiro o pé no chão. Deitou-se no peito dele e passou as unhas levemente, descendo até a perna.

— Você está me provocando? Ele se virou, sorrindo malicioso.

— Só um pouquinho... Testando se a magia já passou. Ela sorriu. — Gosto de conferir como está o meu poder.

— Você errou a dose dessa magia e me enfeitiçou para sempre, Cinderela. Fechou os olhos quando sentiu a excitação pelos carinhos dela.

— Eu te amo, Enrico. Se tudo der errado amanhã, lembra sempre que te amo muito.

— Não vai dar nada errado, Marina. Você é a mulher da minha vida. Quero fazer você muito feliz.

Capítulo 20

— Chegou cedo, Enrico, está sempre atrasado. Téo provocou assim que entrou.

— Boa noite para você também, Téo.

— Que cara é essa? A Sassá está bem?

— Está ótima. Está trabalhando, ia ficar até mais tarde hoje.

— Tem épocas que o trabalho dela fica mais puxado. Início de carreira é assim, nós já passamos por isso, lembra? Quanta correria! Mas tem que ser assim, se dedicar muito para conseguir chegar lá.

— Senta aqui, Téo. Quero te perguntar sobre um assunto e quero que seja sincero comigo.

— Sua cara está ruim, Enrico.

— Quero saber do ex-marido.

— Já contei. Ele colocou ela para fora...

— Ele bateu nela? Não queria falar diretamente, não tinha certeza se Téo sabia.

— Por que acha isso? Téo perguntou assustado, não sabia como Enrico tinha chegado a essa conclusão e tinha prometido para Marina que não contaria a ninguém. Enrico o conhecia muito bem, percebeu que ele sabia de tudo.

— Porque ela me falou. Mas foi numa explosão, na primeira vez em que conversamos depois que voltei. Estávamos discutindo, e ela falou que foi espancada, mas acho que se arrependeu de ter falado, porque perguntei algumas vezes, e ela não falou mais nada depois. Sempre diz para deixar o assunto para depois.

Téo quase se contorceu para não contar. Ele tinha prometido, era um segredo que ela não queria que ninguém soubesse. Não tinham contado nem para Bruno e Mateus, mas ela mesma falou para Enrico, e agora, como namorado, ele merecia saber, seria uma segurança a mais, caso o rapaz tentasse se aproximar de novo.

— Tudo bem. Ela vai me odiar por falar, mas você já sabe mesmo. Ele bateu nela. Téo balançou a cabeça e respirou fundo. — Bateu feio, Enrico, espancou. Aquele filho da puta deixou ela toda marcada, rosto, braços, pernas, foi horrível! Eu e Pedro tivemos que buscá-la no hospital, de madrugada, porque ele quebrou o braço dela.

— Quem é ele? Como aconteceu?

— Você não conhece, é um bostinha que está começando como jornalista. Ele é arrogante e topetudo, não gostávamos dele, sabíamos que não ia dar certo, mas nunca ninguém pensou que essa tragédia fosse acontecer. Eles nem pensam que chegou a tudo isso, porque ela não quis contar. O Bruno acha que ele só se aproximou dela para conseguir que a gente apadrinhasse. Eu acho que ele gostava dela, e o Mateus nunca gostou dele de graça, não foi com a cara e pronto, você sabe como ele é.

— Como aconteceu, Téo?

— Ela estava começando nessa editora, ainda era só revisora ou tradutora, não lembro mais, mas sempre trabalhava até tarde. Agora ela só trabalha de vez em quando, você vê, como hoje. Mas no começo, era sempre, coitada, por um salário de merda. Por isso, o Mateus falou dela para o dono dessa editora nova, é maior, vai ganhar melhor, claro, e o cargo vai dar mais visibilidade...

— Téo, foco. O que aconteceu?

— Ah, claro. Aconteceu que ela trabalhou até tarde, como eu te disse, e quando chegou em casa de madrugada, cansada, coitada, ele estava cheirando cocaína e fazendo festa com duas mulheres! Duas, Enrico!

— Na casa dela?

— A casa era dele, ela que foi morar lá.

— Eram casados, Téo, a casa era dos dois.

— Não, o Mateus não permitiu que se casassem com comunhão nenhuma. Exigiu separação total de bens, porque, apesar de estarem os dois começando nas carreiras, ele não quis que juntassem nada. E ela tem o fundo, ele disse que poderia perder, apesar de que você fez tudo como herança e parece que não perdia, mas eu não sei, ele falou que não e pronto. O Alberto que fez os documentos, tudo certinho. A gente não gostava dele, já te disse, e sabíamos que não ia durar, mas ela estava apaixonada, não podíamos proibir, nem o Bruno conseguiu convencê-la de desistir dessa loucura de se casar. Namoraram só três meses, Enrico! Dissemos que era pouco tempo para conhecer alguém, mas ela estava apaixonada, cega, fazer o que? Aceitamos que se casassem, mas colocamos um monte de condições.

— Menos mal. E aí?

— Ela nunca contou muitos detalhes. Mas disse que, depois que casou que soube que ele usava drogas, mas que não era sempre, mas quando usava ficava estranho. Coitada, nunca falou para a gente, já estava infeliz nessa merda de casamento assim que se casou, Enrico. O que eu sei é que ela chegou em casa, e ele estava trepando com as duas mulheres! Enrico, a coitada pegou no ato da baixaria! Que nojo! Téo fez uma careta. — Ela reclamou, claro, e ele estava alterado demais, chamou ela de vagabunda e partiu para cima. Deu uma surra e pôs para fora, como se fosse lixo.

— Vocês não deram queixa? Não abriram processo?

— Ela não quis. Não contou nem pro Mateus e pro Bruno. Disse que tinha vergonha, não queria que ninguém soubesse. Eu fiquei muito nervoso, não sabia o que fazer. Quem resolve essas coisas é sempre o Mateus! Mas o Pedro, que é esperto, foi lá no prédio e pegou o depoimento do porteiro e da vizinha que a socorreu. A menina foi socorrida pela vizinha, Enrico, de tanto que ele bateu nela! Bom, Pedro juntou os depoimentos com o atendimento médico e guardou numa pasta. Disse que, se ela mudar de ideia, tem como provar tudo que ele fez nela. Tem as fotos do hospital, são horríveis. Você não ia aguentar ver, e olha que você é um troglodita e não se impressiona com nada. Chorei tanto, acho que por um mês.

— Quanto tempo de casados?

— Menos de seis meses. Mas ele ainda incomoda, Enrico! Procura, liga e cerca a coitada toda vez que encontra. Já avisamos para ele parar, e ele não parou. Você viu que o Alberto diz que vai pessoalmente? Ninguém aguenta mais isso, imagina ela! Pouco mais de um mês atrás, ele apareceu no prédio dela, de madrugada, fazendo escândalo. Acho que ela estava na sua casa, porque o porteiro ligou na hora para o Mateus. O coitado não sabia o que fazer com aquele maluco berrando na portaria e chutando o portão. O Mateus foi lá e pôs para correr, me disse que ele estava bêbado, avisou que é a última vez que atura isso. Mas sempre tem o aviso de que é a última vez e depois ele faz de novo, e a gente faz o que? Só se contratar um matador de verdade! Não quero que o Alberto vá, ele é cabeça quente, pode sair uma tragédia! E ela morre de medo toda vez que ele aparece.

Mesmo estando com a gente, ela treme. Ouviram a porta abrir. — Enrico, eles estão chegando. Ela não quer que saibam, encerra esse assunto.

— A gente ainda vai conversar mais, Téo. Enrico falou baixo quando sorriu para Mateus e Bruno entrando no apartamento.

— Hoje o jantar é especial! Bruno entrou comemorando. — Tem comida boa ou vamos pedir, Téo?

— Temos quatro concorrentes na premiação! Mateus estava empolgado. — Merecemos uma comida boa feita pelo especialista!

— Tem que ser mais que boa, são quatro concorrentes e um homenageado! Enrico completou, sorrindo emocionado.

— Homenageado?

— Entraram em contato com a Marina, Bernardo vai ser homenageado! Ele sorriu. "Os Grandes Nomes do Jornalismo"! Nosso amigo estará lá com a gente!

— Caramba, nós quatro concorrendo na premiação, e o Bernardo sendo homenageado! Isso sim é emoção.

— Como diria Isabel, diretamente da mesa do bar do Rubens para o sucesso. Que saudade deles!

— Aproveitando a saudade, tenho um anúncio a fazer. Téo serviu os copos de tequila. — Decidi que vou escrever a biografia do Bernardo!

— Uau! Isso é uma novidade sensacional. Enrico pegou um copo e ergueu. — Bernardo merece todas as homenagens! Grande profissional e um homem honrado.

— Está me elogiando? Não vai me criticar, Enrico? Você está doente? Enrico gargalhou, balançando a cabeça.

— Téo, não começa a provocar, ele te elogiou! Aceita o elogio e pronto, sem duelo durante o brinde! Bruno ergueu o copo.

— Não acho que será grande coisa, Téo, mas sei que a Marina vai fazer questão de revisar e reescrever tudo, estou tranquilo! Enrico gargalhou.

— Eu te odeio Enrico! Téo riu. — Agora ele voltou ao normal, vamos brindar.

— Bernardo merece uma biografia completa. Mateus ergueu o copo. — A biografia de um homem honrado! Téo brindou, e todos beberam. Acomodaram-se nos sofás, pensando sobre a biografia. Estavam todos empolgados.

— Se precisar de lembranças, fazemos reuniões. Enrico sorriu. — Já pensou, reunião para lembrar de nossas histórias? Melhor trabalho do mundo!

— Faremos, sem você, que o uísque acabou com sua memória. E se vocês tiverem fotos, eu quero também, quero todas para selecionar as melhores.

— Tenho uma linda, a última vez que estivemos juntos no bar do Rubens.

— Eu me lembro dessa foto! É linda mesmo.

— Lembro também. Foto para você colocar na capa! Mateus se emocionou. — Faz uma cópia para mim?

— Posso pegar amanhã, Enrico?

— Te trago no início do ano, está no apartamento de Nova York.

— Você está indo para Nova York? Bruno estranhou.

— Estamos indo a Nova York, eu e a Marina, por duas semanas. Natal e Ano Novo. Não querem vir com a gente?

— Não começa, Enrico, a Sassá passa o Natal comigo, não abro mão.

— Marina já me avisou que você é obcecado pelo Papai Noel, Teodoro. Pensei de vocês virem com a gente, ou vamos no dia 25.

— Teodoro é o teu cu, Enrico. Nós vamos, e você vai pagar a porra da passagem, minha e do Pedro, e vamos ficar no seu apartamento.

— Por mim, tudo bem. Enrico riu. — Mas preciso perguntar se você está pobre, Téo.

— Não, sou rico, riquíssimo, mas odeio você e vou ficar grudado com a Sassá.

— Vamos, Mateus? Você e a Clarice, se animam? E você, Bruno?

— Adorei a ideia, nós vamos também! Mateus concordou, contando que a esposa não conhecia Nova York.

— Estou dentro, sem a ceia na casa do Téo, não tenho para onde ir mesmo. Vou marcar o voo e o hotel para nós.

— Vamos chamar o Renato? Ia ser delicioso nos encontrarmos lá.

— Ótima ideia! Mateus concordou. — A Sassá vai amar, chora de saudade dele.

— Eles não se veem sempre?

— Não. A última vez acho que faz mais de três anos. Ela foi com o Bruno. Foi antes de casar, não foi?

— Foi. Passamos duas semanas lá.

— Mais de três anos? Enrico olhou para Téo. — Você não a levou para ver o irmão, Téo? Que merda de padrinho é você?

— Enrico, não começa a me provocar que estrago essa viagem de Natal agora! Eu ofereci quando fui ano passado, ela não quis.

— E o Alberto também convida todos os anos! Ele sempre vai, uma vez por ano. Ofereci para pagar para ela, mas ela não aceita.

— É verdade! Todos nós oferecemos. Ela também não tirou férias depois que começou a trabalhar na editora, tinha acabado de se separar e se enterrou no trabalho. Bruno concordou. — Tirou agora, mas o Renato tinha uma convenção não sei onde e ela decidiu ir a Nova York.

— Marca o hotel para Téo e Pedro também, Bruno. Mateus falou gargalhando. — Eles vão se matar naquele apartamento minúsculo.

— Enquanto ela morou aqui comigo, eu a levei todos os anos. Depois que separou, não aceitou mais que eu pagasse nada. Comprou o apartamento, mobiliou, tudo com dinheiro do fundo. Não aceita nada de nenhum de nós.

— E falando em Sassá, como vocês estão? Mateus perguntou. — Não estou perguntando como tio dela, mas como seu amigo. Conseguiram se entender? Você superou aquela culpa sem sentido?

— Superei, pensei muito no que você me disse. Estamos muito bem. Estou mais apaixonado ainda, ela é uma mulher realmente sensacional. Nos vemos todos os dias, dormimos sempre juntos, a vida com ela é maravilhosa. Nunca pensei que poderia viver algo tão intenso. Tudo que quero é casar e fazê-la muito feliz.

— Então casa logo, porque você é velho. Téo colocou a mão na cintura. — Vai acabar sendo avô em vez de ser pai! E quero pelo menos dois netos, e uma tem que ser menina, porque Renato e Alberto só me deram meninos. Quero uma princesa, vou vestir toda de cor de rosa.

— Filhos? Não, Téo, não quero. Nem pensar em ter mais filhos.

— Por que não quer? Mateus estranhou. — Você sempre sonhou em ser pai!

— E o sonho virou um pesadelo, Mateus! Não quero passar por isso de novo, sofri demais com tudo, tentando me aproximar e sendo ignorado e odiado sem nem saber o porquê. Não, não tenho vocação para ser pai, não quero dar essa decepção para a Marina.

— Você está maluco? Olha a besteira que você está falando! Bruno se espantou. — Você está comparando a Sassá com a Alice? Aquela mulher é horrorosa!

— Concordo. Pensa na relação que você tinha com a mocréia, Enrico! Você não amava, vivia no trabalho e trepando na rua.

— Não, não estou comparando ela com a Alice. Sei que vai ser totalmente diferente casar com a Marina, temos outra relação, eu a amo. Sei que ela me ama e que nosso casamento será muito feliz, tenho certeza disso. Estou falando que não consegui ser pai, não quero repetir o erro.

— Enrico, a sua relação com seus filhos é exceção, é absurda. E tudo só aconteceu desse jeito porque a Alice te odiava e passou esse ódio para eles. Desde o nascimento, ela nunca deixou você chegar perto das crianças. Você mesmo diz que nem se conhecem. Como pode dizer que não é bom pai? Você nunca teve chance de ser pai, ela não permitiu que eles te amassem

— Isso é verdade. Ela também não me deixava tocar nas crianças. Justo eu! Téo relembrou. — Falou na minha cara que eles teriam padrinhos melhores que eu! Lembra?

Mateus sorriu para ele.

— Ser pai é maravilhoso, Enrico, ainda mais com a mulher que você ama! Eu posso ter separado depois, mas, quando casei, eu amava cada uma delas, assim como amo a Clarice agora e quero ter mais filhos com ela. É o melhor amor que existe.

— É só pensar no Bernardo e na Isabel. Eles tiveram o maior amor do mundo com a Sassá e o Renato. E nós também, sendo tios e depois praticamente pais. Bruno completou. — Nunca amei ninguém para querer ter filhos, mas tive todo esse amor com o Renato e a Sassá. Enrico olhava para os amigos, com um misto de surpresa e emoção.

— Vocês acham que eu seria um bom pai? Saberia amar uma criança assim?

— Claro! É só você lembrar de como era a sua relação com a Sassá quando ela nasceu e enquanto ela crescia.

— Eu a amava muito mesmo. A Isabel dizia que tínhamos uma ligação extrema por causa do parto.

— É essa a ligação que você terá com seu filho. Acompanhar a barriga crescer, estar junto quando nascer, ver descobrir o mundo.

— Ou filha. Bruno sorriu, percebendo o olhar de Enrico se comover. — Embalar a sua filha, como embalava a Sassá.

— Já pensaram? Mateus relembrou da menina pequena que eles tanto amavam. — A gente ter outra Sassá para mimar?

— Não tinha pensado assim. Ele ficou emocionado com a lembrança. — Nunca relacionei a minha relação com Amanda e Fernando ao meu casamento.

— Os filhos são os frutos de um amor, Enrico.

— Preciso pensar melhor, mas confesso que ter uma Sassá em meus braços, minha filha, seria um sonho novamente. Ele estava com o olhar perdido. — Aquela pequenina, linda, minha filha.

— Pensa, meu amigo, uma Sassá nos teus braços! Você sempre sonhou com isso. Téo completou. — E vai ser minha neta!

— Essa parte vai ser esquisita, Teodoro. Enrico brincou. — Não sei se quero ter você como avô da minha Sassá. Você não tem jeito com criança.

— Teodoro é o teu cu, Enrico! Vai ser minha também! Já decidi, se não vai ter filhos, tiro essa permissão agora e acabo com esse namoro!

Capítulo 21

O principal evento de premiação do jornalismo era muito badalado e reunia os melhores profissionais de várias categorias. O convite era disputado, e a cerimônia, de gala, se tornara um encontro anual dos principais nomes da comunicação.

Marina estava nervosa, apesar de ter ido todos os anos com os tios. Dessa vez, ela receberia a homenagem em nome do pai e seria a primeira vez que ela estaria ao lado de Enrico publicamente. Estavam mantendo a relação de forma discreta, sem badalações, eventos ou jantares públicos, apenas entre conhecidos e amigos. Como fazia todos os anos, Téo a presenteou com um vestido, longo e muito chique, assinado por um costureiro famoso e feito especialmente para ela. O cabelo e a maquiagem ela mesma fez em casa. Já era acostumada e preferia fazer sozinha.

— Você está fascinante, meu amor. Enrico a beijou quando ela avisou que estava pronta. — Eu te amo tanto.

— Será que hoje te convenço de vez que sou uma mulher, e não uma menina? Ela sorriu.

— Você já me convenceu há muito tempo. Você é a mulher da minha vida, Marina, não tenho nenhuma dúvida disso.

O evento estava cheio, e Enrico recebeu cumprimentos de todos por quem passaram, que comemoravam a sua indicação e perguntavam curiosos sobre seus planos de trabalho, interessados em contatos e, principalmente, nas contratações. Além de ser um jornal internacional, com alcance mundial, trabalhar com Enrico era sempre um indicador de muito profissionalismo. Era o oitavo ano consecutivo que era indicado e tinha sido premiado em todos, mas a primeira vez que estava presente para receber. Ele dava atenção a todos, sempre respondendo que ainda estava se organizando, feliz e orgulhoso com Marina a seu lado, que sempre ganhava elogios quando ele a apresentava.

Chegaram à mesa na qual Téo, Pedro, Mateus e Clarice já estavam acomodados e tinham guardado os lugares.

— Como vocês demoraram! O que aconteceu? Téo reclamou, e Marina deu um beijo nele.

— Enrico parece celebridade, dindo! Todo mundo parou a gente para falar com ele, fiquei tão nervosa.

— Nervosa porque, Sassá? Ele que tem que ficar nervoso! Linda desse jeito, se ele se distrair, tem uma fila querendo levar você! Mateus brincou, e Téo aproveitou para provocar.

— Eu acho ótimo. Pode organizar a fila que eu até trouxe a máquina de senhas, se quiser! Larga este traste grandalhão!

— Também te amo, sogro! Enrico sorriu e jogou um beijo para Téo, que gargalhou. — Acho que só me pararam para poder conhecer a mulher linda que tenho ao meu lado. Podem esquecer a fila, não perco ela por nada.

— Bonitinho, mas ordinário! Todos riram.

— Mudei de opinião. Bruno se acomodou na cadeira. — Sou contra esse namoro! Acho que você tem que retirar a permissão, Téo.

— Agora você me diz isso? Téo fingiu um olhar desaprovador. — Tinha que ter me apoiado quando ainda dava tempo de impedir! Agora ele está grudado que nem carrapato nela, com essa mão cheia de dedos, e fica fazendo declarações de amor o tempo todo.

— Por que você é contra agora, Bruno? Mateus ficou curioso.

— Porque todo ano a Sassá era minha acompanhante, e hoje estou sozinho, por causa desse brutamontes! Enrico gargalhou.

— Justo você precisa da minha mulher para te acompanhar?

— Namorada! Téo o repreendeu. — Namorada, Enrico. Só dei permissão para namorar! Não abusa.

— Claro, linda desse jeito! Garantia de capa de revista com prêmio e prestígio! Agora vou ser fotografado com uma cadeira vazia ao meu lado!

Mateus pegou o celular e tirou várias fotos seguidas, dizendo que ia mandar para os jornais para ter certeza de que não perderiam a cadeira vazia, e Téo começou a brincar inventando manchetes, quando Sílvia, a apresentadora do canal de notícias, se aproximou sorrindo.

— Que delícia ver os quatro amigos juntos! Todos indicados! Ela contornou a mesa, beijando um por um, e quando abraçou Marina. Enrico falou com ar de travessura.

— Vou ter que te apresentar a ela de novo, minha amiga, tivemos algumas atualizações por aqui. Ele piscou para ela e abriu um sorriso largo. — Esta é a Marina, minha namorada e o amor da minha vida.

— Que alegria! Conseguiram se entender! Marina, fico muito feliz com a novidade! Que seja um namoro com muito amor!

— Amor, carinho e muita felicidade. Enrico beijou Marina com carinho.

— Você não queria escrever um romance? Escreva a história de vocês! Sei pouco, mas leria com certeza!

— Também apoio, Sílvia. Seria uma grande história, minha filha! Um romance muito emocionante. Mateus incentivou.

— Que ótima ideia, Sílvia! Pensa nisso, Sassá! Bruno concordou empolgado, e Marina percebeu os olhos dele brilharem, olhando para Sílvia.

— Estamos nos entendendo, e estou muito feliz. Ela fez um carinho na mão de Enrico. — E não estou pronta para escrever ainda.

— Mas pense sobre isso, Sassá. Anote naquele seu caderno secreto. Mateus piscou, e ela concordou sorrindo.

— Silvia, não quer sentar com a gente? Marina foi direta e olhou travessa para Bruno. — Gosto tanto de conversar com você!

— Posso? Não tem ninguém nesse lugar? O ruim de vir nesses eventos sozinha é que nunca tem lugar avulso!

— Estamos avulsos juntos! Bruno se levantou rápido para puxar a cadeira para ela. — Se me der a honra, serei seu acompanhante! Namoro apoiado de novo, Enrico. Você está sozinho de novo, Téo, e teremos um romance em livro! Ela aceitou a brincadeira, abrindo um sorriso, se acomodou ao lado dele, quando ele provocou Mateus. — Pode tirar foto agora, Mateus. E faz a manchete, Téo, que estou acompanhado da mulher mais linda da premiação!

Bruno gargalhou, e Enrico contou que estavam implicando com ele por estar sozinho. Silvia se divertiu. Seguiram conversando animados, falando sobre os trabalhos de cada um, os indicados da premiação, e relembrando alguns desafios que superaram nas carreiras. Estranharam o comportamento de Bruno, conheciam bem o tom de cantada dele. Silvia, apesar de lindíssima, não se encaixava na faixa etária dele. Téo, Mateus e Enrico trocaram olhares. divertindo-se com a empolgação dele na conversa.

— Será que é impressão minha ou tem um olhar muito interessado ali? Mateus cochichou para Téo, zombando. — Só de sair da pré-escola já será um grande passo.

— Conhecendo do jeito que conheço, tenho certeza, está enfeitiçado. Téo gargalhou. — Podemos ter esperança!

— Se for mesmo, vai ter que se esforçar muito mais do que isso. Ela é uma mulher fantástica, não vai ser tão fácil. Enrico emendou.

Estavam todos distraídos no bate-papo, quando um jornalista jovem se aproximou da mesa. Felipe Sião estava em começo de carreira, na área de economia, mas estava se destacando nos últimos anos. Enrico percebeu que Téo ficou muito nervoso quando viu que o rapaz se aproximava e se levantou rápido, chamando Marina, que estava pálida, para "circular" um pouco. Estranhou mais ainda que nem ela, nem ninguém na mesa, contestou a saída tão apressada e repentina.

— Aonde você vai?

— Já volto. Téo a arrastava pela mão.

— Marina, eu queria falar... O rapaz tentou falar com ela, mas ela já tinha ido. Cumprimentou a todos com um aceno de cabeça meio envergonhado e que não pareceu muito bem retribuído.

— Já falei para deixar ela em paz, Felipe. Você está começando a me irritar. Mateus falou em tom baixo, e, antes que o rapaz respondesse, Sílvia, sem perceber os olhares na mesa, o cumprimentou com alegria.

— Felipe, esse é o Enrico Greco, você sempre quis conhecê-lo. Te falei que era amiga dele! Venha que vou te apresentar.

Enrico sabia que tinha alguma coisa errada ali e olhava para os amigos tentando entender, mas o rapaz já fazia um milhão de elogios e falava empolgado sobre ser um fã e que queria uma oportunidade de trabalho com ele. Ele não correspondeu a alegria, mas foi simpático e cordial, em respeito a Sílvia, que não percebeu o clima de constrangimento de todos. Começou a preparação para anunciarem os prêmios, e o rapaz se despediu, com a promessa de Sílvia de que marcaria um almoço com Enrico para se conhecerem melhor. Enrico procurava ansioso por Marina e Téo, correndo os olhos pelo salão, e não encontrava, quando as luzes começaram a se apagar.

— Posso saber o que aconteceu aqui? Quem é esse rapaz? Ele sussurrou para Bruno.

— É o ex-marido da Sassá. Bruno respondeu seco, também estava irritado com a insistência do rapaz.

Sentiu a raiva dominar seu corpo. Ela não tinha contado o que aconteceu exatamente, mas Téo havia resumido, e, do pouco que sabia, não tinha gostado nada. Só de imaginar as marcas no corpo todo, a violência de quebrar um braço e a humilhação de ser colocada na rua, no meio da madrugada, fazia o sangue dele ferver. "Como se fosse lixo", Téo tinha descrito, e isso ficou na cabeça dele.

— Marca com ele esta semana ainda, Sílvia. Quero muito conhecê-lo melhor. Enrico falou, e Bruno ouviu, reconhecendo o olhar, e balançou a cabeça. Sabia que ele tinha péssimas intenções.

Bruno nunca gostou de Felipe, foi radicalmente contra o casamento, achava que ele tinha se aproximado de Marina por causa da notoriedade dos tios e estava tremendamente irritado com a perseguição do rapaz, mas não concordava com a insistente interferência de todos na vida dela. Sempre deixou claro que, se ela precisasse de alguma ajuda, ela poderia chamá-lo e esteve presente todas as vezes em que ela pediu. Tinha certeza de que Enrico interferiria e sabia que ela não gostaria.

Estavam fazendo a abertura do anúncio para o primeiro prêmio, quando Marina e Téo voltaram para a mesa. Percebeu que a mão dela estava trêmula e gelada quando a tocou.

— Era ele, não era? Enrico sussurrou, fazendo um carinho em seu rosto, e ela apenas concordou triste com a cabeça, quase envergonhada. — Eu te amo, Marina. Eu te amo demais.

A noite ficou mais especial quando os quatro amigos ganharam os prêmios, e cada vez que anunciavam seus nomes, era uma festa na mesa e muitos aplausos. Ao final, anunciaram a homenagem a Bernardo, chamando Marina ao palco, e apresentaram um vídeo muito bonito que descrevia a sua carreira e destacava a sua contribuição ao jornalismo das rádios, que ele inovou com um novo estilo de apresentar e conduzir as notícias, de forma leve e quase descontraída, mesmo mantendo a seriedade.

O vídeo finalizou com uma linda foto de Bernardo, sorrindo, tirada enquanto ele apresentava um programa, dentro do estúdio da rádio em frente ao microfone. Ela tinha se preparado para um breve discurso, sabia que o momento seria muito comovente e dificultaria para falar de improviso, mas a emoção foi tão grande, que ela abandonou o papel e deixou o coração transbordar.

"*Estou muito comovida por esta homenagem ao meu pai. Ele merece, pela carreira impecável que teve, foi um profissional excelente, íntegro, decente, muito dedicado, um homem à frente de seu tempo, com seu jeito divertido e comprometido. Sempre amou fazer jornalismo e nos passou a sua paixão pelo rádio desde a infância. Mas, acima de tudo, ele foi um marido apaixonado, um pai amoroso e um amigo muito leal.*

Essa noite está sendo mais especial para mim, porque os amigos tão amados do meu pai, que acolheram a mim e ao meu irmão depois da sua morte, também foram merecidamente premiados. Sei que, se meu pai estivesse aqui, ele dividiria essa linda homenagem com eles, como dividiu tantas conquistas e sonhos.

Começaram suas carreiras juntos e estiveram juntos por toda a vida até chegarem a este palco, nessa noite tão maravilhosa e muito emocionante. Obrigada a todos os envolvidos nessa importante homenagem ao meu amado e saudoso pai e parabéns aos homens incríveis que seguraram minha mão e me trouxeram até aqui, em um caminho de muito amor, preservando sempre a memória de meu pai, honrando o seu trabalho grandioso e a sua história de vida.

Bernardo Dias, Téo Marques, Bruno Ribeiro, Mateus Rocha e Enrico Greco, vocês são os grandes nomes do jornalismo e os melhores homens do mundo. Amo muito vocês. Obrigada por tudo".

Ela jogou um beijo para a foto do pai no telão, e a luz principal a acompanhou desde a descida do palco até chegar à mesa, quando se jogou nos braços dos quatro homens que a abraçaram e beijaram entre as lágrimas, enquanto eram aplaudidos por todos os presentes em pé.

— Marina, você acabou com a minha maquiagem! Sílvia, sempre muito intensa, chorava e sorria ao mesmo tempo. — Não sei se me emocionei mais com o discurso ou com esse amor todo. Vocês são a família mais linda deste mundo!

O jantar foi servido, mas mal puderam comer, de tantos cumprimentos que recebiam na mesa e elogios pelo discurso. Quando se acalmaram e voltaram a conversar, todos já tinham certeza de que Bruno estava totalmente apaixonado por Silvia, pela vibração, beleza e intensidade dela. Formavam um casal lindo, e Mateus estava adorando a possibilidade de um romance sério. Comentou com Enrico, que concordou com ele em tom de conspiração.

— Sílvia, vamos para Nova York para Natal e Ano Novo. Enrico sorriu para Bruno. — Não quer vir com a gente?

— Olha que eu me animo. Sílvia pensou. — Estarei de folga nessa semana.

— Vamos, Sílvia! Clarice nunca foi, e eu fui uma vez só, mas nunca vi a neve, vai ser a minha primeira vez também. Marina falou com doçura, animada de todos irem.

— Nunca? Enrico se espantou. — Esse merda de padrinho nunca te levou para viajar a lugar nenhum?

— Vai à merda, Enrico. Eu estava criando a menina. Não viu ela falando no discurso? Caminho de amor! Eu estava alimentando bem, fazendo estudar, cuidando dela com carinho, e não brincando de exílio em Nova York.

— Meu nome também estava no discurso. Enrico ria da irritação de Téo. — Lembra quem era o herói na redação?

— Eu te odeio, Enrico. Você era o monstro da redação, isso sim! E seu nome nem era para estar no discurso, a Sassá quebrou teu galho!

— Pronto, começaram. Mateus balançou a cabeça. — Acabou o momento de emoção e abraços. Foi muito breve, como sempre.

— Não repara, Sílvia, o caminho de amor entre Enrico e Téo é infinito. Bruno gargalhou. — E no fim, eu que sou o preferido da Sassá.

— Você também não provoca, Bruno. Mateus censurou quando Téo começou a chamá-lo de permissivo.

— Estou amando a companhia de vocês. Vocês são divertidíssimos, sensacional! E iremos todos para Nova York! Marca para mim no mesmo hotel que vocês?

— Claro. E vamos marcar o voo juntos também. Bruno brincou. — Sem eles.

— Todos confirmados? Vou reservar os restaurantes para as ceias.

— Confirmadíssimo! Mas agora quero saber: por que te chamam de Sassá? Não tem nada a ver com Marina!

— Wilson Simonal estava se esgoelando na vitrola, cantando Sá Marina, quando ela nasceu. Enrico falou sorrindo, relembrando aquele momento tão especial para ele. — Era um domingo à tarde, e Isabel colocou o nome de Marina, por causa da música, mas ficou Sassá.

— Eu e Enrico que fizemos o parto, Sílvia, em casa! Téo contou empolgado. — Minha menina veio prematura, dois meses antes. Quase morremos de susto!

— Não acredito! Vocês dois? Sílvia gargalhou. — Me contem isso direito! Não quero resumo! Quero todos os detalhes dessa história maravilhosa!

Mais uma vez, eles contaram a história do parto de Marina, fazendo todos chorarem de rir quando discutiram sobre a ajuda de Téo que Enrico contestava.

— O Teodoro gritava "vai nascer" e jogava panos de prato em cima de mim!

— Teodoro é o teu cu, Enrico.

Capítulo 22

Enrico acordou no domingo e ficou olhando para Marina adormecida ainda em seus braços. Tinham se amado deliciosamente depois da cerimônia e adormeceram abraçados. Sentia cada vez mais aquele amor intenso e vibrante por ela.

Lembrou do discurso da noite anterior e da conversa com os amigos sobre ser pai, um sonho que ele tinha abandonado, mas que agora parecia estar vivo dentro dele de novo. Deixou o pensamento voar e mais uma vez recordou o nascimento e a menina elétrica que ele tanto amou ver crescer. Sorriu com as lembranças, do bebê em seu colo, da menina travessa gargalhando com a colher de comida na mão, e tantos outros momentos com ela, que ele tentou esquecer nos últimos anos e depois, ao decidir estar com ela de verdade, apenas não pensou mais. Recordou de Isabel sempre dizendo, em tom divertido, que queria que ela tivesse uma menina tão "espoleta" como ela "para ver o quanto é bom!".

Sonhou tanto em ser pai e desistiu, pela tristeza que teve, mas o casamento todo tinha sido um grande erro. Ele nunca amou Alice. Nunca amou ninguém. Marina era a única mulher que ele amou e ainda amava, um amor de uma vida inteira que se transformou dentro dele. Sentiu o coração encher de alegria ao pensar em um bebê deles em seus braços.

— Você fica mais bonito ainda quando está sorrindo. Eu te amo. Marina falou sonolenta, espreguiçando-se, e ele a beijou.

— Uma hora antes de você nascer, eu estava conversando com a sua mãe. Ela estava sentada numa poltrona e alisava a barriga enorme, com você dentro. Lembro de colocar a mão e me emocionar quando senti você mexendo, já era agitada desde a barriga. Ele sorriu. — E então eu disse para ela que queria uma barriga daquela só para mim.

— Por que você está pensando nisso agora?

— Queria conversar com você, sobre termos nossos filhos, construirmos a nossa família. Ele falou em um tom calmo e doce.

— Já conversamos sobre isso.

— Já. E você me disse que nunca pensou sobre a possibilidade de ter filhos.

— Nunca pensei mesmo.

— Eu gostaria de ter filhos com você. Ele tocou a barriga dela e sorriu. — Pode pensar no assunto?

— Você disse que não queria mais filhos, Enrico. Ela se acomodou nos travesseiros, olhando curiosa para ele com o assunto tão repentino. — Por que mudou de ideia?

— Repensei tudo e descobri que quero ter uma família com você, ter uma nova chance de ser feliz, de ser completo. Tudo que me aconteceu antes veio de um casamento sem amor, sem carinho, de nenhum dos dois. Assumo minha parte da culpa, já te contei que eu não era um bom marido, e ela me odiava. Tudo que eles aprenderam foi me odiar também.

— Você também disse que está velho para começar tudo de novo.

— Não sou jovem, mas estou começando uma vida com você. Ele passou os dedos entre os cabelos dela e a beijou com ternura. — Não quero exigir nada de você, por isso, quero que você pense sobre o assunto. Se você também quiser, gostaria muito de realizar o sonho de ser pai com você.

— Ainda é cedo para falarmos sobre isso. Acabamos de começar uma relação...

— Temos uma relação de 30 anos, Marina. Ele alisou o seu rosto e a acomodou em seu peito, e ela riu.

— É verdade, nunca pensei assim, temos uma relação de 30 anos.

— Acho que isso nos dá um pouco de estabilidade para fazer planos, concorda? Ele brincou. — Não quero insistir, mas quero que saiba que, se você quiser ter uns 10 filhos, teremos que começar agora.

— Não, dois estaria ótimo. Ela sorriu.

— Vai pensar no assunto?

— Vou. E vou fazer um café delicioso para nós. Ela falou preguiçosa.

— O que ele fez com você, Marina?

— Quem?

— Felipe Sião.

— Podemos falar disso outro dia? Ela levantou e vestiu a camisa dele.

— Ele pediu que a Sílvia marcasse um almoço comigo, quer me fazer uma proposta de trabalho. Posso perguntar para ele se você preferir. Ela o olhou assustada.

— Não. Não quero que vá a esse almoço.

— Me conta, meu amor. Ele se aproximou dela e a beijou. — Eu preciso saber.

— Por que, Enrico? Tudo isso já passou, e eu não sou uma menina que você precisa proteger.

— Eu sei. Você é a minha mulher. Não quero nunca mais vê-la fugir do meu lado, por medo de um filho da puta qualquer, e não saber nem por quê.

— Tudo bem, se eu contar, encerramos esse assunto?

— Encerramos esse assunto. Ele concordou com a cabeça. — Eu só preciso saber o que aconteceu, o que ele fez com você. Ela respirou fundo e foi para a cozinha.

Ele vestiu a bermuda e a seguiu, preparando algumas torradas enquanto ela fazia o café. Contou a mesma história que Téo tinha contado, com menos detalhes, e não falou sobre o braço quebrado. Ele a abraçou e percebeu que ela estava segurando as lágrimas.

— Ele te procurou depois disso?

— Dois dias depois, e eu recusei conversar. E outras tantas, nesses três anos, mas eu sempre recuso, ele vai desistir.

— Ele ia tentar falar com você ontem?

— Acho que ia.

— Assunto encerrado. Eu só precisava saber.

— Desculpa ter saído daquele jeito da mesa, eu não queria te desrespeitar.

— Não me desrespeitou. Mas, a partir de agora, nunca mais você vai fugir de medo dele. Nunca mais, meu amor, porque você estará comigo. Ele sorriu, tentando amenizar a tensão dela. — Porque sou um monstro grande e forte e sei rosnar. Ela gargalhou, concordando com a cabeça. Serviu o café e sentaram-se à mesa. — Tem outra coisa que quero falar com você.

— Pode falar.

— É sobre o Renato. Eu queria ligar para ele, falar sobre a gente, explicar tudo que estamos vivendo e convidá-lo para ir a Nova York.

— O Bruno vai convidar.

— Mas eu quero falar com ele, eu devo isso a ele. Eu falhei com a Sassá e com o Renato e hoje eu namoro a Marina. Eu acho que ele vai surtar, como o Téo, e vai me odiar. E ele tem esse direito. Mas eu quero falar e, se for o caso, ouvir todas as palavras furiosas que ele quiser me dizer quando recusar o convite da viagem.

— E se isso acontecer?

— Você vai para a Itália, direto de Nova York. Eu vou te dar a passagem de presente.

— Não e não. Ela riu. — Ele não vai te odiar, e você não vai pagar minha passagem.

— Como você sabe?

— Já contei. O Bruno me ajudou, e ele surtou, sim, mas depois se acalmou. Ligamos para ele hoje à tarde, se quiser.

— Quero. Se ele já se acalmou, vai concordar em nos encontrar. Não quero que vocês fiquem tanto tempo sem se ver, meu amor. Vocês sempre foram tão ligados.

— Eu sei e te agradeço. Sinto muita falta dele mesmo. Mas tenho certeza de que ele vai se animar de nos encontrar em Nova York, você vai ver.

— Tudo bem, vamos falar com ele e, se ele não puder ir, e como você diz que ele não me odeia, trocamos a semana a mais que ficaríamos em Nova York e embarcamos para Milão, combinado?

— Está bem. Já que meu namorado é rico. Ela sorriu. — Mas você tem que ir comigo, senão nada feito.

— O seu namorado é rico, bonito e te ama muito. Ele beijou o nariz dela. — Se eu fosse você, casava com ele.

— Eu até casaria, mas ele precisa da permissão do Téo. Ela gargalhou. — Não sei se ele tem coragem de pedir!

— Por isso, preciso falar com Renato, urgente. Trocar o responsável por essas permissões! Ter o Teodoro de sogro não está sendo fácil.

— Eu tenho uma ideia do que podemos fazer enquanto esperamos o fuso horário. Ela se enroscou nele e o provocou.

— Um domingo inteiro na cama com você? Não fale duas vezes, que não resisto.

— Duas vezes.

Capítulo 23

Sílvia ligou para Enrico, confirmando o almoço com o ex-marido de Marina, sem saber de nada, e ele pediu que ela chegasse meia hora antes e não contasse para ninguém sobre esse encontro. Ela estranhou, mas concordou.

O almoço era em um restaurante badalado por jornalistas, que estava cheio por causa das confraternizações do mês de dezembro e tinha muitos amigos e conhecidos deles. Depois de cumprimentos e sorrisos, eles se sentaram.

— Sílvia, eu pedi para você vir antes porque quero falar um assunto muito sério. Queria te avisar que a conversa com esse rapaz não será amistosa e, apesar de querer muito que você ficasse, vou entender se você preferir sair quando ele chegar. O assunto é pessoal. Sílvia pensou um pouco.

— Você gostaria que eu ficasse?

— Gostaria. Mas não vou me ofender se você não quiser. Ele aprontou e não tem ideia de quem eu sou, nem o que sei. Assunto pessoal e muito sério.

— Eu fico.

— Pode criar um problema na amizade de vocês.

— Não tenho amizade com ele. É só um colega de profissão, Enrico. E confio em você.

— Obrigado. Ele sorriu e pediu outro uísque. — Para agradecer essa confiança, prometo chamar o Téo de Teodoro pelo menos duas vezes por dia na viagem! Eles gargalharam.

Felipe São chegou, sorridente, e se aproximou da mesa. Cumprimentou Sílvia com um abraço e apertou a mão de Enrico com firmeza.

— Enrico Greco, você não sabe a honra que tenho em te conhecer! Você é uma lenda! Ele se sentou e pediu uma cerveja. — Parabéns pelo prêmio, sei que já é o oitavo consecutivo, e você mereceu cada um deles. Enrico agradeceu com um aceno de cabeça, e o rapaz continuou. — Li todos os seus livros! Excelentes! Você tem realmente uma carreira impecável, digna de admiração!

— Você disse que queria uma oportunidade de trabalho comigo? Enrico estava nervoso e começou a se irritar com os elogios exagerados, mas mantinha o tom cordial.

O rapaz discursou por um longo tempo sobre a sua formação acadêmica, listou os mestrados e doutorados, onde iniciou no jornal, as pessoas com quem trabalhou e detalhou toda a sua carreira. Enrico deixou que ele falasse à vontade, e Sílvia só observava e concordava com a cabeça. A todo o momento, pessoas o interrompiam, para cumprimentar Enrico, abraçar, sempre animadas com a notícia da volta dele ao Brasil e para parabenizá-lo pelo prêmio, mais uma vez conquistado.

— Eu queria ter uma oportunidade de trabalhar com você, ainda mais em um jornal tão importante no mundo. O rapaz finalizou. — Não me importo com salário, só pela honra de trabalhar lado a lado com você, com todo o seu conhecimento, já estarei ganhando muito! Tenho certeza de que formaremos uma grande equipe! Não há um jornalista que não te conheça e não admire seu trabalho. Estou começando, mas sou ambicioso e já ocupo um espaço de destaque importante. A Sílvia pode confirmar que tenho um futuro promissor, quero ser um grande nome, como você. Não sei se você já ouviu falar do meu trabalho...

— Do teu trabalho não. Mas já ouvi falar muito de você. Enrico interrompeu, recostou na cadeira, cansado do discurso, e falou ríspido.

— Ouviu? Que bom! Então você sabe...

— Que você é um merda de um cheirador de cocaína que gosta de espancar a mulher quando está muito louco? Sei, sim. Sílvia ficou perplexa. Tinha tentado imaginar qual seria o assunto pessoal que Enrico teria, mas nem a mais remota ideia de que seria algo assim tinha lhe passado pela cabeça. Era realmente um assunto muito sério.

— Espera aí...

— Você espancou a Marina, porque ela reclamou que você estava trepando com duas mulheres, cheirando cocaína, enquanto era casado com ela.

— A Marina? Sílvia reagiu mais tensa.

— Eu não vim aqui para isso. Felipe se mostrou indignado e fez o movimento de se levantar. Enrico segurou a mão dele, forte.

— Se você levantar dessa cadeira, seu bostinha, eu vou continuar falando, bem alto, até terminar o que tenho para dizer. Olha em volta. Prefere que a conversa seja entre três, ou com o restaurante inteiro? Te garanto que você não chega inteiro até a porta. Felipe ficou pálido. Colocou o paletó de volta na cadeira e respirou fundo.

— Eu sabia que você foi amigo do pai dela, mas achei que fosse mais profissional. Eu vim aqui para uma proposta de trabalho, não para debater a minha vida pessoal. Sou um jornalista sério e comprometido...

— Você é um merda. E não estou interessado no seu trabalho, ou em ser profissional, nem se você vai afundar ou vai ter sucesso. Quero que você se foda nessa vida de cheirador de bosta. Estou aqui para falar sobre o que você fez com a Marina. Espancou violentamente e colocou-a na rua no meio da madrugada.

— Isso é assunto pessoal, só diz respeito a mim e à minha mulher.

— Tua mulher o caralho. Nunca mais você chegará perto dela, nem tocará um dedo nela.

— Sílvia, a história não é assim. Eu posso explicar, não foi tudo isso...

— É pior, Sílvia. Ele bateu tanto que, além de deixá-la toda marcada, ainda quebrou o braço dela! Silvia arregalou os olhos, horrorizada.

— Você está exagerando, não foi assim, tivemos uma discussão apenas...

— Tenho as fotos do atendimento médico, quer que eu te mostre, Sílvia? Tenho também os depoimentos do porteiro e da vizinha, está tudo detalhado, desde quando os gritos dela pedindo ajuda começaram. Quer que eu mostre ou prefere que eu leve na polícia?

— Enrico, olha só...

— Até agora, você lidou com o Téo e o Mateus, mas agora o negócio é comigo. E vou te avisar só uma vez. Você nunca mais se aproximará dela. Nem pessoalmente, nem telefonemas, sequer mensagem de fumaça. Nada! Nunca mais.

— Você está me ameaçando? E se eu não quiser?

— Não estou ameaçando, estou avisando que o negócio entre nós vai ser assim agora. Você se aproximou da mesa para falar com ela no sábado, e a Sílvia acabou de ficar sabendo a história. Cada vez que você tentar se aproximar dela de novo, alguém mais vai saber.

— Você não pode me proibir de falar com ela! Nós fomos casados, mereço a chance de conversar, de explicar, e você não pode proibir!

— Não estou proibindo. Enrico fez cara de pouco caso. — Só estou avisando que, cada vez que você tentar falar com ela de novo, alguém vai saber a verdade sobre você, com detalhes. Tenho conhecidos e sou respeitado o suficiente no mercado para espalhar essa sua história suja e te derrubar em menos de um mês. Fecho todas as portas da merda da sua carreira promissora, moleque. Ou você duvida disso?

— Se eu desistir dela, você não vai falar?

— Se você se comportar, por enquanto, eu não vou falar. Mas quero deixar claro, com o testemunho da Silvia, que, se você tentar qualquer coisa contra a minha mulher, eu acabo com você em um estalar de dedos.

— Sua mulher? Você e a Marina estão juntos?

— Para você ver como você é um estúpido. Você acha que sabe tudo e não se informou do básico.

— Eu não sabia mesmo.

— Agora você sabe e já está avisado. E vou te dizer mais, se eu souber que você machucou mais alguma mulher, sua cara vai estampar o jornal do Mateus por um ano. Você já entendeu com quem está lidando?

— Entendi.

— Levanta dessa mesa e se manda.

Enrico pediu mais um uísque e olhou para Silvia.

— Enrico, que loucura tudo isso! Coitada da Marina! Meu Deus, nunca imaginei!

— Imagina quando fiquei sabendo, como fiquei. Não sabia que era ele no sábado, soube só depois, senão tinha tirado da mesa na porrada. Você não percebeu que ela e Téo fugiram quando ele se aproximou?

— Eu vi que eles saíram apressados, mas nem percebi que era por causa dele.

— Ela tremia de medo quando voltou, Sílvia. Sílvia recostou na cadeira.

— Você está mesmo apaixonado.

— Eu a amo de uma maneira desesperada, Sílvia. Amei a menina com tanta alegria e amo a mulher com muita paixão. Ela é a mulher mais especial que tive em toda a minha vida.

— Sabe o que eu acho disso tudo? Vocês são almas gêmeas e precisaram de caminhos malucos para chegar aonde chegaram. Um amor poderoso.

— É uma boa explicação. Gostei!

— Eu adoro uma história de amor!

— Falando em história de amor, você sabe que o Bruno está encantado por você, não sabe?

— Claro que sei! Ela piscou. — Vou atormentar o solteiro cobiçado! Eles gargalharam e pediram o almoço, conversando sobre a vida e os amores.

Capítulo 24

A viagem a Nova York foi um sonho para Marina e Enrico. Estavam juntos de novo onde tudo começou, dessa vez, sem segredos, com planos de futuro e com todos os amigos tão importantes na vida dos dois. E tudo foi realmente especial. Não era mais a realidade virtual que viveram naquela semana que deixava tudo indefinido, cheio de incertezas e inseguranças. Era a vida real, cheia de cores, cheiros e sabores. Tudo era sublime, e o amor entre eles era maior ainda.

O reencontro com Renato foi muito emocionante para Enrico. Apesar de ter parecido um pouco frio durante o telefonema, quando Enrico quis conversar sobre a relação com Marina e convidá-lo para a viagem, pessoalmente, ele foi muito carinhoso e se mostrou alegre pelo reencontro. Abraçou-o com muita ternura e apresentou orgulhoso a esposa e os filhos. Mas foi o abraço entre os irmãos que comoveu a todos. Eles continuavam muito ligados, Renato sempre muito protetor com Marina, e os dois sobrinhos a tratavam como se estivessem com ela todos os dias. Renato fazia questão de manter as lembranças de todos da sua vida sempre vivas para os seus filhos. Chamavam Téo de vovô, e ele se derretia, mimando os meninos, mas sempre afiado com a esposa de Renato, fazendo todos se divertirem, inclusive ela, que já estava acostumada com a implicância do "sogro".

Na primeira noite, Enrico convidou todos para irem a um bar de jazz e blues, que ele adorava frequentar, sempre levava os amigos quando iam visitá-lo e já tinha levado Marina também.

— Demoraram! Bruno perguntou curioso, quando Enrico, Marina, Renato e a esposa entraram no bar e se acomodaram na mesa. — O que aconteceu?

— Aconteceu o Téo em nossas vidas! Enrico bufou com impaciência. — Ele ainda vai conseguir me deixar louco de vez! Que sogro fomos arranjar! Ele brincou com a esposa de Renato, que concordou sorrindo.

— O que ele aprontou dessa vez?

— Apareceu no apartamento com as malas e me expulsou de lá! Enrico balançou a cabeça. — Por mim tudo bem, até gosto de ficar no hotel, mas ele tumultua, resmunga e fala tanto, que me deixa tonto!

— Ele não sossegou enquanto não convenceu o Enrico de trocarmos com ele. Marina explicou. — Ele foi para o apartamento com as crianças, e nós para o hotel, por isso demoramos. Tivemos que levar as malas. Mas acho que ele tinha razão dessa vez, vão ficar mais bem acomodados lá.

— Mas ele podia ter esperado eu sair do banho e não invadir o banheiro daquele jeito, me apressando para sair. Quase me colocou na rua de toalha! Todos gargalharam. — O Pedro é santo, tenho certeza!

— Eu não posso reclamar. Renato sorriu para a esposa e a beijou nos lábios. — Vamos ficar de lua de mel. Teremos o quarto só para nós.

— Téo sempre tumultua! E gosta de incomodar o Enrico! Mateus balançou a cabeça. — Mas está certo, com cozinha e liberdade é melhor para ele ficar com os meninos.

— Eu acho o máximo essa relação de vocês. Sílvia brincou. — Estão sempre reclamando do Téo, mas não ousam desobedecer! Se ele decide, ninguém contraria!

— Vou te dar o conselho mais sábio da sua vida, minha amiga. Enrico fez um tom sério. — Nunca, em momento algum, ouse contrariar o Téo! Você sofrerá as consequências disso pelo resto de sua vida! E ele fará com que seja uma vida miserável, triste e vazia.

Todos gargalharam e tiveram uma noite deliciosa, curtindo boa música, bebida e muita conversa. Encontraram vários amigos de Enrico, que, por ser frequentador assíduo lá, conhecia quase todo mundo.

— Foi uma noite muito agradável, Bruno. Adorei a companhia. Sílvia sorriu quando ele a levou até a porta do quarto no hotel. Estavam em quartos no mesmo corredor, em andar diferente dos amigos, e ela desconfiou que, como as reservas foram feitas por ele, havia sido proposital.

— Você é uma mulher incrível. Estou apaixonado por você, e você sabe disso. Ele sorriu sedutor, aproximando-se. — Só não consegui descobrir ainda se tenho chances, ou se sou apenas uma boa companhia.

— Essa é a cantada que você usa com as meninas? Ela se divertiu. — Muito fraquinha para mim. Você precisa melhorar um pouco. Como diz o Téo, já sou maior de idade. Ele gargalhou e a abraçou pela cintura.

— *Ouch*! Ponto para você. Você está certa, merece mais. Posso tentar de novo?

— Vou ser boazinha e te dar mais uma chance. Mas aproveite bem, escolha as palavras com cuidado, lembre-se que sou formada em terceiro grau.

Bruno a surpreendeu, puxando-a para junto de seu corpo, iniciou um beijo ardente e, quando sentiu que ela se entregou, a levou para seu quarto. Tiveram uma noite magnífica, cheia de carinhos, sedução e muito prazer.

— Estou apaixonado por você, e agora não é uma cantada, é uma afirmação. Ele a beijou quando acordaram. — Vamos cancelar a sua reserva, e você fica aqui comigo.

— Isso é um pedido ou uma ordem? Sílvia falou em tom de brincadeira.

— Por enquanto, é um pedido. Fica no meu quarto, na minha cama e na minha vida?

— Por enquanto?

— Posso pedir para o Téo te convencer. Ele está torcendo tanto para o nosso romance que é provável que faça o Enrico se mudar de novo só para estar por perto. Os dois gargalharam, pensando em Téo.

— Fico, já aprendi que o Téo é uma ameaça à sanidade mental de qualquer um, não vou arriscar ser o alvo, deixo a honra para o Enrico, que sabe duelar! Riram, e ele a beijou. — Vai ser interessante viver um romance em Nova York com um solteiro cobiçado.

— Aproveite, está me fazendo querer perder o título que batalhei tanto para conquistar!

Enrico fez a reserva para a ceia de Natal na cantina italiana no Soho, a mesma que levou Marina na primeira noite em que jantaram juntos e, por não ser badalada, tiveram muita privacidade e liberdade.

— Que mesa mais linda! Mateus declarou, olhando para todos acomodados, conversando alto e rindo. — Vamos fazer um brinde?

— Vamos, mas espera um minuto que ainda faltam dois. Enrico se levantou e falou com o dono do restaurante, que lhe entregou uma garrafa de tequila e o ajudou com os copos. Todos esperaram em silêncio, sob os olhares curiosos de Sílvia e Clarice, que não entenderam o ar de solenidade com o que estava acontecendo. Perceberam Renato e Marina muito emocionados, e ela se sentou no colo dele, ganhando um abraço amoroso do irmão. — Faça as honras, Téo. Enrico entregou a garrafa para Téo, que pôs no meio da mesa e os copos em volta.

— Se acomodem, meus amigos. Hoje é dia de festa. Estamos todos juntos novamente. Ele falou no tom solene de sempre, servindo todos os copos em seguida, e cada um pegou seu copo. Sílvia e Clarice acompanharam o movimento dos outros.

— A uma vida inteira de amizade! Bruno declarou, e todos viraram em um gole.

— Dois copos a mais? Silvia perguntou, quando o momento mais emocional tinha passado e já estavam todos conversando de novo.

— Também fiquei curiosa. Ninguém vai beber? Clarice completou.

— Representam nossos pais. Renato falou sorrindo. — Ele dizia que brinde tinha que ser com tequila, senão não tinha graça, e eles sempre brindavam assim. No primeiro Natal depois que eles morreram e o tio Enrico foi para Nova York, além da tristeza, ficou o clima estranho de faltarem pessoas. Então o dindo colocou a garrafa na mesa e nos disse que sempre que quiséssemos que todos estivessem juntos, usaríamos esse ritual. Seria uma maneira de continuarmos como antes, nos momentos bons e momentos difíceis, todos juntos, sempre. Sorriu para Enrico. — Naquela noite, ficaram três copos cheios, do meu pai, da minha mãe e do tio Enrico.

— Que coisa mais linda! Deve ter sido um momento único. Sílvia, sempre muito intensa, se comoveu com a tradição, pensando o quanto se esforçaram para sobreviverem a uma perda tão grande e se manterem unidos.

— Foi único e inesquecível. Renato gargalhou, apontando para Téo. — Os tios de primeira viagem não perceberam que a Sassá grudou na garrafa e tomou o primeiro porre aos 12 anos!

— Tomou os três copos e a garrafa inteira! Vomitou por toda a casa e tivemos que levar para o pronto-socorro! Mateus começou a gargalhar junto e contagiou a todos contando os detalhes da noite. — E ainda tive que me explicar na polícia, porque o médico do pronto-socorro chamou com denúncia de maus cuidados. Quase fomos processados!

— Isso eu fiquei sabendo! Enrico riu para Marina. — Téo me contou por telefone! "Enrico, acho que a minha Sassá vai ser alcoólatra"! Ele imitou a voz de Téo, divertindo-se.

— Cada uma que você nos aprontava! Téo fez tom de bravo. — Me deixava louco de preocupação!

— O dindo sempre foi exagerado, só bebi essa vez! Marina sorriu.

— Só essa não! Teve mais uma! Bruno contou rindo. — Bebeu demais nas brincadeiras de trote da primeira noite na faculdade, subiu na nossa mesa e tirou a roupa!

— Não tirei! Tio, não aumenta!

— Foi um sacrilégio! Na nossa mesa! Chorei três dias! Téo gargalhava.

— Não tirou porque o Rubão não deixou! Me ligou desesperado e fui buscar.

— Marina, você realmente preencheu a vida deles! Sílvia se divertia com as histórias.

— E como preencheu! Sassá sempre foi doce e linda, mas todo dia aprontava alguma! Mateus riu. — Tudo que o Renato era calmo, ela era agitada. Deixava a gente louco! Depois que se juntou com Tiago, então, eu era chamado todo dia na escola!

— E a vez que ela e o Tiago dormiram no carro, dentro da garagem do prédio, e o tio Mateus chamou a polícia, achando que tinham sido sequestrados? Renato gargalhava.

— Como assim?

— Chegaram da boate e resolveram conversar no carro e simplesmente dormiram. O Téo me ligou cedo procurando por ela, e o Tiago também não tinha chegado em casa. Eu tinha acabado de sofrer ameaças de uma facção criminosa que denunciei em meu programa. Ninguém pensou em olhar a garagem do prédio. Viramos a cidade do avesso, e nada de encontrar nem eles nem o carro! Quase morri do coração!

— Nunca teve tanta operação policial em um dia só na cidade. O Mateus ligou para todos os delegados que ele conhecia! Até eu me desesperei! Bruno ria. — Téo se jogava no sofá e dizia que estava tendo AVC, aneurisma, infarto. A cada meia hora, ele tinha um ataque.

— E o tio Mateus dizia "Deixa pra morrer amanhã, Téo, hoje eu estou ocupado!". Renato chorava de rir com as lembranças.

— Téo, como sempre, tumultuando e não ajudando em nada! Quantos anos você tinha, meu amor? Enrico ria, mas pensou que devia ter sido uma situação muito apavorante.

— Acho que 21, ou 22. Mas foi sem querer, a gente adormeceu.

— A Sassá enlouquecia a gente mesmo!

— Até hoje me deixa maluco! Téo olhou de lado para Enrico. — Depois de tanto amor e cuidado para criá-la, veio passear em Nova York e foi arrumar esse traste de namorado. Não bastava ter olhado o dinossauro no museu? Tinha que trazer para casa? Que desaforo!

— Já sei por que você foi para a Itália, Renato, foi para fugir desse descompensado do Teodoro. Enrico devolveu irônico.

— Teodoro é o teu cu, Enrico! Retiro a permissão e acabo com esse namoro agora mesmo! Téo fez um tom desafiador enquanto sorria. — E já vou avisando que troquei os móveis de lugar naquele apartamento, muito mal-decorado, por sinal. Você é péssimo em arrumação. Perdi a manhã toda para deixar habitável.

— Vai colocar tudo de volta no lugar, Téo. Enrico gargalhou. — E deixar a cozinha limpa, não quero cheiro de gordura quando voltar para lá.

— Pronto, começou! Renato vibrou. — Nunca achei que ia sentir tanta saudade desse duelo!

A semana foi maravilhosa para todos. Cheia de passeios, sempre juntos, e muito divertida. Enrico os levou a diversos lugares que não eram turísticos e que eles não conheciam ainda, e saíram todas as noites para vários restaurantes e bares com música.

Bruno e Silvia iniciaram o romance, com muita paixão, cercados pelos amigos que incentivaram e adoraram a novidade. Téo era o mais empolgado, esperançoso de ver finalmente Bruno se apaixonar. E ele realmente estava encantado. Estava todo derretido por ela e se mostrava amoroso e muito romântico o tempo todo.

Téo e Pedro se deliciaram com a companhia dos meninos e abriram mão das noitadas para ficarem no apartamento com eles, jogando, assistindo a filmes e conversando sobre tudo. Téo os mimava com comidas feitas com capricho, passeios mais infantis e muitos presentes.

Mateus aproveitou para reafirmar seu casamento com Clarice, insistindo que era a sua segunda lua de mel, e faziam planos de muitas viagens pelo mundo. Ele tinha se despedido da televisão definitivamente na véspera do embarque e prometia para ela uma vida de muito romantismo e amor, sempre juntos.

Renato e a esposa também aproveitaram a folga com os filhos para namorarem bastante, e amaram conhecer Nova York. A vida na Europa era bem diferente, e estar lá pela primeira vez, com a "família inteira", como ele dizia, estava sendo sensacional.

Tudo foi perfeito.

O jantar na noite da virada do Ano Novo foi em um restaurante muito badalado, em frente à Times Square, onde puderam assistir à contagem regressiva com a tradicional bola descendo e marcando o início de 2016. No brinde da meia noite, colocaram novamente a tequila na mesa e comemoraram felizes a semana tão especial que tiveram.

Bruno e Silvia foram embora juntos no dia primeiro. Mateus e Téo voltaram no dia 2 e, no último dia com Renato, que foi embora com a família no dia 3, Enrico o chamou para conversar.

— Vocês não vão ficar separados tanto tempo mais, Renato. Te prometo que a levarei para te ver com mais frequência. Tenho liberdade no meu trabalho para viajar, depende mais de que ela consiga folgas, mas sempre que der, iremos te ver, pelo menos, uma vez ao ano. Quero que estejam sempre juntos, sei que é importante para vocês.

— Obrigado, tio. Ele riu. — Cunhado? Ainda estou um pouco confuso com tudo isso. É uma história meio maluca.

— Isso te incomoda?

— Não, entre vocês, não. Uma semana foi suficiente para te ver de outra maneira com ela e perceber que vocês se amam de verdade. Mas, para mim, você sempre será o tio grandão, que rolava no chão com a gente.

— Eu entendo, você não imagina o turbilhão que vivi quando tudo aconteceu. Foi muito difícil conseguir deixar de sentir culpa por estar apaixonado pela menina que vi nascer e crescer.

— Percebi que você não a chama mais de Sassá.

— Não, essa foi uma das maneiras que encontrei para aprender a lidar com isso. Sassá é a menina do Téo e dos teus tios. Ela é a minha Marina agora. Foi como Marina que a conheci aqui e me apaixonei.

— Preciso perguntar uma coisa.

— Pergunte o que quiser.

— Ela me disse que você falou que quer filhos.

— Falamos sobre isso sim.

— Você falou porque tem certeza de que quer ou foi um impulso, em um momento emocional?

— Entendo o que quer dizer, como fiz na morte de seus pais, quando prometi que estaria sempre com vocês.

— Desculpe dizer dessa maneira, mas você não estava lá quando as coisas ficaram realmente difíceis e não sabíamos tirá-la daquela tristeza tão profunda. E a sua ausência teve um peso muito grande em tudo aquilo. Até para comer e dormir ela dependia de você e, de repente, você simplesmente desapareceu da vida dela. Foi uma fase muito dolorosa para todos. Assistimos à tristeza consumi-la sem conseguir fazer nada.

— O que houve? Eles nunca me falaram sobre um período ruim com ela.

— Se tivessem contado, você teria voltado?

— Provavelmente, não. Enrico declarou triste, com a culpa que sentia por tê-la abandonado.

— Ela se trancou em um mundo à parte, deixou que a dor da perda dos meus pais a controlasse e sofria com a sua distância. Tentávamos de tudo, e nada a trazia de volta. Foi muito difícil vê-la sorrir de novo. E a impressão que tive é que ela só conseguiu superar porque se agarrou ao objetivo de realizar sonhos de futuro. Foi quando ela projetou a vida que queria ter e começou a se dedicar a conquistá-los que a alegria dela voltou realmente. Ela não precisa de novas promessas, tio. Pra te dizer a verdade, eu quase te odiei por não estar lá com a gente.

— Sinto muito, sei que falhei com você e com ela. Mas, sinceramente, se eu estivesse, vocês não iam gostar do que iriam ver, eu me perdi, Renato, não era mais o mesmo.

— Eu imagino, foi uma época difícil para todos nós e, depois que amadureci um pouco, consegui entender que para você deve ter sido mais pesado. Se para nós, que estávamos todos juntos, foi tão doloroso, acredito que você, sozinho em um lugar tão distante, tenha sofrido bastante. Várias vezes eles pensaram em te pedir ajuda, mas, sempre que ligavam, desistiam e ficavam mais preocupados com você também.

— Eu realmente tive um período doloroso também. Me isolei de todos e me sentia muito sozinho.

— Com essa história de amor de vocês, arrisco dizer que os dois passaram juntos pela fase difícil, apenas estavam distantes.

— Transformaria a dor e a culpa em algo quase poético. Uma poesia triste. Ela era uma menina, e eu simplesmente a abandonei quando ela mais precisava de mim.

— Não falei para te julgar ou te cobrar, tio, falei apenas para você lembrar que aquela menina tão ativa e cheia de vida já sofreu uma vez por causa de promessas. Sei que você tem as melhores intenções, que estão felizes e se amam, mas não faça promessas se você achar que não poderá cumprir. Por isso, eu queria que pensasse se quer mesmo ter filhos antes de convencê-la a dar esse passo.

Enrico suspirou e recostou na cadeira. Pensou por alguns minutos, olhando Marina correndo no parque com os sobrinhos, alegre, brincando.

— Nunca tinha pensado em ter mais filhos, mas, desde que estamos juntos, tudo mudou na minha vida. Quero estar com ela, quero filhos, quero fazê-la feliz, ter uma vida completa.

— Tem um "mas" escondido aí?

— Estou velho, Renato. Ele suspirou. — Quanto tempo eu tenho mais para dar a ela? Menos de 30 anos?

Renato sorriu, e Enrico achou que ele era o homem mais sábio do mundo, quando declarou.

— Eu tinha 19 anos quando meu pai morreu, tio. Foi tempo suficiente para ser meu melhor amigo, aprendi tanta coisa com ele! Fomos muito felizes, ele deixou as melhores lembranças e permanece presente na minha vida até hoje, com seus ensinamentos, seus conselhos, como um grande exemplo para mim. Ele segurou a mão de Enrico. — Não conte o tempo no relógio, ele passa diferente do tempo na vida. Enrico se emocionou tanto com aquela declaração de Renato, que não conseguiu responder. Abraçou com força e muito carinho.

— Obrigado, Renato. Eu te amo muito.

O resto da semana foi como uma lua de mel de Marina e Enrico. Mais do que o amor que eles sentiam um pelo outro, as palavras de Renato ficaram nos pensamentos de Enrico, mudando toda a visão da vida com ela que ele tinha antes. O tempo da vida era mais importante que o do relógio. Ele faria esse tempo valer a pena para Marina enquanto estivesse com ela. Fazê-la feliz era algo que o fazia feliz também. O sorriso dela, a alegria, era o que o alimentava. Era a maior realização da vida dele, poder vivenciar toda aquela paixão, aquele desejo que só parecia aumentar.

— Queria te trazer aqui de novo antes de irmos embora. Te beijar nas alturas e te falar de todo o amor que sinto. Enrico tinha insistido de subirem no observatório do Empire State mais uma vez, um dia antes de irem embora de Nova York. — E de tudo que senti desde a primeira vez em que estivemos aqui.

— A vista mais incrível do mundo. Nosso primeiro beijo foi aqui, é um lugar especial. Enrico abraçou Marina para protegê-la do frio, e ela colou a cabeça em seu peito.

— Todos os lugares que eu te levei tornaram-se especiais, mesmo que já os conhecesse dezenas de vezes. Você tornou minha vida especial, Cinderela. Ele beijou a cabeça dela e sorriu, arrumando o gorro nela. — Vamos para casa, antes que você congele, meu amor.

— Podemos ficar mais um pouco? Está gostoso aqui, gosto de ficar no seu abraço e olhar a neve cair na cidade daqui. O mundo parece tão maior.

— Gostou de ver a neve?

— Muito. É uma sensação tão diferente. Tenho conhecido muita coisa nova com você.

— Quero levar você para conhecer muito mais. O mundo todo! Ele a apertou mais. — Te mostrar lugares incríveis e amar você em cada um deles.

— Eu te amo muito, Enrico. Se tudo der errado, lembra que eu sempre te amei.

— Nada vai dar errado, Marina. A gente vai sempre estar junto. Chegamos até aqui, nada mais pode nos separar. Ele beijou os lábios dela e brincou. — O seu nariz congelou. Vem, vamos para casa, fazemos um chocolate quente e assistimos filme na cama, agarradinho. Eu te amo demais, sempre amei e sempre vou amar.

Era a força do maior amor que alguém poderia sentir. Ele aprendeu com ela todas as maneiras que se poderia amar alguém: o bebê, a menina e a mulher. Suas vidas unidas e entrelaçadas, para sempre, dentro deles.

Capítulo 25

O novo ano trouxe novos desafios e ótimas notícias. Marina conseguiu o emprego na grande editora de livros, já estabelecida no mercado há décadas, com muito mais contratos e lançamentos.

Com o novo cargo, mais importante e com um salário melhor, tornou-se responsável pela biografia de Bernardo, que seria escrita por Téo e alguns outros contratos de escritores importantes, e tinha uma equipe a seu comando. Fez questão de contratar Cândido, seu parceiro de trabalho e amigo de tantos anos, para sua equipe. Mateus e Téo eram os mais empolgados, aliviados por finalmente ela estar atuando na área que sempre quis e com um emprego em que poderia crescer na carreira, além de ter horários mais regulares e não mais a loucura de trabalhar até a noite. Reuniram-se para comemorar em um jantar na casa de Téo, com o ritual da tequila e muita alegria.

Na segunda semana de trabalho, ela ainda estava se organizando no novo escritório, quando Cândido entrou na sala, pálido.

— Marina, se controla, lembra que ele é o chefe, e fica calma!

— O que foi, Cândido?

— Oi, Marina! O editor entrou sorrindo na sala, seguido por Felipe Sião. — Tenho um contrato especial para você acompanhar. Esse é o Felipe, jornalista na área de economia, está escrevendo seu primeiro livro, e estávamos já finalizando os contratos, mas a Jussara entrou em licença maternidade.

Marina enrijeceu na cadeira, e Cândido se aproximou dela, sorrindo disfarçando para o chefe, e colocou a mão no seu ombro, como se quisesse que ela soubesse que não estava sozinha, que ele estava ali com ela. Felipe também estava surpreso e ficou parado na porta, indeciso se entraria ou não, quase amedrontado pela reação que ela poderia ter.

— Olá, prazer, sou Cândido. Ele se adiantou e estendeu a mão para Felipe, apontando para uma cadeira, fingindo que não se conheciam, e olhou para Marina. — Por favor, sente-se.

— Claro, chefe. Por favor, fique à vontade. Ela forçou um sorriso, e Felipe entrou receoso, sentando-se na cadeira.

— As informações estão todas aqui. O chefe entregou uma pasta grossa. — Ele tem alguns detalhes para a alteração no contrato, anote e passe para o jurídico e depois pode seguir em frente. Ele olhou para Felipe. — A Marina é nova no nosso quadro, mas é muito experiente, e todos adoram trabalhar com ela. A equipe também é muito boa. Você está em boas mãos. Ele sorriu para todos, avisou que qualquer dúvida estaria em sua sala e saiu assobiando, alheio a toda tensão que estava dentro do minúsculo escritório.

— Marina, eu não sabia... Felipe quase gaguejava.

— Felipe, ninguém precisa saber de nada, é só um livro. Cândido o interrompeu. — Vocês precisam só terminar esse contrato, depois será comigo e com a nossa equipe, por favor, não faça clima! Ninguém precisa saber que foram casados e se separaram. Não vai atrapalhar o emprego dela agora, vai?

— Nunca, Cândido. Ele olhou para Marina. — Eu só te peço que não fale para o Enrico, eu não quero ter mais problemas...

— O que o Enrico tem a ver com isso? Marina se espantou. — Por que você está falando do Enrico?

— Porque você mandou ele me proibir de me aproximar de você. Não precisava, Marina, eu só queria conversar com você, achei que poderíamos tentar de novo, sei que errei muito e queria mudar as coisas. Mas ele já me falou que vocês estão juntos, não vou mais te incomodar. Ele balançou a cabeça. — Vocês já contaram para a Sílvia, já aprendi minha lição. Por favor, não fale nada, ele pode destruir minha carreira!

Marina sentiu um frio no estômago. Ela não pediu nada a Enrico, e agora parecia que até Silvia estava sabendo. Olhou séria para Cândido.

— Cândido, por favor, nos deixe a sós.

— Você tem certeza? Cândido estranhou. Ela sempre fugiu de Felipe e agora queria ficar sozinha com ele naquele cubículo.

— Tenho certeza, feche a porta, por favor. Vou resolver um problema pessoal, e depois retomamos. Cândido concordou em silêncio e saiu. — Do que você está falando, Felipe? O que o Enrico e a Sílvia têm a ver com a gente?

Felipe contou tudo sobre o almoço com Enrico e Sílvia, quando ele falou para ela sobre a separação e o ameaçou que, se procurasse Marina de novo, iria contar para outras pessoas.

— Eu sei que errei muito com você, Marina, mas sempre te amei e te amo ainda. Você sempre foi especial na minha vida, tivemos uma paixão tão forte, tão verdadeira! Aquela noite eu estava alucinado, fora de mim e te machuquei. Ele balançou a cabeça triste. — Enrico me falou que quebrei seu braço, não tinha ideia de que tinha feito isso, mal me lembro do que fiz, não sabia que tinha te machucado tanto. Para te dizer a verdade, me lembro apenas de uma discussão. Tentei esse tempo todo ter uma chance de conversar pelo menos com você, porque achava que poderíamos nos entender, tentar de novo, mas agora sei que você nunca me aceitaria de volta, mesmo se não estivesse com ele. Estou conformado, não vou mais te incomodar e te peço perdão por tudo. Fui uma decepção na sua vida, estraguei tudo. Mas nunca tenha dúvidas de que eu te amei de verdade.

— Tudo bem, Felipe, já passou. Vamos encerrar isso, e eu vou falar com Enrico. Você pode não lembrar o que fez, mas eu nunca vou esquecer e realmente acho que não temos mais nada a falar sobre isso. Gostaria muito que você respeitasse a minha decisão e não insistisse mais. Nunca teremos uma volta e não quero seu amor. Ela se levantou e abriu a porta, chamando Cândido. — Vamos encerrar esse assunto de vez, ser profissionais e lançar seu livro.

Conversaram tranquilamente sobre o contrato, ela anotou todas as alterações que ele pediu, e Cândido finalizou os detalhes. Quando eles saíram, ela se recostou na cadeira, estava furiosa. Enrico tinha passado todos os limites, não deveria ter se metido na vida dela dessa maneira. E soube que Téo tinha falado, pois ela não havia contado do braço quebrado, só Téo sabia disso. Iria confrontá-los, estava cansada dessa proteção absurda que eles tentavam impor. Pensou que estava na hora de contar a verdade para Bruno e Mateus, nunca tinha escondido nada deles. Se até Sílvia estava sabendo, seria questão de tempo até que eles soubessem. Preferia que ouvissem a verdade por ela, e não se sentissem traídos por nunca ter dito. Mandou mensagem aos quatro, marcando de se encontrarem na casa de Téo.

— Eu chamei vocês aqui porque quero contar uma coisa. Ela olhava para Bruno e Mateus, enquanto ignorava totalmente Enrico e Téo. Eles já tinham percebido que tinha algo errado. — Naquela noite, que o Felipe me colocou para fora, ele estava alterado, tinha cheirado cocaína. Ela suspirou e segurou o tom calmo. — Ele me deu uma surra.

— Como é que é? Mateus se levantou indignado e olhou para Téo. — Por que não soubemos disso? Você sabia disso?

— Eu pedi para ele não contar, tio. Ela segurou na mão dele. — A culpa foi minha, eu devia ter dito, contado a verdade para vocês. Eu errei.

— Sassá, você errou muito, tinha que ter me contado, eu ia te proteger, colocá-lo na cadeia! E todo esse tempo ele ainda te perseguiu! Teríamos uma ordem de restrição, eu resolveria tudo isso para você! Mateus andava de um lado para outro furioso, passando a mão na cabeça. Olhou para Téo, que estava em choque. — Agora está todo cagado de medo, Téo? Sabe que fez uma merda! Você devia ter me contado! Deixou a Sassá correndo mais riscos! Tínhamos que ter denunciado, Téo!

— O Pedro pegou os depoimentos do porteiro e da vizinha! E tem o atendimento médico! Ele disse que podemos denunciar quando quisermos. Tem as provas, Mateus!

— Agora, Téo? Agora você me diz isso? Três anos depois? Pega essas merdas de documentos, quero ver! Que bosta! Eu vou matar aquele filho da puta! E você também, Téo, eu vou te esganar! Fala pelos cotovelos, e o que precisa dizer não diz. Que merda! Não admito que toquem um dedo na minha filha! Como você não me contou, Téo? Mateus estava transtornado e seguiu Téo para o escritório, aos berros.

Bruno ficou quieto, apenas olhava a reação destemperada de Mateus e o pânico de Téo em ter acobertado algo tão grave. Viu que Enrico estava incomodado e que ela olhava irritada para ele.

— Agora é com você, Enrico. Quem te deu o direito de procurar o Felipe? Quem te deu permissão de falar em meu nome? Quem você pensa que é, para sair ameaçando as pessoas e falar sobre a minha vida? Ela foi aumentando o tom de voz.

— Eu quis te proteger, Marina. Ele falou calmo. — Não queria que ele te procurasse mais, ninguém aguentava mais ele te cercando, te perseguindo, eu quis fazer ele parar. Fiz para te proteger, você tinha medo dele!

— Eu não preciso que você me proteja! Você não entende isso? Não sou uma menina! Você não é meu pai, não é meu tio! Quando você vai entender que não pode se intrometer na minha vida dessa maneira?

— Marina, eu fiz porque te amo, você é minha mulher! Você estava com medo dele...

— Eu não quero esse tipo de amor, Enrico! Eu tenho três homens maravilhosos que me protegem, que cuidam de mim e que fazem tudo por mim! Eu não preciso que você faça isso, eu não quero que você faça isso! Quando você vai entender isso? Não é o seu papel! Você é meu namorado, você não tem nada a ver com meu passado!

— Acabei de entender, Marina. Calma. Ele se aproximou e a abraçou, prendendo-a com força. — Me desculpe. Eu não devia ter falado com ele. Desculpe.

— Não adianta pedir desculpa, Enrico! Você já fez! Para quem mais você falou essa história? Porque já sei que a Sílvia está sabendo!

— Ninguém. Eu só ameacei, nunca contaria para ninguém. Me desculpa, por favor. Eu te amo, Marina.

Ela ia responder, quando Mateus e Téo voltaram para a sala. Téo continuava tentando se explicar, e Mateus ainda berrava com ele, segurando uma pasta com os depoimentos e as fotos do hospital. Estava mais furioso.

— Olha, Bruno, olha o estado que aquele filho da puta deixou a Sassá! Ela foi brutalmente espancada! Eu vou na polícia agora! Olha, Bruno! Ele empurrava a pasta para Bruno, que ainda estava sentado, sem falar nada e pegou a pasta, fechando sem olhar.

— Não quero ver, Mateus. Não preciso ver para sentir o ódio que estou sentindo. Ele falou em tom calmo, e todos olharam para ele. — Vem cá, Sassá. Ele a puxou para o seu colo. — Por que você não nos contou tudo isso quando aconteceu?

— Eu tive vergonha, tio, não queria que ninguém soubesse. Me senti humilhada, só queria esquecer essa história, queria que tudo sumisse. Ela chorou e se encaixou nele. — Desculpa, não queria mentir para vocês, mas eu sabia que viraria um escândalo, que vocês iam ficar nervosos.

— Isso foi sério, Sassá. O que aconteceu? Quantas vezes ele fez isso?

— Foi só essa vez, e eu não permiti que ele chegasse mais perto de mim, vocês sabem. Eu fui muito burra, me apaixonei e achei que o amor era suficiente, nunca desconfiei que ele usava drogas. Minha vida de casada era um inferno! Fiquei com vergonha porque vocês me avisaram, eu que não quis ouvir. Ele secou as lágrimas dela e continuou em tom calmo.

— Você quer denunciá-lo? Ela negou com a cabeça. — Você quer que eu tome alguma providência? Que eu fale com ele? Ou o Mateus?

— Não, tio. Eu quero esquecer tudo isso. Só esquecer. Ela deitou a cabeça no ombro dele, e ele alisou as costas dela.

— O assunto está esquecido, minha filha. Vamos todos esquecer. Ninguém vai fazer nada, a não ser que você queira que façamos. Ele olhou sério para os amigos por cima do ombro dela.

— Você está louco, Bruno? Ele ainda persegue, aparece em todos os lugares. Outro dia foi no prédio e estava bêbado, eu te contei! E eu achando que era por amor! Temos que pedir pelo menos uma ordem de restrição. Ele não pode mais chegar perto dela, pode machucá-la mais! Olha as fotos, Bruno, olha a violência que ele fez com ela!

— Não persegue mais, Mateus. Pelo que entendi, o Enrico já se meteu também, ameaçou, e ele se afastou. É isso? Enrico assentiu com a cabeça e contou o que tinha feito.

— Por isso precisei contar para Sílvia. Ela é discreta, uma pessoa sensacional, nunca vai falar nem te expor, Marina. Enrico respirou fundo. — Eu precisava que ele visse a reação dela, para entender que não se sairia ileso e acreditasse que eu contaria para outras pessoas também. Ameacei que usaria meus contatos e minha reputação para destruir a carreira dele.

— Foi uma boa ideia, tenho que admitir. Ele parou de te procurar, Sassá? Mateus perguntou.

— Parou, tio. Ela respirou fundo. — Mas hoje meu chefe me passou o editorial do livro dele. Vou ter que trabalhar com ele, não posso perder esse emprego, não posso me negar a fazer.

— Você falou com ele, Sassá? Téo se aproximou. — Ele tentou tocar em você de novo?

— Falei, dindo. Foi quando ele me contou o que o Enrico tinha feito, estava com muito medo de que o Enrico espalhasse a história e destruísse a carreira dele. Me pediu perdão, nem sabia o que tinha feito naquela noite direito, por isso me procurava. Mas que agora sabia que estava tudo acabado. O Enrico falou que estamos namorando, e ele disse que entendeu que não voltaríamos mais. Ela fungou, e Bruno entregou um lenço para ela. — Não vou deixar ele me tocar nunca mais, não ficarei sozinha com ele, o Cândido vai estar junto sempre, mas eu preciso ser profissional!

— Você é profissional, Sassá. A história está esquecida. Nenhum de nós vai se meter mais. Você vai resolver como achar que deve e, se precisar da gente, sabe que estamos aqui para você. Todos ficaram nervosos porque te amamos, e saber disso é algo que nos enfurece. A vontade é de quebrar ele na porrada, por ter encostado em você, mas ninguém vai fazer isso. Bruno continuava falando calmo e olhou para os amigos. — Você tem direito à sua privacidade, à sua vida e às suas escolhas e, sempre que precisar de um de nós, ou de todos nós, sabe que pode chamar, que iremos na mesma hora.

— Obrigada, tio. Ela beijou Bruno no rosto, levantou e abraçou Mateus. — Desculpa, tio, eu te amo muito, não queria mentir para você, mas eu sabia...

— Tudo bem, Sassá. Eu te amo, minha filha, só quero cuidar de você. Mas vamos combinar uma coisa: se ele tentar qualquer aproximação, você vai nos dizer, e vamos tomar as medidas corretas. Iremos na polícia, faremos uma ordem de restrição e abriremos processo. Não quero que você sofra isso de novo, nunca mais. Eu vou sempre proteger você.

— Eu sei. Obrigada, eu aviso, prometo. Ela olhou para Téo. — Dindo, desculpa ter feito você mentir para eles. Abraçou e deu um beijo nele. — Mas você foi linguarudo e contou tudo para o Enrico! Ela sorriu quando ele ia se explicar. — Não faz mal, dindo, não se preocupa. Ele a abraçou e provocou Enrico, sorrindo, queria amenizar aquele clima e, no fundo, estava aliviado por não existir mais aquele segredo com os amigos.

— O Enrico fala demais, Sassá! Ele começou a falar, falar, não parava, deixa qualquer um tonto e confunde a gente! Arrancou isso de mim, eu não queria contar, mas ele é horrível e grande! Até me ameaçou para contar! Ele ameaça as pessoas, Sassá!

— Você que é fofoqueiro, Teodoro! Enrico riu e puxou Marina para seus braços. — Entrei aqui, e ele correu dizendo que queria me contar uma história, e disparou a falar, e me mandou tomar providências, senão tirava a permissão do namoro. Eu tive que me intrometer. Ele é linguarudo mesmo.

— Teodoro é o teu cu, Enrico. Estamos em um momento lindo de anistia aqui, e você vem encher o saco! Acho que você devia terminar esse namoro, Sassá!

— Pronto, voltamos ao normal! Bruno sorriu, e Mateus balançou a cabeça. — Tem comida nessa casa ou vamos pedir um japonês? Estou com fome...

Capítulo 26

A vida de todos parecia engrenar.
O namoro de Bruno e Silvia começou a ficar mais sério, e eles estavam cada vez mais envolvidos. Encontravam-se todos os dias, conviviam muito bem e dividiam não só a cama, como também problemas e conquistas da vida profissional e pessoal. Ela era uma mulher maravilhosa, e Bruno estava descobrindo a felicidade de amar e ser amado, com ela ao seu lado. Estava adorando ter alguém para compartilhar a vida.

Mateus estava radiante, com mais tempo livre para curtir a esposa e os filhos e se dedicava ao seu novo projeto da série de livros sobre crimes que ele denunciou e acompanhou durante a sua carreira na televisão. Todos os dias dedicava uma parte de seu tempo para escrever e organizar o material.

Téo começava a pensar em diminuir o ritmo de trabalho, fazendo planos de viagens e passeios com Pedro, que tinha acabado de se aposentar. Continuava empenhado na escrita da biografia de Bernardo; queria incluir não só a carreira profissional, como também os detalhes de toda a sua vida pessoal. Tinha decidido que ele merecia ter sua história completa contada, com Isabel, os filhos e os amigos, muito mais que a sua grandiosa trajetória e contribuição na história do rádio.

Enrico inaugurou o escritório e fez ótimas contratações. Havia alguns atritos entre os antigos e os jovens com visões mais liberais, e era exatamente isso que ele queria. Do escritório no Brasil, ele dirigia e coordenava a América Latina inteira.

Com a vida tão agitada de todos, mal conseguiram se encontrar nas últimas semanas, mas mantinham contato diário por telefonemas e mensagens. Foi Mateus quem os chamou para um encontro em uma noite no bar de Rubens, afirmando que queria conversar, mas não parecia tão feliz quando chegou.

— Você sabe o que o Mateus tem a dizer? Bruno perguntou para Enrico, quando ele chegou. — Achei ele tão estranho no telefone.

— Não cheguei a falar com ele, estava em reunião quando ele ligou e deixou recado.

— Ele está demorando. Téo concordou com Bruno. — Também achei ele muito estranho no telefone.

— Chegou! Olha ele aí.

— Oi meus amigos, desculpem o atraso. Mateus se sentou na cadeira e suspirou.

— O que aconteceu? Você não parece empolgado. Vai separar da Clarice? Bruno perguntou assim que ele se acomodou.

— Não, nem pense nisso! Eu já te disse que Clarice será para sempre. Estou muito feliz e realizado com ela. Ele tinha o olhar triste. — Mas realmente não estou empolgado com a conversa de hoje. Não tenho boas notícias e vim procurar pelo apoio de vocês.

— Você está nos assustando, Mateus. Desembucha. Téo também percebeu que havia algo ruim.

— Estou com câncer, meus amigos. Ele falou em um suspiro. — Câncer no pâncreas, recebi a confirmação dos exames ontem. Minha cabeça parece que vai explodir.

— O que o médico indicou? Vai fazer cirurgia? Enrico perguntou com tristeza.

— Ele disse que é necessário a cirurgia e depois o tratamento com quimioterapia e radioterapia. Recostou na cadeira. — Ainda não contei nem para a Clarice. Passei a vida com mulheres malucas, casando e separando, e quando encontro o meu grande amor, arrumo minha vida, me estabilizo, recebo essa notícia. Estava cheio de planos de viajar, curtir finalmente todo o dinheiro que ganhei trabalhando como louco, e vou ficar preso em uma cama fazendo um tratamento doloroso.

— Não é assim, calma. Não pode pensar no pior. Bruno tentava parecer esperançoso. — Não se entregue, meu amigo. Você vai fazer a cirurgia, muitos casos nem precisam de quimioterapia depois, ou às vezes precisam de poucas sessões. Pode ser que você resolva isso de uma vez e tenha vida normal depois.

— Também acho. Você é saudável, forte, nunca abusou da bebida que nem o Enrico, que toma banho de uísque. Se fosse com ele, seria bem mais difícil, tenho certeza. Téo sempre implicava com Enrico e fez todos sorrirem. — Você vai superar e estaremos com você, lutaremos com você.

— Eu sei, meus amigos. Não estou me entregando, mas dá um medo! Essa doença é tão traiçoeira, é tão inexplicável. A sensação que tenho é que, quando iria realmente começar a viver a vida que sempre sonhei, sossegado e feliz, levei um soco na cara.

— Medo dá mesmo, mas tem que pensar positivo, que vai vencer. E sabe que, sempre, o que precisar de nós, pode contar.

— Preciso de um favor de vocês, sim. Vou contar para meus filhos e para Clarice no domingo. Marquei um almoço com todos lá em casa, quero estar em clima de família, de amor, e gostaria que vocês estivessem comigo. Ele olhou para Enrico. — E que você leve a Sassá. Quero dar a notícia para todos juntos, de uma vez só. Acho que será mais fácil para todo mundo, para mim, que vou precisar falar só uma vez, e para eles, que estarão juntos para se apoiarem quando souberem. Falar com um a um acabaria ficando muito emocional, cada um reage de uma maneira, e estou me sentindo vulnerável demais para encarar emoções agora. Ele tinha os olhos marejados. — Vou me preparar para dar a notícia como se nada me abalasse e fosse algo simples. Preciso que vocês também demonstrem isso.

— Claro que iremos! Acho que vai ser melhor, sim. E estaremos lá para aliviar o clima, pode contar com a gente. Bruno confirmou, e Téo e Enrico concordaram.

— Não importa o que aconteça, Mateus, estaremos com você para tudo. Somos uma família, sempre seremos. Estivemos juntos em tantas dificuldades e vencemos todas. Venceremos essa também.

— Uma família meio esquisita, é verdade. Bruno brincou. — Mas para mim é a melhor do mundo, juntos por toda a vida, que será longa para todos nós.

— Põe esquisita nisso! Téo acompanhou a brincadeira. — Um amontoado de homens que se juntaram! Ainda bem que tivemos a Sassá para dar um suave toque feminino em tudo isso.

— Mas já vou avisando. Mateus tentou amenizar o clima. — Para não correr riscos, quero a data dos casamentos! Não posso perder de ver a Sassá casando com meu melhor amigo e quero te ver de noivo, Bruno!

— Por mim, caso amanhã! Enrico sorriu, tentando acompanhar o amigo, entendendo que ele não queria tristeza agora. — Sou louco por ela, vocês sabem! Nunca fui tão feliz em minha vida.

— Como você falou quando nos contou da "moça" de Nova York, você é desesperado por ela. Mateus riu.

— Pode guardar esse desespero que só dei permissão para namorar, ainda estou pensando se vou deixar passar disso! Téo riu.

— Devia deixar, Téo. É um amor desde o nascimento, meu amigo. Que sorte vocês têm. Sou muito feliz por saber que ela está com você, em segurança. Só de pensar o que aquele filho da puta fez com ela, tenho tanto ódio!

— Não vamos pensar nisso agora. Enrico olhou para Téo, fazendo sinal para que desviassem de assuntos ruins. — Vamos convencer o Téo de me deixar casar com a minha Cinderela. Afinal, sou o príncipe dela!

— Você é um príncipe, Enrico? Só me faltava essa! Os Irmãos Grimm se reviraram no túmulo agora! Ele sorriu e piscou para o amigo, acompanhando a mudança de assunto. — Mas o Bruno ficou mudo. Vai nos contar ou não?

— Contar o que? Ele riu disfarçando e deu um gole na cerveja. — Assumir que eu estou perdidamente apaixonado pela Silvia? Todos concordaram. — Estou! Não sou desesperado que nem o Enrico e não penso em casar, mas estar com ela é realmente sensacional. Inteligente, sensual, linda... É, amigos, estou apaixonado de verdade, e ela é maior de idade! Ele brincou, e todos gargalharam.

— Quem diria, quase 40 anos atrás, estávamos nessa mesma mesa, Mateus se separando da primeira mulher, Bruno galinhando a faculdade inteira, Enrico tinha acabado de casar com a mocréia da Alice, e eu estava começando a namorar o Pedro! E como eu sou um espetáculo de ser humano, ainda estou casadíssimo, feliz, e nunca tivemos uma briga até hoje! Que sorte o Pedro teve de me encontrar!

— O Pedro que é santo.

— É verdade, tivemos um longo caminho até aqui. Além de grandes carreiras profissionais, tivemos dores e amores. Dava para escrever um livro. Mateus sorriu. — Quem sabe a Sassá não escreve, contando a nossa história?

— Não vejo a hora que ela crie coragem e comece a escrever. Ela sempre sonhou em ser escritora, desde pequena. Bruno comentou.

— Seria interessante. Já pensaram que, nessa época, a mulher da minha vida não era nem nascida? E aí ela escreve um livro contando tudo que passei para chegar até ela?

— A tua parte ia estragar a história, Enrico. Casou com uma mocréia horrorosa, bebeu uísque e fez exílio voluntário. Não, melhor contar só de nós três. Téo provocou. — Vai ser mais decente.

— Qualquer livro sobre você não teria a mínima graça se não falar de mim, Teodoro. Nossas vidas estão entrelaçadas!

— Teodoro é o teu cu, Enrico! Só faltava ter vida entrelaçada a você! Que horror!

Seguiram brincando e conversando, com todos tentando se distrair da notícia triste de Mateus. Por mais que o incentivassem a pensar positivo, que tudo daria certo, no fundo, estavam todos abalados e com muito medo.

Enrico chegou em casa de madrugada. Mesmo com as conversas mais leves após Mateus contar sobre o câncer, o assunto tinha ficado em seus pensamentos. A ideia de que a vida poderia mudar em um minuto fê-lo relembrar o conselho de Renato e pensar na sua relação com Marina. Lembrou de Bernardo e Isabel, que estavam tão felizes e cheios de planos em uma semana, bebendo despreocupados no bar do Rubens com os amigos e, na outra semana, tudo tinha acabado. Tanta coisa que deixaram de viver, os filhos que não puderam ver crescer, todos aqueles sonhos que foram interrompidos junto das suas vidas. E agora era Mateus quem vivia isso, assustado com uma doença repentina que poderia lhe custar muito mais que planos e sonhos, que poderia tirar-lhe a vida.

Parou na porta do quarto e sorriu surpreso ao ver que Marina estava lá. Quase sempre dormiam juntos, na casa dela ou na dele, mas não tinham combinado nada para aquela noite. Ficou olhando para ela adormecida, abraçada ao travesseiro, com o rosto quase angelical, e seu coração aqueceu. Estar com ela era um presente lindo que a vida lhe deu. Depois de tanta mágoa no casamento, o isolamento em Nova York sem se entregar a sentimentos mais profundos e um monte de mulheres que tinha passado por sua cama, tinha finalmente descoberto o amor verdadeiro no sorriso dela. *"Você é a mulher da minha vida"*, ele tinha certeza. Só ela lhe deu tantas alegrias, tanto prazer e tanta vontade de viver. Tudo mudou depois daquele reencontro inesperado em Nova York. Ele voltou a sorrir e a fazer planos.

Deitou-se na cama devagar e encaixou-se no lugar do travesseiro que ela abraçava com cuidado, puxando o corpo dela para junto do dele. Dormir com ela em seus braços era uma das melhores sensações do mundo. Ela se mexeu sonolenta quando sentiu que ele se deitou.

— Usei a chave que me deu. Ela sussurrou, sem abrir os olhos, acomodando-se no peito dele. — Não sabia se podia vir, fiz mal? Não queria ficar longe de você. Gosto de dormir assim, juntinho de você.

— Adorei a surpresa, meu amor, não poderia ter tido uma ideia melhor. Tudo que eu precisava hoje era você aqui comigo. Eu te amo demais, Cinderela. Para sempre. Ela abriu um pouco os olhos e fechou em seguida, percebendo que a voz estava embargada, e alisou o peito dele.

— O que aconteceu? Você está triste? Foi tudo bem no bar?

— Quero casar com você, Marina. Quero ter você todas as noites comigo e acordar sempre com você em meus braços.

— Você já tem, estou aqui. Ela sorriu. — Não precisa casar, já tenho a chave da sua casa e uso sem permissão.

— Teodoro me mata se eu te engravidar sem casar. Ele falou sussurrando, beijando os lábios dela.

— Não estou grávida. Você está bêbado? Ela se virou de costas e se encaixou novamente ao corpo dele. — E Teodoro é o teu cu. Eles gargalharam.

— Não estou bêbado, sabe que nunca fico bêbado. Ele beijou a nuca dela, fechando os braços na cintura. — Dorme, meu amor. Eu te amo demais. Conversamos amanhã.

— Eu também te amo. Fica assim, bem juntinho de mim. Ela sentiu que ele estava excitado quando colou o corpo no dela e se mexeu devagar, provocando-o mais e entrelaçando os dedos com os dele. Ele correspondeu beijando a nuca dela e colocando a mão por dentro da camiseta, acariciando a barriga dela e subindo para os seios. — Perdi o sono...

— Que bom. Ele sorriu. — Quero amar você.

Marina serviu a xícara de café e entregou para Enrico, quando ele entrou apressado na cozinha.

— Me apaixono mais quando te vejo assim, tão lindo de terno e muito cheiroso. O meu homem do dinheiro! Ele sorriu e deu um beijo nela.

— Não vi seu carro na garagem ontem, quando cheguei. O que aconteceu? Não me diz que quebrou.

— Não. Está na revisão do manual. Deixei na concessionária.

— Como veio para casa? Por que não me ligou? Eu teria ido te buscar.

— Peguei uma carona. Você ia sair, não quis te atrapalhar. Ela sorriu e deu um beijo nele. — E sou perfeitamente capaz de me virar sozinha. Hoje já vou resolver, fica tranquilo.

— Vai ligar para o Bruno?

— É! Ela gargalhou. — Tio é para isso.

— Não precisa ligar para ele. Eu resolvo para você. Ele largou a xícara na pia e a puxou pela cintura. — Está pronta? Me deixa na concessionária e fica com meu carro. Depois destrocamos.

— Você não está atrasado?

— Não faz mal, aviso no escritório que vou mais tarde. Ele sorriu. — Marido é para isso.

— Você não é meu marido, é meu namorado. O Téo só deu permis...

— Casa comigo? Passou o rosto no dela e beijou. — Passa o resto da vida comigo?

— De novo essa história? O que aconteceu para cismar com esse assunto?

— Quero que seja minha mulher. Você pensou no que te pedi? Sobre ter filhos?

— Acho que não é hora para essa conversa, você está atrasado. Ela mostrou o celular quando apitou com mensagem. — Pode ir que o Bruno está vindo me buscar.

— Conversaremos sobre isso hoje à noite, vou te convencer. Ele sorriu. Aqui ou na sua casa?

— Não sei como vai ser meu dia. Depois combinamos. Vai lá, homem do dinheiro, porque agora você já está muito atrasado.

— Estou mesmo. Ele deu um beijo nela e parou quando chegou na porta. — Pensa no que eu disse sobre casar e ter filhos?

— Não! Ela gargalhou. — Te vejo a noite.

— Eu te amo, Cinderela. Eu te amo demais.

Bruno chegou sorridente, e Marina o esperava na portaria do prédio.

— Desculpa, tio. Te atrapalhei? É que tinha a data da revisão...

— Você não tem que pedir desculpas, Sassá. Sabe que fico feliz em cuidar de você. Ele beijou a bochecha dela. — Você deixou o carro onde?

— Na mesma concessionária onde a gente comprou. Bruno ligou para a concessionária, e avisaram que demoraria um pouco mais para o carro ficar pronto. Então eles foram tomar um café enquanto esperavam.

— Sassá, quero falar com você uma coisa importante. Ele estava sério.

— Importante? — Quero te entregar esses documentos, não precisa fazer nada, é só guardar. Ele entregou um envelope grande e volumoso para ela. — O original de tudo está com o Alberto, ele tem todos os contatos. O Renato tem uma cópia, e quero que você fique com outra.

— O que são esses documentos?

— Você e o Renato são meus herdeiros. Está tudo organizado, vocês não terão problema nenhum. Por isso é só para guardar.

— Herdeiros? Por que você está falando disso?

— Fiz esse documento quando meu pai morreu. Lembra?

— Lembro. Foi logo depois dos meus pais, aquele ano foi muito triste.

— Isso mesmo. Ele alisou o braço dela. — Não tenho irmãos, não tenho nenhum laço de sangue, mas tenho você e o Renato, que são meus filhos. Se algo me acontecer, quero ter certeza de que vocês estarão bem.

— E por que algo vai te acontecer? Você está doente?

— Não, estou ótimo e saudável, mas a gente nunca sabe o que a vida pode nos trazer, Sassá.

Marina estranhou a conversa, mas não discutiu. E achou mais estranho quando Téo ligou de tarde, no trabalho, convidando para jantar na casa dele. Ela concordou e, durante o jantar, mais uma vez ouviu um discurso sobre a vida mudar de repente.

No domingo, depois do almoço com todos reunidos, Mateus contou sobre o diagnóstico da doença, a necessidade da cirurgia e a possibilidade, quase confirmada, do tratamento de quimioterapia e radioterapia. Marina entendeu o que tinha acontecido com os três amigos. Estavam assustados, enfrentavam uma realidade muito dura e tinham ficado com medo. A doença do amigo, tão imprevisível, mostrou a eles novamente que a vida era como um sopro e que tudo poderia mudar de uma hora para outra. Eles tinham passado por isso com a morte de Bernardo, naquele acidente repentino, e ela se lembrava um pouco de terem tido quase a mesma reação. Mas eram mais jovens na época e lidavam com uma fatalidade. Agora tinham uma doença inesperada e, além de tudo, o peso da idade.

Marina ficou muito triste e estava com medo. Mateus era importante para ela, um tio querido que ela sempre teve como um pai. Esteve presente em toda a sua vida, protetor e cuidadoso com ela. Era o mais enérgico entre os três, mas até nas broncas ele era muito carinhoso.

— Eu te amo muito, tio, vai dar tudo certo. Vou sempre estar com você. Ela beijou Mateus com carinho quando se despediu.

Capítulo 27

Sílvia ligou para Marina. Estava preocupada com o abatimento de Bruno por causa da doença de Mateus. Ele andava muito desanimado, escolhendo sempre programas mais tranquilos, jantares em casa e evitando sair muito.

— O Téo e o Enrico também estão assim, Sílvia. Ela suspirou. — Mas o Enrico é o pior, só pensa nisso, que a vida pode acabar, tudo pode mudar. Fica esparramado no sofá todas as noites.

— E você, Marina? Como está lidando com tudo isso? O Mateus doente, seus tios abatidos, seu namorado entristecido. Sabe que estou te adotando de sobrinha, hein? Ela brincou, tentando aliviar o tom. — Tem muito homem na sua vida, querida, pode vir pegar meu colo emprestado que faço cafuné e até te chamo de Sassá!

— Vou adorar! Ela sorriu agradecida com o carinho. — Está sendo tudo muito difícil para mim também. O Mateus, o Bruno e o Téo são muito mais que tios, são meus pais. Passei mais tempo da minha vida sendo filha deles do que passei sendo filha do Bernardo. Mas não me permito pensar no pior, Sílvia, acredito que ele vai superar, e vou estar com ele sempre, como eles sempre estiveram comigo, em tantos momentos difíceis. E estou aprendendo a lidar com Enrico. Às vezes, ele é bem difícil, parece que se acostumou com a vida solitária e se fecha em pensamentos com o copo de uísque na mão.

— Entendo. Sílvia sorriu. — Te liguei por isso. Tem uma festa hoje, pensei em chamar todos. É festa do jornalismo, lançamento de um portal em uma boate super badalada. E eles são celebridades no meio, o que você acha? Levá-los para saírem um pouco de casa, conversar com pessoas, ouvirem elogios, movimentar um pouco.

— Eu gosto da ideia. Acho que podemos tentar, sim, animaria um pouco todos eles. O Bruno é agitado, está mais calmo, mas, se chamar, tenho certeza de que ele topa e vai se divertir. Vou falar com o Pedro para convencer o Téo. Ele vai reclamando, mas vai e lá se empolga.

— E o Enrico?

— Vou insistir com ele, mas é o mais difícil, não sei se consigo levá-lo. Mas eu vou, com certeza. Se ele não quiser, vai ficar sozinho porque meus tios precisam de mim também agora. Mas acho que, no final, ele vai acabar concordando.

— Tomara! Combinado, minha linda. Nos vemos hoje à noite.

Marina estava se vestindo no quarto e falou sobre a festa assim que ouviu Enrico entrando em casa. Ele recusou imediatamente.

— Recebi esses convites, mas não tenho clima, meu amor. Estou desanimado. Som alto, luz piscando e um monte de gente não me parece nada convidativo.

— Prefere ficar aqui, bebendo, esparramado no sofá, Enrico? Estamos trancados há mais de uma semana, nem para jantar a gente saiu, não é legal ficar assim, isolado.

— Prefiro ficar, você se importa? Pedimos um jantar delicioso para nós dois, te encho de beijos e namoramos bem gostosinho, fazemos uma noite especial... Ele parou de falar quando a viu entrar na sala toda arrumada, com um vestido curto bem decotado, e sentiu novamente aquele calafrio na espinha que ela despertava nele. Olhou com desejo e abraçou-a pela cintura.

— Acho que vai se sentir sozinho, hoje. E eu também. Porque eu vou, quero me distrair um pouco, dançar, conversar, ver meus tios. Quero a sua companhia, mas não vou te forçar.

— Você está linda demais.

— Me arrumei para você, vai me deixar ir sozinha?

— Nem pensar. Não vou correr o risco de o Téo levar a máquina de senhas. Ele sorriu. — Mas podemos voltar cedo?

— Está cansado?

— Não, pelo contrário, estou excitado. Você me deixou louco com essa roupa.

A ideia da festa foi ótima, todos se animaram e dançaram muito. Marina passava dos braços de Téo para os de Pedro, e Bruno e Sílvia acompanhavam os três com alegria e empolgação.

Enrico não quis ir para a pista de dança e se distraiu conversando com antigos conhecidos e muitos contatos, mas a observava o tempo todo com os tios. Ficou incomodado quando viu um rapaz se aproximar, cumprimentá-la com um abraço e dançarem juntos. Sentiu ciúme quando a viu falar com Téo e seguir o rapaz para a área externa de mãos dadas. Não sabia o que fazer. Foi como se tomasse um soco no estômago. Nunca tinha se sentido assim, mas, naquele momento, parecia ser uma avalanche de ciúme, insegurança. Ele não saberia explicar por que o desespero tomou conta, se por não saber quem era o rapaz ou se para onde eles foram e ainda mais porque eles pareciam ter algum tipo de intimidade.

— Onde a Marina foi? Perguntou ansioso quando Téo se aproximou com Pedro.

— Foi na área externa. Téo percebeu o ciúme e provocou. — Ali, olha, onde os casais aproveitam para se atracarem, dá até para trepar no canto. É bem escuro, ninguém vê nada, uma delícia!

— Não começa a provocar, Téo! Estou perguntando, fala sério comigo. Quem era aquele rapaz? Você conhece?

— Era o rapaz que tinha a senha número um, Enrico. Ela foi experimentar, se não gostar, chamamos o número dois. A fila já está no 500! Ele ergueu a sobrancelha, divertindo-se com o olhar de fúria de Enrico. — Acorda, Enrico! Vai ter ciúme com essa idade? Não está velho para isso? Que desaforo!

— Não é ciúme, Téo, só queria saber. Ele tentou disfarçar, quando Pedro gargalhou. — Vi ela saindo com alguém, fiquei curioso, só isso, mas se você não quer falar, eu pergunto para ela depois do 501!

— Está com ciúme, sim! Bem-feito para você, homem do dinheiro! Bruno voltou com Sílvia, já percebendo o olhar de Enrico. — Ficou o tempo todo com esse copo na mão, conversando com gente chata, e deixou a menina mais linda do mundo sozinha. Não veio aqui para curtir com ela? Devia ter ido dançar, beijar, namorar. O Téo está certo, você está ficando um velho chato!

— A menina mais linda do mundo tem o direito de ter amigos, Bruno. Não sou possessivo. Quis dar liberdade para ela curtir um pouco. Não foi você que ensinou para ela ser livre? Não quero sufocar, só queria saber quem é o rapaz.

— Que bom que você não se importa, então posso contar. Não vai ficar bravo porque aquele rapaz foi namoradinho dela, um pouco antes de você voltar do seu exílio. Téo falou sorrindo. — O rapaz é uma graça, Sílvia! Educado, simpático, sempre foi louco por ela, mas era muito safado. O Bruno dizia que ele tinha as mãos muito atrevidas!

— Eu vou lá. Enrico se levantou e seguiu apressado para a área externa da boate.

— Foi namorado dela mesmo? Sílvia ficou curiosa.

— Não! Bruno gargalhou.

— Mas o Enrico mereceu, não mereceu? Téo se divertia. — O homem do dinheiro ficou tão desesperado que até esqueceu o copo de uísque! Não tem ciúme, sei!

Enrico chegou ofegante na área externa e riu sozinho quando viu Marina conversando animada com duas moças, que pareciam suas amigas. O rapaz nem estava mais lá, e percebeu que tinha caído numa provocação de Téo, mas deu razão para eles. Deveria estar com ela, aproveitando a noite, dançando e namorando. Ela merecia mais que um namorado com um copo na mão.

Ela acenou empolgada quando o viu e o apresentou para as duas amigas, explicando animada que eram do tempo da faculdade e não se viam há alguns anos. Relembravam algumas histórias divertidas, e Enrico adorou ouvir um pouco mais sobre a vida dela, sem os tios. Descobrir sobre a moça divertida, que fazia faculdade e aprontava. Falaram sobre eles serem admirados pelas turmas de Jornalismo e que sempre procuravam Marina para conseguir informações sobre o pai e os tios. Uma delas contou que o namorado tinha feito a biografia de Enrico para um trabalho e que até Rubens ajudou com histórias. Assim que as amigas se despediram, ele a puxou para um abraço.

— Antes que o Teodoro afie a língua, fiquei com ciúme de te ver sair com aquele rapaz. Ele falou envergonhado, com os lábios grudados no dela.

— Que feio! Não confia em mim?

— Ele me provocou. Disse que era um namorado seu. Ela gargalhou. — O que eu posso fazer? Amo a menina mais linda do mundo.

— E a menina ama o homem do dinheiro mais delicioso desse mundo também!

— Disseram que aqui é onde os casais aproveitam para namorar, beijar e ficar juntinho. Quer namorar comigo, Cinderela? Você é a princesa mais linda do baile... Ele colocou a língua na boca dela, provocando, e se excitou quando ela acariciou seu peito e se entregou ao beijo. Encostou na parede e trouxe-a para junto de seu corpo, desligando do mundo em volta e aproveitando aquele momento tão delicioso com ela.

— Enrico Greco? É você, jornalista? Ele não reconheceu a voz e se assustou. Demorou alguns segundos para perceber que era a filha. Mesmo sem vê-la por muitos anos, não tinha dúvidas. Ela era idêntica à mãe.

— Amanda? Ele olhou para a filha, de mão na cintura e olhar desaprovador. — Que bom te ver, minha filha! Ele sorriu e se aproximou para abraçá-la, mas ela se afastou bruscamente e esticou os braços à frente do corpo, impedindo qualquer contato com ele.

— Você não acha que já passou da idade para se agarrar com meninas novas em boate? Não está velho para esse tipo de baixaria? Ele ficou confuso com o tom de arrogância e o olhar de desprezo dela, já que ela que tinha se aproximado.

— Você não vai abraçar seu pai? Tinha um ar de irritação na pergunta.

— Você não é meu pai. Meu pai está em casa com a minha mãe. Ela continuou agressiva. — Ele se dá ao respeito, não fica se agarrando por aí com qualquer uma em canto de boate.

— Não estou com qualquer uma, ela é a Marina, minha mulher. Ele respondeu sem apresentá-la. — Você veio aqui só para me atacar? Até onde sei, me notificou para nunca mais te procurar. Mudou de ideia ou só queria ter o prazer de agredir alguém gratuitamente? Enrico estava muito irritado. Além da arrogância e agressividade dela, a filha tinha ofendido Marina, e ele não permitiria. Amanda olhou para Marina e pareceu reconhecê-la, surpreendendo aos dois, já que nunca tinham se encontrado, nem quando crianças.

— Você não é a Sámarina? A filhinha prodígio do tal radialista morto?

— Sou. Marina respondeu receosa, apertando a mão de Enrico.

— Foi por sua causa que ele nunca nos amou, sabia? Desde criança, tudo era você! Nada que fizéssemos, nada que conquistássemos era suficiente para superar as suas glórias infinitas. Você fez o jornalista rejeitar os próprios filhos e nos abandonar sem olhar para trás! Está orgulhosa? Que tipo de pessoa horrível você é? Olhou para Enrico com ódio. — Antes ela era a tua filha adorada e agora é a tua mulher, jornalista? Você é patético, tem idade para ser o pai dela. Devia ter vergonha na cara! E ainda ficam se esfregando assim, em lugar público, para quem quiser ver essa cena deplorável! Que nojo de vocês!

— Amanda, você passou todos os limites! Eu sou seu pai!

— Eu te odeio, jornalista! Você nunca foi meu pai, nunca te amei, sempre te desprezei! Amanda girou no salto, de nariz empinado, e seguiu pisando fundo. Ele a viu abraçar um rapaz e se distanciar, até desaparecer no meio das pessoas.

Olhou para Marina, triste. Não estava com lágrimas nos olhos, não estava emocionado, nem irritado mais, estava triste. Ela o abraçou.

— Sinto muito. Quer ir embora?

— Não. Desculpe por ter que ouvir tudo isso. O ódio é para mim, nem sei por que, mas acabou respingando em você. Ele forçou o sorriso. — Não quero ir embora, quero dançar com você, antes que outro rapaz tente te roubar de mim. Essa é a nossa noite, viemos namorar, beijar...

— Tem certeza de que não quer ir embora?

— Tenho, certeza absoluta. Ele a beijou de novo. — Quer dançar comigo, Cinderela?

— Quero, muito! Adoro dançar com você! Faz tempo que não dançamos juntos.

— Dançamos, sim, a valsa. Aquela dança inesquecível. Ele ergueu a mão e a fez girar. — Mas hoje vou dançar essa música barulhenta, vou beijar e vou namorar, tudo com você! Eu te amo demais.

— E depois, tenho uma ideia ótima para te animar mais. Ela riu maliciosa. — Vamos implicar com Teodoro...

— Ah, essa sim, é uma ótima ideia para me animar! Tenho uma revanche com ele ainda esta noite! Será um grande duelo!

Foram para a pista e se juntaram a Bruno e Sílvia, e logo em seguida Téo e Pedro também se aproximaram. Dançaram juntos, brincaram e provocaram-se. Enrico terminou a noite fingindo que nada tinha acontecido, e Marina não sabia até que ponto aquele encontro com a filha tinha o abalado. Não demonstrava, e Marina sabia que tinha alguns momentos em que ele se fechava e pensava nos filhos, mas ela percebeu que, naquela noite, ele apenas queria esquecer.

Tinha receio de que o comentário sobre o relacionamento com ela afetasse-o de alguma maneira. Tinham lutado muito para mudar a visão dele sobre ela, da menina para mulher, e a filha tinha tocado no ponto fraco sem saber. Qualquer crítica nesse sentido poderia fazê-lo sentir culpa de novo. Mas não sentiu, pelo contrário, ele realmente mostrou que estava seguro na relação com ela quando perguntou, abrindo a porta do apartamento dela.

— Você pensou no que eu te pedi? Sobre casar, ter filhos...

— Pensei. Ela sorriu. — Mas hoje não vamos conversar, hoje é a nossa noite e, quando saímos, você disse que queria voltar cedo, lembra?

— Lembro. Não voltamos cedo, mas continuo excitado, acho que até mais. Dançar com você é delicioso, preciso te levar mais em boates. Quase te convidei para ir ao banheiro hoje, experimentar uma nova sensação. Ela começou a desabotoar a camisa dele e falou entre beijos.

— Mais delicioso que ir à boate, dançar, beijar e namorar é chegar em casa, com você. Desabotoou a calça e sorriu ao vê-lo reagir quando se abaixou. — Hoje é você que vai gemer para mim, Príncipe Encantado.

Capítulo 28

Marina e Enrico entraram no restaurante, procurando por Bruno e Sílvia. Eles tinham ido visitar Mateus, que havia operado há alguns dias, e estavam mais aliviados por vê-lo bem. A cirurgia tinha sido um sucesso. Estavam aguardando os resultados dos exames e, nos próximos dias, ele iniciaria a quimioterapia. Tudo corria dentro do cronograma informado pelos médicos e da expectativa dos amigos.

Bruno e Sílvia estavam em uma mesa mais isolada, num canto afastado, como sempre faziam quando não queriam ficar muitos expostos e evitar assédios durante momentos íntimos. Como os dois trabalhavam na televisão, sempre eram reconhecidos, e até gostavam de conversar e tirar fotos com fãs, mas, em algumas noites, como aquela, queriam ficar mais tranquilos. Estavam conversando animadamente com um rapaz que Enrico não reconheceu.

— Me disseram que a melhor namorada do mundo estava vindo, fiquei esperando! O rapaz falou sorrindo assim que Bruno acenou, e Marina correu e pulou no colo dele, dando vários beijos no rosto.

— Marcelo! Quanto tempo! Que delícia te encontrar! Marina falou alegre.

— Encontrei esse sumido perdido por aqui! Bruno falou sorrindo. — Falei que você estava vindo, e ele ficou te esperando, vai jantar com a gente! Enrico se aproximou e se sentou, já irritado com o abraço e a troca de carinhos entre Marina e o rapaz, que ele achou exagerado demais.

— Esse é o Enrico Greco. Marina apresentou. — Marcelo Freitas, meu amigo do colégio.

— O famoso tio Enrico! Fico feliz em finalmente te conhecer! Já ouvi falar muito de você! Ele saudou Enrico com alegria, que estava em estado de choque. Não sabia se dava um soco naquele rapaz tão alegre que não parava de fazer carinhos nela e ousou chamá-lo de tio, ou se simplesmente levantava e levava Marina embora.

— Época do colégio? Amizade antiga? Ele perguntou em tom seco à Marina, que estava alheia à sua irritação, olhando sorridente para o amigo.

— O Marcelo foi o primeiro namorado da Sassá! Bruno riu. — Que trabalho esses dois nos deram! Téo ficou louco, me atormentava o dia todo.

— Primeiro namorado? Enrico repetia as palavras, ficando mais tenso.

— Marina sempre preenchendo a vida dos tios com emoção! Sílvia riu. — Imagino o Téo, preocupado como é até hoje, encarando o primeiro namoro da afilhada! Quantos anos vocês tinham?

— Estudamos juntos desde a pré-escola e tínhamos 15 anos quando começamos a namorar, namoro de colégio, sabe? O rapaz balançou a cabeça. — Foi uma experiência inesquecível, conquistei minha primeira namorada e tomei uma juntada do Tiago no primeiro dia que peguei na mão dela no pátio do recreio. Ele contou para o Mateus que me esperou na porta da escola no dia seguinte com uma viatura da polícia! Eles gargalharam. — Depois fui chamado para uma conversa "entre homens" pelo Renato e o Alberto, que deixou claro que se eu passasse os limites ia conhecer a força do braço dele no meu ouvido. E, por fim, o Téo que não deixava nem ir ao cinema sozinho com ela. Foi com a gente assistir àquele filme do Hannibal e ele ficou segurando na minha mão porque ficou com medo. Ainda bem que tínhamos o tio Bruno para acobertar e aliviar a pressão!

— Bom saber. Enrico não sabia o que dizer.

— Vai jantar com a gente? Marina se sentou ao lado de Enrico, e Marcelo se acomodou ao lado dela.

— Já jantei, mas vou aproveitar enquanto esperam a comida para falar rapidinho. Eu estava mesmo pensando em você esses dias, ia até passar na casa do Téo para te procurar. Tenho uma proposta de trabalho para você, escritora!

— Para mim? — É, temos um projeto de um jogo infantojuvenil. Já tentaram várias histórias, mas nada agradou à equipe. Me lembrei das tuas histórias do monstro herói, acho que vai ser perfeito para o tipo de jogo que queremos! O que você acha?

— A história do monstro herói? Fazer um jogo? Marina olhou para Enrico.

— Sempre achei uma boa história. Ele sorriu pela primeira vez.

— Não é só um jogo. A ideia é que seja "o" jogo. Marcelo explicou. — É um projeto grande, querem lançar o jogo junto de uma animação e uma revista em quadrinhos. Nosso ilustrador é ótimo! Ele se empolgou. — Sassá, as suas histórias estarão ganhando vida, vai ser sensacional!

— Eu não sei, Marcelo. Preciso pensar.

— Você tinha umas 30 histórias de luta e guerra dele, Sassá. Cada uma daquelas seria um nível. Você escreve e roteiriza, não quer tentar? Tenho certeza de que será incrível, e a grana é muito boa, posso garantir.

— Trinta histórias? Enrico estranhou.

— Também nunca soube disso! Bruno sorriu. — Você escreveu escondida?

— Você acabou de contar o segredo que jurou nunca falar! Marina gargalhou.

— Ops! Ele gargalhou junto. — Você nunca contou para eles? Guardou isso até hoje? Ele fez uma careta. — Ela tinha um caderno e escrevia várias histórias! Histórias incríveis! O pessoal do trabalho está ali, vem cá, vou te apresentar para eles, falei tanto de você essa semana que eles acham que é mentira minha!

— Você pede para mim? Marina perguntou para Enrico quase como se pedisse autorização para acompanhar o amigo. — Sabe do que eu gosto. Ele assentiu com a cabeça, disfarçando o incômodo do rapaz segurando a mão dela.

Marina acompanhou o rapaz até outra mesa, e Enrico suspirou.

— Que monstro é esse? Sílvia estava curiosa.

— A Sassá ganhou o primeiro concurso de redação aos 11 anos. Escreveu sobre um monstro, grande e bom, que a salvava no nascimento e a criava. Bruno apontou a cabeça para Enrico. — Adivinha quem era o monstro?

— O Enrico? Sílvia estava mais uma vez encantada com a relação entre eles. — E ganhou um prêmio? Que emoção deve ter sentido, Enrico!

— Primeiro lugar no concurso nacional. Ele chorou quando leu a redação! Bruno se divertia. — Fala da gente, mas era o mais coruja de todos!

— Acho que foi o momento de maior emoção na minha vida, quando ela me contou. Tenho o original do rascunho, Sílvia. Enrico falou emocionado. — Emoldurei de tão orgulhoso que fiquei. Vou te mostrar um dia.

— Por que um monstro?

— Por causa do tamanho do Enrico, grandão. Ela era pequenininha, e ele a perseguia correndo dizendo que era o monstro, brincadeira de criança. Viviam rolando pelo chão e brincando de luta. O Enrico era o tio que mais brincava com ela e com o Renato, eram muito apegados.

— Vocês tinham que convencer a Marina a escrever a história de vocês, Enrico. Tenho certeza de que seria um livro emocionante. Uma história de amor com final feliz.

— Não sei se seria uma história tão feliz assim. Enrico desabafou. — Uma história de amor em que o mocinho é um monstro e abandona a menina quando ela mais precisa? Como o Bruno disse, éramos muito apegados, mas, quando fui para Nova York, simplesmente esqueci dos dois, quando eles mais precisavam de mim.

— Não começa pirar, Enrico. Bruno falou calmo. — Ela não ficou sozinha, e você tinha seus motivos. Estão juntos agora e estão bem, não estão?

— Estamos. Mas olha para ela. Ele a observava conversando animada na outra mesa. — Ela é jovem, cheia de vida. Não sei se tenho o direito de prendê-la em um relacionamento comigo. Estou velho, meu amigo, será que não estou roubando a juventude dela?

— Claro que não! Ela escolheu você, Enrico. Está muito feliz. Não estrague tudo, porque ficou com ciúme do primeiro namorado. Eu te conheço bem, vi que ficou se roendo e posso te tranquilizar. Foi um namoro de anos, ele foi importante para ela, sim, não vou mentir, mas foi, não é mais, é tudo no passado. É com você que ela está hoje, e ele não é uma ameaça. Não começa a pensar besteiras.

— Foi esse o namorado de quatro anos dela? Ela me falou que era nova e foi o único importante.

— Foi. E foi uma loucura, como tudo é quando se tem três pais. Bruno sacudiu a cabeça. — Mas como te disse, foi. Já teve outros, já casou e separou daquele animal e agora está com você, feliz e realizada. Para de pensar besteiras.

— Concordo com o Bruno. Sílvia ponderou. — Vocês se amam, estão juntos e felizes, já enfrentaram tanta coisa para chegar até aqui, e você vai desistir agora?

— Amo, amo demais. Enrico suspirou. — Amo tanto que sou capaz de tudo para vê-la feliz, Sílvia. Até abrir mão da minha própria felicidade.

— Ela está feliz com você, não pira meu amigo, por favor. Bruno falou baixo, quando Marina voltou para a mesa com Marcelo e o garçom começou a servir os pratos.

— Vou deixá-los comer em paz. Ele entregou um cartão para ela. — Me liga amanhã? Se puder, já marcamos a reunião para amanhã mesmo.

— Eu te ligo, mas tem que ser depois do meu trabalho, fica ruim?

— Não, fica ótimo. Te esperamos na empresa, e você já apresenta a história. Depois podemos jantar juntos, o que acha? O monstro vai ficar famoso, tenho certeza de que eles vão adorar e aprovar.

— Combinado! Marina sorriu. — O monstro herói é muito importante para mim. Ele abraçou Marina de novo e deu dois beijos na bochecha dela. Abraçou todos com alegria, inclusive Enrico, e se despediu.

— Quem vai ser o primeiro a perguntar dessas 30 histórias? Bruno brincou. — Quero saber tudo! Escondeu da gente?

— Era coisa de menina, tio. Eu escrevia histórias. Nem sei onde está o caderno.

— Foi naquela época que você se trancava o quarto? Ele perguntou sem muita preocupação. — Um dia o Téo arrancou a porta! Ela ficou meses sem porta porque ele não queria que ela se isolasse do mundo!

— O Téo era meio obsessivo, né? Sílvia riu. — Como deixou uma menina de 12 anos sem porta no quarto?

— O Téo é obsessivo até hoje, Sílvia! Enrico gargalhou. — Mas já até sei quem colocou a porta de volta. Acertei?

— O tio Bruno! Ela sorriu e jogou um beijo. — Disse que eu tinha direito à privacidade, e que eu era livre para fazer o que eu quisesse, inclusive ficar quieta no quarto.

— E é claro que fui chamado de permissivo! Bruno balançou a cabeça. — Éramos três homens insanos cuidando de uma menina de 12 anos sem a mínima noção do que fazer! Coitada da Sassá.

— Coitada nada, foi amada, foi mimada e teve três personalidades diferentes ensinando vários pontos de vista. Sílvia alisou o braço dele. — Por isso que ela é tão especial. Vai até escrever um jogo!

— Isso é verdade, Sílvia. Até nas minhas fases ruins eu era muito amada e feliz, pelos três, cada um de seu jeito. Ela olhou para Enrico, que estava quieto. — O que vocês acharam da ideia de fazer o jogo?

— Eu acho que você tem que aceitar a proposta. É um trabalho diferente, pode te abrir muitas portas e é sobre algo que você gosta. Sua primeira redação. Bruno comentou.

— Eu vou tentar, sim, tio. Seria um sonho ver meu monstro virar realidade. Mas eles têm que gostar do personagem e do tipo de história e ver se encaixa no que eles querem para o jogo. Não fique assim tão animado. O Marcelo gostar é uma coisa, tem que ver se os outros também vão gostar. Mas amanhã vou encarar, vou levar a história e torcer para que dê certo.

— Você ficou quieto o caminho todo. Marina falou assim que entraram na casa dela. Ele se aproximou e segurou o queixo para olhar nos olhos dela.

— Por que você escreveu as 30 histórias do monstro? Ainda eram sobre mim?

— Eram, você sempre foi o meu monstro. Eu sentia saudade de você, então ficava no quarto e escrevia algo que me fazia sentir ligada a você. Eu ia te mostrar quando você viesse me ver. Enrico ficou emocionado. Mais uma vez, ele pensava no mal que fez a ela, quando era apenas uma menina e prometeu voltar. A fase ruim que Renato mencionou, o isolamento no quarto que Bruno contou, entendeu que não foi só no quarto que ela se fechou. Ela tinha se trancado dentro de si mesma enquanto esperava por ele.

— Nunca mostrou a ninguém?

— Nunca. Eu ia mostrar só para você. Eu escrevia em um caderno, eram como capítulos daquela primeira redação, era meu jeito de continuar a nossa história, você continuar comigo, me salvando todo dia. Um dia, o Marcelo pediu um caderno emprestado para copiar alguma aula, mas pegou o caderno errado e acabou lendo.

— Quando você parou de escrever?

Marina percebeu que Enrico tinha ficado incomodado com a descoberta e, assim como tinha feito sobre o casamento dela, não pararia de perguntar até que soubesse a verdade. Achou que mentir para ele não era uma opção, era a verdade sobre a vida dela que o envolvia diretamente, e ele saberia pelo olhar dela se não fosse sincera. Estavam entrando em um assunto que ela já tinha superado e até esquecido, mas que ainda era delicado para ele. Decidiu dizer a verdade e lidar com a reação dele.

— Quando eu descobri que você não voltaria nunca mais e que tinha esquecido de mim.

— Como você descobriu isso? Por que chegou a essa conclusão? O que te fez acreditar que eu tinha te esquecido?

— Sempre que eu perguntava de você, o Téo me dizia que você tinha mandado algum recado, ou que você tinha ficado feliz com alguma conquista minha, e que logo você viria me ver. Ele inventava mil desculpas para a sua ausência. Dizia que trabalhava muito, que não conseguiu voo, essas coisas. Eu tinha 12 anos e acreditava. Esperei por dois anos ouvindo tudo isso e um dia pensei em mandar uma mensagem para você, ia pedir para você me ligar. Olhei os e-mails no computador dele escondida e comecei a ler todos. Vi que você nunca tinha me mandado recado nenhum, descobri que nunca tinha nem perguntado sobre mim e dizia sempre que não voltaria, nem para visitar, que queria esquecer tudo daqui. Nesse dia, eu fechei o caderno e nunca mais escrevi.

— Foi nesse dia que você disse ao Bruno que eu morri com seu pai? Marina sentiu o corpo gelar, não esperava que ele soubesse disso.

— Não, foi um pouco depois. O Téo e o Mateus iam te visitar e queriam me levar junto. Eu não queira ir, não queria ver você, era uma menina, tinha 14 anos e estava magoada. Pedi ao Bruno para convencer o Téo de deixar eu ficar na casa dele. Mas isso passou, Enrico, por favor, não vai começar com aquela culpa de novo.

— Quando você deixou de me odiar?

— Eu nunca te odiei, Enrico, eu tinha 14 anos e fiquei magoada, só isso. Depois eu esqueci, cresci e não pensei mais.

— Você disse novamente que eu tinha morrido com seu pai na véspera de viajar a Nova York, Marina. Não foi uma mágoa que passou, você me odiou por anos. Vou perguntar de novo. Quando você deixou de me odiar?

Ela suspirou e acariciou o rosto dele. Não tinha como fugir daquela conversa e estava com muito medo de aonde poderiam chegar.

— Quando eu te encontrei na livraria e fomos ao café, eu acho. Eu percebi que você não era o mesmo homem, entendi que a sua vida mudou. Depois você me contou tudo que viveu naquela época, e eu entendi que também foi difícil para você. Você também estava sofrendo.

— Você ainda tem esse caderno?

— Tenho.

— Gostaria de ver. Ela abriu uma porta da estante da sala, na qual guardava os CDs, e tirou o caderno.

Um caderno comum, bem gasto, com desenhos de monstros sorridentes, feitos por uma adolescente na capa e em várias páginas, de jeitos diferentes. Mas em todos os desenhos ele usava gravata. Ele serviu um copo de uísque e se esparramou no sofá, começando a ler, curioso. Percebeu que ele se desligou de tudo e estava concentrado, como se olhasse dentro do mundo dela aos 12 anos. Decidiu deixá-lo sozinho, sabia que ele precisava de silêncio quando se desligava do mundo em volta.

Voltou um tempo depois já de camisola. Ele tinha terminado a leitura e olhava para fora da janela. Tentou ser casual, não tinha ideia do que ele estava pensando.

— Gostou das histórias?

— Muito. Você tem o dom de escrever. Muita criatividade e ótimas ideias de desafios e vilões.

— O que você achou da ideia de fazer um jogo?

— Acho sensacional, algo diferente, uma experiência nova para você. E, como o Bruno disse, pode te abrir muitas portas.

— Você, como personagem principal, autoriza? Ela brincou, sorrindo e se sentou no colo dele.

— Autorizado.

— Você está chorando?

— Eu te fiz muito mal, Sassá. Eu nunca parei para pensar que você precisava de mim, que eu tinha prometido estar com você. Pensei só na minha dor, fui egoísta. Eu tinha uma responsabilidade com você, com o Renato, com o Bernardo e a Isabel. Falhei com todos vocês! Me perdoa, as coisas aconteceram, saíram de controle, tudo parecia um pesadelo! Eu te amava tanto, você sempre foi a parte mais doce da minha vida, e eu simplesmente te esqueci, porque eu estava amargo. Acho que a única parte que tinha alguma coisa boa na minha vida era você. Estar lá quando você nasceu, brincar com você, era tudo tão maravilhoso quando eu estava com você, eu sempre te amei muito, de verdade, Sassá!

Ele nunca mais tinha a chamado de Sassá, e ela entendeu que ele falava com a menina de novo, que as lembranças tinham voltado e, mais uma vez, sentiu medo de que esse sentimento pudesse separá-los. Acomodou-o em seu colo, enquanto fazia um cafuné, e deixou que ele chorasse e desabafasse aquela dor da culpa que sentia.

— Estamos juntos agora, Enrico, isso é o que importa. Nossa vida está começando, lembra?
— Eu te amava demais, Sassá. Me perdoa?

Capítulo 29

Marina levou o caderno com suas histórias e desenhos para a reunião na empresa de Marcelo no dia seguinte, no fim da tarde, como tinham marcado. Todos adoraram e aprovaram na mesma hora o novo personagem. Fizeram uma proposta irrecusável para o trabalho.

Ela teria total controle sobre o personagem e as histórias, um contrato independente, ótima remuneração e horários alternativos, para que pudesse dedicar-se ao projeto e manter seu emprego na editora. Passaram toda a semana planejando e acertando os detalhes de seu contrato de trabalho em reuniões noturnas e jantares com Marcelo e toda a equipe. Conheceu todos com quem trabalharia e sentiu-se muito à vontade com cada um.

Ela estava muito empolgada, e Enrico, por mais que estivesse um pouco receoso com a proximidade dela com o tal namorado de colégio e a carga de horário de trabalho que ela iria assumir, estava feliz por vê-la realizar algo tão importante não só para a vida dos dois, mas também sempre lembrava do orgulho de Bernardo e Isabel quando aquela simples redação tinha ganho um concurso nacional.

Assim que apresentaram o contrato finalizado com todas exigências e garantias, ela levou para Mateus, que estava radiante com a novidade. Ele tinha feito a primeira sessão de quimioterapia e estava bem abatido, mas estar com ela foi como se iluminasse o seu dia. Contou animada sobre o ilustrador que estava criando o personagem, a expectativa de lançarem ao mesmo tempo o jogo, uma animação e a história em quadrinhos, e, principalmente, por eles terem aceitado os horários alternativos.

— Vou trabalhar dobrado. Não terei noites nem fins de semana livres até encaminhar tudo, mas acho que vale a pena! O que você acha, tio?

— Achei tudo maravilhoso, Sassá. Começo de carreira é assim mesmo, exige dedicação e tempo. Mas quero ler esse contrato antes de você assinar. Quero ter certeza de que você está segura.

— Claro! Trouxe para você ler assim que recebi hoje. Ela sorriu e entregou o envelope, relembrando da recomendação que ele fez quando ela completou 18 anos. — Não assino nada sem você ler, analisar e aprovar! Nunca!

— Isso mesmo, minha filha. Ele concordou. — Isso é para te proteger de alguma armadilha. Sempre vou cuidar de você.

— Enfim sós! Enrico sorriu quando entraram no apartamento de Marina depois do jantar especial que Téo fez questão de fazer na casa dele para comemorar a assinatura do contrato.

— Foi a semana mais intensa da minha vida! Eu estava tão nervosa com tudo, tinha medo de que algo desse errado! Mas agora vem a parte mais difícil. Trabalhar, trabalhar e trabalhar. Quero que tudo fique perfeito, como sempre imaginei quando escrevia.

— Vai ficar, tenho certeza.

— E vai ser um bom dinheiro. Estou pensando em colocar tudo no fundo. O que você acha?

— É uma boa ideia, deixa guardado para quando você quiser usar.

— Pensei isso também, assim reponho um pouco do que gastei na compra do apartamento. Ela estava muito acelerada. — O ilustrador vai me entregar algumas ideias na segunda. Estou ansiosa! Já disse que ele tem que ser grande, estar sempre sorrindo e usar gravata. E ele pediu uma foto minha de criança! Vai fazer a menina com as minhas características! Ela se sentou no sofá, e ele ligou o som.

— Dança comigo?

— Dançar? Ela estranhou. — João e Maria?

— Achei que seria uma boa maneira de terminarmos a semana. Estendeu a mão para ela. — E começarmos sua nova vida. Ele a rodopiou pela mão e a trouxe para perto. — Escritora infantojuvenil. Você estará começando uma nova carreira, meu amor. Estou muito feliz por você.

— Você diz que está feliz, mas não parece muito. Ela deitou a cabeça no peito dele, acompanhando o ritmo da música. — Acha que não vou dar conta dos dois trabalhos?

— Você vai dar conta, tenho certeza.

— Por que parece que você está apreensivo, então?

— Sua vida vai mudar, seus horários, sua rotina. Ele a beijou nos lábios. — Já estive onde você está, meu amor, sei que é difícil.

— Mas você estará comigo, não estará?

— Eu quero muito, não sei se você vai querer.

— Do que você está falando? Ela se afastou, e ele sorriu calmo e a rodopiou de novo, trazendo para perto.

— Você terá que dedicar todo seu tempo e sua energia agora. Ele suspirou. — O começo de uma boa carreira nunca deixa muito espaço para a vida pessoal. Olhe para todos os casamentos do Mateus, para a vida do Bruno, para o meu casamento.

— Prefiro olhar para o casamento do Téo.

— É um bom argumento. Ele sorriu. — Mas o Pedro é santo.

— Você está dizendo que não ficaremos juntos? Por causa da minha carreira?

— Não, estou dizendo exatamente o contrário. Que você tem que se dedicar, priorizar seu trabalho e que eu estarei aqui ao fim do dia, te esperando voltar para nossa cama.

— É o que fazemos hoje, Enrico. O que vai mudar?

— O seu mundo vai se abrir, Cinderela. Ele a abraçou junto a seu corpo. — Talvez você não queira voltar no fim do dia.

— Eu sempre vou voltar.

— E eu sempre vou estar te esperando. Segurou o rosto dela entre as mãos e beijou suavemente. — Eu te amo tanto, Marina, que sou capaz de escolher a dor para mim, só para te ver feliz.

— Enrico...

— Sua vida está começando, meu amor. Os olhos se encheram de lágrimas. — A minha não. Ele a beijou novamente, e ela se segurou no seu pescoço, pulando em seu colo.

— Me leva para a cama, Enrico. Eu amo você.

Marina entendeu sobre o que ele dizia. Não era só sobre o trabalho dela se tornar uma prioridade agora. O encontro mal resolvido com a filha, que ele nunca mais mencionou, e a doença de Mateus ainda pesavam para ele. O peso da distância dos filhos, sempre agindo como se o odiassem, a arrogância e a agressividade da filha naquela noite, julgando e acusando-o de falta de amor. E ele também viu o amigo cheio de planos para aproveitar a vida, em um dia e, no outro, lutando para sobreviver em um tratamento extremamente agressivo e doloroso. Ele estava com medo do que poderia ter que enfrentar em sua própria vida. Ele a deitou na cama, e, quando estava despindo-a, ela sussurrou.

— Você disse que queria ter filhos. Ele a olhou assustado. — Eu parei a pílula naquele dia e completei o ciclo.

— O que quer dizer com isso?

— Que se você mudou de ideia, precisa voltar a usar a camisinha. Ele suspirou e se deitou sobre ela.

— Não mudei de ideia, meu amor, claro que quero ter filhos com você, casar, quero realizar com você todos os planos que fizemos. Mas são os seus planos que devem mudar agora. Não é um bom momento para você engravidar. A sua carreira está começando...

— A minha mãe foi a mulher mais feliz do mundo, Enrico. Ela sempre se emocionava quando lembrava da mãe. — Ela não precisou de uma carreira para isso, porque ela tinha um marido e dois filhos que a amavam demais.

— Marina, você é a mulher mais incrível do mundo. Eu te amo demais, sempre vou estar com você e te amar muito. Mas tem momentos em que você precisará escolher... Ela colocou o polegar nos lábios dele, interrompendo-o.

— Eu te amo, Enrico. Se eu tiver que escolher qualquer coisa na minha vida, a minha escolha sempre será você.

— Teremos nossos 10 filhos, então? Sorriu emocionado com a declaração dela.

— Dois está ótimo. Ela sorriu e o abraçou, iniciando um beijo excitante e acariciando as costas dele. — Vem comigo pro reino mágico, vem.

Ele a amou com tanta emoção, com tanta intensidade, que parecia que havia um terremoto entre os corpos. Tudo foi maior naquela noite. O prazer parecia infinito com os gemidos sussurrados e as declarações de amor.

— Você terá tudo que quiser, Marina. Terá a sua carreira e a nossa família e será sempre muito amada. Você vai ser muito feliz, eu prometo. Vou te fazer muito feliz.

Marina percebeu que a apreensão de Enrico sobre os trabalhos e a carreira dela estava certa. Os dias que se seguiram foram de total correria até conseguir se adaptar aos horários insanos e organizar os dois trabalhos. Aprovou três novos contratos com escritores na editora, e todos exigiam muito a atenção dela. O início das negociações de editora, logo após as avaliações de originais e aprovações, era sempre mais trabalhoso, com muitos detalhes e minúcias até a assinatura do contrato de publicação. E ainda acompanhava os outros que estavam em andamento, como a biografia de seu pai, que Téo já estava escrevendo e a mantinha sempre informada.

À noite e nos fins de semana, dedicava-se a reescrever as histórias, com três perfis diferentes: um para a revista em quadrinhos, outro para a animação e o terceiro para os níveis do jogo. Acompanhava atentamente o trabalho do ilustrador, em reuniões que pareciam intermináveis, experimentando cenários e criando vilões, sempre na companhia de Marcelo, que liderava a equipe e comandava o projeto todo com entusiasmo. Apesar de cansativo, era um clima ótimo de trabalho. Todos tinham certeza de que o jogo seria um sucesso. Mesmo com tanta dedicação ao trabalho, não abria mão das prioridades da vida pessoal, e Enrico estava mais tranquilo, percebendo que ela estava conseguindo equilibrar tudo, principalmente as visitas diárias a Mateus, o contato com os tios e as noites com ele.

Mesmo quando trabalhava até de madrugada e chegava em casa quando ele já estava dormindo, acomodava-se em seus braços, recebendo beijos sonolentos e carinhos rápidos. Mas não deixava de estar com ele todas as noites. Algumas vezes, ele estava dormindo tão pesado que nem percebia que ela tinha chegado, mas ficava feliz em acordar na manhã seguinte com ela em seus braços.

Enrico já tinha se adaptado bem ao novo escritório e à nova equipe. Trabalhava com horários regulares e sem muita correria. Viajou algumas vezes para a Argentina e outros países para as contratações de novos correspondentes, como fez no Brasil, mas sempre em viagens rápidas, voltando em dois ou três dias, com saudade e muito amor.

Mateus iniciou a quimioterapia e a radioterapia, e os tratamentos o deixavam muito debilitado, mas com uma chance grande de recuperação. Estava feliz, com todos os filhos sempre por perto e a dedicação de Clarice, que não saía do lado dele para nada.

Bruno e Sílvia ainda mantinham o romance discreto, sem assumir publicamente, mas os dois estavam comprometidos e levando a relação a sério, o que era uma novidade para os amigos de Bruno, já que ele não saía mais todas as noites para baladas e bares. Parecia que tinha sossegado, nunca mais tinha aparecido em fotos com modelos e, quando precisava comparecer em eventos sociais por causa do trabalho, ia acompanhado de Marina, que sempre dava um jeito de estar presente e nunca faltar para ele.

Téo decidiu aposentar-se definitivamente da editoria do jornal, mas manteve as participações em programas de televisão como comentarista e crítico cultural. Dedicava todo seu tempo, muito feliz, ao novo livro, que ele dizia ser o mais importante de sua vida, a biografia de Bernardo Dias.

— Você não está aprontando nessas viagens, heim? Estou de olho em você, sei que é um traste com esse pinto balançando por aí. Não vai aprontar com a minha menina! Téo sempre o incomodava, quando ele passava dias fora.

— Você está usando tóxicos, Teodoro? Claro que não! Amo a Marina, não tenho e não quero outras mulheres. Pode ter certeza disso.

— Teodoro é o teu cu, Enrico! Te conheço há 40 anos, conheço sua história. Acho bom mesmo que esteja se comportando. A coitada da menina está trabalhando que nem louca, mas eu estou de olho. Já avisei que mando te matar!

— Dá para parar, vocês dois? Bruno perdeu a paciência com a discussão quando estavam reunidos em uma visita a Mateus. — Se abracem, façam as pazes e sorriam. Parecem crianças!

— Deixa Bruno. Mateus respondeu sorrindo. — Essa troca de gentilezas entre eles anima meu dia. Estou cercado de tanto amor que o duelo faz a vida parecer mais normal.

— Mudando de assunto, tenho uma novidade para vocês! Téo sorriu e olhou com desprezo para Enrico. — Estou saindo do jornal! Termino este mês e me aposento!

— Aposentar? Bruno se espantou. — Vai ficar fazendo o que o dia inteiro, Téo?

— Eu apoio, aproveite a vida, meu amigo! Você e o Pedro passaram a vida trabalhando, agora merecem aproveitar bastante e juntos! Mateus falava com a voz embargada. Era o plano dele e agora estava preso em uma cama.

— Concordo com o Mateus. Você está velho, precisa descansar. Enrico provocou.

— Não é aposentadoria total. Vou largar só o jornal. Vou continuar com as participações nos programas e me dedicar mais à biografia do Bernardo. Devolveu a provocação a Enrico. — E usar meu tempo para vigiar uns e outros tarados por aí, antes que minha menina seja traída! Todos gargalharam.

— Vou te levar nas minhas viagens, Téo. Assim você poderá ficar pertinho de mim e conferir que sou o melhor marido do mundo.

— Marido não. Só dei permissão para o namoro! Não abusa!

— Mas vai ter que permitir o casamento, Téo. Mateus sorriu. — Ou vai me privar de ver a Sassá se casando com nosso melhor amigo?

— Que golpe baixo, Mateus! Téo balançou a cabeça e arrumou as cobertas do amigo. — Aguenta aí, nada de apressar. Você vai ficar bom, e vamos juntos arrumar um marido decente para a Sassá.

— Ele está irredutível, eu tentei, Enrico. Mateus piscou. — Então agora só resta você, Bruno. Vai me convidar para o seu casamento?

— Meu casamento? Acho melhor insistir mais com o Téo para o casamento da Sassá. Eu apoio vocês, seremos três contra um! Bruno brincou, e todos riram.

— Não pensa mesmo? Achei que estava apaixonado, que tinha planos.

— Apaixonado estou. Acho que quase como o Enrico, diria, loucamente apaixonado. Todos comemoraram. — Mas não se empolguem, não penso em casamento.

— Por quê?

— Acho que não é para mim. Tenho a impressão de que, se eu casar, vai perder a graça. Ele falou pensativo. — Mas se isso alegra vocês, dependendo da roupa que vou usar, tenho que buscar na casa dela. Já estamos com metade do armário de cada um em cada casa. Uma bagunça que estou adorando!

— Para mim está bom. Está como eu e a Marina. De manhã combinamos onde vamos dormir à noite. Não sabemos onde, mas sabemos que será juntinho. Enrico deu um sorriso cheio de ternura.

— Isso mesmo. Se levar em conta que eu saía toda noite para badalação, já é o bastante. Não me lembro a última vez que dormi sozinho.

— Pela primeira vez em 40 anos, estamos todos em sintonia de amor. Mateus estava feliz com os amigos. — Clarice tem sido maravilhosa para mim também.

— Até que enfim. Eu vivo essa maravilha de ser amado há 40 anos com Pedro. Nunca tivemos uma briga!

— O Pedro é santo, Téo. Não conta.

Capítulo 30

Marina chegou em casa já passava das 2 horas da madrugada, e Enrico estava na sala, esparramado no sofá, com olhar distante, ouvindo um disco de Simonal. Ela sabia que ele não estava bem. Simonal era o ídolo que ele só visitava quando queria se esconder nas lembranças do passado e fugir da realidade.

— Está acordado ainda? Ela viu a garrafa de uísque quase no final. — O que aconteceu?

— Eu estava sem sono e fiquei te esperando. Ele forçou um sorriso, esticando os braços para ela. — Senta comigo aqui um pouquinho? Estou com saudade de você no meu colo. Gosto de ficar assim com você, bem pertinho.

— Você não está bem, Enrico, não quer me contar o que aconteceu? Ela insistiu.

— Vi a Amanda hoje em um restaurante, estava com o Fernando e alguns amigos. Estavam felizes, acho que comemoravam alguma coisa. Tinham champagne na mesa. Não sei nem se era o aniversário de um deles.

— Você falou com eles?

— Não. Eles me viram, mas me ignoraram, e preferi não forçar uma aproximação, não queria começar uma discussão, ainda mais em lugar público. Já sei que me odeiam, não preciso ouvir de novo. O Fernando ficou parecido comigo. Ele é bonito e alto. Mas não é forte, é magrelo, como sua mãe costumava dizer que eu era. Ela dizia que depois que fiquei mais forte, fiquei mais bonito. Ele sorriu triste.

Marina suspirou, encaixando-se no seu colo, e beijou carinhosa, sentindo o gosto forte de álcool. Ele a prendeu em um abraço.

— Você não me disse que ia sair para jantar. Foi sozinho?

— Fui com o Alberto, quis dar um apoio a ele, mas ele que acabou me apoiando. Eu tinha ido ver o Mateus e encontrei com ele lá, arrasado. Mateus não está nada bem, vão ter que interromper a quimio para ele se fortalecer um pouco. Ficou muito fraco com a dose cavalar de medicação. Está preso naquela cama, mal consegue falar.

— Ele está lutando bravamente. Eu passei lá de manhã, dei um beijo nele. Ele estava dormindo.

— Eu não teria tanta coragem, acho que já teria me entregado e desistido. É uma luta injusta demais. Sente dores, mal consegue se levantar. Enrico estava com os olhos cheios de lágrimas. — E você? Como foi o trabalho? Definiram os cenários da animação?

— Definimos tudo e finalizamos a parte gráfica. Já está toda escolhida. Agora tenho só que terminar a escrita. Vou poder ficar mais com você, sei que estou em falta.

— É o seu trabalho, não se culpe. Mas fico feliz que tenha conseguido finalizar, é um passo mais perto da realização. O ilustrador é muito bom, tenho certeza de que vai ficar ótimo. Gostei dele, achei muito simpático quando o conheci. Você jantou?

— Jantei. Fomos a um restaurante depois que finalizamos. Ela deitou a cabeça no peito dele, e ele acariciou seu cabelo. — Eles são divertidos, mas estão sempre animados demais.

— Eles? A reunião não era só com o ilustrador?

— Era, mas o Marcelo acabou aparecendo também. Ele é meio controlador, gosta de acompanhar tudo.

— Ele gosta é de ficar perto de você. Aproveitou a oportunidade do trabalho para se reaproximar. Ele tem outras intenções, você sabe disso.

— Ele está perdendo tempo. Sempre deixei claro que estou com você.

— Ele te cantou, não é? Enrico falou com uma ponta de irritação.

Ela poderia negar, mas sabia que ele já tinha percebido e não queria mentir. Marcelo sempre falava sobre os velhos tempos, fazia convites mais íntimos e sempre insinuava ainda sentir uma forte paixão por ela, inclusive no jantar dessa noite, quando insistiu de novo que eles poderiam ter uma nova chance, que queria retomar o namoro, agora mais maduros e experientes.

— Tentou, mas não dei abertura.

— Ele é jovem, bonito e tem uma carreira promissora. É um bom partido. Seu primeiro namorado e, pelo que entendi, sua primeira transa também. Enrico estava com ciúme. — Devo me preocupar?

— Não, não precisa se preocupar. Porque ele não é você. Eu amo você. Ele ergueu o corpo para servir mais uma dose de uísque, e ela tirou o copo da mão dele. — Você já bebeu demais. Vamos para a cama, vem comigo.

— Vai indo. Ele respondeu seco. — Vou ficar aqui mais um pouco com meus pensamentos.

— Vem deitar comigo? Ela falou em tom doce. — Ficar juntinho de mim?

— Pode ir, vou ficar aqui mais um pouco. Ele serviu o copo e deu um gole.

— Vem, Enrico. Ela insistiu e sorriu maliciosa. — Amanhã é sábado, temos a manhã inteira para ficar de preguiça na cama...

— Não é excitante saber que minha mulher acabou de ser cantada em um jantar com outro homem, Marina. Ela se afastou com o tom dele.

— Eu deveria ter mentido para você?

— Não sei, tanto faz, ele deixa claro para todos que quer trepar com você. Você negar, não faz diferença. Ele balançou a cabeça sem paciência e deu outro gole. — Me deixa sozinho.

— Vem, Enrico. Por favor... Ela segurou na mão dele, e ele sacudiu com força, para se livrar do contato, e a empurrou, afastando de uma vez e gritou.

— Me deixa! Vou embora. Vou dormir na minha casa hoje. Ele se levantou e estava tonto.

— Você não pode dirigir assim, Enrico. Ela o segurou antes que desequilibrasse. — Vem deitar.

Ele percebeu que tinha exagerado na bebida, concordou com a cabeça ainda irritado e a afastou de novo, dessa vez, empurrando com mais força. Foi para o quarto sem falar nada, deitou-se na cama de roupa, e adormeceu antes que ela terminasse de arrumar a sala e trocasse de roupa.

Enrico abriu os olhos e sentiu a dor de cabeça da ressaca. Olhou para Marina, adormecida distante dele na cama. Era a primeira vez que não a tinha em seus braços ao acordar, e isso o entristeceu. Fechou os olhos e lembrou da noite passada. Suspirou arrependido, tinha sido injusto com ela. Descontou a frustração que tinha guardado pela vida toda em relação aos filhos e a dor de ver Mateus quase definhar usando o jantar com o amigo como motivo de desconfiança. Realmente teve ciúme, mas ela merecia a sua confiança, sabia que nunca o trairia. Aproximou o corpo e puxou-a para perto, fazendo-a despertar e abrir os olhos assustada.

— Calma, não queria te assustar. Ele beijou a sua mão. — Vem aqui, pertinho de mim, gosto de acordar com você nos braços. Eu te amo, Cinderela.

— Você está bem?

— Vou ficar. Me desculpa por ontem?

— Tudo bem. Ela se virou de costas, mas não encaixou nele.

— Não está tudo bem, meu amor. Eu fui grosseiro com você, e você não merecia. Tive uma noite difícil e descontei em você. Sinto muito.

— Você estava bêbado.

— Eu bebi demais, mas não estava bêbado. Vem pertinho de mim? Deixa eu te fazer um carinho?

— Eu vou fazer café. Ela tentou se levantar, e ele a segurou.

— Ei, é cedo ainda. Eu sei que errei, não devia ter falado naquele tom com você. Estou pedindo desculpas. Eu te amo demais. Fica aqui comigo? Você disse que teríamos a manhã para ficar na cama...

— Eu tive medo de você ontem, Enrico. Ela falou de repente, em um tom seco, afastando-se, sem olhar para ele.

— Medo? Ele se sentou na cama em um pulo. — Medo de mim?

— Medo! Medo que uma palavra errada que eu dissesse, você...

— Não, Marina! Nunca! Eu nunca faria nada de mal a você! Ele percebeu que a bebida o tinha transformado mais do que ele lembrava. — Eu sinto muito! Eu te amo, Marina, nunca te faria mal, você sabe disso. Desculpa, meu amor.

— Tudo bem, Enrico. Vou fazer o café. Você precisa tirar essa roupa e tomar um banho, vai se sentir melhor.

Enrico se sentou na beira da cama e colocou a cabeça entre as mãos. Lembrou dos dois empurrões que deu nela e percebeu que ela estava certa. Poderia tê-la machucado. Sentiu raiva de si mesmo, dos filhos, do amigo que a cantou, do mundo. Marina era a única que não tinha feito nada, e ele a tratou daquela maneira. Pensou no medo que ela devia ter sentido com a reação violenta dele depois do que tinha passado com o ex-marido. Entrou no banho e deixou a água escorrer.

— Você quer que eu vá embora? Ele perguntou na porta da cozinha.

— Você quer ir embora?

— Não. Ele se aproximou. — Eu quero te pedir perdão e dizer que te amo demais. Mas sei que o que eu fiz ontem...

— Vai se repetir?

— Não, meu amor, nunca mais. Ele a abraçou. — Eu te prometo.

— Você não é bom em promessas, Enrico. Não comigo.

— Eu sei. Ele suspirou. — Melhor eu ir. A gente se fala depois.

— Você vai sumir de novo? Vai se mudar para a Rússia desta vez?

— Por que você está trazendo esse assunto de novo? O que aconteceu ontem não tem nada a ver com 17 anos atrás!

— O teu sentimento tem. Você estava sofrendo pela morte dos seus amigos, como está agora com a doença do Mateus. Estava triste por causa da rejeição dos seus filhos, como ficou ontem ao encontrá-los. E você decidiu ir embora e esquecer os problemas.

— Mas agora eu tenho você, Marina. Você é importante para mim.

— Você também me tinha, Enrico. Não como hoje, mas sempre insistiu que eu era importante.

— Era. E ainda é! Porra! Eu estava, sim, sentindo tudo isso e soube que minha mulher teve um jantar romântico com a merda do melhor primeiro namorado dela. Eu tinha bebido e perdi o controle! Eu senti muito ciúme, medo de te perder e quase te machuquei. Sei de tudo isso e me odeio por tudo isso! Não vou para Rússia, Marina. Só vou esfriar a cabeça.

— Não foi um jantar romântico, Enrico, eu estava trabalhando!

A campainha tocou, e Enrico atendeu irritado. O porteiro entregou sorrindo um enorme buquê de flores. Enrico leu o cartão. *"Adorei o jantar. Podemos nos ver hoje de novo? Com Amor. Marcelo".*

— Trabalho? Tem certeza? Enrico jogou as flores em cima da mesa e saiu, apressado, irritado e apavorado. Era a primeira vez que sentia que podia perder o amor de Marina. Estava com medo e não sabia o que fazer.

Entrou no carro e deu três socos no volante. Sentia raiva de tudo, do mundo, da vida, daquelas malditas flores e de si mesmo. Marina era o que tinha de mais lindo na vida. Todo o amor, toda a doçura, toda a alegria dela estava impregnada nele.

E sempre foi assim.

Era o sorriso dela de bebê que enchia o seu coração de afeto quando tinha um dia difícil e passava na casa de Bernardo apenas para embalá-la em seus braços. Aquela energia que ela transbordava quando era uma menina e pulava no pescoço dele, brincavam de correr, rolando pelo chão quando ele a alcançava e o fazia gargalhar. E foi ela também que encheu a vida dele de amor depois daquele encontro em Nova York.

Ela mudou tudo. Ele não estava mais sozinho, ele tinha planos, ele tinha prazer, ele tinha romance. Foi ela quem fez o coração disparar e o ar faltar e ele se apaixonar de verdade pela primeira vez na vida. Não poderia perdê-la agora, não tão facilmente. Saiu do carro e voltou para o elevador.

Abriu a porta e a viu chorando no sofá. As flores estavam no lixo.

— Eu te amo pra caralho, Cinderela. Me perdoa por ontem. Não posso perder você por causa de uma noite de ciúme. Ela pulou no pescoço, como quando era criança. — Vai precisar de muito mais que isso para eu desistir de você, meu amor.

— Você não vai me perder, Enrico. Eu te amo demais. Eu sempre fui tua.

— Me desculpa por ontem? Eu poderia ter te machucado, eu sei, mas não foi por vontade, foi sem querer, eu perdi o controle.

— Eu sei. Você prometeu que nunca mais vai acontecer. Sabe que precisa controlar a bebida.

— Nunca mais, Cinderela, nunca mais. Eu te amo tanto. Beijaram-se, e ele a colocou no chão. — Você disse que poderíamos passar o sábado juntos. Ainda podemos?

— Sábado e domingo. Quero ficar só com você.

— Então se arruma que vamos viajar. O que prefere, praia ou campo? Só nós dois.

— Praia! Vou tomar banho rapidinho! Ela correu para o quarto e voltou até a porta. — Pode ser um pouco mais demorado se eu tiver companhia. Vem?

Tiveram um fim de semana maravilhoso, sem pensar nos problemas, só curtindo um ao outro. Era tudo que precisavam para conversar e Enrico se livrar de vez de todas as preocupações. Marina deixou claro que não tinha interesse em mais ninguém, queria estar com ele. E isso foi importante para que ele voltasse a sentir seguro e abandonasse os pensamentos sobre perdê-la. Caminharam na praia, passearam pela cidade e amaram-se muito. Estavam fortes de novo e juntos.

— Acredita mais em mim, Enrico, acredita em nós. Lutamos tanto para chegar até aqui. Não deixa tudo acabar por uma insegurança. Acredita no meu amor por você. É sincero, é verdadeiro e é maior que tudo isso aí fora.

— Eu acredito, meu amor. Eu te amo demais, não vou te perder.

Capítulo 31

Todos se reuniram na casa de Mateus para assistir à estreia da animação, que foi dividida em três partes e seriam apresentadas semanalmente, em horário nobre nos canais abertos e em canais a cabo infantojuvenis. Na quarta semana, fariam a distribuição da história em quadrinhos, gratuitamente, para só depois lançarem o jogo.

A desenvolvedora estava apostando que seria um sucesso de vendas e decidiram lançar não só em plataformas de videogames, como também em formato de aplicativo para celular e tablet. Junto à apresentação da primeira animação, divulgariam o início da pré-venda, que já seria um termômetro para o interesse no mercado.

Todos ficaram emocionados de ver o primeiro trabalho dela, principalmente Enrico, que tinha se recusado a ver como o monstro seria antes do lançamento. Insistiu que queria esperar quando tudo estivesse pronto. Ela tinha escolhido um personagem muito simpático e colocou os detalhes da gravata, do tamanho grande e do cabelo desarrumado no topo da cabeça, que tinham ficado como registros delicados das suas memórias de criança, quando ela criou o monstro herói dela.

O primeiro episódio da animação mostrava o nascimento da menina, linda e alegre, e o monstro cantava uma música, que fizeram especialmente para o jogo, com ela nos braços enquanto a levava para sua caverna e prometia cuidar dela. Seguia a redação original, na qual a menina era a filha do rei e da rainha que tiveram seu castelo atacado por várias tribos de vilões — que apareceriam cada uma em um nível do jogo.

Todos riram quando apareceu a caverna do monstro. Era uma cópia da sala do apartamento de Enrico e tinha três amigos monstros o esperando. Ela colocou as características dos tios nos monstrinhos, usando todas as referências da vida real na animação, para dar um toque especial, que só eles entenderiam. Nada disso apareceria no jogo nem nos quadrinhos, que já focaria somente na fantasia, contando das lutas e guerras, com a menina em perigo. E o desafio do monstro era sempre salvá-la.

— Ficou maravilhoso, Sassá! A menina é igualzinha a você! Bruno a abraçou saudoso. — E eu também virei um monstro! O monstro mais lindo de todos era eu! Que saudade da nossa menininha travessa!

— Venha cá, me dê um abraço, minha filha. Mateus pediu, deitado na cama. Não estava tendo forças nem para se sentar, e ela se deitou ao lado dele. — Me emocionei de ser um monstro também. Obrigado por essa linda homenagem! Você vai ter muito sucesso, Sassá. Vai ser a maior escritora deste país, eu tenho certeza! Siga com as crianças, você tem muita criatividade! Mas não desista de escrever seu romance. Promete para mim?

— Maior escritora do país e do mundo! Téo se desmanchava em lágrimas. — A minha menina linda! E eu fiquei o monstro mais fofo! Baixinho, gordinho e até de óculos!

Enrico não dizia nada, apenas a olhava sorrindo, com olhos molhados, entregue às lembranças e à nova sensação, tão maravilhosa de vê-la realizando algo especial e em saber que esteve ao seu lado, que a incentivou e, principalmente, que foi o amor por ele que a inspirou a escrever a história. Sentia o mesmo orgulho que sentiu quando Bernardo contou que ela ganhou o concurso de redação, aos 11 anos, e entregou o rascunho, sorrindo.

— Vocês fizeram tudo isso ser possível. Eu devo tudo a vocês. Ela falou emocionada, beijando Mateus com carinho. — Queria que essa animação fosse uma homenagem por tudo que fizeram por mim, todo o amor, toda a dedicação e toda a paciência. Eu amo muito todos vocês!

— E hoje teremos brinde. Tenho certeza de que Bernardo e Isabel estão aqui, muito orgulhosos também. Mateus anunciou comovido. — Téo, peça para a Clarice trazer a garrafa, por favor, ela já ia deixar tudo preparado.

Téo buscou a bandeja, e Clarice se juntou a eles no brinde mais que especial.

— Se acomodem, meus amigos, estamos juntos de novo. Hoje é dia de celebrar essa conquista linda da nossa filha. Téo falou com os olhos ainda cheios de lágrimas.

Bruno serviu os copos, e eles ergueram, deixando apenas os copos de Mateus, Bernardo e Isabel cheios na bandeja.

— Ao sucesso da menina, que se tornou a mulher mais incrível do mundo. Enrico falou sorrindo, com a voz embargada. — Que todos os seus sonhos de infância se tornem realidade. Nós te amamos muito, Sassá. Deixou as lágrimas escorrerem quando bebeu em um gole, e ela se encaixou em seus braços, emocionada, colando a cabeça em seu peito. — Eu te amo, Sassá. Beijou a testa dela e depois os lábios. — Eu te amo demais, Marina.

Ela percebeu que ele estava começando a conseguir realmente lidar com as duas pessoas em sua vida, a menina e a mulher. Usava os nomes para separá-las e já não se incomodava mais com a lembrança da menina.

A desenvolvedora promoveu uma festa para o pré-lançamento do jogo, e Enrico a acompanhou, muito orgulhoso e feliz, junto de Téo, Pedro, Bruno e Sílvia. Ainda sentia ciúme das investidas de Marcelo, que não se preocupava em esconder o interesse nem na frente dele, mas estava decidido a confiar em Marina e na força do amor entre eles. Não deixaria que a insistência do ex-namorado interferisse na relação deles.

A festa encerraria de vez a obrigação da convivência diária entre eles, e isso era um alívio para Enrico. A vida voltaria ao normal, com ela trabalhando apenas na editora, e eles teriam novamente mais tempo juntos. Tinham planejado algumas viagens pequenas em fins de semana e feriados prolongados, como fizeram indo para a praia pouco mais de um mês antes e iriam para a Itália, na folga de Natal e Ano Novo, visitar Renato e a família, como ele tinha prometido. Achava importante que eles estivessem juntos, pelo menos, uma vez ao ano.

Téo e Bruno já haviam ido embora, e ele estava perdido nos pensamentos, sentado sozinho, olhando para ela, tão linda e perfeita, sorrindo para todos. Ainda estava sendo cumprimentada e fotografada com algumas personalidades e dando entrevistas para a imprensa contratada para a divulgação, quando Marcelo se aproximou.

— O monstro herói não vai ser apresentado ao público?

— Não. Ele balançou a cabeça. — Ele vive em uma caverna, escondido. Os holofotes são só para ela, tudo isso é uma conquista dela.

— Achei que deveria ter um nível no jogo que mostrasse quando ele foi embora. Ficaria mais real, mostrar a menina chorando, implorando por ele, sozinha e triste. Poderíamos criar uma caverna para ela se trancar também. Falou sério, e Enrico se irritou.

A petulância do rapaz tinha passado os limites, tentando atacá-lo em seu ponto fraco: a culpa de tê-la abandonado. Não sabia muito sobre o namoro dos dois, ainda adolescente, que durou por anos e provavelmente tinha deixado boas lembranças, como todo primeiro romance deixa, ainda mais por continuarem amigos e próximos. E deixava claro também que ele a queria de volta e já havia causado problemas demais para a relação dele. E ele estava decidido que não permitiria mais.

— Acho justo, é uma parte da história real. Poderia ser colocado mesmo, você tem razão. Ele sorriu, desafiador. — Mas seria bom contar a história inteira e, no último nível, poderiam colocar quando ele voltou, se apaixonaram e se casaram com um lindo final feliz, e mostrar a fila de moleques chorando quando foram rejeitados por ela.

— Você se sente muito seguro, "tio". Ele respondeu, irônico. — Eu tenho uma história com ela, e não é algo a se esquecer tão fácil. Eu não esqueci.

— Demorou todo esse tempo para tirar a máscara, primeiro namorado? Cansou de atacar na surdina? Sinceramente, acho que está perdendo tempo, ela já esqueceu há muito tempo, só você não percebeu. E não precisou de mim. Ela simplesmente não te quis.

— Nunca escondi que a quero de volta. Sempre a amei e estive ao seu lado, principalmente quando você a deixou esperando. Ele falou com raiva. — Éramos muito novos, a vida era diferente. Sei que você vai tropeçar e eu terei uma nova chance.

— Acho melhor encerrarmos essa conversa agradável. A noite é dela, e é comigo que ela vai estar para comemorar tudo isso.

— Por enquanto. Marcelo ergueu a taça de vinho, como em um brinde, e acenou com a cabeça. — Estarei por perto para recolher os pedaços quando você a abandonar de novo. Ele se afastou sorrindo, irônico, deixando Enrico, além de irritado, mais uma vez com muito medo de perdê-la.

O rapaz mostrou que não desistiria, e isso o incomodou, não só por perdê-la, mas por pensar novamente na diferença de idade, no tempo do relógio e no tempo da vida. Foi egoísta pensando somente em si mesmo quando se mudou para Nova York e talvez estivesse sendo novamente, prendendo-a em uma relação porque não podia viver longe dela. Ele a amava e queria fazê-la feliz. Pensou se conseguiria, quando a impressão de que estar com um rapaz mais jovem, com disposição e uma vida inteira pela frente, não seria melhor para ela.

Estava deixando as dúvidas e inseguranças abalarem-no de novo, quando ela se aproximou sorrindo, feliz pela conquista, e se jogou no abraço dele, como se tivesse lido seus pensamentos e o salvasse dele mesmo. Ela era dele, e ele era dela, por toda a vida, não tinha dúvidas. E eles seriam muito felizes, no tempo da vida.

— Eu te amo, Enrico. Você sempre será meu monstro lindo. Tudo isso que criei veio do sentimento puro e mágico que você me fez sentir quando eu ainda era uma menina e agora me deu toda a força de realizar. Você disse uma vez que as nossas vidas estavam entrelaçadas, e é verdade. Tudo isso, este sonho todo, só se tornou realidade porque sempre nos amamos, de todas as maneiras possíveis de amar alguém.

— Você é muito importante para mim, é a parte mais doce da minha vida. Eu te amo, Marina. Estou muito orgulhoso. Você construiu tudo isso, venceu um desafio, conquistou seu primeiro sucesso. Você é uma mulher incrível, é a mulher da minha vida.

— Vamos fugir daqui? Comemorar em casa, só eu e você, nossa cama e o chuveiro? Ela o beijou maliciosa.

— Não fale duas vezes que não resisto! Ele enlaçou a cintura dela. — Lembre que sou um monstro, te levo daqui no colo e ainda vou cantando para você.

— "Duas vezes". Ela brincou. — Vem comigo, monstro lindo, que hoje vou te levar para o reino mágico e quero ficar de ponta cabeça, brincar de cavalinho e amar você a noite inteira!

Capítulo 32

Uma semana antes do Natal, Mateus reuniu os filhos e os amigos, para um grande almoço em sua casa, como uma celebração antecipada. Tinha começado a reagir ao difícil tratamento da quimioterapia, e os médicos estavam confiantes na sua recuperação, que poderia ser lenta, mas era considerada praticamente garantida.

Decidiu que faria a reunião para que ninguém se sentisse preso durante as semanas de festas. Sabia que todos tinham planos de viajar, mas estavam receosos por deixá-lo sozinho. Mais uma vez, mandou que o jardim fosse todo decorado com flores e armassem a grande mesa, que ele amava tanto ver toda ocupada. Ao lado, colocaram uma linda árvore de Natal, toda enfeitada e iluminada, e todos os presentes que seriam distribuídos estavam ao pé da árvore e davam um clima inconfundível na comemoração tão especial. Ele estava comemorando a esperança da cura.

Estava bem animado, até um pouco corado, e tinha disposição para conversar e contar suas histórias. Movimentava-se com cadeira de rodas, mais por conforto do que por fraqueza, e já estava posicionado na cabeceira da mesa quando todos começaram a chegar.

— Sejam bem-vindos! Hoje é o nosso Natal e Ano Novo! Ele repetia a todos, com alegria. — Que mesa mais linda. A maior alegria que tenho é de ver nossa grande e esquisita família reunida! Essa é a maior riqueza que um homem pode ter!

— E põe esquisita nisso, principalmente o Enrico, que desse tamanho exagerado destoa de todo o padrão de beleza da nossa família. Acho que ele tinha que ir para uma mesa separada. Téo provocou, sorrindo, animado pela reunião e por ver Mateus se recuperando tão bem.

— Você precisa superar essa paixão por mim, Teodoro. Não aproveitou quando eu era solteiro, agora pode esquecer, sou fiel à mulher da minha vida.

— Teodoro é o teu cu, Enrico. Só me faltava ter paixão por você, que desaforo! E você continua solteiro, porque só dei permissão para o namoro, não decidi ainda se vai passar disso.

— Agora o evento familiar das pessoas esquisitas está oficialmente aberto! Temos duelo! Bruno gargalhou e balançou a cabeça.

— Lembra quando tínhamos a mesa das crianças, pai? Alberto brincou.
— Tínhamos que mandar os dois para a mesa das crianças, só cresceram de tamanho.

— O tio Enrico cresceu, mas o dindo ainda está na altura do Romeu! Tiago emendou em tom divertido, fazendo todos gargalharem.

Seguiram conversando animados, sem assuntos sérios. Estavam ali para se divertir e comemorar não só a data de Natal, mas, principalmente, o início da recuperação de Mateus. Para surpresa de todos, Mateus contratou a visita de um Papai Noel, que, além de entregar os presentes a todos, tinha uma tarefa mais especial, que era servir os copos de brinde com a tequila. Os garçons enfileiraram os copos na mesa, e todos participaram, com tequila para os adultos e suco para as crianças. Após todos os copos servidos, o Papai Noel colocou três copos na frente de Mateus e serviu dois. O terceiro, para ele, foi servido com água e entregou a garrafa que Mateus acomodou à sua frente e fez a declaração.

— Se acomodem, meus amigos, hoje é dia de festa. Estamos todos juntos e felizes. Todos ergueram, no ritual, e brindaram. As crianças adoraram a novidade de beber em um gole só do copo pequeno, junto com os adultos, e se empolgaram quando o Papai Noel começou a chamá-los pelo nome, iniciando a entrega dos presentes.

— Vocês todos vão viajar. Mateus declarou sério, quando já estavam servindo a sobremesa. — Vão me magoar muito se um de vocês desistir de viajar por minha causa.

— Tínhamos pensado em adiar, Mateus, e esperar você se recuperar um pouco mais para irmos todos juntos. Bruno falou receoso.

— Nem pensar. Estou me recuperando e estarei junto no ano que vem. E, como bônus, eu que vou escolher o destino. Ele sorriu. — Mas este ano vocês irão sem mim.

— Para onde vão? Alberto perguntou.

— Para a Itália. A ideia seria passar o Natal e Ano Novo em Milão com Renato. Téo explicou. — Não quer ir com a gente?

— Sabe que gostei da ideia? Ainda mais que vou poder despejar os meninos no Renato e curtir o hotel com a minha mulher. Ele sorriu. — Fizemos isso quando fui ano passado vê-los. São todos da mesma idade e se dão muito bem.

— Eu e a Marina vamos para Paris depois do Ano Novo. Tiramos uma semana a mais. Vamos de carro, clima de lua de mel. Ela não conhece nada de lá. Não querem esticar com a gente?

— Adoraria, mas para os meninos seria muito chato. Ainda são pequenos para Europa, ou Paris. Em Milão, eles gostam porque ficam com os primos. Na idade que estão, podemos passear e deixá-los. Essa idade é difícil, só querem saber de futebol e videogame.

— Eu posso trazê-los de volta, se quiser. Bruno avisou. — Volto com a Sílvia no dia primeiro.

— Seria ótimo, filho. Bruno os traz para cá e ficam comigo e com Clarice.

— Ou pode deixá-los comigo em Milão. Téo ofereceu. — Não vamos a Paris, quero curtir o Renato um pouco mais e os meninos. Vou ter que aturar a mocréia, mas fazer o que? A dureza de ser avô.

— E nós vamos voltar a Milão para encontrar o Téo e voltamos todos de lá. Enrico completou, insistindo. — Vamos! Vai ser delicioso!

— Fechado! Eu vou. Pode marcar, Milão e Paris! Ver se consigo salvar esse casamento, que está por um fio. Ele sorriu triste. — Colocar um pouco de romantismo nessa merda toda.

— Isso mesmo, meu filho. Se tem amor, tem jeito! Mateus sorriu. — E vou separar os mapas que tenho. Paris, Milão, tenho da estrada também, Enrico! E do Louvre. Vou marcar os pontos e as recomendações.

— Você vai dar mapas para o homem do dinheiro que conhece aquilo como a palma da mão dele? Bruno riu.

— Eu quero, Mateus. Se não fosse seu mapa, eu não teria encontrado minha Cinderela no Empire State!

— Então o mapa deu azar. Olha a merda que você fez, Mateus! O traste agarrado na minha menina, grudado que nem carrapato, cheio de dedos. Culpa tua, Mateus! Todos gargalharam.

— Afinal, é um bom momento para vocês contarem com detalhes como tudo aconteceu. Mateus pediu. — Foi tanta confusão na época, que soubemos só pedaços. Não entendi até hoje como você conseguiu ver o mapa!

— Isso mesmo, queremos saber a história completa, como foi o encontro com a sua Cinderela! Ver se conseguimos entender finalmente o que vocês dois aprontaram em Nova York.

— E quero detalhes, nada de resumos! Sílvia se empolgou. — Essa história de vocês tinha que virar livro!

Marina e Enrico começaram a contar tudo que tinha acontecido, com os detalhes de cada um. E a parte mais comentada foi de quando Enrico "descreveu" os tios pelo que tinha observado na semana.

— O papai delegado! Chegou perto, está mais para um xerife! Tiago brincou. — O homem da lei.

— Pior é ter achado o Téo "de idade". Acertou em cheio!

— Até sem querer o Enrico é desagradável. E achou que Bruno era um menino, veja se pode! É um permissivo, isso sim! Téo se divertia com a história deles.

— E no final não ficou nem em um hotel e nem em outro, Sassá?

— Nenhum deles tinha panquecas no café da manhã, tio! Ela brincou.

— Mas agora, com tudo explicado, achamos o verdadeiro culpado. Mateus apontou para Téo, provocando. — Quem mandou encomendar livros raros que só tinha em uma livraria no Soho? Você praticamente jogou a Sassá nos braços dele!

— É mesmo! Bruno concordou, gargalhando com a expressão de Téo. — Você que uniu os dois, Téo! Foi o cupido deles desde o começo!

— Só me faltava essa! Vou picar aqueles livros todos! Ele levantou e abraçou Enrico, sorrindo. — Me deve mais uma, traste! Sem mim, a sua vida continuaria sendo uma merda, Enrico!

— Já te disse, Teodoro, nossas vidas estão entrelaçadas!

— Teodoro é o teu cu, Enrico. Vai continuar insistindo nessa merda de vida entrelaçada comigo? Nem pensar! Acabo com essa amizade de 40 anos e estrago o clima de almoço! Ele gargalhou.

A viagem para Itália e França foi mais uma lua de mel para Enrico e Marina. Aproveitaram um tempo delicioso com Renato e os filhos e passaram as datas tão especiais com todos juntos. Téo decidiu ficar em casa com os filhos de Alberto e Renato, como já tinha feito em Nova York, e os casais passearam juntos por toda a cidade, sempre se divertindo e conversando muito. Saíram para restaurantes maravilhosos, boates e bares todas as noites.

As ceias foram preparadas na casa de Renato, que era enorme, e a cozinha liderada por Téo com receitas que ele fazia questão de contar que aprendeu com Isabel. No fim da tarde da véspera de Natal, Enrico programou um passeio especial. Chamou todos para irem à Torre Branca, um dos pontos mais lindos e românticos de Milão.

— Estamos aqui de novo, nas alturas. Marina sorriu olhando a vista maravilhosa para os alpes, com Enrico abraçado a sua cintura.

— Para não perder o costume. Ele beijou a nuca dela e contou um pouco da história do atrativo e apontou os pontos principais e monumentos da cidade. — E tenho um presente para você.

— Um presente? Ela se virou de frente para ele. — Deixei o seu em casa, por que não me avisou?

— Porque não é o presente de Natal. Ele balançou a cabeça. — O de Natal Teodoro já confiscou quando chegamos e está na árvore. Mas como ele não incluiu revista corporal, consegui salvar esse. Tirou uma caixinha do bolso e emendou, rindo da expressão dela. — Calma. Não precisa fugir, Cinderela, não é uma aliança. Deu um beijo nela e falou com os lábios colados. — Ainda.

Marina abriu a caixa e se emocionou, com a corrente de ouro bem delicada e um pingente do monstro herói que ele mandou fazer especialmente, cópia perfeita do monstro escolhido para o jogo com a gravata feita de pequenos brilhantes.

— Isso é maravilhoso, Enrico. É a coisa mais linda que já vi. Não sei nem o que dizer.

— Para você sempre lembrar do nosso amor, das suas conquistas e de mim, meu amor. Estarei sempre com você. Sou o monstro mais apaixonado do meu universo e de todos os outros.

No dia primeiro, Bruno e Sílvia voltaram para o Brasil, e Enrico, Marina, Alberto e a esposa seguiram de carro para Paris. Enrico conhecia cada cidade da estrada, sabia os melhores lugares para parar, os caminhos mais bonitos e muitos pontos peculiares para visitar, fora da rota turística. Os três acompanhantes, que não conheciam nada, adoraram tudo.

Programou uma parada para dormirem em Lyon e não precisarem se preocupar em ter pressa no caminho. Sentia uma alegria imensa de estar mostrando tudo a ela, pela primeira vez, e a ver tão fascinada. Assim como em Nova York e Milão, os lugares que conhecia tão bem tinham outra beleza e tornaram-se muito especiais por estar visitando com ela agora.

Estavam no alto da Torre Eiffel, e ele se encaixou atrás dela, abraçando a sua cintura e apontando alguns pontos ao longe, contando algo interessante ou curioso sobre cada lugar, como tinha feito no Empire State e na Torre Branca de Milão. Ela prestava atenção em tudo, encantada com o mundo que ele conhecia tão bem e que para ela tinha sido tão distante a vida toda. Não por falta de dinheiro, pois os seus tios sempre deram tudo a ela, e se quisesse ter viajado o mundo todo, eles teriam presenteado com alegria, nem por pouca cultura, apenas porque nunca tinha olhado o mundo da maneira que Enrico via, do modo que ele conhecia.

Era como se Enrico tivesse descoberto e conquistado este mundo, tão fascinante e gigante. Ele fazia parte disso, de algo maior, de uma vida livre. E agora a levava pela mão e dividia tudo isso com ela, mostrando como era magnífico. Ele olhou para o horizonte, admirando mais uma vez a vista linda do alto e suspirou.

— Você já pensou que o Empire State, a Torre Branca e a Torre Eiffel são sempre mencionados como lugares para lindos romances e até aparecem em alguns finais felizes em filmes? Olhando agora, nunca tinha pensado sobre isso, mas estou achando que faz todo o sentido. Sempre que estamos no alto, parece que te amo mais, e nem sei se isso é possível.

— Lembra quando fechei o contrato com a desenvolvedora de jogos, e você disse que meu mundo ia se abrir e talvez não quisesse mais voltar para você?

— Lembro. Por que pensou nisso agora?

— Você estava errado. Ter sucesso com um projeto, começar a carreira de escritora e roteirista não abriram meu mundo. Apontou em volta. — Foi você que abriu o meu mundo. Em Nova York, aqui, em Milão e até mesmo em São Paulo. Ter uma carreira, ganhar dinheiro, não é nada para mim, se eu não tiver você para me mostrar esse mundo tão grande e maravilhoso. Não foi o dinheiro que me trouxe aqui, foi você. Eu poderia ter vindo antes, mas eu não teria visto do mesmo jeito. É você que torna isso possível e faz este mundo inteiro caber na palma da minha mão. Ela se virou e viu que ele estava com os olhos marejados, colou os lábios com um beijo suave. — Obrigada por tudo isso, Enrico, pela vida tão especial que você me oferece todos os dias. Sou a mulher mais feliz deste mundo tão incrível porque tenho você ao meu lado. Eu te amo. Você é, sempre foi e sempre será o meu monstro lindo, o meu herói, o meu amor. Só você é capaz de me fazer tão feliz assim. Ele a beijou emocionado, sentindo a língua dela brincar com a sua, longamente e com muita paixão.

— É você que me faz feliz, Cinderela. Foi você que me mostrou outro mundo, maior que este, um mundo de um amor incondicional, de tanto sentimento bom, e mudou a minha vida. Eu te amo demais. Sempre te amei e sempre vou amar.

— E eu vou com você aonde me levar, porque confio em você, Enrico. Confio no nosso amor e nas nossas vidas entrelaçadas. Para sempre. Secou as lágrimas dele e falou sorrindo, maliciosa. — Vamos para o hotel passar a tarde brincando de monstro e falar desse amor todo? Prometo que falo sussurrando bem gostoso no seu ouvido.

— Não fala duas vezes que entrego o mapa para o Alberto e só saímos de lá no café da manhã!

— "Duas vezes". Sorriu enquanto ele a puxava apressado pela mão.

Capítulo 33

Quase um ano depois de iniciar o tratamento contra o câncer, Mateus foi internado novamente às pressas. Identificaram metástase, e os médicos diziam que as drogas estavam sendo ineficazes. Além de debilitá-lo mais, não existia mais a esperança de cura, e o prognóstico era muito triste. A medicina não tinha mais o que fazer para salvá-lo. A luta estava chegando ao fim, e ele estava perdendo.

Marina e Enrico o visitaram no domingo à tarde, e ele segurou na mão dela.

— Sassá, mais que minha sobrinha emprestada, você é minha filha de coração. Eu tenho muito orgulho de você. Conseguiu tudo que seus pais e seus tios sonharam para você e muito mais. Ele se emocionava, forçando a fala fraca e rouca. — Eu sinto que este é o nosso último encontro, mas saiba que estarei com Bernardo e Isabel, sempre cuidando de você, protegendo você.

— Não fale assim, tio. Ela tentava segurar as lágrimas.

— É verdade, Sassá. A gente sabe quando o fim está perto. Eu vou estar bem. Mas tenho um pedido para fazer para você. Já avisei meus filhos, e o Enrico vai garantir que isso aconteça.

— Mateus, você ainda pode reagir. Se segura na vida, meu amigo. Enrico estava em prantos. — Não desista agora.

Mateus se comoveu com a dor dele, tentando sorrir para consolá-lo, mas não respondeu. Apenas o olhou com ternura, e Enrico soube ler naquele olhar que não tinha mais forças, estava cansado e já tinha desistido. Segurou na mão dele e ficaram em silêncio por alguns minutos, como se agradecessem pela companhia e amizade um do outro por toda a vida que viveram juntos. Mateus respirou fundo e olhou para Marina, esforçando-se mais uma vez para falar.

— Sassá, eu quero ter a honra de que seja você quem dê a notícia da minha morte. Pelas suas palavras, você vai contar que eu finalmente descansei. Faz isso para mim? Marina concordou entre as lágrimas e deitou a cabeça no seu peito, ganhando um carinho.

— A honra vai ser minha, tio.

— E agora você vai realizar o seu sonho, de escrever seu livro de romance. De onde eu estiver, vou estar torcendo por você, te protegendo e olhando o seu sucesso, orgulhoso. Eu te amo muito, minha filha, você é a minha linda "Sá Marina".

Dois dias depois, Clarice ligou para Enrico, avisando que Mateus pediu que ele, Bruno e Téo fossem até lá.

— Como ele está, Clarice?

— Muito fraco, Enrico. Os médicos tiraram a medicação ontem, deixaram só a morfina para a dor. Deram dias de vida. Será a despedida de vocês. Ele pediu que trouxessem a tequila.

Enrico entendeu e ligou para os amigos que foram imediatamente. Ligou para Marina, que estava na editora e contou sobre o chamado.

— Você precisa estar preparada, meu amor. Ele te fez um pedido.

Os amigos se reuniram, conversaram um pouco, e Mateus pediu que fizessem o brinde. Ele não podia beber, e o copo dele ficou cheio, junto com o de Bernardo e Isabel.

— Obrigado por essa vida inteira de amizade, meus amigos.

Ele apenas fechou os olhos e descansou, como ele mesmo dizia, enquanto os três amigos desabavam em lágrimas. Enrico avisou Marina por mensagem, e ela ligou para Sílvia, que estava no intervalo comercial, com o programa no ar, dando a notícia e pedindo se podia ela mesmo anunciar. Sílvia voltou do intervalo e colocaram a ligação de vídeo com Marina no ar. Mateus tinha feito o pedido a ela também, e ela conversou com os diretores da emissora, que tinham decidido que Mateus era maior que tudo e, mesmo que o programa dela não estivesse no ar, autorizaram que Marina fosse colocada no ar e desse a notícia quando acontecesse.

— É com muito pesar que dou a notícia que o jornalista Mateus Rocha acabou de falecer. Ela falou quase solene, segurando as lágrimas, e então respirou fundo e deixou que o amor tomasse conta do discurso. Os olhos estavam marejados, mas ela não chorou. — Antes de falar do jornalista impecável, quero contar para vocês sobre o homem íntegro e pai maravilhoso que ele foi. Um pai capaz de amar e acolher até os filhos de um grande amigo. Mateus sempre foi símbolo de justiça e decência e ensinou a todos nós sobre a importância do caráter, da amizade e da verdade. Depois de quase um ano lutando corajosamente pela vida, hoje nos despedimos dele com muita dor e certeza da saudade que vai ficar. Ela fez uma pausa, buscando as forças que precisava. — À Clarice, sua mulher amada, e a seus filhos muito queridos, Alberto, Roberto, Tiago, Lucas e Romeu, dedico o meu carinho enorme e a solidariedade de todos nós nesse momento tão difícil. Estamos com vocês em pensamento, sintam nosso abraço. Mateus Rocha se formou em jornalismo, em 1979, junto de seus melhores amigos e parceiros de vida, Bernardo e Isabel Dias, Enrico Greco, Téo Marques e Bruno Ribeiro. A amizade de uma vida inteira, em que dividiram sonhos, planos, sucesso e muitas gargalhadas. Mateus dizia que eram a sua família emprestada. Iniciou a carreira como repórter de jornal escrito...

E então ela falou sobre a carreira dele, contando do jeito que ela sabia bem, sem precisar de roteiro ou anotação para relembrá-la. Todos no estúdio estavam emocionados, e Sílvia, sempre intensa, não segurava as lágrimas. Finalizou com um sorriso triste e só então a primeira lágrima escorreu.

— Agradeço a você, Sílvia, à direção do seu programa e à emissora, por me dar esse espaço e realizar o último pedido dele. Agradeço a Deus, pela honra que tive de crescer sob a sua proteção e o seu grande amor. Hoje me despeço de meu tio, meu pai e meu grande amigo. Sei que ele está bem e em boa companhia agora. Sorriu triste e jogou um beijo para Sílvia, que estava com a voz embargada, despediu-se e falou lindas palavras.

Marina se juntou a Téo com toda a família na casa de Mateus, enquanto Enrico e Bruno resolveram toda a burocracia, fazendo questão de preservar os filhos e a esposa de mais dor. Organizaram um velório lindo, oferecido pela câmara municipal, dentro da assembleia, e garantiram todas as honras e homenagens que Mateus merecia, como homem e como profissional.

Ele era amado pelo povo, e as filas para a despedida viravam o quarteirão para vê-lo pela última vez e se despedir de seu ídolo tão verdadeiro. Figuras importantes da política, do direito e celebridades também compareceram para a homenagem e fizeram uma cerimônia muito comovente.

Renato veio da Itália na mesma noite e permaneceu com Marina o tempo todo. Estavam novamente se despedindo de um pai e apoiavam-se, como fizeram há tantos anos. Mateus tinha sido muito importante na vida dos dois.

Téo ficou despedaçado, mas foi Enrico quem pareceu definhar com a dor. Bruno, mesmo com todo sofrimento, permaneceu forte, cuidando de tudo e consolando todos. Abandonou todos os compromissos profissionais para estar presente para os filhos de Mateus, principalmente Tiago, que trabalhava com ele desde que superou o vício das drogas, e estavam com medo de uma recaída. Consolou também os dois amigos que pareciam não conseguir reagir, e acalentou com muito carinho Marina e Renato, com seu jeito de pai amoroso. E todas as vezes que sentia que não aguentaria aquele momento tão doloroso, Sílvia estava ao seu lado, sempre companheira e afetuosa, segurando sua mão e dando o apoio para que ele se fortalecesse com seu amor.

Quando Renato foi embora, uma semana depois, avisou Bruno e Téo que estava muito preocupado com o estado emocional de Enrico. Havia passado aquela semana na casa de Marina, com o casal, e percebeu que Enrico não superaria a perda tão facilmente. Ainda mais por lembrar que, quando foi com Bernardo e Isabel, ele tinha se afundado também e se isolou em Nova York. Renato amava Enrico como um tio, mas, acima de tudo, estava cauteloso do quanto aquela depressão poderia afetar diretamente a Marina.

— Prestem muita atenção no tio Enrico e cuidem da Sassá. Estou avisando vocês como médico, ele apresenta sinais importantes de uma forte depressão e pode se tornar um comportamento autodestrutivo, ainda mais com o abuso de álcool que ele tem feito e o histórico dele. Fiquem de olho, ele precisa de ajuda, e na Sassá, porque eu acho que ela não tem estrutura para suportar tudo isso, se ele desabar de novo. Ela acabou de perder o pai, pela segunda vez. Se ele se afundar, pode levá-la junto. Vocês lembram como foi difícil trazê-la de volta à vida.

— Você acha que ela vai ficar daquele jeito de novo? Téo se apavorou.

— Acho que não, ela era uma criança, estava assustada e tinha a sensação de que havia perdido tudo de uma vez. Agora está adulta, consegue entender melhor, tem uma estrutura de vida sólida com vocês. Mas o melhor é ficar atento, dindo.

— Faz sentido. Daquela vez, tudo mudou para ela. Além da tristeza, tinha a adaptação da vida nova, sem saber como ia ser. Bruno estava pensativo. — Agora ela só tem que lidar com o sofrimento da perda.

— Ela e todos nós. Téo suspirou. — Mas enfrentamos uma vez e vamos enfrentar de novo, juntos. Ela vai superar. Nós vamos estar com ela o tempo todo.

— Nunca sabemos como as pessoas podem reagir. Podemos achar que a pessoa vai superar, e ela simplesmente desaba. Ou o contrário. Por isso, estou dizendo para ficarem atentos, com os dois.

— Você também se cuida. Se precisar do dindo, me avisa que vou lá com o Pedro e ficamos com vocês. Não vai ficar triste sozinho.

— Obrigado, dindo, eu aviso, sim. Amo muito vocês. Cuidem deles.

— Pode deixar, Renato, nós vamos cuidar dos dois. Viaja sossegado, vai dar tudo certo. Bruno o abraçou quando se despediram no aeroporto. — Eu te amo muito, meu filho. Tenho muito orgulho de você.

Capítulo 34

Nas semanas seguintes, Téo e Bruno perceberam que Renato tinha razão em se preocupar e nos avisos que deu. Enrico mergulhou em uma depressão profunda e parecia que se afogava em dor e bebida. Conseguia manter-se bem durante o dia e no trabalho, mas terminava as noites no sofá, na casa dele ou de Marina, entregue às lembranças e ao uísque, às vezes mais moderado, outras com exagero, sempre distante, calado e triste.

Não saía mais, e ela sempre estava sozinha em eventos profissionais ou encontros com os tios. Contava apreensiva sobre o total desânimo e isolamento dele. Marina tentava, sem sucesso, fazer com que reagisse, mas ele parecia não ter forças para enfrentar a dor e a tristeza que o consumiam. Ela permaneceu sempre presente, não o deixou sozinho nenhuma noite e, em algumas, o levava para cama quando os passos já estavam atrapalhados pelo excesso de álcool e as crises de choro começavam. Não tiveram mais momentos de amor e excitação, nem conversas alegres ou descontraídas.

Ela tentava trazer assuntos leves, mas ele silenciava, sempre com o olhar perdido, e o máximo que ela conseguia era arrancar algum sorriso forçado quando se sentava ao seu lado, no sofá, e passavam horas apenas juntos, ouvindo música, quietos.

— Desculpe por ontem. Ele entrou na cozinha e beijou a cabeça dela. — De novo.

— Essa frase está se tornando o mantra de todas as manhãs, Enrico. Você precisa reagir, não pode se entregar assim. Eu sei que foi uma perda grande para você, foi doloroso para todos nós, mas precisamos seguir nossas vidas. Não temos mais nossas noites juntos. Você mal me toca, parece que está desistindo de tudo.

— Eu sei, meu amor. Balançou a cabeça triste e suspirou. — Estou em falta com você, em vez de te dar amor, só tenho dado trabalho. Deveria ser eu a cuidar de você, mas estou sem forças, não consigo parar de pensar nessa tristeza toda. Olhou para xícara dela. — Você está tomando chá de novo? Não melhorou do estômago? Você foi ao médico?

— Fui, está tudo bem, fica sossegado. Ainda ando um pouco embrulhada. O café tem feito piorar, por isso estou evitando, mas estou melhorando. Ela se encaixou no peito dele, abraçando a cintura. — Não estou reclamando, estou preocupada com você. Faz três semanas que você se tranca em casa todas as noites e está bebendo demais, Enrico. Eu quero você de volta, quero a nossa vida de volta. Temos tanta coisa boa para viver juntos.

— Eu sei. Vou reagir, meu amor, prometo. Tenho você, e é tudo que preciso. Me aguenta mais um tempo, vou colocar as coisas no lugar. Não desiste de mim? Eu te amo tanto. Ele a abraçou e beijou os lábios dela. — Te vejo hoje à noite?

— Tenho uma noite de autógrafos hoje, não quer vir comigo? Não preciso ficar muito, só organizar tudo, e depois o Cândido fica. Podemos ir jantar em algum lugar, só eu e você, namorar um pouquinho. Ela sorriu esperançosa. — Renovar o efeito da minha magia, antes que eu perca você.

— A magia continua, eu te amo muito e te desejo demais, Cinderela. Ele deu um beijo nela. — Mas pensar em uma livraria cheia, cumprimentar pessoas, conversar... me dá calafrios. Te espero em casa, e a gente namora aqui, o que acha? Quero amar você, trazer a nossa vida de volta.

— Tudo bem, mas lá na minha casa. Levo o jantar e vamos namorar, sinto falta de gemer para você. Ela sorriu. — Promete que não vai beber até eu chegar? Tem algo que quero conversar com você, mas quero que seja especial, e não no meio de tristeza e uísque.

— Prometo que bebo um copo só. Sabe que gosto de uma dose para relaxar quando chego em casa. E hoje vou namorar você, bem gostoso. Eu te amo muito, Marina, não quero te perder. É só uma fase ruim, vai passar, prometo.

Marina conseguiu sair da livraria quando o escritor começou a autografar os livros. Tinha arrumado tudo com muito cuidado, organizado com capricho e, pela fila e pelo número de pessoas no evento, já sabia que seria mais um sucesso de vendas. Deu as últimas instruções para Cândido e saiu animada. Iria passar em uma rotisserie para comprar a massa fresca e o molho que Enrico adorava.

Planejou uma noite especial para conversar com ele e terem um clima romântico, que, desde a morte de Mateus, não tinham tido mais. Daria uma notícia que, com certeza, o faria feliz, mas não queria contar com ele bêbado, esparramado no sofá, chorando pela morte. Queria que ele estivesse bem, para comemorarem juntos a boa nova tão maravilhosa. Uma notícia que mudaria a vida deles para sempre.

Estava na rotisserie quando Bruno ligou, para saber como estavam as coisas. Conversaram brevemente, contou alegre que Enrico estava começando a reagir, e ele ficou muito feliz. Estava preocupado demais com o abatimento dele e, principalmente, que pudesse afetar Marina.

— Que bom saber disso, Sassá. Esse sofrimento já está passando dos limites, estou perdendo a paciência. Ele precisa começar a pensar em você também. Não está sendo justo com você, tão nova, enfrentar tudo isso sozinha.

— Eu estou bem, tio. Vai dar tudo certo, vamos ficar todos bem. E nunca estou sozinha, sempre tenho você, que é o maior amor da minha vida. Falou cheia de ternura, pensando que Bruno sempre esteve com ela. Ele e Téo eram seu porto seguro.

— Eu te amo, minha filha. Se cuida. Amanhã vamos almoçar, passo na editora, quero te ver. Ela concordou, e despediram-se.

Pegou a encomenda e mandou uma mensagem para Enrico, avisando que estava indo para casa. *"Estou levando um jantar delicioso, chego em dez minutos e vou pular no seu pescoço e amar você a noite inteira. Me espera. Te amo".*

Entrou no carro, ligou a música e cantarolou junto. No primeiro cruzamento, um carro acelerado acertou a sua lateral com muita violência, fazendo-a capotar três vezes, parando prensada em um poste. Marina acordou com o barulho das serras e os gritos dos bombeiros cortando a lataria para retirá-la. Sentia uma dor enorme na cabeça e no braço.

— A senhora sofreu um acidente. O bombeiro falou calmo, quando a viu abrir os olhos confusa. — Não se mexa, vamos te tirar daí. Ela fechou os olhos novamente e sentiu as mãos a puxarem e imobilizarem em uma maca. Quando olhou novamente para o bombeiro, ele sorriu acolhedor e segurou na mão dela. — Qual seu nome?

— Marina... Ela sentia muita dor e estava tonta. Os olhos abriam e fechavam sem que ela conseguisse controlar.

— Marina, olha para mim, fique acordada. Vamos te levar ao hospital, fica calma, vai dar tudo certo. Você quer que ligue para alguém?

— Por favor... meu namorado, no meu celular... Enrico Greco... Estou grávida...

— Não fecha os olhos, olha para mim. Ela desmaiou de novo.

— Me ligaram que minha sobrinha sofreu um acidente de carro e foi trazida para cá. O nome dela é Marina Dias. Bruno sentia o corpo tremer de medo. Passava da meia-noite. — Eunice, o nome da enfermeira que ligou é Eunice!

A recepcionista assentiu com a cabeça e fez uma ligação. Foram os minutos mais longos da vida dele, sentindo o coração disparado e uma vontade incontrolável de chorar. Até que a enfermeira apareceu e o acalmou.

— Senhor Bruno, sou a Eunice, fui eu que liguei para o senhor. Ela está bem, o senhor precisa ficar calmo. Entregou um saco plástico com a bolsa e os pertences de Marina retirados do carro. — Ela está medicada, ficará em observação no ambulatório esta noite por causa de uma pancada forte na cabeça. Me acompanhe que vou te levar até ela. Ele concordou e seguiu a senhora, aflito, olhando em volta desesperado.

— O que aconteceu? Você falou de acidente de carro?

— Sim. Um motorista bêbado atingiu o carro de sua sobrinha. Coloquei uma cópia do relatório policial dentro da sacola, para o senhor poder entrar em contato com eles amanhã. Ela chegou aqui desacordada. Quando me entregaram os pertences, tive a ideia de ligar para o senhor. Era a última ligação, minutos antes do acidente.

— Minutos antes do acidente? Falei com ela às 8 horas da noite! Por que demoraram tanto para ligar?

— Os socorristas tentaram entrar em contato com o namorado dela, que ela indicou antes de desmaiar na hora do resgate, mas não conseguiram, ninguém atendeu, sinto muito. Abriu uma cortina, e ele viu Marina, adormecida, com alguns cortes no rosto e uma imobilização no ombro. — Ela deslocou o ombro e teve alguns ferimentos leves. Somente um corte na lateral da cabeça nos preocupa, ela teve que tomar pontos. Bruno se aproximou e não segurou mais as lágrimas, beijando a testa.

— Preocupa como? O que pode acontecer?

— Foi uma batida muito violenta na cabeça, e ela ficou desacordada. Fizemos todos os exames e estamos aguardando os últimos resultados. O senhor pode ficar aqui com ela, foi dado um sedativo para a dor, bem leve por causa da gravidez. Ela deve acordar logo.

— Gravidez? Ela está grávida?

— Sim. A enfermeira sorriu. — Dez semanas, aproximadamente. Não sabia?

— Não. Ele balançou a cabeça. — Passamos por um período difícil nas últimas semanas, perdemos um familiar. Acho que ela estava esperando a gente se recuperar do luto para contar. Ele suspirou. — O bebê está bem?

— Até agora, está sim. Fizeram todos os exames e nada preocupou. Vou avisar ao médico para vir falar com o senhor, ele pode te dar mais detalhes de tudo. Se precisar de alguma coisa, estarei no corredor.

Bruno agradeceu, puxou uma cadeira e se sentou ao lado da cama, segurando a mão de Marina. Tinha sido o momento mais apavorante da vida dele quando recebeu a ligação da enfermeira. Ela insistia em dizer que estava tudo bem, mas a lembrança do acidente de Bernardo e Isabel fê-lo se desesperar. Não podia pensar em perder Marina de maneira trágica assim. Ela era sua filha, sua menina. E agora soube que ela estava grávida. Sorriu entre as lágrimas e alisou de leve a barriga dela. *"Vou ser vovô"*.

Enrico acordou com o barulho da porta abrindo e a voz de Téo irritado, falando sem parar. Abriu os olhos com dificuldade com a claridade do dia entrando pela cortina entreaberta. Percebeu que adormeceu no sofá, esperando por Marina, depois de duas garrafas de uísque. Sentou-se, sentindo as costas doerem, e se assustou quando viu Marina entrando, apoiada em Bruno. Tinha sangue nas roupas dela.

— O que aconteceu? Ele se levantou rápido e parou, sem saber o que fazer, percebendo que o olhar dela estava um pouco perdido.

— Ela sofreu um acidente de carro. Motorista bêbado. Bruno falou calmo. — Mas ela está bem, está um pouco zonza ainda por causa dos sedativos. Levou uma pancada na cabeça e deslocou o ombro.

— Acidente de carro? Enrico estava tonto.

— Acidente, Enrico! Um motorista bêbado irresponsável atravessou o sinal fechado e bateu no carro da nossa menina. E esse filho da puta do Bruno não avisou ninguém! Téo entrou carregando as coisas dela. — Sou o padrinho! Tinha que ter me avisado, eu queria ir ao hospital, falar com o médico, com as enfermeiras, cuidar dela. E o Enrico também, é o namorado! Você queria ficar com ela sozinho, Bruno! Você sempre faz isso, quer ela só para você!

— Téo, chega! Bruno se irritou. — Cuida dela agora, pronto. Faz um chá, ou um caldo, sei lá. Nem lembro mais o que era para fazer, você me deixa tonto de tanto falar!

— Por isso tinha que ter me chamado! Agora não sabe o que é para dar para a menina! Não tem anotado nesses papéis? Me dá os papéis, Bruno! Você não sabe nada! Tinha que ter me ligado! Me deixa ver esses papéis que ligo lá no hospital e converso.

Ele ignorou o pedido de Téo e foi seguindo para o quarto, levando Marina pela mão, que estava desnorteada ainda e parecia não entender o que estava acontecendo.

— Minha filha, olha para mim, estamos em casa. Bruno falava pausadamente com ela em um tom de muita ternura. — Você precisa de um banho, Sassá. Consegue ficar em pé sozinha ou precisa de ajuda?

— Estou um pouco tonta ainda, tio. E estou cansada, queria deitar. Depois eu tomo banho, quero dormir um pouquinho... Enrico olhava a tudo sem reação. A cabeça latejava, e ele parecia estar em câmera lenta.

— Primeiro você precisa tomar banho, meu amor, depois você pode deitar e descansar. Ele olhou para Enrico e desistiu de pedir ajuda. — Téo, leva ela para o banho, vem, ajuda aqui. Tira essa roupa imunda. Não lava o cabelo com xampu, deixa só cair água para tirar o sangue seco. Cuidado com os pontos na cabeça, e depois põe ela na cama.

— Agora é Téo faz chá, Téo dá banho. Viu como precisa de mim? Tinha que ter avisado a gente! Enrico, acorda criatura, olha o estado da menina! Faz o chá! Isso você consegue? Téo passou pelos dois e pegou o braço de Marina. — Vem Sassá, vem minha querida. Dindo vai te dar um banho bem gostoso. Vai ficar bem cheirosa, e vou escolher um pijama para você. Rosa, bem delicado, cheio de flores. Vem, minha menina, vem com o dindo, que vou cuidar bem de você. Vou fazer uma sopa bem gostosa para você depois. Sopa sempre é bom, esquenta a sua barriguinha. Vem, minha menina.

Bruno bufou e se jogou no sofá, olhando as garrafas vazias na mesa. Percebeu que Enrico ainda estava fora de sintonia. Balançou a cabeça, pensando na gravidez. Marina o fez prometer que não diria nada ainda, e ele entendia exatamente o porquê. Não tinha como dar uma notícia assim com Enrico naquele estado.

Pensou em Mateus e sentiu falta do amigo. Sentia-se sozinho sem ele. Téo era ótimo, mas não tinha o equilíbrio emocional para ajudá-lo com aquela situação. Era Mateus quem sempre resolvia tudo, de forma coerente e decidida. Sempre foram os três que cuidavam e protegiam Marina, e agora se sentia muito sozinho.

— O que houve? Enrico se sentou ao lado dele. — Por que você não me ligou?

— Os socorristas ligaram para você, Enrico, e eu também. Ele falou em tom baixo quase com raiva. — Na hora do resgate, ela pediu que ligassem para você e ficou sozinha por horas, naquele hospital público, desacordada, até a enfermeira ter a brilhante ideia de ligar para o último número que aparecia na lista de ligações, o meu.

Enrico estreitou os olhos e procurou pelo celular. Tateou o sofá, olhou entre as garrafas na mesinha e foi até o paletó pendurado na cadeira. Tirou o celular do bolso e olhou. Tinha inúmeras ligações perdidas, desde um pouco antes das 9 horas até meia-noite, e depois algumas de Bruno durante a madrugada.

— Estava no silencioso. Ele falou com a voz embargada. — Eu não ouvi. Eu...

— Você estava bêbado, Enrico! Bruno deixou a raiva tomar conta. — Não percebeu que ela não chegou em casa? Não pensou em ligar para sua namorada quando ela passou a madrugada fora? Pelo amor de Deus, Enrico, olha para você! Olha o seu estado!

— Eu estava esperando por ela, acho que peguei no sono...

— Com duas garrafas de uísque, Enrico! Você está sofrendo? Eu também estou! Ela também está! Você tinha que estar cuidando dela, não ela de você! Você perdeu seu amigo? Ela perdeu um pai, Enrico, de novo. Pensa a dor que ela está sentindo! Mas reagiu e estava trabalhando, enquanto você enchia a cara em casa, caralho! Cadê aquele amor desesperado por ela? E a promessa de cuidar, de fazê-la feliz?

— Eu vou reagir, Bruno. Eu sei de tudo isso! Pensa que não estou abalado de vê-la assim?

— Abalado de vê-la, viva, chegando em casa? Você sabe o que foi para mim receber uma ligação de madrugada que ela estava em um hospital, que tinha sofrido um acidente de carro e não conseguir sequer falar com você? Que merda!

— Sinto muito, Bruno. Eu imagino que não tenha sido fácil. Eu sei que estou uma merda, eu vou reagir.

— Se precisa de um incentivo para reagir, Enrico, pensa que eu poderia estar aqui te dando a notícia que você devia chorar pela sua namorada também! Bruno segurava as lágrimas, sentindo de novo toda a aflição que o inundou durante a madrugada. — Ela podia ter morrido, enquanto você estava bebendo em casa! Nós podíamos ter perdido a Sassá, Enrico! Entende agora? Ficou claro para você?

— Já está na cama. Me dá o chá, Enrico! Cadê o chá? Téo entrou na sala e olhou para os dois. — Vocês estão brigando?

— O Enrico está reclamando que não liguei para você e para ele! Bruno disfarçou. — Não liguei porque não precisou, ela estava bem, estava em observação, não tinha nada para fazer lá.

— Eu apoio o Enrico. Você fez muito mal de não chamar a gente, Bruno. Não pode agir assim! Somos uma família, precisamos ficar sempre juntos...

— O chá, Téo, vai fazer a porra do chá! Bruno falou irritado. — E faz um caldo também, ela está sem se alimentar desde ontem, provavelmente desde o almoço.

— O chá! Tudo eu tenho que fazer! Não puseram nem a água para esquentar? Téo seguiu para a cozinha, resmungando. — Vou fazer uma sopa, melhor que caldo. Tenho certeza de que o médico falou sopa, eles sempre mandam dar sopa! Ai, Bruno, você tinha que ter me chamado!

— Faz, Téo, faz um de cada e mistura tudo, pronto! Bruno estava sem paciência para as manias de Téo. — Vai ver a Sassá, Enrico. Toma um banho e se recompõe. Ela precisa de cuidados, não pode ficar sozinha. Deu uma pancada muito forte na cabeça.

— Vou avisar no escritório que não vou para lá. Vou cuidar dela, Bruno. Ele parou aflito no caminho. — Ela está me odiando?

— Ela não sabe que você não atendeu. Eu disse que ligaram direto para mim. Ele suspirou. — Ela ficou desacordada depois do acidente, e eu quis protegê-la de mais uma decepção. Mas ouve bem, Enrico, eu fiz por ela, e não por você. Eu te amo, meu amigo, você é como um irmão, mas ela é minha filha, sempre será a minha prioridade. Devia ser a sua também.

Enrico assentiu com a cabeça e foi ao quarto. Ela estava deitada e sorriu. Deitou-se ao seu lado e acariciou seu rosto, segurando o choro quando viu o corte na cabeça. Pensou sobre o que Bruno falou por poder perdê-la, e seu coração apertou. Beijou os lábios com carinho e sentiu-se péssimo por não ter ido com ela, por estar vivendo dessa maneira e arrastando-a junto para sua tristeza. Bruno estava certo, ela tinha que ser a prioridade.

— Como você está se sentindo, meu amor? Ele perguntou com cuidado. — Quer que eu faça alguma coisa para você?

— Estou bem, um pouco dolorida. Desculpa não ter te ligado, não queria te deixar preocupado. Eu falei para o bombeiro, mas acho que ele não entendeu. Ela fechou os olhos. — Você pode avisar na editora que não vou hoje? Quero dormir um pouquinho, estou cansada.

— Não precisa se desculpar, você está aqui agora, e vou cuidar de você. Eu te amo muito. Ele passou o rosto de leve no rosto dela. — Vou avisar na editora e no escritório. Vamos ficar juntos aqui. Eu te amo demais, Cinderela, me desculpa pelo meu comportamento. Você é importante para mim.

— Eu também te amo. Ela falou com os olhos fechados. — Estou cansada, posso dormir?

— Olha o chá do dindoooo! Téo entrou cantarolando, e Enrico a levantou, ajudando a recostar para segurar a xícara. — Primeiro toma o chá, depois você dorme um pouquinho, e o Dindo vai fazer uma sopa deliciosa! Sussurrou para Enrico.

— Bruno disse que vai resolver o carro. Perguntou se você quer ir junto.

— Ela não pode ficar sozinha, Téo, você pode ficar até eu voltar?

— Claro! Pode ir sossegado que eu vou ficar aqui com ela. Não saio nem por decreto, vou cuidar da minha menina. Vou fazer uma lista de compras, você aproveita e compra na volta. Enrico concordou com a cabeça, beijou Marina e avisou Bruno para esperar que iria junto.

Os dois choraram quando chegaram ao local do acidente e viram o que sobrou do carro, contorcido no poste.

— Meu Deus, ela se salvou por milagre. Bruno falou entre as lágrimas. — Não posso pensar em perdê-la, Enrico! Eu não vou aguentar essa dor. Você precisa reagir, meu amigo.

Capítulo 35

Duas semanas depois do acidente, Marina já estava recuperada, e Enrico estava se esforçando para enfrentar o sofrimento. Parecia começar a conseguir reagir. Já não bebia tanto à noite, estava mais relaxado e até tinham tido alguns momentos de mais intimidade na cama, e não mais apenas os carinhos de desculpas pelas manhãs. Ainda relutava em sair para eventos ou jantares, e Marina decidiu que contaria sobre a gravidez, em um jantar com todos juntos. Seria como dar a ele mais um motivo para se reerguer.

Planejou colocar Renato na mesa com eles, por uma ligação de vídeo, e fazerem juntos o brinde da tequila. Queria que fosse um momento único para todos. Estavam precisando de boas notícias, e a chegada de um bebê traria esse sopro de alegria, depois de tanta tristeza. Tudo tinha que estar perfeito. A vida deles recomeçaria.

Acabou se atrasando para sair da editora. O chefe tinha feito uma reunião que durou mais do que ela esperava, e chegou em cima da hora marcada para o jantar. Tinha encomendado a comida, já sabendo que não teria tempo de cozinhar algo requintado. Chegou atrapalhada, para organizar as travessas e colocar tudo para esquentar. Entrou apressada no apartamento e foi direto para a cozinha, já preparando o forno e as travessas.

— Me atrasei para sair da editora! Bruno já estava estacionando quando entrei na garagem! Mas a comida está prontinha. Vou colocar a travessa no forno. Você olha para mim... Assustou-se quando entrou na sala e olhou para Enrico, esparramado no sofá, totalmente bêbado. Tinha garrafas de uísque espalhadas, e ela recolheu duas vazias, enquanto ele estava abrindo a terceira. — Enrico, você está bebendo? Eles estão chegando! A gente combinou um jantar, lembra? O Téo, o Bruno e a Sílvia estão subindo.

— Não vai ter jantar, nem mais nada. Acabou. Pega suas coisas e vai embora, Marina. Eu não te quero mais. Ele falou em tom frio.

— Eu não vou embora. E você vai para o banho, vem, tem que se arrumar, vamos.

— Vai embora! Gritou de repente, e ela se afastou assustada.

— Enrico, por favor, não faça isso.

— Eu cansei de você, Marina. Não te amo mais, não te desejo mais. Acabou a graça para mim. Quero me livrar de você, vai embora.

— Você não pode estar falando sério, Enrico. Por que você está falando isso?

— Eu não vou falar de novo! Você precisa ir embora! Acabou, Marina, eu não te quero mais. Vai cuidar da sua vida longe de mim!

Jogou uma revista de celebridades, aberta em uma entrevista com uma foto enorme de Alice, a ex-mulher, sentada sorrindo ao lado de um homem em um jardim, na beira de uma piscina e com uma grande mansão ao fundo. Embaixo, com menos destaque, mas bem visível, tinha uma foto de Amanda e Fernando, os filhos dele, e na outra página, uma de Enrico e Marina, felizes em um evento. Na terceira página tinha outra foto da filha, vestida de noiva, entrando na igreja, com o marido da mãe levando-a até o altar. O casamento muito chique havia sido há uma semana.

Alice era nominada como socialite, e a reportagem falava da belíssima festa de casamento da filha, fazendo uma pequena biografia da vida dela, com o título *"Uma história de conto de fadas"*. Alice contava que foi casada com Enrico durante 15 anos e descrevia o casamento como uma época muito sofrida e triste de sua vida, detalhando a vida desregrada e mundana dele, as traições constantes e o vício na bebida. *"Enrico destruiu a minha vida, foram anos de muita dor e constante humilhação. Ele era o pior homem do mundo, desrespeitou minha família, a mim e aos meus filhos, sempre nos desprezou".*

Destacava também todo o sofrimento dos filhos pelo abandono do pai e enaltecia, heroicamente, a bondade do atual marido em criá-los, insistindo que ele os rejeitou. *"Ele nunca foi um pai presente, não amou os próprios filhos, não sabe amar, sempre foi muito egoísta. Não se importava com eles, ficava fora de casa até de madrugada e nunca esteve comigo, desde a gravidez. Antônio foi um anjo em nossas vidas, nos oferecendo um lar cheio de amor e conforto que nunca tínhamos conhecido. As crianças o amam, sempre as tratou como filhos dele, e ele é o único pai que elas reconhecem. A bondade e o amor dele foram importantes para todos nós, ele nos resgatou de um poço de tristeza depois de tanto sofrimento e abandono".*

Ao final, a reportagem contava brevemente sobre Enrico, a carreira de sucesso e o atual namoro com Marina, mencionando ser a *"filha de seu grande amigo, Bernardo Dias, que foi criada por ele depois de sua morte, desde os 12 anos em Nova York, e retornaram agora assumindo o namoro"*, destacando a diferença de idade e o relacionamento desde a infância, em um tom que insinuava que Marina e Enrico tinham um romance há mais tempo do que assumiam.

— Meu Deus, Enrico, por que ela fez isso?

— Eu quero que você vá embora, Marina! Ele se levantou, e ela se encolheu no sofá. — Pega as suas coisas e vai embora daqui! Me esquece! Não quero mais te ver, não quero mais saber de você!

— Enrico...

— Desaparece da minha vida, Marina! Bruno abriu a porta assustado com os gritos, seguido de Sílvia e Téo, que correram até Marina.

— O que está acontecendo aqui? Você bebeu de novo, Enrico?

— Enrico, olha a baixaria que você está fazendo, dá para ouvir os seus gritos lá da portaria! Téo olhou para Enrico e entendeu a situação. — Você viu a matéria da mocréia! Com tudo que você já está sofrendo, essa Alice tem que te derrubar num último golpe. Que mulher horrorosa! Sempre te falei que ela ia acabar com a sua vida. Meu Deus, como você deve estar se sentindo, meu amigo!

Enrico ignorou os dois e se aproximou de Marina, gritando e mostrando a reportagem na revista.

— É isso que você quer para sua vida? Um velho bêbado, que destrói tudo que tem em volta? Vai ser feliz, Marina! Eu não sirvo para você! Arrume um jovem que te faça feliz! Esquece que eu existo! Olha a merda que eu sou! Sai daqui! Vai embora! Ele atirou a revista para o outro lado com raiva.

— Se afasta dela! Bruno se apressou, com medo de que ele a agredisse, e se colocou entre eles, abrindo os braços na frente dela. — Você enlouqueceu completamente, Enrico! Ele te machucou, Sassá?

— Não, tio. Estou bem. Tentou se aproximar de novo de Enrico, falando entre as lágrimas. — Enrico, eu te amo, isso foi há muito tempo. Você não é...

— Vai embora, Marina! Eu já decidi! Vou voltar para Nova York, eu nunca devia ter voltado! Não quero te ver, nem saber de você, nunca mais! Me esquece!

— Vai para casa, Sassá. Bruno suspirou. — Leva ela, Téo.

— Eu não vou! Enrico, você tem que me escutar! Eu tenho que te contar...

— Vai embora, Marina. Sai daqui, some da minha vida! Você é burra? Olha a merda que eu sou! Sai daqui! Enrico continuava ignorando a todos. — Eu não quero te ver nem saber de você nunca mais! Me esquece de uma vez por todas! Tudo isso foi um erro, eu nunca te amei! Eu só queria trepar e agora cansei de você!

— Chega, Enrico! Você está passando dos limites! Bruno estava ficando alterado também. — Sílvia, leva a Sassá daqui!

— Não grita com ela assim, Enrico! Téo a abraçou. — Ela não tem culpa de nada disso! Você bebeu demais!

— Vão embora todos vocês! Estou indo embora, estarão livres de mim amanhã!

— Enrico, se controla, para de gritar!

— Eu quero ficar sozinho! Me deixem em paz! Me esqueçam!

Sílvia e Téo arrastaram Marina para o quarto, quando viram que Bruno se aproximou de Enrico com muita raiva e o pegou pelos braços, chacoalhando, e ele desabou em lágrimas, abraçando o amigo assim que Marina saiu da sala.

— Eu não posso mais fazer isso, Bruno. Eu a amo demais para fazê-la sofrer, vou estragar a vida dela. Me deixa, vou embora, ela vai me esquecer, vai seguir a vida, vai ficar melhor sem mim. Ele chorava como um menino, e Bruno se emocionou com o sofrimento dele. — Leva ela daqui, faz ela me odiar, diz que sou um bosta. Eu não quero destruir a vida dela! Ela precisa me odiar de novo, ela precisa querer que eu morra!

— Tudo bem, Enrico, entendi o que você quer, mas as coisas não vão funcionar assim, você está fazendo tudo errado. Você precisa falar com calma com ela, acredita em mim. Vocês conversam, ouve o que ela tem a te dizer, e eu a levo.

— Não, Bruno. Só fiz mal a ela, toda essa bagunça. Deixei sofrendo quando era uma menina e agora voltei para estragar o futuro dela. Sou velho, "viciado em álcool", como diz a Alice. O que posso oferecer para ela?

Eu queria fazê-la feliz, ser feliz com ela, mas não sou capaz. Estou cansado de tudo. Desisto da minha felicidade, mas ela será feliz, ela vai ser feliz, e só vai conseguir isso sem mim. Desabou no sofá de novo e colocou a cabeça entre as mãos, chorando.

— Você não pode abandoná-la de novo, Enrico, não assim, depois de tudo que viveram. Ela precisa de você, ela te ama, vocês estavam felizes!

— Não estava, Bruno. Eu só baguncei tudo, sou um peso para ela! Ela vai ficar melhor sem mim, ela tem vocês para cuidar dela. Eu não posso dar nada a ela. Olha a minha vida! Minha filha casou, e eu nem fiquei sabendo! Destruí a vida da Alice e não tenho ideia de quem é o Fernando! Os meus filhos me odeiam e não tenho ideia do porquê! Ele falava, chorando, sentindo-se destruído por dentro. — Vocês estiveram com ela a vida toda, são os seus verdadeiros monstros. Ela vai superar e me esquecer. Eu a amo demais, ela é tudo para mim, ela é a minha vida, Bruno. Ela é tudo que tenho de mais doce na minha vida, quero que ela fique bem, e não posso estar junto, vou estragar a vida dela.

— Ela precisa de você, caralho. Me escuta. Ela tem uma coisa para te dizer, só ouve. Depois, se ainda quiser ir embora, eu não vou te impedir.

— Não, Bruno. Cuida dela, ela vai superar. Leva embora, diz que será melhor assim, ela vai te escutar. Tira ela de perto de mim. Eu vou voltar para Nova York, viver minha vida lá, esquecer, apagar tudo de novo. Vai ser melhor assim.

— Você não vai superar, Enrico. Você vai se arrepender se fizer isso, me escuta!

Marina entrou na sala novamente, seguida de Sílvia e Téo, e Bruno percebeu que ela estava pálida e colocava a mão na barriga. Tinha uma expressão que parecia sentir dor e segurava um papel nas mãos.

— Você está bem? Está com alguma dor? Ela assentiu com a cabeça.

— Marina. Enrico suspirou, falando mais calmo, já não tinha mais forças para esbravejar. — Sinto muito por tudo que te disse. Eu te amo demais, mas você vai ficar melhor sem mim. Só queria que me odiasse. Não me peça para ficar.

— Não vou pedir nada para você, Enrico. Falou em tom calmo e fez uma careta de dor. — Só quero te entregar isso e estou indo embora. Entregou o papel e o encarou. — Achei que você merecia saber antes de decidir ir. E te dizer que você não precisa ir embora. Você acabou de me abandonar de novo, sem precisar sair do meu lado. Só que desta vez será para sempre. Vou respeitar a sua vontade e nunca mais te procurar, e vou ser muito feliz, porque você me deu essa felicidade. Gostaria de viver tudo isso a seu lado, com todos os planos que fizemos, mas, se você quer desistir da gente, eu aceito.

— Marina, nada vai me fazer ficar, eu preciso ir para você poder me esquecer, estar aqui só vai te fazer mais infeliz. Eu te amo, eu te amo demais e estou fazendo isso por você. Nunca vou poder te dar o que você sonha, o que você merece. Eu quero que você seja feliz. Ela deu um beijo no rosto dele entre as lágrimas.

— Não posso te impedir nem decidir nada por você. Só posso te dizer que eu te amo, Enrico. Sempre amei e sempre vou amar porque você me deu o maior amor da minha vida, e nunca vou te tirar o direito de viver esse amor também. Não estaremos mais juntos, nunca mais, mas você e ele merecem ter uma chance, se você quiser. Estou indo embora, como você mandou. Adeus. Colocou a mão na barriga novamente e curvou-se de dor. Olhou para Bruno assustada e esticou o braço, tentando alcançá-lo. — Tio, por favor, eu...

Ela desmaiou, e Bruno conseguiu segurá-la antes que caísse no chão.

— Sassá, pelo amor de Deus, Sassá. Fala comigo! Sassá, abre o olho, minha filha, fala comigo! Olha pra mim!

— Ela está sangrando, Bruno, vamos para o hospital, rápido. Sílvia percebeu o sangramento, e ele a ergueu no colo. — Me dá a chave do carro, rápido, Bruno!

— O que está acontecendo? Téo não entendia nada. — Aonde você vai com ela? Por que ir para o hospital? Ela só ficou nervosa, pega um copo de água com açúcar...

— Ela está grávida, porra! Sílvia já estava com a porta do elevador aberta, e Bruno saiu apressado, deixando Téo e Enrico para trás, atônitos.

— Grávida? Enrico olhou para o papel que ela entregou e viu que era um exame de gravidez. Téo arrancou da mão dele e leu.

— Meu Deus, Enrico, ela está grávida! Você enlouqueceu? A menina grávida, e você dando esse chilique todo, bêbado!

— Eu não sabia, Téo! Ela não me disse! O que eu fiz, Téo, gritando desse jeito com ela? Eu mandei ela embora, ela está grávida...

— Mandar embora não foi nada, esbravejou que nem um louco, quase avançou na menina! Meu Deus, Enrico, se ela perder esse bebê, eu não vou te perdoar nunca!

— Não fala isso, Téo, não posso pensar que fiz isso. Enrico desabou em lágrimas de novo. — Eu perdi o controle, eu queria que ela me odiasse.

— Pelo jeito que fez, vai conseguir, com certeza. Sinto muito, meu amigo, sei que estava tentando protegê-la, mas escolheu a pior forma de fazer isso. Téo suspirou.

— Saber que fui tão ruim para a Alice e meus filhos me deixou amedrontado de fazer o mesmo com ela. Eu destruí a vida deles sem perceber, não queria destruir a vida dela também. Eu a amo tanto, Téo, só achei que me afastar era o melhor para ela. Fiz tudo errado, minha vida inteira.

— Você não devia acreditar no que a Alice diz, meu amigo. Aquela mocréia é indecente. Eu estava lá e sei que você não fez nada daquilo. Sempre te disse que a Alice ia destruir a sua vida. Conseguiu te afastar de dois filhos e agora colocar a vida do terceiro em risco. Que tristeza tudo isso, você não merecia. A vida tem sido injusta com você, Enrico. Sinto muito mesmo. O celular de Téo apitou, alertando uma mensagem. — Preciso ir, vou cuidar da nossa menina e do nosso bebê. Vai em paz, te prometo que eles serão felizes. Se cuida e manda notícias. Você é um amigo incrível, Enrico, é um homem bom. Acredite mais em você, eu te amo. Não deixe a Alice te destruir. Encontre a paz e um amor, viva sua vida com alegria, esqueça toda essa amargura. Ele abraçou Enrico com amor. — Boa viagem.

— Eu também te amo, mas não vou embora, Téo. Vou com você. Enrico se levantou, secando as lágrimas. — Você sabe o hospital que eles foram?

— Como não vai embora? Acabou de fazer um escândalo dizendo que ia voltar para Nova York! Enlouqueceu de vez, Enrico? Estou deixando de te amar assim!

— Eu sei o que eu fiz, Téo, e acho que a Marina não vai me perdoar nunca. E nem posso tirar a razão dela. Mas eu já abandonei gente demais nessa vida, não vou abandonar meu filho, Téo. Eu já o amava antes de ele existir, vou estar com ele sempre. Ela disse que me daria esse direito. Vou amá-la em silêncio e estar junto do meu filho.

— Se ainda tiver um filho, Enrico. Infelizmente, tem essa triste possibilidade.

— Não quero pensar nisso agora, Téo. Se o pior acontecer, vou estar lá por eles, por ela e pelo bebê. Vou só lavar o rosto e vou com você.

— Vamos com seu carro. Eu vim com o Bruno, ia pegar um taxi. Que cheiro de queimado é esse? Ele foi até a cozinha. — O forno! Meu Deus, Enrico, você ia colocar fogo na casa com a gente dentro? Queria matar a todos? Você enlouqueceu! Não te amo mais!

— Não pira, Téo, era o nosso jantar. Que merda. Enrico desligou o forno e suspirou. — Pode me odiar, você não será o primeiro. Você dirige, eu bebi demais.

Capítulo 36

Téo e Enrico entraram no pronto-socorro e viram Bruno, em uma cadeira, chorando desesperado. Sílvia trazia um copo de água para ele.

— Como ela está? E o bebê? Estão bem?

— Não sabemos. Sílvia explicou. — Tentei entrar junto, mas não deixaram. Temos que esperar. O Bruno já chamou o médico particular dela. Ele está vindo.

— Ela está grávida, Bruno? Por que ela não me contou? Planejamos tanto, queríamos tanto! Por que ela não me contou?

— Está, de três meses. Ele olhou para Enrico ainda irritado, secando as lágrimas. — Te contar como, "papai"? Você tem estado bêbado, jogado em um sofá, sentindo ódio da vida todo esse tempo! Era só olhar um pouco para ela e teria percebido que tinha algo diferente! Você não viu nem que ela tinha enjoos todas as manhãs, acordando ao seu lado!

— Quando você soube? Por que não me contou? Eu não estava bêbado, Bruno!

— Eu soube no dia do acidente, Téo. Ela queria fazer um anúncio especial, com todos juntos. Achava que assim conseguiria trazer uma esperança de felicidade para todos nós. Ele voltou a chorar. — Seria hoje, Téo. Ela programou tudo com carinho, queria dividir a alegria com todos nós... agora não sabemos nem se terá bebê ainda.

— Meu Deus, que tragédia tudo isso. Téo se sentou na cadeira ao lado de Bruno e o abraçou chorando.

— Calma, gente. Vocês precisam se acalmar agora. Os médicos estão cuidando dela, e ela vai precisar de vocês, fortes, para apoiá-la, seja o que acontecer. Sílvia tentou acalmar os três, que se debulhavam em lágrimas, e viu a enfermeira a chamar com um aceno.

— Que saudade do Mateus, ele resolveria isso tudo em um estalar de dedos. Bruno colocou a cabeça entre as mãos.

A enfermeira avisou que estavam terminando os cuidados e precisavam do responsável para fazer a internação. Ela precisaria ficar em observação. Sílvia perguntou sobre o bebê, e a enfermeira falou, sem muita esperança, que estavam fazendo exames ainda e teriam que esperar pelo médico. Avisou Bruno sobre a documentação, que concordou com a cabeça e se levantou, mas Enrico o impediu.

— Eu vou, Bruno. Eu faço isso.

— Você não está indo embora, Enrico? Não mandou que ela te esquecesse? Pode ir. Volta para Nova York, vai viver sua vida lá. Eu e Téo cuidaremos dela. Fizemos isso a vida inteira.

— Ela é minha mulher, Bruno, e está grávida de um filho meu. Sei que fiz uma grande merda hoje, perdi o controle, mas eu não vou a lugar nenhum. Vou ficar aqui, e se ela não me quiser mais, vou continuar aqui. Ele suspirou triste. — Ela é uma mulher incrível e, mesmo com tudo que fiz, me deu o direito de estar com meu filho. Não vou fazer com ele o que fiz com tanta gente, não vou abandoná-lo.

Enrico acompanhou a enfermeira e providenciou tudo. O médico particular chegou apressado, cumprimentou todos com um aceno rápido de longe, avisando que mandaria chama-los assim que pudesse. Demorou mais de uma hora até que liberassem para eles irem ao quarto vê-la.

— Eu vou esperar aqui. Só vou entrar se ela quiser me ver. Enrico falou decidido, parando na porta. — Ela tem o direito de não querer me ver, depois de tudo que fiz.

— Você está com medo, isso sim. Téo o desafiou. — Não tem coragem de entrar lá e saber que matou seu bebê com esse chilique de bêbado! Está sendo um covarde!

— Hoje não, Téo. Por favor.

— Ele está certo, Téo. Ela tem o direito de não querer vê-lo. Eu te aviso, Enrico.

Enrico não tinha forças nem para discutir com Téo. Ficou sentado no corredor, vendo os amigos entrarem e a porta se fechar. Téo estava certo, ele estava com medo de ter matado o bebê com o destempero causado pelo excesso de bebida.

Ela estava grávida há três meses, deitando-se e acordando na mesma cama, e não conseguiu lhe contar. Lembrou das manhãs, que há muito tempo ela tinha trocado o café por chá, e percebeu que ele estava sentindo pena de si mesmo há tempo demais e não tinha nem sequer olhado com atenção para ela. Devia estar cuidando dela, mimando e curtindo essa gravidez tão desejada, e não tornando tudo um fardo. Foi ele que insistiu para que engravidasse, que a convenceu que queria ter uma família, que seriam felizes e completos.

Pensou que tinha feito o mesmo no casamento com Alice e, quando ela engravidou, estavam tão distantes que mal viu tudo acontecer. Não faria isso de novo. Estaria presente durante a gravidez, se Marina permitisse, e depois para seu filho, para sempre. Calculou as semanas e descobriu que ela engravidou durante a semana em Paris. Lembrou do que ela disse a ele no alto da Torre Eiffel, sobre o amor e a vida deles juntos. *"Sou a mulher mais feliz desse mundo tão incrível por que tenho você ao meu lado".* E hoje ele simplesmente a mandou embora, aos berros, numa crise alucinada de ódio por si mesmo, e a fez muito infeliz.

Respirou fundo e segurou as lágrimas, percebendo que agora estava muito perto de perder tudo isso, todo o amor, toda a felicidade e até o seu bebê. E estaria tirando isso dela também, arrancando com brutalidade, com violência, tudo que prometeu lhe dar. Não sabia se ela ia querer vê-lo novamente, porque mais uma vez tinha estragado tudo. Ele estava perdendo o controle e pedindo perdão vezes demais.

Rezou para que nada tivesse acontecido ao seu bebê e estava decidido que, qualquer que fosse a decisão dela, ficaria por perto para quando ela quisesse e seria presente para seu filho. Ele não iria mais embora, nunca mais.

— Como você está se sentindo, minha filha?

— Estou bem, tio. Marina falou com doçura, quando Bruno a beijou na testa. Olhou para Téo. — Dindo, vocês estavam chorando?

— Eles ficaram nervosos. Sílvia pegou em sua mão. — Foi uma noite tumultuada.

— Eu estou grávida, dindo. Sorriu, e Téo se debruçou sobre a barriga dela, beijando e chorando. — Eu ia contar hoje, mas aquilo tudo aconteceu.

— Eu estou muito feliz, minha menina, vou cuidar de você e desse bebê com muito amor. Vou te levar para minha casa e te mimar bastante.

— Vamos esperar o médico, dindo, não quero fazer planos ainda. Os olhos dela se encheram de lágrimas. — Eu posso ter perdido. Eles disseram que iam fazer um exame para saber se o bebê ainda estava vivo, mas ninguém me disse nada.

— Não vamos pensar no pior. Sílvia abraçou Bruno, quando ele chorou de novo. — O Bruno chamou o Dr. Araujo, ele já está aí.

— O Enrico ia ficar feliz, ele queria tanto ter um filho, fizemos tantos planos juntos. Ela deixou as lágrimas correrem. — Estava bem, desde o acidente, não tinha mais bebido assim, estava reagindo, se esforçando. Mas aquela entrevista acabou com ele.

— É aquela mocréia da Alice! Eu avisei há 40 anos, que ela ia destruir a vida dele! O Bernardo e a Isabel também disseram. Olha no que deu. Essa noite trágica!

— Por que ela foi tocar nesse assunto agora? Já faz tanto tempo que se separaram, ela tem o marido, é feliz... Não entendo! Para que relembrar isso? Colocar essa história numa revista e ainda dar a entender que ele que me criou, como se sempre tivesse tido um romance comigo. Não entendo por que ela fez isso.

— Porque ela sempre foi assim, Sassá. Maligna, maldita! E odeia ele, sempre odiou! — Acabou atingindo você também, de uma forma ou de outra. Bruno suspirou.

— O Enrico tem esse jeito impulsivo de fazer as coisas. Sei que ele estava errado, mas acho que ver falarem de você naquela entrevista foi o que mais o fez perder o controle, filha. Ele ficou desesperado para te proteger. Sabe que ele te ama muito. Marina concordou com a cabeça e olhou para Bruno.

— E agora ele vai embora, de novo. Vai se enterrar em Nova York e perder a chance de ser pai, que ele tanto sonhou. Como ele está, tio? Vocês o deixaram sozinho?

— Está péssimo, destruído. Ele veio para cá assim que soube da gravidez, está apavorado de ter te causado tudo isso e muito arrependido. Ele suspirou triste. — Está aqui na porta, disse que só vai entrar se você quiser que ele entre. Quer respeitar o seu direito de nunca mais olhar para ele, depois de tudo que fez. Você quer que ele entre?

— Quero.

Bruno abriu a porta, e Enrico enrijeceu. Sorriu e fez sinal para ele entrar. Enrico respirou fundo e concordou. Entrou de cabeça baixa e com passos lentos. Olhou para ela, arrependido por tudo que tinha feito e dito, mas não podia mais voltar no tempo.

— Eu sinto muito por tudo. Ele balançou a cabeça. — Como você está se sentindo?

O médico entrou no quarto, interrompendo Enrico, e abraçou Bruno e Téo, cumprimentando os outros com um aceno de cabeça. Seguiu direto até Marina, olhando os exames.

— O bebê está bem, Marina. Ele sorriu, com o suspiro aliviado de todos, e pegou na mão dela. — Mas você vai precisar de muito repouso e tranquilidade para mantê-lo assim. Você está com uma anemia forte, e precisamos cuidar disso também. Me parece um quadro de má alimentação, vida agitada e estresse emocional. Estou certo?

— Está. Ela respondeu calma. — Ainda tem riscos para a gravidez?

— Tem, e muito. Mas se fizer tudo certinho, vai ser uma gravidez segura. O médico olhou para todos. — Eu te avisei na última consulta. Você não pode ficar nervosa e precisa se alimentar melhor. Perdeu muito peso nesse último mês, querida. Eu sei que vocês estão sofrendo pela morte do Mateus, mas precisam ter mais atenção a essa gravidez agora.

— Têm sido dias difíceis, mas vai melhorar. E o sangramento? Bruno perguntou.

— Foi um sangramento importante, já foi controlado. Agora terá que ficar em repouso absoluto, por três a quatro semanas, pelo menos, enquanto a fortalecemos e cuidamos para que tudo se estabilize. Depois repetimos os exames e vamos acompanhando. Ela é jovem, tem uma vida saudável. Só precisa cuidar do emocional.

— Obrigada, doutor. Ela concordou, sorrindo. — Vou fazer tudo certinho. Prometo.

— Obrigado mesmo, Araujo. Bruno o abraçou de novo e apresentou Sílvia e Enrico, explicando que ele era o pai do bebê.

— Parabéns, papai, que vocês sejam uma família muito feliz! Ele sorriu e olhou para Téo. — E se o dindo parar de chorar agora, prometo que dou vários papéis escritos com recomendações detalhadas e incluo até os horários de sopa! Todos gargalharam, e Téo secou as lágrimas rápido, já fazendo um monte de perguntas. — Vamos lá, dindo. Vem comigo que vou conseguir até o telefone das enfermeiras para você infernizar a vida delas. Sorriu para Bruno. — Tem uma desesperada para uma foto com você, o filho dela é teu fã. Pode ser?

— Claro que ele vai! Assim pegamos o telefone dela também! Vem, Bruno, vem, Sílvia, você também é famosa. Pode me ajudar com mais telefones. Passa batom, vem. Eles riram, acompanhando o médico para fora do quarto.

Marina e Enrico se olharam por alguns minutos, em silêncio.

— Você vai ser pai. Eu queria ter te contado de uma maneira mais alegre. Ia fazer um jantar especial hoje.

— Eu fiquei muito feliz com a notícia. Desculpe por ter estragado tudo. Eu sinto muito por ter dito tudo aquilo. Ele suspirou. — Nada daquilo era verdade, eu só queria te proteger de mim.

— Eu sei. Enrico se aproximou da cama, receoso. Ela esticou o braço, pegando na mão dele, e ele deitou a cabeça na barriga dela, chorando. — Você está se despedindo? Ela perguntou calma, fazendo cafuné nos cabelos dele.

— Não. Estou implorando para você me perdoar mais uma vez. Implorando para você me dar mais uma chance de ser feliz e voltar comigo para casa.

— Não posso mais cuidar de você, Enrico. Tenho alguém mais importante para cuidar agora.

— Eu quero cuidar de vocês, Marina. Quero estar com vocês, sempre. Me perdoa mais uma vez? Sei que estou sempre repetindo isso e não mereço a sua confiança, eu perco o controle...

— A bebida dá uma dimensão maior para tudo que te acontece, e ela tem sido sua companheira, mais que eu. Você tem escolhido o copo, e não me dá chances de estar perto de você. Não consigo mais viver dessa maneira, com as suas explosões, bebendo desse jeito, instável, nunca sei se você vai decidir ir embora e me abandonar de novo. Ela falava em tom calmo e decidido. — Nunca vou te impedir de estar com seu filho e sei que ele vai te amar muito. Tenho certeza de que você será um pai maravilhoso, Enrico. Mas eu e você...

— Eu vou mudar, Cinderela. Meu lugar é ao seu lado, junto com esse bebê lindo que vai chegar. Me dá mais uma chance de estarmos juntos e sermos felizes? Eu te amo demais.

— Você precisa tomar uma decisão definitiva, Enrico. Nem é por mim, é por ele. Precisa pensar se quer mesmo viver comigo tudo que planejamos e assumir esse compromisso, e não ameaçar que vai embora a cada problema que temos. Você não precisa estar comigo para estar com seu filho. Ele beijou os lábios de Marina e depois se curvou para beijar a barriga dela, emocionado.

— Eu preciso estar com você porque não sei viver de outro jeito. Você me deu a maior felicidade do mundo, Cinderela. Não vou a lugar nenhum, meu lugar é aqui. Eu quero ficar com vocês, e será para sempre, eu te prometo.

— Lá vem ele prometendo para a minha menina. Não cumpriu uma porra de promessa que fez a vida toda! Téo entrou no quarto, interrompendo os dois.

— Você vai ser vovô, Teodoro. Ele sorriu entre as lágrimas.

— Teodoro é o teu cu, Enrico. Você não sabe mesmo respeitar o momento das pessoas! Eu te odeio, Enrico! E vou cuidar da Sassá na minha casa! Já vou avisando que não negocio isso. Ele mostrava os papéis do médico na mão. — Peguei todos os detalhes com o médico, tenho o telefone dele e de duas enfermeiras! Estou capacitado para isso.

— Só pegou de duas porque as outras conseguiram correr antes! Bruno sorriu e beijou a testa de Marina.

— Eu não quero saber da briga de vocês. Sou a tia, a única mulher, e tenho prioridades aqui. Sílvia fez um carinho no rosto dela. — Vou ser mais uma a mimar você.

— Pronto! Já não basta a volta do exilado e o tio permissivo, ainda terei que dar mais uma chave da minha casa para uma tia avulsa! Téo brincou, e todos riram.

Capítulo 37

Marina ficou na casa de Téo nas quatro semanas de repouso exigidas pelo médico, e Enrico não abriu mão de ficar junto dela. Mesmo com as constantes provocações de Téo, dormiu com ela todas as noites. Téo não assumiria para ele, mas poder dividir os cuidados estava sendo importante. Eles já não eram mais jovens, e ela não podia sair da cama. Ele a atendia durante o dia, enquanto Enrico estava no trabalho, e descansava à noite, quando ele assumia todos os cuidados.

Estava muito feliz ao constatar que Enrico não bebeu nenhuma noite. Sabia que era um esforço para ele, mas era necessário para que se mantivesse equilibrado. Ninguém tinha exigido que parasse a bebida. Ele tomou a decisão e cumpriu. Bruno a visitou todos os dias e sempre tinha que apaziguar uma discussão dos dois amigos.

— Já vou avisando, Bruno, vou arrancar essa porta de novo. Enrico não sabe guardar o pinto dentro da calça, fecha a porta e vai saber o que faz com a menina aqui dentro!

— Não faço nada, Téo! Está louco? Fecho a porta para não acordar no meio da noite com você parado ali, me olhando que nem uma assombração... quase tive um infarto!

— Eu levantei para fazer xixi e só vim olhar se estava tudo bem! Tem medo de fantasma agora, Enrico? Ah, faça-me o favor! Boooo!

Marina e Bruno gargalhavam com a discussão dos dois em volta da cama.

Depois da liberação médica, eles foram para o apartamento de Marina, e Enrico se mudou definitivamente para lá. Refez todos os exames e foi liberada pelo médico para a volta ao trabalho e à vida normal. O exame de ultrassom foi muito emocionante para ela e Enrico, que ouviram o coração do bebê e souberam que seria uma menina.

— Dança comigo? Ele sorriu para ela, assim que todos foram embora e ficaram sozinhos.

— João e Maria? Ela sorriu e se levantou.

— Sempre que temos algo especial. Ele a girou e puxou para junto de seu corpo.

— O que tem especial hoje?

— Nós. Eu e você. O médico liberou. Disse que posso te amar, posso te tocar e ouvir você gemer. Ele a beijou com carinho e enroscou a língua à dela devagar, acariciando as costas.

— Faz tempo que não sinto você. Ela falou com os lábios colados ao dele. — Achei que a minha magia tinha acabado.

— Nunca. Eu continuo te desejando como no primeiro dia, acho que mais ainda. Colocou as mãos por dentro da camiseta. — Sei que tive aquela fase péssima e te dei muito trabalho, mas nunca deixei de te amar e te desejar, eu só...

— Não quero falar disso. Quero me entregar para você, sussurrar no seu ouvido e te levar para o meu reino mágico.

Ele a levou para cama, e as roupas ficaram no caminho. Matou a saudade de sentir o gosto dela, de vê-la gemer e se contorcer, sentindo as mãos dela acariciando seu corpo.

— Me leva com você, Enrico. Ele sentiu que não conseguiria mais controlar e explodiu com ela, abraçando forte quando caiu por cima dela e rolou para o lado.

— Vamos casar, Cinderela?

— Casar? Você acha que precisa? Já moramos juntos e vamos ter um bebê.

— Eu gostaria muito. Sei que já moramos juntos, mas quero fazer tudo certo. Você não quer?

— Quero. Vamos casar!

— Então agora não preciso te segurar, você não vai fugir se eu te der isto. Ele pegou uma caixinha na gaveta do criado mudo e completou sorridente. — Desta vez, é uma aliança. E só para deixar claro, já pedi a permissão ao Téo. Sofri algumas ameaças, mas ele concordou.

Ela gargalhou, lembrando de todas as vezes em que se assustou quando ele dava uma joia de presente para ela, em momentos inesperados. Abriu a caixinha e admirou-se com a beleza do anel de noivado. Ficou emocionada quando ele a colocou em seu dedo.

— Não vou fugir. Vamos casar! Faz panquecas para comemorar?

— Vamos casar! Ele beijou a barriga dela que já começava a aparecer. — Faço, amanhã teremos panquecas para comemorar!

— Amanhã?

— Você está com vontade agora? Às 3 horas da madrugada? Está com desejo?

— Estava, mas posso esperar, amanhã de manhã...

— Claro que não! Seu primeiro desejo! Vou fazer agora! Ele se levantou e foi para a cozinha animado. Ela o seguiu, sentou-se à mesa e conversaram, fazendo planos para o casamento e o bebê, enquanto ele preparava tudo e a servia. Sorriu quando a viu devorando as panquecas com vontade, pegou o celular e tirou uma foto.

— Você tirou uma foto?

— Mandei para o Téo. Ele mostrou o celular, zombando. — Vai se roer de saber que teu primeiro desejo foi com as minhas panquecas!

Oficializaram o casamento no cartório civil, com um almoço na casa de Téo para comemorar, somente com os amigos mais próximos. Nenhum dos dois quis fazer uma festa maior.

— Agora é oficial, você está gorda! Alberto brincou quando a abraçou, olhando os filhos correndo pela casa. — Você casando, e eu separando. Estou me tornando meu pai.

— Eu diria que se tornar seu pai é uma honra, e não um castigo. Enrico sorriu. — Você vai encontrar seu grande amor, tenho certeza.

— O problema não é encontrar, tio, é manter! Tiago se sentou ao lado deles. — Meu irmão é muito rígido, leva a vida muito a sério, precisa se soltar mais.

— Tiago está certo, tem que ser mais flexível, Alberto. Eu e Pedro estamos juntos há 40 anos e nunca tivemos uma briga!

— Pedro é santo, Téo, sempre te disse. Enrico provocou, e todos gargalharam.

— Como eu amo essa barriga linda! Bruno se juntou a eles no sofá, alisando a barriga de Marina, e se assustou. — O que é isso?

— É a posição que ela gosta. Marina sorriu. — Se revira o dia todo, e acho que descansa se embolando com o pé na minha costela.

— Precisa ver quando falo com ela! Enrico se empolgou. — Chuta o tempo todo, já conhece a minha voz.

— Deve ser de ódio. Todos gargalharam. — A menina está na barriga pedindo para você parar de incomodar!

— Estava demorando para trocarem gentilezas. Bruno balançou a cabeça.

— E você, Alberto, o nosso advogado preferido queria todos juntos para falar com a gente. Algum problema?

— Nenhum problema, é um comunicado e uma proposta. Alberto sorriu para Tiago. — Estávamos limpando o escritório e encontramos vários manuscritos do papai. São livros praticamente prontos, daquela coleção que ele queria fazer, lembram?

— Lembro. Quando ele decidiu largar a televisão e escrever de pijama, o dia inteiro em casa. Enrico sorriu, e Téo e Bruno concordaram com saudade.

— O comunicado é que queremos publicar, como uma homenagem, não deixar se perder os últimos anos de vida dele. Queria saber o que vocês acham disso.

— Perfeito! Bruno concordou imediatamente. — É uma ideia incrível! — A Sassá pode ver isso para vocês na editora, negociar a publicação.

— Na verdade, estamos pensando em abrir uma editora nossa, para essas publicações e outras que já temos em mente. E para isso que precisaremos de uma ajuda de vocês.

— Uma editora de vocês? Isso é ótimo, um negócio de família. O que precisarem da gente, podem contar.

— Precisamos que convençam a Sassá de revisar e ser a editora dos livros do papai. Tiago olhou para ela. — Na nossa editora.

— Trabalhar para vocês? Claro que aceito! Marina ficou radiante.

— Não. Alberto olhou sério para Enrico. — Queremos que você trabalhe com a gente. Sociedade familiar. Eu, o Tiago, você e, indiretamente, o tio Enrico, já que casaram com comunhão de bens.

— Sociedade? Eu não sei. Ela estava insegura e olhou para Enrico, como se pedisse ajuda.

— Qual a ideia? Enrico sorriu, quando Alberto tirou uma pasta e entregou a ele. — Lógico que você já tem tudo por escrito!

— Sou advogado, tio! E modéstia à parte, dos bons! Ele riu. — Fizemos um estudo. Claro que é tudo estimado ainda, apenas consulta de mercado, orçamentos, funcionários e terceirizados, essas coisas. Sei que você é melhor nisso que a gente, mas tentei te dar uma base.

— E além de virar sócio indireto, é tio e é o homem do dinheiro. Bruno concordou rindo. — É o homem certo para analisar a pasta do advogado!

— Os números ficam com ele, mas explica para nós, que somos práticos, qual a ideia? Téo estava interessado na proposta.

— Basicamente, eu fico com toda a parte jurídica, a Sassá com a editoria, e o Tiago fará a parte de publicidade. Queremos ser pequenos e ser exclusivos. De início, seriam os livros do papai e uma biografia dele, feita por você, dindo.

— Aceito! Podem contar comigo! Vai ser uma honra! Téo ficou mais animado.

— Alguns desses livros do papai me pareceram prontos, mas acho que a Sassá vai ter que reescrever, revisar, não sei como diz. Outros ainda precisará finalizar mais, mas acho que você consegue também, mesmo com o tema de crime, porque a ideia está toda lá, e tem todos os documentos policiais junto, organizados. Como chama isso? É colaboradora? Tiago explicou para Marina, e ela balançou a cabeça concordando. — Enfim, fazer aquele monte de escritos virarem livros.

— Caramba, Sassá, um livro teu e do Mateus? Me dá vontade até de chorar de tanta emoção. Ele ia ficar muito orgulhoso dessa parceria!

— E sei que você também tem rascunhos de livros infantojuvenis, Sassá. Pensamos em uma coleção também. Depois podemos correr atrás de outras publicações. Escolhemos só o que acharmos interessante, criamos o nosso estilo.

— Eu acho perfeito! Bruno incentivou. — Você sabe tudo dessa parte, poderá se dedicar à sua filha e trabalhar na sua própria editora.

— Seria um sonho mesmo, mas eu não sei nem se tenho dinheiro para entrar como sócia. Preciso ver o fundo...

— Temos, sim. Enrico a interrompeu sorrindo, lendo os relatórios da pasta. — Não precisamos mexer no seu fundo.

— Eu também posso ajudar vocês. Posso investir quanto precisarem.

— Papai deixou muito de herança para nós, tio, não precisamos de dinheiro. Se não quiser colocar dinheiro, Sassá, não tem problema, podemos bancar tudo, mas precisamos da sua experiência. A parte principal é você que sabe. Tiago falou com segurança. — E queremos como sócia. Com ou sem dinheiro, será uma empresa nossa, dos três irmãos, juntos. Alberto segurou na mão dela, emocionado. — Como sempre fomos criados, três dos seis filhos do papai.

— Esse sonho precisa de você para se realizar, Sassá. Eu, você e o Beto, juntos.

Enrico percebeu que ela estava emocionada e perguntou, olhando sério.

— Você gostaria de fazer isso? Ter a sua própria editora, publicar seus livros e os do Mateus?

— Eu gostaria muito, tenho pensado em várias histórias e já fiz alguns rascunhos mesmo. Ela suspirou. — Mas não gostaria de largar a editora até o lançamento da biografia do meu pai. Queria terminar esse projeto. Estamos no final, e quero fazer parte disso.

— Não tenho como contestar essa decisão, eu também não abriria mão. Alberto ponderou. — Mas se você concordar, se você quiser mesmo ter a nossa editora, terá tempo suficiente de finalizar, sem atrasar nada. Com a sua confirmação, vamos iniciar a parte burocrática, colocar toda a documentação certinha para a abertura da empresa, achar um espaço. Até conseguirmos iniciar o trabalho realmente, demora um pouco. Dá tempo para a bebê nascer, e você se organizar. Para dizer a verdade, neste início, precisamos mais do tio Enrico do que de você. Você pode dar uma ajuda nisso, tio? Como sócio e como tio? Sei que tem o seu trabalho também.

— Claro que ele ajuda! Fica o dia inteiro sentado com a bunda naquele escritório e não faz nada, só dando ordens, que eu sei! Téo se adiantou. — Ele vai fazer o que vocês precisarem. E o Bruno também, não sabe fazer nada de empresa, mas pinta a parede se precisar! Teremos a editora familiar! Todos gargalharam.

— Ajudo, sim, claro, em tudo que precisarem. Mas eu trabalho, sim, Téo. Quem fica o dia todo sem fazer nada é você, que está enrolando para terminar a biografia do Bernardo. Minha filha vai estar com 10 anos ,e você ainda não terminou de escrever.

— Pausa no duelo. Bruno os interrompeu. — Agora precisamos saber se a Sassá realmente quer. A decisão é sua, minha filha.

— Claro que quero! Mas vamos deixar bem claro que serei a editora, revisora e tradutora, se for o caso. O resto é com vocês, não entendo nada de jurídico, nem de financeiro ou de publicidade.

— E será escritora também. Bruno olhou para ela sério. — Infantil e de romance. Você prometeu ao Mateus, a mim e ao Téo.

— E escritora! Prometi e vou cumprir! Marina assentiu sorrindo.

— Mas vamos fazer isso do jeito certo, meus sócios, Alberto e Tiago. Enrico sorriu para os dois. — Vocês três vão entrar com partes iguais no investimento e serão os sócios. Me comprometo a fazer toda a parte financeira até vocês abrirem e seguirem sozinhos. Vou revisar os orçamentos que você calculou e já crio o planejamento correto. Pelo que vi aqui no seu relatório, me pareceu tudo bem estimado, só precisa de alguns ajustes, mas não sairá fora desses valores que você calculou.

— E se sair, precisarem de dinheiro, ou de pintar a parede, vou ficar feliz em ajudar! Bruno comemorou. — Por sinal, tenho um imóvel que acabou de desocupar na Vila Madalena e acho que será perfeito para o que vocês precisam. Se gostarem, será meu presente para a empresa.

— Caramba! Aquele imóvel é sensacional! Tio Bruno, agora é oficial, estou pedindo demissão! Tiago brincou. — Vou trabalhar com a gorda!

— Para mim está perfeito! Alberto a beijou. — Seremos uma grande equipe. Nós dois e uma cadeira maior para a gorda!

— E uma mesa e uma cadeira para mim. Sou o dindo e vou lá atender telefones! Sou muito simpático com as pessoas, todos me adoram!

— Sou sócio indireto e já proíbo a presença do Téo lá. Fala muito e vai atrapalhar o trabalho. Enrico riu provocando. — Permito somente um banquinho de três pernas para ele!

— Isso mesmo, o Téo tumultua e distrai as pessoas. Proibido de ficar lá. O banquinho vai ficar na porta, do lado de fora! Bruno completou com os três sócios gargalhando.

— Que desaforo! Vocês dois vão se juntar contra mim! Téo riu. — Mas pode começar a fazer uma negociação para a tradução do livro do Enrico. Téo provocou de novo. — Que até agora, sei que não negociou com ninguém e está um sucesso lá fora! Tenho informações!

— Deu uma dentro, Téo. Enrico sorriu. — Vou ficar honrado! Direitos autorais já concedidos!

— E vamos terminar o livro antes de essa menina linda nascer, porque depois também vou começar a biografia do Mateus e vou só cuidar dela! Téo olhou para Enrico. — Vocês ainda estão pensando em comprar um apartamento maior?

— Estamos, mas não achamos nada que satisfaça tudo que queremos. Tem que ter um escritório, quarto para o bebê e um a mais, porque ainda planejamos mais um filho. Sabe de algum?

— O meu vizinho aqui debaixo está querendo vender o dele, Enrico. É igual ao meu. E ele está com pressa, quer se mudar para o Nordeste. Diz que é um sonho dele, morar na praia e dormir na rede, cheio de mosquitos!

— Seria perfeito, dindo! O que acha, Enrico?

— Tem tudo que procuramos, meu amor. Tem como ir ver, Téo?

— Vou interfonar! Se ele estiver, vocês já olham agora! Minha Sassá, pertinho de mim!

— Só falta vocês serem vizinhos! Alberto gargalhou. — Vão colocar fogo no prédio!

— Não vou nem poder reclamar se o Enrico voltar a beber! Bruno zombou. — O Téo vai aprender sapateado só para incomodar os vizinhos embaixo!

— Parou mesmo de beber, tio? Nem aquela dose do fim do dia?

— Às vezes, tomo uma dose, quando o dia é muito puxado. Mas não é todo dia, e não passo disso. Beijou a barriga de Marina. — Tenho companhia bem melhor que o uísque.

— A felicidade transforma as pessoas! Até o tio Bruno aquietou depois que se apaixonou.

— Nunca estive tão feliz na minha vida. A Sílvia é incrível mesmo.

— Mas teremos dinheiro para a editora e o apartamento? Marina perguntou curiosa para Enrico, e Bruno riu.

— Você não tem ideia que deu o golpe do baú, Sassá? Casou com um velho rico! Bernardo negociou isso quando você tinha 11 anos! Enrico concordou com a cabeça.

— Ele disse que podemos ir ver! Téo voltou empolgado. — Vem, Sassá! Vamos olhar tudo! Fazer reformas, decoração! Vou poder ver minhas meninas qualquer hora, todo dia!

— Acho que estou começando a mudar de ideia, Teodoro, vou voltar para Nova York com a minha mulher e a minha filha.

— Teodoro é o teu cu, Enrico! Agora vai ter que comprar e vou te visitar de chinelinho! Téo gargalhou. — Se eu for pela escada, posso ir de cueca! Olha que tiro a permissão e já faço o divórcio.

— Isso não vai prestar! Já começaram duelando! Bruno se levantou. — Também quero ver esse apartamento! Vem, meninos, vamos todos invadir a casa do vizinho!

Enrico e Marina adoraram o apartamento e fecharam negócio no dia seguinte. Planejaram mudar-se antes do nascimento da filha.

Capítulo 38

Téo finalmente finalizou o livro, depois de inúmeras revisões e reescritas. As fotos foram escolhidas com muito cuidado, e ele e Marina se emocionaram demais durante a escolha. Desde a morte de Bernardo, Téo havia juntado todas as fotos que tinha na casa deles e guardou em um baú, pouco mexido durante os anos. Bruno e Enrico também tinham muitas, e Clarice entregou as que estavam guardadas com Mateus.

Tiraram uma tarde, só os dois, e olharam cada uma delas, relembrando cada ocasião em que foram tiradas, choraram com a saudade. Riram com as recordações das histórias, e foi como se Bernardo e Isabel estivessem ali com eles, compartilhando aquele momento tão especial. Téo incluiu textos especiais, escritos por Renato e Marina, descrevendo sobre o lado pessoal do pai, e Enrico e Bruno também contribuíram com lindas palavras sobre o amigo. Eles encontraram algumas cartas, trocadas entre Bernardo e Isabel, que ele fez questão de colocar, como se fosse um texto dela para ele.

O livro ficou perfeito. Marina já estava finalizando o sétimo mês de gravidez, com a barriga imensa, quando marcaram a data do lançamento, mas não desistiu de cuidar pessoalmente de todos os detalhes, incansavelmente. O livro foi um sucesso desde a pré-venda. Na noite de lançamento, já estava esgotado, e seguiam para impressão de novas edições.

Fizeram um evento privado, em uma livraria enorme e muito chique, com os convites disputados por todas as personalidades da comunicação. Até Renato fez questão de vir da Itália com a família para o evento. Fizeram muitas homenagens, e Marina pôde entender o quanto seu pai fez parte importante da história do rádio e do jornalismo. Ela sempre soube que ele era muito famoso, mas não tinha a dimensão real do sucesso do pai e da posição importante que ele ocupou, sendo considerado ídolo por uma geração inteira de novos radialistas.

Ficou comovida em encontrar tantos amigos e colegas de trabalho que fizeram questão de comparecer e falar com ela sobre a alegria que tiveram de trabalhar com ele. Téo estava radiante, sendo cumprimentado e elogiado por todos, pelo lindo trabalho e pela homenagem ao amigo.

Para a noite de autógrafos, aberta ao público em geral, eles escolheram o bar do Rubens, que era o lugar especial de Bernardo. Foi onde conheceu Isabel, namoraram e fizeram a festa de casamento, além do ponto de encontro diário com os melhores amigos.

Era no bar que eles sonhavam com suas carreiras, planejavam e comemoravam juntos todas as conquistas. A foto da capa do livro era a que Enrico trouxe de Nova York, com os cinco amigos e Isabel na mesa deles. A mesa ficou arrumada, com a tequila e os copos em volta a noite toda, sem que ninguém a ocupasse. Já era de madrugada quando Rubens baixou as portas e todos se sentaram, relaxando em volta da mesa.

— Enfim sós! Bruno brincou, abraçando Silvia, sentada ao seu lado.

— Amei este bar! Sempre ouvi falar, mas não podia imaginar a energia do lugar. Não é à toa que passaram a vida aqui!

— Quanto tempo que não venho aqui. Renato olhou em volta. — O lugar da minha infância. Mamãe nos trazia toda semana para comer sanduíches. Lembra, Sassá?

— Claro que lembro! O sanduíche e a torta do tio Rubens. Desde criança, correndo por tudo aqui. — E depois vim todas as noites durante a faculdade, infernizar o tio Rubens. Ela sorriu para ele, que se aproximou e passou a mão na barriga dela.

— Hoje vou sentar com vocês! Estou honrado de ter realizado esta noite de autógrafos aqui!

— Não teria outro lugar. Marina fez um carinho nele. — O lugar especial do papai era aqui.

— Dele e de todos nós. Enrico completou.

— Como sempre dizia a Bel, da mesa do Rubão diretamente para o sucesso! Téo relembrou.

— Tudo acontecia aqui. Bruno falou saudoso.

— Eu vi a vida de vocês acontecer, tenho muito orgulho de ter participado de momentos tão especiais.

— Rubens, sou nova na família e já vou avisando que gosto de histórias completas e com detalhes! Sílvia perguntou curiosa. — Me conte um pouco do que viu, quero saber de alguém que assistiu.

— Ih, vai precisar de um ano para ele contar tudo! Enrico gargalhou.

— Me lembro do primeiro dia que entraram aqui. Téo carregando uma pilha de livros, Mateus apressado procurando um orelhão para ligar para a primeira mulher, Bruno paquerando todas as meninas, Enrico procurando desesperado por um espelho para arrumar o cabelo, e o Bernardo olhando encantado para uma moça que estava encostada no balcão, tomando suco de laranja!

— A Isabel!

— Isso mesmo, amor à primeira vista. Tinha um rapaz nessa mesa, sentado sozinho e conversando com as meninas da mesa dali. Téo chegou, apoiou os livros e, com toda a gentileza que ele possui até hoje, mandou o rapaz sair! Todos gargalharam, e os amigos concordaram, relembrando tudo com saudade.

— E ele saiu? Renato ficou curioso.

— Claro que não! Eu achei que o Téo ia apanhar. Começaram a discutir e, quando o rapaz ficou de pé para atacar, o Enrico, com seu tamanho todo e aquela cara de bravo, pegou uma cadeira, colocou na mesa das moças e mandou que ele se sentasse lá. Ele não discutiu e obedeceu na hora! Ninguém desafiava o brutamontes!

— Tio Enrico já era grande?

— Era, só era mais magrelo. Mas entre os rapazes ele colocava medo. Além do tamanho, fazia aquela cara de mau dele, ninguém desafiava. Os cinco se sentaram nessa mesa e nunca mais saíram.

— Que história linda! O que mais, me conta!

— Também quero saber! Marina pediu. — Essa eu não sabia!

— O Téo sempre foi invocado e arrumava confusão com todo mundo. E o Enrico estava sempre aparecendo para salvar ele de apanhar, com as discussões que arrumava. Viviam grudados, onde estava um, estava o outro.

— É verdade, eu e o Mateus fugíamos das brigas, mas o Enrico estava sempre socando alguém para salvar o Téo! Todos gargalharam.

— Você era briguento, tio? Renato ficou curioso. — Nunca pensei!

— Não era briguento, de arrumar briga. Acho que nunca bateu em alguém por uma discussão própria. Mas o Téo arrumava briga, e ele o defendia. E brigava bem, nunca apanhou! E levava a briga para fora, nunca destruiu nada aqui dentro!

— Está vendo, Téo? Vidas entrelaçadas, a minha e a sua! Juntinhos por 40 anos!

— Já falei para parar com essa história de vida entrelaçada! Ele gargalhou. — Mas me salvava mesmo, era bom de briga! Uma vez ele bateu em três e nem desarrumou o cabelo!

— Meu marido era o valentão? Marina riu e beijou Enrico. — Conta mais, tio!

— Os brindes que fazemos, com a tequila, fizeram o primeiro aqui. Para comemorar o primeiro ano de faculdade. Bernardo queria algo especial, olhou a prateleira por horas e disse que nunca tinha experimentado tequila. Servi para ele, e ele adorou. Decidiu que fariam o brinde assim.

— Ele tomava sempre tequila?

— Nunca, só para brindar. Bruno explicou. — Dizia que tinha que ter um momento especial. Bernardo gostava de cerveja também.

— E se vocês olharem as outras mesas, vão ver que são diferentes. Quase fali, estava a ponto de fechar, e eles me ajudaram. Fizeram uma reforma, renovaram tudo! Rubens se emocionou e abraçou Bruno. — Propaganda na rádio e TV, tudo. A Isabel vinha todo dia com as crianças me ajudar. E ela mandou reformar essa mesa, e não trocamos. Só essa ficou, é a original. Se olharem embaixo, eles assinaram e envernizamos para nunca mais sair a tinta.

— Foi no dia que tomamos posse definitivamente da mesa!

— Por isso vocês chamam de "a nossa mesa"?

— Exatamente. E teve mais. Téo conheceu o Pedro aqui, e quem apresentou foi a Alice! Enrico gargalhou.

— Única coisa boa que aquela maluca fez na vida, eu acho.

— É mesmo! Aquela mocréia só serviu para isso!

— Você quase nasceu aqui, Renato! A bolsa estourou bem ali. Rubens apontou o lugar onde Téo estava sentado. — Pareciam quatro crianças correndo assustadas, e o Mateus, que já tinha o Alberto, coordenando e dando ordens a cada um! E acreditem se quiser, estavam tão apavorados que, quando o Mateus parou o carro na porta, entraram todos dentro! Foram em seis, dentro do opala, e a Isabel gritando de dor!

— Verdade, não lembrava mais disso! Bruno chorava de rir. — Téo foi no colo do Bernardo, reclamando do tamanho do Enrico, claro! Todos gargalharam, imaginando a cena dentro do carro apertado.

— Então você também viu esses dois crescerem? Mais um homem na vida da Marina desde o nascimento!

— Vi! O Renato sempre foi comportado, mas a Sassá desde pequena vinha dançar em cima da mesa com a mãozinha na cintura balançando! Como corria essa menina! Ele gargalhou. — Isabel dizia que ela era um rádio ambulante. Correndo e cantando o tempo todo. *"Descendo a rua da ladeira, só quem viu que pode contar, cheirando a flor de laranjeira, Sá Marina vem pra dançar..."*. Todos riram e cantaram juntos com ele.

— Rubens é parte da família!

— E vamos ao brinde!

— Se acomodem, meus amigos, hoje é dia de festa. Téo falou emocionado, desvirando os copos na mesa enquanto Bruno encaixava três cadeiras vazias entre eles. — Estamos aqui, todos juntos de novo. Rubens trouxe copos a mais para os filhos de Renato e Marina, com suco, e serviram a tequila. Todos pegaram os copos, inclusive as crianças, que participaram pela primeira vez do ritual.

— À amizade de uma vida inteira! Enrico falou solene, e todos viraram.

Continuaram conversando, falando sobre as lembranças e rindo com Téo provocando Enrico que, com a aposentadoria e o livro junto com Marina, teria o tempo todo para cuidar da neta, que ele insistia que teria que chamar Isabel.

— Pode esquecer, Téo, você não vai tocar na minha filha. Não tem jeito com crianças! Enrico respondeu, só para irritá-lo.

— Só faltava essa. Eu não tenho jeito com criança? Que desaforo! Vou esperar você sair todas as manhãs e vou ficar com ela o dia inteiro! Ser vizinho tem suas vantagens!

— Eu vou avisando que vou ser o avô permissivo. Vou levar na boate quando fizer 18, dar camisinhas e um carro grande de vidro escuro para trepar no banco de trás! Vai ser independente e livre, como a mãe! Bruno interferiu.

— Você é desagradável, Bruno. Veja se isso é coisa de se falar para uma menina! E eu que não tenho jeito com criança? A menina nem nasceu e já vai ficar malfalada no bar!

— E eu vou vestir de princesa, cheia de laços, e levar no salão de beleza já com três anos! Vai ser dondoca! Sílvia brincou. — E quero ser chamada de vovó!

— Nesse meio de homens, você tem lugar garantido. Renato sorriu. — Mas se adotar uma tem que adotar o outro também! E vou chamar de tia também! Venham meninos, venham beijar a vovó! Ele chamou os filhos que corriam pelo bar, subindo nas cadeiras, e eles abraçaram e beijaram Sílvia, que ficou emocionada.

— Amei! Já tenho dois! Quero dar beijocas, muitas beijocas! Amei! Ela agarrava os meninos e beijava com alegria.

— Aproveitando esse título já concedido, temos um comunicado a fazer! Bruno declarou, e todos arregalaram os olhos.

— Vão casar? Téo já começou a virar os copos de tequila.

— Não se empolga, Téo. Decidimos que vamos namorar para sempre! Melhor que casar, compromisso e papel. Aqui vai ser só amor! Vamos morar juntos, está tudo muito bagunçado com as nossas coisas espalhadas nas duas casas.

— Vamos juntar a bagunça em uma casa só!

— Isso merece um brinde especial! Rubens se empolgou. — Só de ter te conquistado, Sílvia merece um prêmio. Demorou 40 anos para ver você apaixonado!

— É verdade! A mamãe sempre falava, que queria ver o tio Bruno com alguém, sério. E o tio Mateus também!

— Você está bem? Está quieta. Enrico perguntou para Marina, alisando a barriga, e sentiu o bebê se mexer forte. — Ela está muito agitada?

— Muito. Não parou um minuto a noite toda, acho que sente a emoção que sinto, mas estou bem. Só uma pontada, acho que do movimento. Parece que a barriga está mais pesada hoje.

— Quer ir para casa? Ele manteve a mão e percebeu que aquele movimento não era normal. — Para deitar um pouco, descansar?

— Não, quero ficar. É uma noite especial. Foi só uma dor... Ai!

Enrico ficou em pé, e todos olharam assustados quando ele pegou na mão dela, forçando que ela se levantasse.

— Há 30 anos, eu ouvi um *ai* igual a esse! Ele estava apavorado. — No segundo *ai*, você nasceu! Renato, me ajuda, você é médico. Acho que vai nascer!

Renato se apressou com a mão na barriga, sentiu a pulsação em um exame rápido e arregalou os olhos quando a barriga mexeu de novo, e Marina se contorceu.

— Se não quiser fazer o parto aqui, é melhor pegar o carro, tio, e rápido.

— Puta merda! Téo gritou. — Fecha essa perna, Sassá, pelo amor de Deus, segura essa criança aí dentro! Estou velho para fazer outro parto!

— Para você é fácil, só ficou olhando, você não fez nada, Téo!

— Agora não é hora de duelo! Traz ela, Enrico, meu carro está na porta. Vem junto, Renato. Pelo menos, teremos um médico, se nascer no caminho.

— Leva as crianças com meu carro, Sílvia, e não leva o Teodoro! Quero ele longe da minha filha!

— Teodoro é o teu cu, Enrico. Veja se isso é hora de pensar em fazer desaforo, eu estou nervoso! Eu odeio você! Téo sorriu. — Minha neta vai nascer, Rubão!

Enrico entrou junto na sala de parto e segurou a mão de Marina o tempo todo, até ouvir o choro da menina, aos berros, preencher toda a sala. O médico a entregou em seus braços, e ele chorou emocionado.

— Você é linda, minha pequenina. Estou apaixonado por você. Colocou no peito de Marina e fez várias fotos dos três juntos e da menina com a mãe.

— Ela é linda. Marina deixava as lágrimas escorrerem livres. — Qual o nome, meu amor?

— Ela é bela. Que tal Isabela? Nossa Bela?

— Isabela. Bela. Também é uma princesa. Ela falou sorrindo. — Filha da Cinderela com o Príncipe Encantado.

— Eu te amo, Cinderela. Eu te amo demais. Vocês são a parte mais doce da minha vida.

Todos estavam nervosos na sala de espera, quando Enrico chegou, ainda comovido, mostrando as fotos da menina.

— A Isabela chegou! A nossa Bela!

— Ela é linda demais! Eu sou vovô! Eu sou vovô! Bruno chorava de felicidade, abraçando Enrico.

— Caramba, sou tio agora. Renato abraçou os dois. — Será que consigo ser um décimo do que vocês foram para nós?

— Minha Bela, a Bela do dindo! Téo olhava para a foto e beijava o celular, abraçando Enrico, e choravam juntos. — Agora, sim, nossas vidas estão entrelaçadas, Enrico! Parabéns, papai! A nossa Bela chegou!

Capítulo 39

A "Editora Mateus Rocha" foi inaugurada com uma linda festa, seis meses após o nascimento de Isabela. O imóvel que Bruno os presenteou era ótimo. Tinha duas salas maiores, nas quais acomodaram todos os funcionários já contratados, dividindo as funções com as mesas, três menores, para cada um dos sócios, e uma espécie de salão maior logo na entrada, onde ficava a recepção e usariam para a exposição dos lançamentos, com balcão para venda no local, e serviria para pequenos eventos e noites de autógrafos. A sala de Marina era um pouco maior que a de Alberto e Tiago, onde, além dos móveis padrão, colocaram um espaço com sofá e poltronas para alguma reunião entre eles ou com escritores, e incluíram um canto com berço com trocador, para que ela pudesse levar a filha e trabalhar tranquilamente.

Criaram um material muito detalhado sobre os primeiros livros de Mateus, que seriam lançados ainda naquele ano, contando resumidamente sobre a história de quando foram escritos. Divulgavam também sobre lançamentos de uma coleção infantojuvenil e biografias.

O evento estava marcado para iniciar às 8 horas da noite e, para o alívio de Marina e Cândido, às 6 horas, já estava tudo pronto, e eles conferiam os últimos detalhes.

— Marina, tem um casal aí na porta querendo falar com você ou com Enrico. Disseram que é assunto particular. Cândido avisou com uma cara estranha. — Falei para entrarem, mas pediram que vocês fossem até lá.

— Não disseram os nomes?

— Não. Perguntaram se vocês estavam e pediram que fossem na porta.

— O Enrico está trocando a Isabela. Vou lá ver.

Marina ficou gelada quando saiu na porta e viu Amanda e outro rapaz, que ela presumiu que fosse Fernando, por ser idêntico a Enrico, parados um pouco afastados. Respirou aliviada, vendo que Bruno chegava com Sílvia, e pediu ajuda para ele só com um olhar. Estava com medo da visita surpresa. Não tinha boas lembranças do encontro com Amanda, nem do efeito em Enrico, na noite em que os viu no restaurante. Se eles tivessem ido para ofender ou arrumar confusão, sentiria mais segura com Bruno ao seu lado. Ele entendeu que ela estava aflita e desfez o sorriso na mesma hora, mesmo sem saber o que estava acontecendo. Sem que ela precisasse dizer uma palavra, acompanhou-a até os dois visitantes.

— Amanda? Você está procurando pelo seu pai? Marina falou em tom casual, forçando um sorriso, e Bruno entendeu quem eram os dois.

— Sei que vocês terão um evento, mas queremos falar com você e com o jornalista, em particular. Ela mantinha o ar arrogante e mediu Bruno dos pés à cabeça.

— Desculpa pela minha irmã, sou o Fernando. Ela é um pouco impulsiva no modo de falar. Ele falou de maneira gentil e estendeu a mão para cumprimentar Marina e Bruno. — Queremos apenas conversar, sei que pode parecer estranho aparecer assim. Estarei embarcando para a Europa amanhã, e só temos hoje, mas não queremos atrapalhar. Será uma conversa rápida.

— Claro, sem problemas, vocês são bem-vindos. Não precisa se desculpar, seu pai vai gostar muito de ver vocês. Por favor, me acompanhem.

— Ele não vai ficar junto, vai? Ela olhou para Bruno, com desprezo de novo. — Entendeu que é particular? A grosseria da moça fez Bruno gargalhar. Ele balançou a cabeça e apenas segurou a porta para que eles entrassem.

Marina caminhou calma até a sua sala, seguida por Amanda e Fernando, sob os olhares curiosos de todos que estavam no pequeno salão. Abriu a porta devagar, e Enrico estava de costas, embalando Isabela nos braços, após trocar a fralda.

— Eu te amo tanto minha pequenina... Ele conversava encantado com a menina em seu colo. — Conta para o papai, o que você fez hoje? Brincou com o maluco do Tiago?

— Enrico, tem visita para você. Marina falou em um tom calmo, e Enrico se virou curioso. — Seus filhos vieram conversar com você.

Ele ficou paralisado, olhando os dois entrarem na sala, e não sabia o que fazer. A primeira reação foi de prender forte Isabela contra o peito, como se a presença dos filhos fosse uma ameaça para ela.

— Conversar comigo?

— Por favor, sentem. Marina falava cautelosa, apontando sofá, e se aproximou de Enrico, pegando Isabela. — Eu vou levar a Isabela e deixar vocês à vontade. Querem um café, ou uma água?

— É a sua filha? Fernando olhou com ternura para a menina, enquanto Amanda se sentava sem muita simpatia. — Ficamos sabendo que vocês tinham tido uma filha. Parabéns, ela é muito bonita. Então olhou para Marina. — Gostaríamos que você ficasse, Marina, se não se importar.

— Desde que a criança não chore. Ela usou o olhar de desprezo novamente. — Impossível conversar com criança chorando.

— Não me importo. Vou só deixar Isabela com meu tio, para não incomodar. Marina abriu a porta com calma e levou Isabela até Bruno e Sílvia, voltando em seguida e acomodando-se na poltrona em frente, fazendo sinal para que Enrico se sentasse ao lado dela.

Enrico olhava para os dois e ainda não tinha conseguido se mover. Não conseguia entender o que tinham vindo fazer, bem na noite de inauguração, e estava com receio de ter uma discussão com a filha, já que não permitiria falta de respeito com ele ou com Marina. Respirou fundo e sentou-se, tentando recuperar o controle da situação.

— Soube da morte do seu avô. Sinto muito. Foi a única coisa que ele conseguiu dizer. Tinha visto no jornal uma semana atrás.

— Obrigado. É por isso que estamos aqui. Como eu disse à Marina, nos desculpem por vir hoje, sei que não é o melhor momento para vocês, mas estou voltando para Europa amanhã e não queria partir sem conversar com vocês.

— Mas se quiser que a gente vai embora.... Amanda mantinha o tom grosseiro, Fernando colocou a mão no braço dela, e ela apenas bufou, impaciente.

— Amanda, por favor, se controle.

— Fico muito feliz de terem vindo. Enrico falou calmo. — Sempre quis conversar com vocês, mas nunca tive a oportunidade.

— Hoje sabemos que isso é verdade. Fernando suspirou. — Viemos pedir desculpa, fomos injustos com você.

— Nós, não. Quem tem que pedir desculpas é meu avô, mas ele resolveu morrer e deixar a bomba com a gente. Fernando olhou para Amanda, e ela viu que ele estava perdendo a paciência. — Tudo bem, fico quieta.

— Olha, Fernando, vocês são meus filhos. O que quer que tenha para falar, pode ficar à vontade, não preciso de desculpas, todos erramos. Se pudermos consertar isso agora...

— Um dia antes de morrer, o vovô nos contou a verdade. Fernando o interrompeu como se tivesse criado coragem e estava decidido. — A verdade que só ele, a mamãe e você sabem. Que você nunca nos abandonou. Enrico, que até aquele momento estava tenso na poltrona, pareceu desabar, e seus olhos encheram de lágrimas. — Que ele e a mamãe nos trancaram na casa dele e não permitiram que você nos visitasse. O casamento foi péssimo, e ele aproveitou as brigas entre você e a mamãe e a convenceu a te afastar definitivamente. Soubemos de tudo. Ele olhou para Marina. — E que você não criou a sua mulher em Nova York. Sinto muito por termos te julgado por esse amor.

— Fico muito feliz que finalmente vocês saibam da verdade. Eu queria muito ser pai e queria amar vocês desesperadamente. Mas ainda temos tempo...

— Infelizmente, Enrico, por mais errado que seja o que eles fizeram, a nossa vida inteira nos foi tirada, não temos como recuperar. Enrico enrijeceu de novo. — Mesmo tendo sido injusto com você, foi a outro pai que aprendemos a amar. E nosso pai nunca soube da verdade também, foi uma vítima como nós.

— Não viemos mudar nada na nossa relação com você. Amanda não se conteve. — Você continua sendo um desconhecido para nós, um estranho. Apenas sabemos que você não é um homem tão ruim como disseram.

— Sinto muito, por tudo. Enrico não sabia o que dizer, mas, pelo menos, tinha um peso tirado de seu coração. — Reconheço que não fui um bom marido e que não havia amor no meu casamento, mas nunca rejeitei vocês. Pelo contrário, sempre quis me aproximar, mas nunca consegui. E mesmo agora, já que todos já sabem a verdade, se quiserem tentar, serão bem recebidos. Somos estranhos, sim, Amanda, mas a todo momento na vida conhecemos pessoas, e elas se tornam parte de nossas vidas. Não seria diferente entre nós.

— Fizemos a promessa ao vovô que não contaríamos a ninguém a verdade e que não cobraríamos nada da mamãe. Ela não sabe que ele nos contou, e manteremos isso. Não temos como nos aproximar ou conviver com você sem magoá-la. Ela ainda te odeia, seria uma afronta a ela. De certa maneira, parece que ela acabou acreditando na mentira que ela mesma criou.

— Ele nos disse que esse ódio que a mamãe tem é porque ela ainda te ama. Eu acho que ela sempre foi meio louca, e nem é com ela que eu me importo. Amanda revirava os olhos. — Mas se falarmos a verdade, e nos aproximarmos de você, além de não fazer sentido nenhum, vamos magoar muito o papai. E é principalmente por causa dele que vamos continuar mantendo tudo em segredo. Ele é um homem bom, é nosso pai de verdade, o único pai que sempre nos amou e nos criou como filhos. Ele não merece isso.

— Tudo bem. Eu entendo. As únicas pessoas que eu precisava que soubessem que nunca as abandonei são vocês. Saibam que tentei muito estar perto, nunca os rejeitei. Enrico suspirou. — Agradeço a atenção que tiveram de vir aqui. Foi muito importante poder falar com vocês.

— Mas ficou claro que não seremos amiguinhos? Amanda falou, e Fernando mais uma vez a fuzilou com os olhos. — Você entendeu o que eu quis dizer.

— Entendi, Amanda, fica sossegada, não vou te procurar.

— Ótimo. Agora temos a parte prática. Amanda olhou para Fernando como se tivesse feito um favor tocando no assunto, e ele concordou com a cabeça e abriu uma pasta que segurava no colo.

— Viemos também para te entregar isso. Achamos que agora que você está casado e tem uma filha, não é justo sermos seus herdeiros. Fernando entregou um documento que dizia que os filhos renunciavam a qualquer direito sobre a herança dele.

— Isso é desnecessário.

— Para nós é necessário, jornalista, porque temos o nosso também. Mais uma vez, a petulância da moça irritou Enrico e deixou Fernando desconcertado. — Nosso avô é muito rico, e o papai também. Juntos temos uma fortuna envolvida nessa confusão de ser pai ou não ser pai.

— Sabemos que você está bem de vida e, se não te ofender, gostaríamos que vocês assinassem esse documento. Fernando tentava amenizar o tom, sabia que era ofensivo, não só a Enrico, mas, principalmente, à Marina.

Enrico leu e era um documento em que ele fazia o mesmo pelos filhos, no caso inverso. Deu um sorriso forçado e abriu a porta, chamando por Alberto, e entregou o documento para que ele lesse.

— Se vocês querem fazer isso, deviam fazer do jeito certo, senão terão perdido seu tempo. Dessa maneira, isso não vale nada.

— Isso nunca terá valor legal, os laços de pais e filhos não podem ser rompidos perante a lei. Alberto percebeu o clima e acompanhou o tom de Enrico. — Mas se quiserem, posso elaborar um documento que crie um compromisso de honra. Sei que, na nossa família, a honra sempre valeu mais que qualquer documento.

— Ótimo, faça isso e depois encaminhe para eles. Pelo menos lembrarão que o pai de mentira se preocupou de protegê-los de ficarem pobres. Olhou novamente para Fernando, ignorando Amanda. — Mas vocês levarão esse daqui também, assim não perdem a viagem. Assinou e passou para Marina, que assinou também e devolveu para ele.

— Eles trouxeram esse para mim. Entregou a Alberto o documento dos filhos. — Refaça também para que eles assinem, a Marina e a Isabela não estão protegidas aqui.

— Não mesmo. E para elas a proteção terá valor legal. Alberto mantinha a postura. — Onde encontro vocês amanhã para as assinaturas?

— Estaremos na casa do meu avô até a tarde. Fernando falou envergonhado, percebendo que a ofensa tinha sido maior do que esperava. — Podemos te esperar lá.

— Perfeito. Amanhã às 11 horas. Levo o tabelião. Com licença. Alberto falou em tom seco e saiu.

— Me desculpe, não queria mesmo te ofender. Esse é um pedido do meu avô. Sinto muito. Ele nos disse que você é honesto e decente, que já abriu mão na separação e nunca exigiu nada que teria direito. Mas agora você tem uma família, e eu ainda sou solteiro...

— Não se preocupe. Seu avô sempre foi obcecado por dinheiro, e sua mãe também. Imagino que ele tenha passado isso para vocês, de certa maneira. Ele quis te resguardar, eu entendo. Mas também preciso proteger a minha esposa e a minha filha. Elas são herdeiras minha, do Téo Marques e do Bruno Ribeiro. Financeiramente, têm mais a perder que vocês dois juntos. Ele olhou irritado para Amanda, que arregalou os olhos.

Todos ficaram em silêncio, incomodados com a situação, e Enrico se levantou de repente, encerrando a conversa.

— Era só isso?

— Era sim. Fernando levantou também e estendeu a mão. — Sinto muito por tudo, você parece um cara legal. Te desejo muitas felicidades. Olhou para Marina. — Para você também. E sucesso na editora.

Enrico apertou a mão dele e viu que Amanda estava quase encolhida para não tocar nele e ignorou. Abriu a porta e chamou Cândido.

— Por favor, Cândido, eles estão de saída. Você pode acompanhá-los? Sorriu para os dois mais uma vez e ficou observando eles saírem em silêncio.

Olhou para Marina e abraçou-a forte.

— Nem sei o que te dizer, sinto muito.

— Eles estão certos. Não temos como recuperar nada. O amor é algo muito mais profundo que o laço de sangue, mais valioso. Precisa ser conquistado, cuidado a cada dia, e os dois lados precisam estar dispostos a isso. Eles têm o pai deles, e eu tenho minha filha. Ele suspirou. — Mas estou aliviado, eles sabem a verdade. A falta de amor não é culpa deles, nem minha.

— Quer um uísque? Depois dessa conversa horrível, você merece uma dose.

— Não preciso, tenho algo melhor para curar todas as minhas feridas. Ele sorriu, vendo Bruno se aproximar com Isabela no colo.

— Ela não dormiu, acho que precisa do colo do pai. Bruno falou com muita ternura, entregando a menina, que fazia barulhos divertidos com a boca, para o colo de Enrico e esticando a mão para Marina sair com ele. Conhecia bem Enrico, e Alberto já tinha contado o tom da conversa. Sabia que o amigo precisava de tempo sozinho, e Isabela o consolaria sem uma palavra sequer. Assistiu à dor dele pelos filhos por tempo suficiente.

— Estou bem, Cinderela. Preciso só de uns minutos com a minha filha. Enrico deu um beijo em Marina, e ela percebeu que ele se desligou de tudo quando começou a conversar com a menina de novo, fazendo graça com a filha. Saiu abraçada a Bruno. — Quer conversar, minha pequenina? Fomos interrompidos no nosso papo interessante? Você ia me contar sobre o seu dia. Ele sorriu. — O que fez hoje para se divertir enquanto o papai estava no trabalho? Sabia que senti sua falta o dia todo?

Tinha sido uma conversa difícil para Enrico, mas ele sabia que os filhos tinham razão. Não tinham como simplesmente começar uma relação, nada foi construído em toda a vida deles. Não ser mais odiado por eles era o bastante. Eles tinham o pai que amavam, e, desde que Isabela nasceu, ele tinha a filha que amava. Gostaria que fosse diferente, mas ele, Fernando e Amanda não passavam de desconhecidos. Não se sentia mais culpado pela falta de amor, sabia que os teria amado se tivessem dado uma chance. Mesmo agora, depois de tanto tempo, teria se dedicado a eles. Mas eles não quiseram. Aprenderam com o avô e com a mãe que o dinheiro era mais importante.

    Assim que Isabela adormeceu, ele a pôs no berço e se juntou à Marina e aos sobrinhos no pequeno salão, sorrindo para os primeiros convidados que chegavam, junto de sua família de verdade, aquela que a vida gentilmente lhe deu. Bruno e Téo, seus irmãos e amigos leais, Alberto e Tiago, seus sobrinhos emprestados tão queridos, e Marina, a mulher que ele escolheu para estar ao seu lado e que ele amava tanto, por toda a vida. Era como se vivessem todos numa bolha, juntos e felizes, e nada no mundo nunca os separaria. Era uma noite muito especial para eles. Mais que uma empresa, estavam inaugurando um sonho. E ficou feliz que a noite foi perfeita. Tinha certeza de que a editora seria um sucesso.

Capítulo 40

2019

Enrico abriu a porta do apartamento, e Isabela correu se atirando em seus braços. Ele a pegou no colo, sorrindo e dando beijos em seu pescoço.

— Papaaaaaiiii!!!

— Que abraço mais gostoso! Eu fiquei com saudade de você minha pequenina! Saí de manhã e já voltei com muita vontade de te abraçar!

— Eu também! A menina deu um beijo estalado na bochecha dele, agarrada em seu pescoço.

— Este vestido é de princesa? Que linda você está!

— É da princesa Bela, a vovó que me deu!

— Graças a Deus! Bruno desabafou, sentado no chão ao lado de Sílvia. — Essa menina não para, Enrico! É a Sassá versão 2.0!

— Estou toda descabelada! Sílvia gargalhou, tentando arrumar o cabelo. — Eu achando que teria uma neta princesa linda, e ela parece um terremoto! Rola no chão e dá golpes de luta na avó que acabou de sair do cabelereiro! Nem o vestido de princesa adiantou!

— Vovó, você está linda! Parece que os seus cabelos estão voando!

— E eu aguento isso? Assim que conseguir me mexer vou te encher de beijocas, princesa linda da vovó! Como eu te amo! Enrico gargalhou vendo os dois exaustos e Téo adormecido no sofá.

— Vocês estão velhos! Ela é um anjinho até de ponta-cabeça! Ele a virou, segurando pelas pernas, fazendo Isabela gargalhar, pedindo mais quando a desvirou, e gritou. — Acorda, Téo!

— Com 3 anos, ela tinha que brincar de boneca, e não de luta! Bruno riu ao ver Téo acordar assustado. — Quanta energia!

— Papai, faz o monstro me pegar? Ela pediu, e Enrico a colocou no chão, tirou o paletó e a gravata, correndo atrás dela e jogando-a para o alto, quando a alcançou.

— A Marina ainda não chegou? — Ligou que estava chegando. Nós viemos mais cedo, mas já estou quase arrependido. Acho que vai ter que pedir comida. Téo desmaiou no sofá! Essa babá de vocês deixa a desejar! Bruno provocou. — Eu não confiaria.

— Teodoro definitivamente não leva jeito com crianças.

— Teodoro é o teu cu, Enrico! Essa menina ainda está correndo? Téo se mexeu no sofá, colocando a mão nas costas. — A culpa é sua. Agita a menina desse jeito, depois ninguém aguenta ficar com ela. Não para nunca. Essa menina não é normal, já vou avisando.

Tiago chegou com Alberto e anunciou assim que abriu a porta.

— Cadê aquela menina linda que eu amo tanto e sabe dar o melhor abraço do mundo? Isabela correu para seu colo, e ele a abraçou. — Adivinha o que eu trouxe para você?

— Caminhões! Ela ergueu os braços quando Alberto entregou um pacote enorme.

— Caminhões! Vamos brincar de capotar!

— Se não bastasse o pai, agora o tio! Veja se caminhão é presente para menina! Téo implicou, sorrindo enquanto beijava os dois.

— Vocês sabem por que ela nos chamou aqui? Bruno perguntou curioso, ainda sentado no chão, cansado.

— Sei. Mas vão ter que esperar ela contar, não vou estragar a surpresa. Tiago jogava a menina para o alto, que gargalhava.

— Vai dar soluço na menina, Tiago. Acabei de dar lanche para ela!

— Você deu lanche há duas horas, antes de dormir no sofá. Bruno riu.

— Bela, vai buscar as bonecas para brincar com a vovó!

— Não, vamos brincar com os caminhões Vovó, vamos fazer "catopamento"!

— Pode ser, meu amor, pode ser. Ela riu enquanto a menina abria a caixa, empolgada. — Ela gosta de capotar caminhão, vai vendo o furacão que ela vai ser.

— A Marina não veio com vocês?

— Ela saiu da editora antes da gente, ia passar no médico. Alberto explicou, e Enrico estranhou.

— Médico? Que estranho, ela foi no início da semana. Ela falou que médico era?

— Não, só falou isso. Por isso, não levou a Belinha para a editora. Deve ser rotina, tio.

— O caminhão do papai, da vovó e do vovô "Buno", do tio Beto e do Titi. Você quer caminhão, vovô dindo? Isabela entregou um caminhão para cada um e se sentou com o dela na mão. — Agora prepara que vai bater tudo! Gargalhou e jogou-se para trás quando todos empurraram os caminhões juntos. — Eu "catopei" também, Titi! Tiago se jogou em cima dela, rindo junto, e rolaram no chão.

— E vocês, como foi em Nova York?

— Tudo perfeito! Foi uma semana ótima. Acomodamos Lucas no apartamento, e ele está adorando.

— Além de economizar no aluguel, a localização é ótima. Ficou fácil para ir à universidade.

— Nem acredito que o Lucas está iniciando esse mestrado. Bruno se emocionou. — Mateus deve estar orgulhoso.

— Com certeza! E o bom é que vai colocar o apartamento em uso. Enrico sorriu para a filha. — Agora a única viagem aqui é para a Disney!

— Eu quero ir para a Disney! Isabela gritou, largando os caminhões e se jogando em cima dele. Marina entrou sorridente, e a filha correu até ela, abraçando e dando beijos.

— Desculpem a demora! Ela apoiou alguns pacotes de presente na mesa de jantar e segurou a filha no colo.

— Pega eu e a mamãe, papai! Enrico sorriu e levantou Marina no colo, enquanto ela segurava a menina, fazendo Isabela gargalhar.

— Depois não sabem por que a menina é desse jeito! Téo falou com tom de desaprovação. — Veja se isso é comportamento de um velho de 60 anos!

— Cinquenta e nove, Téo. Sou mais novo que você.

— Marina, indiquei os seus livros para uma amiga que queria presentear a sobrinha, e ela disse que a criança amou, acabou comprando a coleção toda. Sílvia contou alegre.

— Adoro saber essas notícias! Quando o retorno vem do público mesmo. Vou colocar a mesa. Hoje o jantar é muito especial!

— A gorda está fazendo sucesso com a coleção! Tiago contou animado, enquanto Isabela pulava em suas costas. — Segura que o cavalo vai levantar!

— Quer ajuda? Téo se ofereceu e a seguiu para a cozinha. — Já deixei tudo pronto para o jantar, só precisa esquentar.

— E a biografia do papai já esgotou de novo, dindo. Está na lista dos mais vendidos desde o lançamento.

— E você Enrico? Decidiu se vai parar de trabalhar?

— Ainda não. Vou ficar mais um pouco. Enquanto a babá sobreviver! Ele gargalhou, olhando para Téo. — Não consegue nem falar, de tão cansado!

— Está certo, Enrico. Bruno concordou. — Eu também não paro não. Aposentar é coisa de velho, sou muito jovem ainda!

— Tão jovem que não conseguiu levantar do chão depois de passar meia hora com a neta! Que desaforo! Téo gargalhou.

— Aproveitando a reunião familiar, tenho uma novidade. Vou casar! — De novo? — É o filho do Mateus! Vive intensamente o amor! E você, Tiago? Como está com a loira?

— Estou livre! Tiago gargalhou. —Não gosto de muito compromisso, sou mais você, tio. Vou aproveitar a vida e depois me apaixonar por uma mulher só, que seja realmente especial.

— Que lindo! Sílvia o abraçou, comovida. — Isso mesmo, conheça várias, que depois saberá escolher.

— Ou faço como o tio Enrico. Espero essa princesa linda crescer e caso com ela. O que acha, tio? Todos gargalharam, e ele jogou a menina para o alto. — Quer casar comigo, Bela?

— Queroooooooo!

— Vou gostar muito. Enrico sorriu. — Vou te fazer a mesma proposta que o Bernardo me fez. Casamento arranjado! Proíbo qualquer namoro até os 18 e depois você toma conta.

— Se for como nós, aprovo também. Tenho certeza de que ela vai ser muito feliz. Mas antes ela fará o batismo de boate com o tio Bruno. Marina riu. — E vai ouvir todas as vantagens de trepar no banheiro da boate!

— Isso mesmo, batismo da boate, trepar no banheiro e usar camisinha. Vou ensinar tudo!

— Essa é definitivamente a melhor família do mundo! Sílvia gargalhou. — Vocês estão mesmo negociando um casamento para a Bela?

— Vou casar com o Titi, vovó! Você me dá outro vestido de princesa? Rasgou a saia, olha. Isabela mostrou o vestido com ar de tristeza.

— Claro, meu amor! Vou te dar um vestido de casamento de princesa!

— Vai casar com vestido de princesa, Bela? Assim, até eu quero casar com você! Alberto se divertiu. — Pena que não posso entrar nessa disputa, já estou velho demais!

— Só me faltava essa, nem comecem com essa brincadeira que dá azar! Olha como eu fiquei nessa história, tenho esse traste de genro! Não comecem a falar bobagem, por favor!

— Então vamos oficializar para evitar problemas depois, não quero outro choramingando de culpa! Bruno fingiu falar sério. — O consentimento está dado. Se acontecer, está aprovado. Certo, Enrico?

— Certíssimo! Enrico confirmou. — Mas vou reforçar com as palavras do Mateus. Se amar de verdade, tratá-la com muito carinho e quiser fazê-la feliz, está aprovado.

— Fechado! Estou tranquilo agora, decidi meu futuro! Tiago gargalhou. — Ou caso com uma mulher poderosa que nem a tia Sílvia ou com a princesa mais linda do mundo!

— Vocês estão passando dos limites, não posso nem ouvir isso! Vou esquentar o jantar. Que desaforo, essa menina tem 3 anos!

— Dindo, não esquenta ainda. Antes tenho uma novidade especial para vocês. Marina olhou para Enrico e acenou com a cabeça, sorrindo. Ele pegou os copos de brinde, colocando na mesa. Entregou a garrafa de tequila para Téo, e todos se reuniram em volta.

— O mais velho faz as honras. Bruno, Sílvia e Téo olharam curiosos, e Marina fez uma careta divertida, concordando com a cabeça.

— Se acomodem, meus amigos, hoje é dia de festa. Estamos todos juntos novamente. Ele sorriu, olhando para Marina. — E vamos descobrir juntos qual é a novidade especial. Ela pegou os presentes e entregou a Bruno, Sílvia e Téo, enquanto os outros olhavam sorrindo. Eles abriram curiosos, tirando um livro de dentro.

— Acabei de iniciar a publicação de um romance. Essas são as três primeiras cópias, que aprovamos hoje. Ela olhou para Alberto e Tiago, com os olhos marejados. — Queria que vocês fossem os primeiros a ter.

— Minha filha, você escreveu o seu romance? Não é infantil? Bruno não segurou as lágrimas. — Que orgulho, Sassá, que alegria!

— Um romance, tio. Uma linda história de amor, que não tem crime, mas tem muita emoção.

— Minha menina! Dindo vai morrer de tanta emoção! Você sabia, Enrico? Não me contou!

— Claro que eu sabia, Teodoro, ela é minha mulher! Já li e posso dizer: ficou maravilhoso!

— Teodoro é o teu cu, Enrico. Tem que estragar um momento lindo desse, traste! Ele sorriu entre as lágrimas. — Maravilhoso? Vou ler hoje mesmo!

— Na verdade, é o nosso romance. Ela sorriu para Sílvia, que lia emocionada o início das páginas. — Você foi a primeira a dar a ideia. É a nossa história, de todos nós. É sobre aquele caminho de amor que nos trouxe até aqui, o amor de todos vocês e dos que já nos despedimos. Cada um com seu jeito especial de amar, mas todos se amaram muito.

Enrico começou a servir os copos. Marina o interrompeu e entregou para ele outro presente, como os outros.

— Antes de brindar, tem o final do último capítulo que você não leu. Tive que mudar. Enrico ficou desconfiado e abriu, sentindo uma folha solta na última página.

— Final do último capítulo? Olhou para a folha em suas mãos e desabou em lágrimas. Puxou Marina para seus braços e beijou-a, entregando a folha para Bruno. — Prefiro dizer que é o começo de um novo capítulo. Eu te amo demais, Cinderela.

— Você está grávida? Bruno se emocionou, abraçando Marina.

— Vamos ser vovôs, de novo!

— E nós vamos ser tios mais uma vez! Alberto brincou. — A gorda vai explodir dessa vez!

— Que seja uma criança mais calma, pelo amor de Deus! Téo e Sílvia gargalharam, comemorando. Enrico serviu água no copo de Marina e de Isabela, pegou a filha no colo, e todos ergueram os copos juntos.

— A uma vida inteira de amizade! Esta linda história que vivemos sobre todas as maneiras de amar!